Rivage mortel

CARRIE RYAN

Rivage mortel

Traduit de l'anglais (États-Unis)
par Alice Marchand

GALLIMARD JEUNESSE

Titre original : *The Dead-Tossed Waves*
Édition originale publiée aux États-unis par Delacoste Press.
This translation published by arrangement
with Random House Children's Books,
a division of Random House, Inc.

À Roberta Hatch,
le rayon de lumière à l'horizon
qui m'indique le chemin de la maison.

À Douglas Keith Kidd
qui nous aime si fort, elle et nous.

Aux coups de foudre (et aux bananes Chiquita).

C.R.

À Dunstan qui a si patiemment
fait le cuisinier, le baby-sitter et le partenaire
de ping-pong verbal pour m'aider à trouver le mot juste.

Et aux bananes Fairtrade.

A.M.

I

Il paraît qu'au début, juste après le Retour, le parc d'attractions est quand même resté ouvert. Ils disaient que ça leur rappelait le temps d'avant. Le temps où ils n'étaient pas obligés d'ériger des clôtures, des murs et des barrières pour se protéger contre les masses de Mudos qui sont dans une quête perpétuelle de chair humaine. Le temps où les vivants n'étaient pas traqués à chaque instant.

Ils disaient que ça leur donnait l'impression que tout était normal.

Alors que les Mudos – des voisins et des amis qui avaient été contaminés par l'infection, qui en étaient morts et qui étaient revenus – tiraient sur le grillage qui entoure le parc, les attractions fonctionnaient encore.

Même quand la Forêt a été condamnée, dans un dernier effort pour contenir l'infection et isoler les Mudos, le manège a continué à tourner, le grand huit à vrombir et les tasses à thé à pirouetter. Bien que Vista, notre ville, soit loin du centre du Protectorat, ils espéraient que les gens se précipiteraient sur le grand huit. Ne perdraient jamais le besoin d'oublier.

Mais ensuite, il est devenu trop difficile de voyager. Les

gens craignaient pour leur survie et il n'y avait pas grand-chose qui puisse leur faire oublier la réalité du monde dans lequel ils vivaient. Petit à petit, les attractions sont tombées en décrépitude, à côté de cette vieille ville perchée tout au bout d'une longue route dangereuse qui suit la côte. Les gens les ont tout bonnement oubliées ; c'est un autre aspect de la vie d'avant le Retour qui a disparu des mémoires et des récits qu'on se transmet année après année.

Je n'avais jamais vraiment pensé à tout ça avant ce soir, au moment où le grand frère de ma meilleure amie nous propose d'escalader la Barrière en cachette pour explorer les vestiges du parc d'attractions avec lui et ses copains.

– Allez, Gabry, gémit Cira en se trémoussant autour de moi.

Je sens presque les vibrations d'énergie et d'excitation qui se dégagent d'elle. On est à côté de la Barrière, l'épaisse palissade en bois qui sépare Vista des ruines de la vieille ville ; qui retient les dangers du monde à l'extérieur et nous garde bien à l'abri à l'intérieur. Quelques-uns des plus âgés de la bande sont déjà arrivés au sommet et sont en train de passer de l'autre côté ; leurs pieds forment des taches blanches qui contrastent avec le ciel nocturne. Je me frotte les jambes. Mon cœur tambourine dans ma poitrine.

J'ai des milliers de raisons de ne pas vouloir aller dans les ruines avec eux, et le fait que ce soit interdit n'est pas la moindre. Mais il y a une raison pour laquelle j'ai envie de prendre le risque. Je jette un coup d'œil derrière Cira pour voir son frère, et nos regards se croisent. Prise d'une bouffée de chaleur, je détourne vite les yeux en espérant qu'il n'a pas remarqué que je le regardais, tout en souhaitant désespérément que si.

– Gabry ? demande-t-il en inclinant la tête.

C'est une invitation. Dans sa bouche, mon prénom est du miel pour mes oreilles.

Intimidée par le paquet de mots qui s'emmêle autour de ma langue, j'avale ma salive et je pose la main sur le bois robuste de la Barrière. Je ne suis jamais allée au-delà. C'est contre les règles de quitter la ville sans autorisation, et en plus c'est risqué. Même si les ruines, pour l'essentiel, sont entourées d'une vieille clôture installée juste après le Retour, il arrive quand même que des Mudos passent à travers.

Ils pourraient quand même nous attaquer.

– On ne devrait pas faire ça, dis-je.

C'est plus à moi-même qu'à Cira ou Catcher que je m'adresse.

Cira lève les yeux au ciel; elle a tellement envie de rejoindre les autres qu'elle trépigne. Réprimant à peine un cri d'excitation, elle me prend le bras et me souffle :

– C'est l'occasion !

Je ne lui dis pas ce qui me vient à l'esprit : que c'est, dans le meilleur des cas, l'occasion d'avoir des ennuis; je ne veux même pas penser à ce qui pourrait se passer dans le pire des cas.

Mais elle me connaît assez bien pour lire dans mes pensées. Tâchant de me convaincre, elle poursuit :

– Personne n'a été infecté depuis des années. Catcher et ses copains y vont tout le temps. Il n'y a aucun risque.

Aucun risque ? Tu parles. Chaque fois que ma mère dit ça, elle prend un ton ironique.

Je me tords les doigts.

– Je ne sais pas…

Si seulement j'étais capable de dire non, tout simplement, et de passer à autre chose ! Mais je ne voudrais pas décevoir ma meilleure amie. Je l'ai déjà déçue trop souvent.

Un jour, il y a plusieurs années, pendant la sécheresse, Cira m'a mise au défi de traverser la grande rivière qui sépare notre ville de la Forêt. On puisait de l'eau à l'endroit où il y a un trou dans la clôture, quand le Milicien de service a été pris d'un malaise soudain et nous a laissées toutes seules. Cira s'est moquée de moi parce que je ne voulais pas tenter l'aventure. Parce que j'avais trop peur que le Milicien revienne et nous voie et que j'ai refusé de braver l'interdiction d'aller dans la Forêt.

Finalement, elle y est allée toute seule ; elle s'est plantée au milieu de cette rivière impétueuse, hilare, avec sa jupe qui ondulait autour de ses genoux et ses cheveux qui lui voletaient dans la bouche.

Je n'aurais jamais pu lui faire comprendre comment je voyais les règles de notre ville. Pour moi, elles étaient inviolables. C'était ce qui me permettait de tenir debout, de rester entière et en sécurité. Passer outre, même une seule fois, c'était trop terrifiant pour moi.

Je ne pouvais pas lui expliquer que j'avais peur de me perdre. Je ne peux toujours pas le lui expliquer maintenant. Mais au fond, elle le sait.

– Tiens, me dit-elle en ôtant quelque chose qu'elle avait autour du cou. Prends ça.

C'est le collier qu'elle a toujours sur elle – un simple cordon noir enfilé dans le bras d'une petite figurine de superhéros en plastique achetée à un vendeur ambulant qui lui a raconté de vieilles histoires d'hommes volants qui sauvent la planète.

Elle le lâche au-dessus de ma tête.

– Il te protégera.

Je sens le poids infinitésimal de la figurine arriver contre ma poitrine, sous ma chemise. Je m'apprête à protester quand Catcher s'approche de moi. J'avale ma salive. Cira sourit et disparaît dans l'obscurité, bien consciente que son frère, c'est mon point faible.

– Tu devrais venir, dit-il.

Il pose une main contre la Barrière. Ses doigts sont presque assez proches des miens pour les effleurer, mais pas tout à fait. Il baisse le ton et sa voix devient un bourdonnement dans le noir; elle émet une vibration plutôt que des mots.

– Je veux que tu viennes avec nous, moi.

Je n'ose pas ouvrir la bouche, de peur de rompre le charme du moment, alors je me contente de hocher la tête. Il sourit comme s'il y avait un secret entre nous et je baisse les yeux, embarrassée par toutes les émotions qui m'assaillent.

Naturellement, Cira a observé notre échange. Elle pousse un petit cri et me prend par les épaules, tout excitée que j'aie enfin cédé. Le sourire de Catcher s'agrandit encore un peu. J'aimerais bien avoir le courage d'affronter son regard, mais je ne peux pas.

La lune est apparue, tel un trou de lumière dans le ciel, quand le reste du groupe escalade le haut mur qui sépare Vista des ruines de la vieille ville et saute sans difficulté de l'autre côté. Cira a quand même un instant d'hésitation :

elle se tourne une seconde vers moi, qui suis derrière elle, avant de trouver des failles où glisser ses mains déliées.

À la fin, il ne reste plus que Catcher et moi face à ce mur imposant.

Je tire sur ma natte et ferme le poing sur le manche du long couteau que je porte attaché sur la hanche. Je sais que je ne devrais pas faire ça. C'est stupide et dangereux ; j'ai déjà le cou dégoulinant de sueur. Je jette un coup d'œil furtif à Catcher et je dois me détourner dans l'ombre pour cacher mon sourire émoustillé.

Je voudrais lui dire que je n'ai encore jamais franchi la Barrière. Je n'en ai jamais eu envie et je n'en ai toujours pas envie, d'ailleurs. Ce que j'ai fait de plus aventureux, c'est monter tout en haut du phare où j'habite, et rien que là, je me sens dépassée en regardant l'océan et la Forêt – l'immensité du monde qui nous entoure. Comme si ça faisait trop de choses à voir.

Je pense à ma mère, aux histoires qu'elle raconte sur son enfance dans la Forêt et sur ses aventures pour arriver jusqu'à l'océan – jusqu'ici. Maintenant que je suis à la frontière du monde que je connais, je me rends soudain compte que je n'ai pas la force de ma mère. Je ne trouve pas le courage de quitter Vista pour les ténèbres de l'autre côté, ne serait-ce que quelques heures.

Je me force à m'avancer de quelques pas et je passe la main sur la Barrière. Le bois est tiède. Nous sommes en été ; il a conservé la chaleur de l'après-midi.

– Je suis désolée, je chuchote à Catcher en me détournant du mur. Je ne peux pas.

Avant cet instant, je n'avais jamais eu conscience de mes

limites. Je me croyais capable de faire n'importe quoi, d'être n'importe qui.

Catcher glisse une main dans la mienne pour me retenir. Sa peau est encore plus chaude que la Barrière.

– Je vais t'aider.

Son sourire est comme le rayon de lumière du phare ; c'est une chose à laquelle on peut se raccrocher dans l'incertitude de la nuit.

– Fais-moi confiance.

Et il guide mes doigts vers les interstices du mur pour me montrer comment grimper.

Une fois en haut, à cheval sur les épais rondins de bois, j'hésite. Catcher vient vite se placer en face de moi. Du bout des orteils, il me donne de petits coups dans les pieds. Je regarde tout sauf lui. J'ai l'impression que la nuit pèse lourd, qu'elle pourrait me retenir ici.

On a déjà souvent été seuls tous les deux mais, ce soir, quelque chose a changé. Ses épaules larges et ses mains vigoureuses me sautent aux yeux. Sa façon de me regarder et le bruit de sa respiration me font plus d'effet.

Je ne saurais dire s'il y a vraiment quelque chose qui a changé entre nous, ou si c'est mon désarroi qui me met la tête à l'envers. Je plante les ongles dans le mur et les échardes me piquent les doigts, mais la douleur n'efface pas la peur, elle ne fait qu'en gommer les aspérités.

J'ouvre la bouche pour lui dire quelque chose. N'importe quoi. Pour lui expliquer pourquoi je ne peux pas aller plus loin. Pour lui redire que je suis désolée. Mais il prend la parole en premier :

– J'ai le vertige.

Cet aveu est si inattendu que je laisse échapper un petit gloussement avant de comprendre que je ne suis pas censée rire. Je me couvre la bouche avec la main pour essayer de réprimer mon hilarité.

Je tâche de paraître audacieuse, mais je ne sais pas si j'arrive à le mettre à l'aise.

– C'est pas si haut que ça...

Il lève les yeux au ciel et les coins de sa bouche se soulèvent légèrement.

– J'ai le vertige quand je suis vraiment haut, je veux dire.

Je m'arrête une fois de plus sur la barbe naissante qui lui hérisse le menton. Ce n'est plus le garçon qui me courait après quand on jouait au chat, qui avait des bras trop maigres et une pomme d'Adam marquée.

– Je me souviens d'un jour où on est venus te voir au phare, Cira et moi, continue-t-il. Pour elle, c'était le bonheur d'échapper aux corvées de l'orphelinat et elle n'en demandait pas plus, mais moi, je voulais profiter de notre matinée de congé pour faire quelque chose de spécial. Je voulais monter au sommet du phare. Voir la vue qu'on avait de là-haut.

Son regard se perd dans le vague, derrière moi.

– À mi-chemin, je me suis retrouvé paralysé. Je ne pouvais pas aller plus loin.

En avalant ma salive, je repose la main pour mieux me tenir. Tout d'un coup, je perçois trop vivement la chaleur qui émane de lui, du mur, de la nuit qui est en train de m'engloutir.

– Je ne m'en souviens pas.

C'est vrai. Une grande partie de mon enfance est dans le flou. Certains de mes souvenirs se mélangent dans ma tête et se confondent avec des récits qu'on m'a faits, alors je ne sais pas ce qui m'est arrivé et ce qui m'a été raconté.

– Tu ne pourrais pas t'en souvenir, m'assure Catcher. Il ne s'est rien passé, au fond. On est venus explorer le phare, Cira et toi avez joué, et moi j'ai passé la moitié de la journée assis dans l'escalier à essayer de me convaincre de lâcher la rampe et de monter jusqu'en haut.

Je ferme les yeux pour essayer de visualiser la scène, en vain.

– De temps en temps, vous passiez devant moi en courant, toutes les deux. Cira me montrait du doigt en riant – même à l'époque, c'était déjà une chipie. Mais toi, tu te contentais de me regarder avec des yeux ronds. Au bout d'un moment, pendant que Cira était absorbée par une activité quelconque, tu es venue t'asseoir à côté de moi.

– Et après ? Qu'est-ce qui s'est passé ?

Je ne me rappelle pas qu'il ait voulu voir la vue qu'on a du phare durant toutes ces années. Qu'il ait voulu monter l'escalier qui mène à la passerelle une seule fois depuis que je le connais.

– Après, rien. On est restés assis comme ça, sans rien faire. Tu n'as rien dit et moi non plus. La matinée est arrivée à sa fin, Cira s'est mise à pleurer et je l'ai ramenée pour les corvées de l'après-midi.

– Tu n'es jamais monté tout en haut ?

– Nan.

– Tu n'as jamais réessayé ?

Il secoue la tête.

Sans bouger, je contemple la distance qui sépare nos mains posées sur le mur, et ses doigts qui se recourbent sur le bois épais. J'essaie de comprendre ce qu'il est en train de me dire. Que c'est pas grave de me complaire dans mes peurs ? Que c'est pas grave si on reste ici, simplement ? Et qu'il me tiendra compagnie si je ne peux pas aller plus loin ?

Je voudrais être Cira, brusquement. Je voudrais savoir draguer, savoir déchiffrer les mecs, comprendre ce qu'ils disent et ce qu'ils veulent. Je voudrais avoir la même désinvolture. Jusqu'à cet été, je ne m'étais jamais rendu compte que c'est une qualité. Une qualité qui pourrait m'être utile un jour.

Ça me convenait très bien que ce soit elle qui fasse virevolter ses cheveux et qui prenne des airs penchés pendant que je faisais des ricochets sur l'océan agité et que je surveillais l'horizon pour m'assurer que rien ne viendrait troubler notre cocon protégé.

Avant de pouvoir me retenir, je passe la jambe par-dessus la Barrière et je saute de l'autre côté. Avec un bruit léger, Catcher atterrit à côté de moi. On est dans l'ombre du mur, ici, c'est presque le noir complet. Je sens la main de Catcher se tendre vers moi, ses doigts effleurer délicatement ma peau.

Est-ce qu'on pourrait se fondre ensemble dans l'obscurité ? Nos corps n'ont rien de distinct, rien ne nous sépare sinon la forte chaleur estivale qui monte du sol, sous nos pieds.

J'ai un sentiment d'infini, maintenant que j'ai quitté les murs qui tenaient ma charpente en place. Mon univers a explosé et j'ai du mal à retrouver mon souffle, comme s'il n'y avait pas assez d'air ici, en dehors de la ville.

J'ai le tournis, brusquement. Le monde qui est à l'extérieur de la Barrière me paraît trop anormal. Trop dangereux. J'ai l'impression d'avoir un trou dans l'estomac : la peur me ronge de l'intérieur. Je ne suis pas censée être ici, c'est dangereux. C'est interdit. Tremblant de la tête aux pieds, je me retourne vers le mur et je cherche une prise. Il faut que je rebrousse chemin.

Mais Catcher me prend la main et m'attire près de lui, ce qui me rappelle enfin où je finis et où il commence. Il sort le couteau de l'étui que j'ai sur la hanche et me le tend; la lune fait courir un éclat brillant sur le bord tranchant du métal. Je prends l'arme d'une main crispée en espérant qu'elle m'aidera à me sentir plus forte.

– Il y a toujours un risque de rencontrer des Mudos, ici, me dit Catcher.

Le mot « Mudos » sort facilement de sa bouche, mais il me fait frémir, moi.

– Le grillage qui entoure le parc d'attractions les retient encore, ajoute Catcher. C'est juste au cas où…

J'essaie de ravaler ma terreur, qui me donne un goût chaud et métallique dans la bouche – comme un goût de sang. Catcher doit sentir que je m'écarte de lui, prête à remonter la Barrière pour retrouver la sécurité de la ville, parce qu'il me serre plus fort contre lui et ne me lâche pas.

– Ne t'inquiète pas. Je te protège.

Sa voix est comme la nuit qui m'entoure, profonde et sombre. J'essaie de me détendre dans ses bras. J'essaie de lui faire confiance.

Je n'ai jamais quitté la protection de la ville. Pendant qu'on se faufile parmi les ruines qui jouxtent le parc d'attractions, chaque ombre est un mort qui se relève. Chaque craquement du béton est un gémissement de Mudo avide de chair humaine. Chaque tournant qui nous éloigne de notre monde nous rapproche du monde des morts.

Je me demande comment il fait pour être aussi à l'aise ici. Il a reçu la même éducation que moi, appris les mêmes leçons en classe : que les seuls endroits sûrs sont ceux qui sont protégés par des murs et des clôtures. Que les morts deviennent acharnés une fois qu'ils ont senti une odeur de chair humaine. Qu'un Infecté qui fait sa mutation quand il n'y a pas de Mudos dans les parages devient un Brisant.

Pourtant, Catcher se balade au milieu des ruines avec assurance, sans le moindre malaise. Ce que je l'envie !

Quelque chose nous dépasse comme une fusée – un filet d'air, un bruit presque imperceptible. Le cœur battant, j'empoigne Catcher par l'épaule.

– C'est juste une chauve-souris, murmure-t-il.

J'entends à sa voix qu'il sourit.

« Les règles ont une raison d'être, voudrais-je répliquer. On ne devrait pas être ici. » Mais, d'un geste ferme, Catcher enroule mon bras autour du sien, et je ne peux pas m'empêcher de m'abandonner au plaisir de le sentir contre moi.

11

Quand on rejoint les autres au milieu du parc d'attractions, une des filles est en train de parler de Villenoire. Elle s'appelle Mellie et elle a deux ans de plus que moi – l'âge de Catcher. Elle tourbillonne dans l'obscurité, les bras écartés, caressant l'air immobile du bout des doigts.

– À la première neige, j'y vais, déclare-t-elle.

La vive lumière de la pleine lune se reflète sur le sol en béton craquelé. Elle souligne les creux et les courbes de la vieille armature du grand huit, qui semble faire écho aux gracieuses ondulations de Mellie.

Je tends le cou pour observer l'attraction désaffectée. Je ne l'avais vue que de loin, avec ses bosses qui émergent des ruines comme le dos d'un monstre à tête de serpent dont on a parlé un jour à l'école.

Je me demande comment c'était de faire un tour là-dessus, à l'époque où le petit train marchait encore – de s'arrêter tout en haut, avant de dégringoler dans la descente, et de contempler le monde qui est de l'autre côté des clôtures.

Qu'est-ce qui serait le plus terrifiant : sentir le sol se dérober sous mes pieds, ou voir ma meilleure amie se jeter contre le grillage et s'y agripper en montrant les dents, la bouche grande ouverte, dans la cacophonie de gémissements ?

Je regarde, autour de moi, les ombres des autres attractions et des vieux bâtiments qui ont été démantelés ou qui s'écroulent sur place. L'obscurité grignote tous les contours, alors j'ai peur de ce qui peut se cacher hors de ma vue.

– Il y a tellement de monde, à Villenoire ! dit Mellie d'une voix chantante, les yeux levés vers les étoiles. Vous imaginez ? Tant de possibilités, tant d'hommes...

Un des garçons – un rouquin dénommé Griffin – la rejoint et lui prend les mains.

– On ne te suffit pas ? demande-t-il avec un rictus.

Il éclate de rire et la fait tourner plus vite. Elle renverse la tête loin en arrière ; la lumière de la lune tombe sur sa gorge.

J'ai l'impression d'assister à une danse intime. Je voudrais détourner les yeux, mais je n'y arrive pas. J'entends tout le temps les gens parler de Villenoire. Elle est à plus de deux semaines de marche le long de la côte, mais c'est la grande ville la plus proche, un des derniers bastions fortifiés du temps d'avant le Retour. C'est là que se trouve le siège du Protectorat, notre vague gouvernement confédéré. Mais moi, je n'ai jamais envisagé d'y aller. Jamais imaginé pouvoir un jour assumer les loyers exorbitants qu'il faut payer pour vivre là-bas.

– Tu te vois habiter dans un de ces vieux immeubles ? lance une autre fille en se rapprochant de l'endroit où Mellie et Griffin sont en train de danser. Il paraît que certains ont au moins quarante étages.

Elle baisse le menton pour jeter un regard par en dessous à Griffin, qui lâche Mellie pour enlacer cette nouvelle fille avec un air ravi. Leurs rires paraissent presque trop bruyants dans l'obscurité.

J'ai une conscience aiguë de la présence de Catcher à côté de moi, et je suis persuadée que tout le monde remarque mon embarras. Mellie est tellement gracieuse, tellement belle et libérée ! Je me demande si Catcher veut danser, lui aussi. S'il aimerait que je sois plus comme les autres filles. Je ne peux même pas imaginer ce que ça me ferait d'écarter les bras et de me mettre à tourbillonner dans la nuit sans me soucier des coins sombres ni du risque de rencontrer des Mudos et de se faire tuer. Je jette un coup d'œil à Cira, qui se rapproche d'un copain de Catcher. Tête contre tête, ils ont l'air parfaitement indifférents à tout ce qui nous entoure, ces deux-là.

Je croise les bras et je me prends les coudes dans les mains. J'ai la chair de poule.

Je n'arrête pas de penser à ce qui s'est passé ici au moment du Retour. J'imagine la panique. La confusion. La foule amassée dans un espace réduit. L'impossibilité de s'échapper. Et les gémissements.

Constants, les gémissements.

Les autres migrent vers le grand huit en discutant des rumeurs qui courent au sujet de Villenoire et du projet de quitter Vista. Je me dis que Catcher va les suivre, que je vais me retrouver à la traîne. Mais il les laisse partir. Il ne reste plus que nous au milieu des échos de leurs voix.

Catcher m'effleure le bras et je ravale un million de mots. En s'imprégnant du parfum de son corps, l'air me monte à la tête et chasse la peur que j'éprouve à être de l'autre côté de la Barrière. Il y a quelque chose dans la légèreté de Mellie qui me donne envie d'être libre, moi aussi.

Je voudrais être comme elle. Je voudrais me débarrasser de cette inquiétude permanente et danser autour des vieilles attractions du parc, tourner avec les chevaux décolorés du manège ou virevolter dans les tasses à thé ébréchées.

Mais je ne le fais pas. Je reste plantée là, avec le bout des doigts de Catcher sur la peau. On a l'impression d'être les premiers à découvrir ce monde d'autrefois. À échapper à tout ce qui nous retenait. De l'autre côté de la Barrière, rien que l'air semble différent, plein de possibles. Chaque goulée que j'inhale me donne l'impression de sortir de moi-même et de devenir quelqu'un d'autre.

Je commence à penser que j'avais peut-être tort de craindre le monde extérieur. Que je peux être comme les gens de mon âge et rêver de faire cette longue marche jusqu'à Villenoire. Qu'il y a peut-être d'autres possibilités, dans la vie, que de rester terrée dans une ville sans horizon comme Vista.

Catcher ouvre la bouche pour dire quelque chose ; je me penche vers lui, quand on entend crier :

– Et toi, Catcher ? Tu viens faire la course jusqu'en haut du grand huit ?

C'est Blane, une des filles qui suivent Mellie partout.

Catcher la regarde avec des yeux brillants. J'essaie d'étudier sa grâce. De la mémoriser. Je sens que mes épaules se voûtent, tellement je suis mal à l'aise, et ça me décourage un peu. Comment pourrait-il s'intéresser à moi alors qu'il y a des filles comme elle ?

– Les acrobaties, je laisse ça aux jumeaux, répond-il en

indiquant d'un mouvement du menton les deux frères qui font les imbéciles sur la vieille structure en bois et tentent chacun de surpasser l'autre.

Blane ne se laisse pas dissuader si facilement.

– Oh, allez, Catch !

Il se crispe, à côté de moi, et je repense à ce qu'il vient de m'avouer : qu'il a le vertige. Alors j'interviens :

– C'est à cause de moi.

Ma voix est un misérable couinement, à des années-lumière du ronronnement grave qui sort de la bouche de Blane. J'essaie de m'éclaircir la gorge, d'empêcher mes mains de transpirer tandis que les regards se tournent vers moi. Je n'ai pas l'habitude d'être le centre de l'attention. Je ne me souviens que trop bien que je suis plus jeune et que je ne suis pas des leurs, pas de leur bande.

– Je euh… J'ai le euh… le vertige, je reprends en m'efforçant vainement de dissimuler mon embarras.

Blane se déhanche et met une main sur son bassin, prête à répliquer, quand Catcher glisse un bras autour de moi. Je me fige. J'ai peur qu'il me lâche si je bouge.

– On va passer notre tour, Gabry et moi, déclare-t-il.

Blane me regarde en plissant les yeux, puis se tourne vers les autres.

– Pitié, dites-moi qu'il y a *un mec* ici qui est prêt à nous montrer de quoi il est fait ! lance-t-elle d'une voix forte en se dirigeant à grands pas vers le pied du grand huit.

Les jumeaux ont déjà escaladé la moitié de la partie la plus haute du circuit.

J'attends que Catcher me lâche : j'ai juste dû lui servir d'alibi face à Blane. Mais il appuie du bout des doigts sur mon épaule nue pour me rapprocher de lui. Je n'avais jamais connu de sensation aussi forte. Je suis éblouie de pouvoir vibrer ainsi d'excitation sans exploser.

J'entends les autres crier pour encourager les garçons qui font la course – des ombres dans le clair de lune. Catcher m'entraîne vers le manège de chevaux de bois, avec ses montures aux couleurs passées et son toit pointu strié de rouge, de vert, de violet et de bleu écaillé.

J'enfourche la licorne, qui a perdu le bout de sa corne depuis longtemps, et Catcher reste debout à côté de moi. Une main sur ma cuisse et l'autre sur le poteau, près de ma tête. Son ventre frôle ma hanche. Je serre les genoux contre les flancs de ma monture.

Je sens que quelque chose est possible entre nous. Craignant de glisser ou, par je ne sais quel prodige, de m'envoler dans les airs, je m'agrippe de mes doigts moites au pommeau de la selle.

Un jour, ma mère m'a parlé de son premier baiser. J'étais au lit avec la fièvre – je délirais, m'a-t-elle raconté plus tard –, mais je me souviens de sa voix et de ce qu'elle m'a dit sur le garçon qu'elle a aimé quand elle était jeune. Il était de son village dans la Forêt. À un moment où il était blessé et fébrile, comme moi alors, elle a refusé de le laisser tomber, elle est restée à son chevet. Plus tard, quand il a été guéri, elle a rêvé de l'océan avec lui, postée au sommet d'une colline, et c'est à ce moment-là qu'elle l'a embrassé, portée par tous ses espoirs pour l'avenir.

Je repense à ça tandis que le souffle de Catcher flotte autour de moi. Je sens sa présence, je sens l'air qui vibre entre nous. Son regard dérive un instant vers ma bouche et, avant de pouvoir me retenir, je me lèche les lèvres. J'ai peur qu'il ne s'intéresse pas à moi et, en même temps, l'éventualité contraire me stresse aussi. Mais c'est surtout le silence qui me rend nerveuse. Je suis tenaillée par le besoin de dire quelque chose.

Catcher est le premier à prendre la parole :

– Je suis content que tu aies décidé de venir avec nous.

Je m'agite, soulagée. Dans la chaleur de cette nuit d'été, ma chemise me colle dans le dos. Je ne sais pas comment lui dire que je n'ai jamais eu envie de braver la Barrière. Que je ne suis pas comme Mellie et les autres, qui veulent partir explorer le monde, que la sécurité qu'on a chez nous me suffit.

À la place, je marmonne :

– Moi aussi.

Puis le silence retombe entre nous. Je tapote la patte de la licorne du bout du pied, en me demandant comment combler ce vide gênant. Une idée folle me tourne dans la tête : je devrais lui avouer qu'il me plaît. Mais je la chasse rapidement.

Il attrape le bout de ma natte et passe les doigts sur la houppe de cheveux. Je ne peux pas m'empêcher de sourire.

– J'ai l'impression que les choses ont changé, dit-il.

Je ne sais pas s'il trouve qu'elles ont changé en bien ou en mal.

– Comment ça ? je demande d'une voix étranglée.

Il reste concentré sur ses doigts dans mes cheveux, se chatouille la paume de la main avec les pointes. Fascinée, je ne le lâche pas des yeux.

Il s'éclaircit la gorge.

– Parfois, quand on connaît une certaine personne – ou qu'on croit la connaître –, on n'en connaît qu'une seule facette, en fait, tu vois ?

Il coule un regard vers moi et, dans le clair de lune, je note qu'il a les joues rouges. J'acquiesce, les yeux écarquillés ; je n'ose espérer qu'il parle de moi et de la possibilité qu'il se passe quelque chose entre nous.

Il inspire profondément et lâche ma natte, qui glisse sur mon épaule. En attendant qu'il continue, je m'aperçois que j'ai les poumons en feu.

– Disons que, pour toi, c'est juste la copine de ta petite sœur, poursuit Catcher. Et qu'ensuite, quelque chose change. Tu l'entends dire quelque chose d'inattendu, par exemple. Ou tu l'entends rire et, tout d'un coup, tu la vois sous un jour totalement nouveau. Et là, ça devient autre chose.

Il pose une main sur mon épaule, avec le pouce sur ma clavicule. J'ai du mal à respirer, tant je brûle de l'entendre me dire qu'il a des sentiments pour moi. Qu'il pense à moi aussi souvent que je pense à lui.

– À partir de là, tu la trouves…

Il s'interrompt. Au-dessus de nos têtes, les étoiles tourbillonnent et s'entrechoquent et brillent plus fort rien que pour nous.

– … belle, termine-t-il.

Mon cœur explose et me remplit tout entière.

Catcher se penche vers moi.

– … merveilleuse et drôle et…

Il s'approche encore plus.

J'en ai des picotements partout.

Je me rends compte qu'il a parfaitement raison. Qu'on

voit toujours les gens tels qu'ils étaient avant et pas forcément tels qu'ils sont maintenant. Je me passe la langue sur les lèvres et je me lance – ma voix ne tremble qu'un tout petit peu :

– Et tu commences aussi à voir le frère de ta meilleure amie sous un autre jour.

Je me demande ce que je suis censée faire – si je dois me pencher vers lui, moi aussi ; comment c'est supposé marcher, tout ça, et si je m'y prends de travers.

Il me fait son sourire mystérieux sauf que, maintenant, je pense avoir peut-être percé le mystère. Entre nous, l'air est électrique et chargé de possibilités. Les yeux de Catcher se posent sur mes lèvres et son souffle me chatouille la bouche.

Un jour, quand j'étais petite, le sol a tremblé sous mes pieds. On nous a dit que c'était la Terre qui bougeait, qui se remettait à sa place. Mais la secousse a créé une énorme vague. Je repense au moment où je l'ai vue arriver depuis le phare. Je me souviens de la compression de l'air et du grand silence quand l'eau s'est retirée, s'est immobilisée le temps d'un souffle, juste avant que la vague se brise.

Voilà ce que je ressens au moment où Catcher s'approche de moi. Une compression de l'air entre nous, un temps d'arrêt silencieux, puis ses lèvres qui effleurent les miennes.

Je sens d'abord leur chaleur. La façon dont sa bouche s'immobilise contre la mienne avant d'appuyer de nouveau. Je pose ma main par-dessus la sienne, sur le poteau, et il entremêle ses doigts aux miens.

C'est comme si toute ma vie m'avait menée à cet instant. Comme si c'était ça que j'attendais. Toutes les années de mon enfance avec Catcher, toutes les fois où il m'a couru après dans les rues tortueuses de la ville quand on jouait au chat, toutes les fois où il a ri quand Cira et moi avons joué des pièces de théâtre compliquées écrites pour lui, toutes les fois où il s'attardait un peu quand j'étais là.

Comme si on avait passé tout l'été à se tourner autour en se rapprochant inéluctablement, emportés par le mouvement, jusqu'à produire des étincelles. Comme si c'était écrit, tout ça. Je me presse contre lui et il se presse contre moi.

Je suis tellement absorbée par mon premier baiser, par la joie d'être avec Catcher, que je n'entends pas tout de suite le gémissement qui nous tombe dessus dans la nuit et nous sépare brutalement.

III

Le gémissement qui retentit près de nous, qui nous arrache à notre étreinte frémissante, est suivi d'un silence si profond que je me sens complètement vidée de l'intérieur. Mon cœur s'emballe et la peur de tout à l'heure revient me picoter la peau.

Catcher se détache de moi, et je manque tomber dans le vide que son corps occupait. Il descend du manège en chancelant et se met à tâtonner dans le noir. J'essaie encore d'y voir clair, de retrouver mes esprits quand je vois la Mudo qui fonce vers nous dans la pâle lumière de la lune. Ses gémissements résonnent autour de nous.

Catcher comprend avant moi. Je mets un peu plus de temps à me rendre compte que cette fille est un Brisant. Je n'en avais encore jamais vu, parce que les Infectés ne deviennent des Brisants que lorsqu'il n'y a pas assez d'autres Mudos autour d'eux au moment de leur mutation, et qu'à Vista, on tue tous les Infectés avant qu'ils meurent et reviennent.

Le Brisant apparaît au détour d'une des attractions et gagne le milieu du parc à toute vitesse – c'est une fille pas plus âgée que nous, qui paraît presque normale si on oublie les gémissements. La bouche ouverte et les lèvres retroussées sur ses dents, elle court avec les bras tendus devant elle.

Je ne réagis toujours pas ; mon esprit bute sur le fait qu'elle court. Elle ralentit une seconde, juste le temps de tourner la tête à gauche, vers Catcher et moi, puis à droite, vers le reste du groupe rassemblé au pied du grand huit pour encourager bruyamment les deux frères, qui sont presque tout en haut. Cira est parmi eux, les bras levés. Elle applaudit.

Ils ne se rendent compte de rien, mais si on crie pour les avertir, Catcher ou moi, on risque d'attirer le Brisant vers nous.

Je me plaque les mains sur la bouche, pétrifiée sur place. Terrorisée à l'idée d'éveiller son attention. Mes doigts s'enfoncent dans mes joues et les cris qui menacent de m'échapper me font suffoquer. Je n'ai qu'une seule pensée, un seul hurlement en tête : « C'est pas possible ! »

Le Brisant oblique vers les autres – vers Cira, au pied du grand huit. À ce moment-là, Catcher se précipite. La lune n'éclaire pas tout ; les silhouettes sont imprécises, grignotées par l'obscurité. Catcher est une ombre qui se déplace vers une autre ombre. Les zones plus claires que forme sa peau pâle font pendant aux dents luisantes du Brisant.

Je saute du manège et je dégaine enfin mon couteau, quand j'entends un cri suraigu. Je ne veux pas regarder, mais je le fais quand même. Je ne veux pas voir ça, mais je ne peux pas m'en empêcher. Le Brisant percute le groupe qui se tient près du grand huit. La bande se disperse, mais il empoigne quelqu'un, une fille grande et mince, et quand il déboule avec elle dans le clair de lune, je reconnais Mellie.

J'ai la gorge qui me brûle, les yeux embués de larmes et

l'estomac qui se tord de terreur, mais je vois quand même la scène. Le Brisant attrape Mellie par les cheveux et la jette par terre, plante les dents dans son avant-bras et tire. Le sang gicle.

Et ça suffit. La morsure va infecter Mellie. Une morsure vous infecte toujours. Et les Infectés mutent toujours. C'est comme si Mellie était déjà morte.

Les autres s'égaillent en hurlant. Devant ce déferlement de chair humaine, le Brisant lâche Mellie ; le besoin d'infecter est plus pressant que celui de s'attarder sur une victime toute fraîche. La bouche de Mellie s'ouvre dans une plainte et elle plaque la main sur sa blessure. Le sang coule entre ses doigts. Elle tremble et se balance en sanglotant.

Le Brisant bondit vers sa cible suivante. Et tout ce que j'arrive à faire, moi, c'est rester plantée là à regarder. J'essaie de comprendre. De faire le lien entre les cours insipides qu'on a eus au sujet des Brisants, à l'école, et la réalité de cette fille qui est devant moi. Et je comprends enfin ce qu'on nous a raconté sur les décennies qui ont suivi le Retour, quand les Patrouilleurs prenaient des villes et y trouvaient une petite poche de Mudos qui faisait repartir l'infection.

Je comprends comment les Brisants ont pu empêcher les vivants de reprendre le contrôle de la planète.

Mais aucun d'entre nous n'en avait jamais vu. Aucun d'entre nous n'avait vraiment compris ce que c'était. Se faire expliquer un phénomène à l'abri de la salle de classe, c'est une chose, mais le voir de ses propres yeux, c'est une autre histoire. On est trop habitués aux Mudos qui échouent sur la plage – qui sont lents, léthargiques et gorgés d'eau – ou qui arrivent à se traîner jusqu'à la Barrière et se pressent derrière.

On a appris tout jeunes à se défendre contre ce type de Mudos-là. Mais cette fille, elle est trop rapide. Le temps que je cligne des yeux, elle est déjà en train de faucher quelqu'un d'autre. Un garçon. Il donne un coup de hache et la lame se plante dans son bras, mais ça ne la ralentit pas. Elle trouve sa gorge et mord dedans avant qu'il ait eu le temps de déloger son arme, et il tombe dans une mare de sang qui paraît noir dans l'obscurité.

Je recule. Je voudrais m'enfuir. Je sais que c'est le plus sûr. Mais à ce moment-là, je vois Catcher. Il court à toute vitesse, non pas vers la Barrière, mais vers le Brisant, qui se détourne de sa cible suivante pour foncer à sa rencontre. Catcher a un couteau à la main ; la lame paraît trop petite et inutile contre l'attaque imminente.

Pendant que la créature s'approche de lui, je hurle dans ma tête, la poitrine compressée. Ça va trop vite. À la dernière seconde, il s'écarte et elle continue sur sa lancée. Il l'attrape par les cheveux au passage et lui tire la tête en arrière, une main plaquée sur sa gorge. Avec un cri guttural, il enfonce son couteau à la base de son crâne, et ses bras tremblent sous l'effort.

Je croise son regard au-dessus du corps inerte. À cet instant, j'ai l'impression que tout s'arrête. Elle était déjà morte. Depuis longtemps. Elle n'était que manque, avidité et infection. Mais je vois quand même sur le visage de Catcher quelque chose que le mien doit refléter : du regret et de la résignation.

Cette fille, c'était quelqu'un, avant. Quelqu'un comme nous. Son corps glisse par terre. Catcher se penche au-dessus d'elle, retire son couteau, pose les mains sur ses yeux.

C'est pour ça qu'il ne la voit pas. Tel un éclair de chaleur à l'horizon, un mouvement fugitif à la périphérie de mon champ de vision : Mellie, qui se redresse tant bien que mal, bouche ouverte et mains tendues. Elle est déjà morte et revenue après s'être vidée de son sang.

Un nouveau cri me scie la colonne vertébrale. Ça vient du groupe rassemblé au pied du grand huit. C'est la panique : le garçon infecté, celui qui a été mordu à la gorge, se relève en gémissant, la bave aux lèvres.

Alerté par le cri, Catcher s'élance vers eux, mais Mellie est plus rapide. Je fais la seule chose qui puisse le sauver, qui puisse lui donner du temps. Je hurle en agitant mon couteau dans la nuit.

Ça marche. Mellie se désintéresse de Catcher et fonce vers moi. Je ne regarde même pas Catcher pour voir sa réaction ; je n'ai pas le temps de réfléchir ni de m'abandonner à la terreur qui m'écrase la poitrine. J'arrime bien mes pieds, comme on me l'a appris. Je serre mon couteau entre mes mains, puis je me rappelle que je dois me détendre, relâcher mes muscles et attendre qu'elle arrive à ma portée.

Grâce à la lumière de la lune, je vois Mellie en détail tandis qu'elle se rapproche. Elle a encore un regard lucide et ses longs cheveux bruns flottent librement autour de son visage. Sa peau lisse et bronzée est luisante de sang.

Pendant qu'elle court vers moi, je repense à la grâce avec laquelle elle dansait tout à l'heure. Au fait que je voulais lui ressembler. Je me dis qu'on aurait pu devenir amies. Que j'aurais pu faire plus d'efforts pour me rapprocher d'elle. Que les choses ne devaient pas se passer comme ça.

Elle était censée être en sécurité. Comme nous tous. On

était censés être heureux et avoir un avenir, un avenir dont on pouvait rêver.

J'ai envie de fermer les yeux, de me souvenir d'elle telle qu'elle était avant. D'effacer l'image où tout ce qu'elle veut, c'est me déchiqueter. Me ronger jusqu'à l'os. J'ai envie de céder à la terreur qui m'assaille, qui me cloue au sol.

« Sauve-toi ! crie une voix dans ma tête. Frappe ! Fais quelque chose ! N'importe quoi ! »

L'obscurité de la nuit se resserre autour de moi, se referme comme un étau, efface tout sauf le bruit des pieds de Mellie qui martèlent le sol, avalent la distance entre nous.

Dans ma tête, la voix rugit : « Frappe ! Frappe ! Elle est trop près ! Frappe ! »

Je serre les dents et j'essaie de garder le bras stable. Le moment approche, les cheveux de Mellie flottent derrière sa tête, sa bouche s'ouvre lentement, ses dents luisent. Je me concentre sur son cou. J'imagine ma lame en train de le trancher. J'essaie d'attendre. J'essaie de me rappeler mon entraînement.

Je ne peux pas respirer. J'étouffe. Elle est trop près. Je ne peux plus attendre. Je tends le bras et je frappe avec toute la force de ma terreur et de ma panique.

Je fais un tour sur moi-même.

La lame a fendu le vide avec aisance et je me rends compte que j'ai frappé trop tôt à l'instant où Mellie me rentre dedans. Si j'avais attendu une seconde de plus, j'aurais pu l'arrêter. Ses bras s'empêtrent dans les miens, sa tête me percute le menton et je tombe à la renverse ; mon crâne heurte le béton fissuré.

J'entends le bruit de l'impact avant de la sentir sur moi.

Je vois le mouvement avant d'en saisir la signification : la bouche de Mellie, celle-là même qui parlait de ses rêves et de Villenoire, un peu plus tôt dans la soirée, descend vers moi.

Mais tout d'un coup, elle n'est plus là. Le poids de son corps sur ma poitrine s'est désintégré. Je me tourne sur le côté et je comprends : Catcher. Il roule par terre. Les bras autour de lui, Mellie montre les dents. Elle l'attaque comme un chat qui lutte contre la noyade. Je vois qu'elle lui griffe le bras. Les longues éraflures se mettent à saigner, ce qui la rend encore plus déchaînée.

Chancelante, j'essaie de me mettre debout. Je prends mon couteau, mais j'arrive à peine à fermer le poing dessus. Je recule le bras, prête à frapper de nouveau, mais je ne saurais dire où le corps de l'un se termine et où celui de l'autre commence. Ils forment un amas de chair, de sang et de dents qui ahane et gémit.

Ensuite, j'entends un crac. Comme si un vieillard avait fait craquer ses doigts tous en même temps. Et il ne reste plus que Catcher, à genoux et pantelant. Ses mains sont crispées autour de la tête de Mellie, qui est enfin immobile, le cou brisé.

Il lève les yeux vers moi. Ses mains se détachent des cheveux de Mellie et viennent pendre contre ses flancs. Du sang coule le long de son avant-bras et goutte de ses doigts. Mais ce n'est pas ça que je regarde. Ce que je regarde, c'est la blessure en forme de croissant de lune qu'il a sur l'épaule.

L'endroit où il a été mordu.

IV

J'avale ma salive. Le sang qui tombe de ses doigts forme une flaque à ses pieds. Autour de moi, les cris s'estompent, disparaissent – comme s'ils n'avaient jamais existé.

– Tu...

– Rentre chez toi, Gabry, me dit Catcher.

Derrière nous, dans la ville, j'entends les cloches se mettre à sonner – c'est le signal en cas de grosse alerte. Ils ont dû entendre nos cris, au poste de garde qui est à côté de l'entrée, ou alors quelqu'un a couru les prévenir. À présent, ils savent qu'il y a un problème ici, et la Milice ne va pas tarder à arriver pour tirer ça au clair.

– Mais...

« Mais et toi ? voudrais-je dire. Et ta morsure ? Et l'infection ? » Je voudrais lui demander ce qui va se passer, mais je le sais déjà. Même si la morsure est superficielle, il est infecté. Et l'infection va finir par le tuer.

Le choc me glace.

L'infection, c'est la mort assurée. Elle est toujours fatale.

– Rentre chez toi, répète Catcher d'une voix qui se brise.

C'est à croire qu'il a lu dans mes pensées. Je vois à sa

tête qu'il en sait autant que moi. Il a conscience de ce qui l'attend.

– … La Milice sera bientôt là. Il ne faut pas qu'ils te trouvent ici. Tu aurais trop d'ennuis.

Je fais un pas vers lui. Ce qui reste de notre groupe est blotti au pied du grand huit, à l'autre bout du parc bétonné. Un garçon appuie un T-shirt sur la jambe d'une fille, et ils ont tous deux les joues striées de larmes. Les jumeaux descendent lentement de l'armature du grand huit. Cira et Blane bourrent de coups de couteau le cadavre de ce qui fut un ami, pendant qu'un garçon vomit en se tenant le ventre.

Partout dans la nuit, il y a du sang et des pleurs, des gens infectés et des lames qui scintillent au clair de lune. Le bruit de succion des coups de couteau répétés me donne des haut-le-cœur. Je suis au bord de la crise d'hystérie. La soirée a dégénéré. J'ai envie de pleurer, de m'effondrer, de fermer les yeux et de me boucher les oreilles et de faire comme si de rien n'était.

J'ai envie de partir le plus loin possible.

Mais personne d'autre ne s'est sauvé.

Je me tourne vers Catcher.

– Je ne peux pas te laisser là.

Pourtant, je voudrais bien m'échapper. Je voudrais oublier ce qui s'est passé, monter dans ma chambre et me rouler en boule sous les couvertures, à l'abri. J'ai toujours été à l'abri, chez moi. Mais je ne peux pas abandonner les autres.

– Ils devineraient que j'étais là, ils…

Catcher m'interrompt en secouant la tête.

Au fond de moi, je sens un hurlement monter, chasser tout ce qui me constituait avant cet instant. Je n'arrive pas à détacher les yeux de l'épaule de Catcher. Dans ma tête, j'entends encore claquer les dents du Brisant.

– Qu'est-ce qui va t'arriver ?

– Rentre chez toi, dit-il encore.

Rien de plus. C'est comme si ses lèvres n'avaient jamais touché les miennes. Comme si je n'étais rien pour lui.

Je voudrais tomber à genoux et coller ma bouche contre la blessure. Je voudrais prendre l'infection en moi, combler le vide qui semble tout envahir.

Mais je ne le fais pas. Je me contente de fixer la morsure en me répétant que j'ai frappé trop tôt. Si seulement j'avais attendu ! Si seulement je n'avais pas eu si peur ! Je savais qu'il fallait attendre et je n'ai pas pu. C'est ma faute si Catcher est infecté.

– Et Cira ? j'objecte. Je ne peux pas la laisser là.

Je cherche autour de mon cou le collier qu'elle m'a donné. Il était censé nous protéger et il n'a pas marché.

Catcher secoue la tête, mais des bulles de désespoir se forment dans mon ventre. J'appelle ma copine :

– Cira !

Elle me regarde et je vois d'ici les éclaboussures de sang qu'elle a sur le visage. Elle se tient au-dessus du cadavre écharpé du garçon mort, la main crispée sur un long couteau – tellement crispée que les articulations de ses doigts ont blanchi.

Je lui fais signe de venir, mais elle n'a pas l'air de me voir.

– Cira ! je crie de plus belle. Cira, par ici !

En hurlant, elle se remet à poignarder le corps du garçon. Comme si elle voulait le punir d'avoir été infecté. De s'être transformé en Brisant.

Ma gorge se serre et je me plaque les mains sur la bouche. Les larmes aux yeux, je lâche un petit sanglot.

Catcher attire à nouveau mon attention en disant simplement :

– S'il te plaît, Gabry.

Il a un ton éperdu qui me fend le cœur. Je jette un coup d'œil aux autres : la tête dans les mains, le visage trempé de larmes, ils sanglotent.

– Fais-le pour moi, ajoute Catcher.

C'est comme s'il me donnait la permission de faire ce que je souhaite désespérément faire. Alors je tourne les talons et je m'enfuis en laissant là tout le monde. Je repasse dans les ruines, où je traverse des zones d'ombre et me cache pour échapper à la Milice. Enfin, je retombe sur la Barrière. Je la bourre de coups. J'ai les poings éraflés, mais je continue à tambouriner sur le bois usé, tellement épais qu'il absorbe tous les sons.

Comme si c'était la faute de la Barrière, tout ce qui s'est passé. Et peut-être que c'est le cas, me dis-je soudain en m'écroulant, les yeux fermés. On n'aurait jamais dû la franchir.

Je n'arrête pas de voir Catcher; je n'arrête pas de voir le sang. Des larmes s'amassent sous mes paupières, mais elles n'effacent pas les terribles souvenirs qui me hantent.

Je brûle de faire demi-tour. D'y retourner. Ce n'est pas correct de les abandonner. J'entends, au loin, les Miliciens vociférer en courant vers le parc d'attractions. En ville, les cloches sonnent toujours, carillonnant à leur rythme lent et régulier. Les battements de mon cœur accompagnent chaque coup de battant sur le métal. Je colle le front contre la Barrière. Le bois sec a une légère odeur de pourriture.

Il pourrait y avoir d'autres Mudos ici. Je sais bien que je devrais vite escalader le mur et courir chez moi. Mais je n'ai qu'une envie : me terrer ici, dans les ombres de la nuit. Me laisser engloutir par ce cauchemar et disparaître.

Le monde a rétréci trop vite. Le nouveau champ de possibilités qui s'ouvrait devant moi, il y a quelques heures à peine, s'est replié sur lui-même. J'avais raison d'avoir peur de ce qu'il y a de l'autre côté de la Barrière. J'ai été stupide de me laisser convaincre qu'on pouvait trouver mieux à l'extérieur de Vista. Que je pouvais être à ma place loin de ma mère, du phare et de la sécurité de la ville.

Je grimpe sur le mur et je ne fais pas de pause en haut avant de sauter de l'autre côté. La ville grouille d'ombres qui s'agitent, délimitées par la lumière blafarde de la lune. Je me fonds dans la pagaille, en gardant la tête basse pour rester invisible au milieu des gens paniqués qui s'égaillent en tous sens.

Les hommes sortent de chez eux avec leurs armes et crient pour se parler dans le brouhaha; les femmes barricadent les portes et les fenêtres. Mais leur affolement ne m'atteint pas. Je me sens vide, engourdie; je ne suis plus qu'un fantôme.

Une fois ou deux, je m'arrête au milieu de la rue pendant que toute la ville passe en courant, et je me demande si je dois y retourner. Je me demande comment j'ai pu laisser Catcher là-bas comme ça. Comment j'ai pu laisser Cira et les autres affronter sans moi le courroux de la Milice et du Conseil. Comment j'ai pu être aussi égoïste et les abandonner de cette façon.

Mais je n'y retourne pas. Je continue à errer, à louvoyer entre les maisons dans les rues étroites, les doigts mollement refermés sur mon arme. Avec des larmes qui me piquent les yeux.

Rien n'a de sens, ce soir. Ce baiser tant attendu. Ma première fois de l'autre côté de la Barrière. Ce sentiment de liberté, ces aspirations.

Et surtout le Brisant. Sa rapidité. Sa férocité. À l'école, on nous a expliqué le phénomène en les comparant à certains animaux, qui perçoivent la proportion entre mâles et femelles de leur environnement : si la population d'une zone donnée compte trop de femelles, la plupart des prochains nouveau-nés seront des mâles. C'est leur seul moyen d'assurer leur survie.

Pareil avec les Mudos : s'il n'y a pas assez de Mudos dans le secteur, quiconque est infecté va se transformer en Brisant. Sinon, ce serait trop facile de les tuer tous. Les Mudos ne sont difficiles à tuer qu'en colonies importantes ; dans les combats à un contre un, ils sont trop lents. Les Brisants, en revanche, ne tiennent pas aussi longtemps mais sont beaucoup plus durs à éliminer, même en nombre réduit, et peuvent répandre l'infection rapidement.

En voir un de ses propres yeux, ce n'est pas la même chose qu'en entendre parler à l'école. Voir mourir une fille que tu connais. La voir revenir. La voir foncer vers toi et savoir que jamais tu ne pourras courir plus vite.

J'appuie sur mes yeux avec les doigts. Je voudrais pouvoir appuyer assez fort pour effacer cette image.

Personne ne me remarque dans le tumulte. J'emprunte le sentier qui passe en bordure de la ville, traverse le bois et mène au phare, où j'habite avec ma mère. Le phare est à la périphérie de Vista, perché à la pointe de la péninsule, loin des maisons et des boutiques de la ville. Sa façade arrondie s'aligne avec la clôture, qui suit la courbure de l'océan. Je m'arrête pour regarder son faisceau de lumière qui balaie la nuit, en clignotant au même rythme que mon cœur.

Il y a des années – des générations –, Vista était une ville plus importante, un port de commerce. Après le Retour, quand les routes sont devenues trop dangereuses à cause des Mudos, de plus en plus de gens ont adopté le bateau comme moyen de transport. Grâce à son phare et à son petit port, Vista est restée reliée au monde. Tout y était centralisé : les informations, les marchandises etc. C'était un atout précieux pour le Protectorat. Jusqu'à ce que les pirates commencent à piller les navires. Et que même l'océan devienne trop dangereux.

Maintenant, on n'est plus qu'un point de lumière sur la côte, qui continue à clignoter pour rien.

Les fenêtres sont noires ; je devine déjà qu'il n'y a personne à la maison. Ma mère doit encore être à la réunion hebdomadaire du Conseil. Je sais que je devrais rentrer et m'enfermer dans ma chambre. Elle s'inquiéterait si elle me savait dehors alors que les cloches sonnent l'alarme, mais le danger n'est pas ici. Il est dans les ruines, dans le parc d'attractions qui me paraît si loin...

Je ne suis pas encore prête à rentrer, alors je contourne la maison et je me faufile à travers la clôture pour descendre sur la plage. La marée monte, c'est un moment dangereux pour s'approcher de l'océan : les vagues pourraient ramener des Mudos sur le rivage. Mais je reste là quand même, à contempler la nuit. Je sens plus que je ne vois le faisceau de lumière clignotante qui tourne au-dessus de ma tête, balayant le néant.

Enfant, je venais souvent ici avec ma mère. Elle fixait l'horizon comme s'il était infini, inaccessible. Comme s'il l'appelait, invoquant son aide. Mais jamais elle ne partait le rejoindre.

Elle avait un petit bateau à voile avec lequel elle s'aventurait dans les vagues, de temps en temps. En ville, j'entendais des gens échanger des messes basses à propos de ma mère ; ils trouvaient qu'elle était folle de s'éloigner du rivage. Leurs commentaires me mettaient le feu aux joues. J'étais extrêmement fière d'elle, quand j'étais petite, fière qu'elle fasse des choses que personne d'autre n'osait faire. Ignorant ce que disaient les gens, elle fendait les vagues dans son petit bateau, avec moi à l'avant et elle à la barre. Parfois, je me demandais si elle allait border la voile et continuer sa route jusqu'à l'horizon. Mais elle finissait toujours par virer de bord.

En grandissant, quand j'ai pris conscience des risques qu'elle prenait, j'ai fini par avoir honte de ma mère, par en rougir. Parce qu'elle était différente des autres. Parce qu'elle n'avait pas sa place dans notre ville. Les gens ne comprenaient pas pourquoi elle prenait des risques pareils. J'ai fini par refuser de l'accompagner ; c'était stupide de quitter la protection du rivage, au mépris du danger.

Au bout d'un moment, elle a arrêté la voile. Elle a paru oublier le vieux bateau sur son râtelier à côté du phare, où il est toujours. Et, comme tout le reste dans notre univers, il s'est lentement, inévitablement dégradé : sa voile est en lambeaux, sa coque s'est écaillée. Je me demande si j'ai la force de le traîner jusqu'à l'eau. De hisser le mât, de border la voile et de partir dans la nuit. Pour être avalée par le néant.

Au lieu de ça, je laisse mes pieds s'enfoncer dans le sable pendant que les vagues me chatouillent les chevilles. Je repense à la blessure en forme de croissant que Catcher a sur l'épaule. Comment est-ce possible que tout change aussi vite ?

J'imagine que c'était un peu comme ça, un tour sur le grand huit, autrefois. On s'immobilisait tout en haut, au bord du gouffre, avec le vaste monde étalé sous les yeux et des bouffées de vie plein les poumons… et puis c'était le grand plongeon. La perte de tout contrôle. Voilà ce que je suis en train d'apprendre sur notre univers. Il peut donner, mais il peut aussi reprendre.

◆

Cette nuit-là, dans mon lit, je sens les draps sur mon corps. Pour la première fois, je repense à ce que j'ai ressenti quand la peau de Catcher a effleuré la mienne. Il fait chaud, lourd, étouffant. L'air m'enfonce dans le matelas, je ne peux plus respirer. Prise de panique, je rejette les couvertures, une main plaquée sur la poitrine, et j'inspire avidement. Je n'arrive pas à croire que j'aie pu les quitter. Je n'arrive pas à croire que j'aie pu m'enfuir.

Je sors de ma chambre d'un pas chancelant et je monte les marches quatre à quatre pour rejoindre la passerelle. Là, je me plaque contre la rambarde et j'attends que le faisceau de lumière qui tourne dans l'obscurité passe sur les courbes du grand huit, au loin.

Je frémis encore. Je suis en sécurité, me rappelé-je. Je suis en sécurité. Mais ça ne m'aide pas. Parce que je ne sais pas si on peut en dire autant des autres.

Et que j'ai terriblement peur que ça ne dure pas.

Je vois des points de lumière vacillante au loin, à des endroits où il ne devrait pas y en avoir : la Milice est dans le parc d'attractions. Est-ce que Cira ou une autre personne de la bande est en train de leur dire que j'étais là ? Que je me suis enfuie ? Je suis tout aussi coupable qu'eux, seulement je me suis sauvée avant qu'on me prenne sur le fait. Je me dresse sur la pointe des pieds et je scrute le sentier sinueux qui relie Vista au phare, en pensant que je vais voir des torches. Qu'ils vont venir m'embarquer.

Mais non. Le vent se lève à l'horizon. Les lumières du parc d'attractions disparaissent. Et moi, je reste plantée là, à attendre.

J'ai honte d'être en sécurité alors que mes amis ne le sont pas. D'être en vie alors qu'ils sont peut-être infectés.

Mais ce qui me fait le plus honte, c'est que je n'ai qu'une envie : me remémorer ce que j'ai ressenti quand les lèvres de Catcher se sont posées sur les miennes. Quand ses doigts se sont refermés sur mon poignet. Je voudrais me raccrocher au seul souvenir de cette soirée qui ne soit pas de la souffrance, de la peur et des regrets.

Mais je n'y arrive pas. Je ne vois que le sang.

Soudain, je me rends compte que je ne le reverrai jamais. Je ne le sentirai plus jamais contre moi. J'ai perdu pour toujours le sentiment que je suis libre et que tout est possible.

V

Le soleil du petit matin s'infiltre par les interstices autour du store et souligne les rides du visage de ma mère, assise à mon chevet, qui écarte de grosses mèches de mes joues ; sa main a beau être légère, elle me tire du plus profond de mes rêves.

Quelque chose me tourmente, un souvenir qui me dit que je suis censée être triste et désemparée, et que je mets trop longtemps à retrouver. Catcher est infecté. Le Brisant. Mellie et les autres, et moi qui me suis enfuie. En abandonnant Cira.

Les émotions d'hier soir me retombent dessus comme une avalanche. J'ai envie de craquer, mais je retiens mon souffle et je ravale mes larmes brûlantes. Je m'enfonce les ongles dans les paumes, et la douleur m'aide à me concentrer.

– Maman, je chuchote, la laissant croire que c'est le poids du sommeil qui alourdit ma voix.

Elle me glisse une mèche derrière l'oreille. Presque toute ma vie, ça a été notre rituel du matin. Elle entre dans ma chambre, s'assied sur mon lit, me réveille en douceur pour attaquer la journée. Parfois, elle chante une chanson douce ;

parfois, elle me raconte les nouvelles du village. Parfois, on se contente d'exister en silence.

Cet été, je l'ai repoussée de plus en plus ; je ressens de manière aiguë à quel point elle est différente des autres habitants de Vista. Je voudrais ressembler davantage aux autres adolescents, notamment Catcher et Cira, qui n'ont pas de parents.

Mais ce matin, je la laisse jouer avec mes cheveux. Je ferme les yeux et je la laisse me consoler.

– Je dois aller à une réunion du Conseil, Gabrielle.

Après une pause, elle ajoute :

– Il s'est passé quelque chose, hier soir. Quelque chose dont il faut que tu sois informée.

J'essaie de continuer à respirer normalement ; je ne veux pas qu'elle se doute que je sais ce qu'elle va me dire. Malgré tout, je sens que je m'étrangle, que ma poitrine se serre à cause de l'horreur d'hier soir. Je n'aurais pas dû m'enfuir. Je devrais avouer ce qui s'est passé.

Mais je ne le fais pas.

Je marmonne un « Quoi ? » en espérant qu'elle croie que c'est parce que je suis endormie que j'ai la gorgée nouée, et pas parce que je suis désespérée.

– Des amis à toi se sont fait prendre à l'extérieur de la Barrière, dit-elle.

Je sens le lit bouger.

– La Milice a été avertie. Elle les a surpris dans le parc d'attractions, près des ruines.

Je l'entends avaler sa salive.

– Apparemment, il y avait des Damnés à proximité.

Je grimace de honte en l'entendant employer le mot

« Damnés » – un vestige de sa vie d'avant et de la façon dont elle a été élevée. Le fait qu'elle refuse de les appeler des Mudos, comme tout le monde, ne fait que marquer encore plus sa différence.

– Certains d'entre eux ont été infectés et ont muté, dit-elle d'une voix tendue.

Elle marque un nouveau temps d'arrêt.

– Je suis vraiment désolée, chuchote-t-elle en me pressant la main.

Je tourne la tête sur le côté et je ferme les yeux de toutes mes forces pour retenir la douleur en moi.

– Ils vont voter ce matin pour déterminer la punition, continue-t-elle. Ensuite, ils vont rassembler toute la ville pour l'annoncer.

Je devrais lui demander qui a été blessé. C'est ce qu'elle attend de moi. Je devrais lui demander si Cira et Catcher étaient là, s'ils vont bien, mais je connais déjà la réponse et je ne trouve pas le courage de prétendre le contraire. Elle attend une réaction de ma part. Voyant que je ne dis rien, elle gagne la fenêtre et ouvre les volets pour regarder l'océan.

La lumière est aveuglante. Je fais la grimace. Quand ma mère revient vers moi, sa silhouette se découpe dans le contre-jour ; je ne vois que son ombre, mais elle a l'air d'avoir vieilli.

– J'ai besoin de savoir si tu étais avec eux, dit-elle.

Je voudrais bien distinguer son visage et déchiffrer son expression, mais je n'y arrive pas. Je me redresse sur les coudes. Mes draps trempés de sueur retombent sur mes cuisses. J'ouvre la bouche, mais rien ne sort.

– J'ai besoin de savoir quoi dire si le Conseil me pose la

question, insiste ma mère. Je n'aurai pas le droit de participer au vote pour décider du sort des autres, mais j'ai besoin de savoir ce qu'il en est pour toi.

Je n'ai jamais menti à ma mère. Pas une seule fois. Pendant une minute, j'envisage de lui dire la vérité. Mais je ne peux pas. Je ne peux pas la forcer à choisir entre son devoir envers le Conseil et moi.

Je ne peux pas supporter de la décevoir.

– Non, dis-je tout bas.

Ma voix se brise :

– J'avais trop peur.

Elle tambourine avec les doigts contre le rebord de la fenêtre et je retiens mon souffle en attendant de voir si elle me croit. Si cette vérité partielle suffit à couvrir le mensonge qui la précède. Le silence se prolonge. N'y tenant plus, j'ajoute :

– Je n'irai jamais de l'autre côté de la Barrière.

Je remonte mes genoux contre ma poitrine et j'enroule les bras autour.

– Je ne quitterai jamais Vista.

Ma mère se tourne de nouveau vers la fenêtre et, quand le soleil illumine son profil, je crois y voir de la tristesse. Est-elle triste que je sois si faible, si timorée, alors qu'elle a toujours été si forte ?

◆

J'ai l'impression que tout le monde me regarde quand je traverse la ville toute seule pour rejoindre la place où le reste de la population est rassemblé pour entendre l'annonce du Conseil. La nouvelle s'est vite répandue : j'entends les gens chuchoter à propos de ce qui s'est passé cette nuit. Ils doivent savoir que j'y étais. Ils doivent savoir que je me suis enfuie, que j'ai abandonné mes amis.

Ou alors ils pensent que je n'y étais pas et ils ont pitié de moi. La seule à ne pas avoir été invitée. L'exclue. Celle qui a eu trop peur.

Les mains tremblantes, je passe devant les vieux cubes de béton effrité qui font office de boutiques et de maisons. Des rondins taillés grossièrement remplacent ce que le temps et l'usure ont détruit, de sorte que les bâtiments ressemblent à des poupées rafistolées avec des matériaux mal assortis. Des vieilles regardent par les fenêtres, et les cris des enfants résonnent dans les rues étroites.

Je ne veux pas être ici. Je ne veux pas affronter ce qui s'est passé. Je veux rentrer chez moi en courant et me glisser dans mon lit. Mais je me force à avancer, en ravalant le goût âcre de mes regrets. Il faut que je voie Cira. Il faut que je m'assure qu'elle va bien.

J'arrive enfin sur la place du centre-ville. Les autres habitants de Vista se pressent autour de moi. Je me sens à l'étroit, les gens qui m'entourent sont rouges de chaleur et luisants de sueur, et ils empestent à cause de leurs longues journées de travail. Même ma peau à moi ne me paraît pas comme d'habitude. J'essaie de tendre les bras et le cou, mais je ne peux pas bouger dans la cohue.

Sur une estrade, contre l'Hôtel de Ville, il y a deux grandes cages. Dans l'une, je vois deux garçons et une fille. Ils sont assis sur des bancs, inertes, tête basse, et ils regardent leurs pieds. La fille a le bras recouvert de bandages, les garçons ont tous deux les jambes bandées. Du sang mouchette le tissu grisâtre. Je frissonne.

Je me souviens que j'ai vu la fille se faire mordre. Je me souviens de ses cris quand les dents du Brisant se sont plantées dans sa chair. Je détourne vite le regard. Je ne veux pas voir ces gens, je ne veux pas voir ce sang et ce désespoir.

Dans la seconde cage, il y a cinq autres jeunes qui étaient là hier soir. Je suis soulagée de voir Cira parmi eux. Je la regarde fixement. J'ai envie de crier, mais je me tais. Elle est debout, comme les autres ; ils parcourent la foule du regard, avec les épaules droites et un air de défi, prêts à affronter leur punition. Mais je connais assez bien ma meilleure amie pour voir qu'elle a les mains qui tremblent, le visage pâle et les lèvres pincées.

Je réfléchis ; j'essaie de compter tout le groupe. Il n'y a pas tout le monde, dans ces cages. Peut-être que je n'ai pas été la seule à m'enfuir ? Au moins quatre d'entre nous sont morts hier soir ou absents aujourd'hui : Catcher, Mellie et deux autres. Je prends conscience de ce qui s'est passé – oui, c'est bien réel – et des crampes me tordent le ventre.

Morts. Ça veut dire que mes amis – les amis de Catcher et peut-être même Catcher lui-même – sont morts. Ils ne sont plus là. Ils ne pourront jamais plus danser, jamais s'enfuir vers Villenoire, chanter dans la nuit, se tenir la main. La vérité, la cruelle vérité me fait l'effet d'un coup de marteau et je recule en chancelant, le souffle coupé. Quelques mains me repoussent vers l'avant, et des grognements retentissent à mes oreilles.

J'espérais tellement voir Catcher. Quitte à le voir avec les autres jeunes qui ont été infectés. J'espérais avoir une chance de lui parler une dernière fois. De prendre sa main dans la mienne pour pouvoir m'en souvenir. Et pour pouvoir me souvenir de lui.

C'est comme si la terre avait cessé de tourner et m'avait rejetée au loin. Je ferme les yeux et je revois la morsure de Catcher à l'épaule. Elle n'avait pas l'air grave – il n'y avait pas de quoi se vider de son sang ; Catcher aurait dû avoir plusieurs jours devant lui avant de subir sa mutation. Avant que l'infection se propage, empêche ses organes de fonctionner normalement. Le tue pour lui permettre de se relever.

Pour le moment, Catcher devrait encore être en vie. La Milice aurait dû le trouver hier soir et, si ce n'est pas le cas – s'il n'est pas là-haut dans une des cages avec les autres –, c'est qu'ou bien il a muté, ou bien il s'est enfui.

Prise de vertige, je me force à inspirer profondément. Je serre les poings et je me dis que je ne sais rien. Peut-être que Catcher va bien. C'est sûr qu'il va bien. Je m'accroche à cette idée, cet espoir. Je m'y cramponne comme si c'était la seule chose qui m'empêchait de m'effondrer.

Je n'ai jamais souhaité avec autant d'ardeur être près de ma mère. Pouvoir glisser ma main dans la sienne et profiter de cet ancrage. Mais en tant que gardienne du phare et de la côte, elle est adjointe au Conseil. Elle est avec eux, en train de les écouter décider du sort de mes amis. Si j'étais dans une des cages, là-haut, ils seraient en train de décider de mon sort à moi aussi.

D'un certain côté, je trouve que j'ai de la chance d'avoir échappé à la punition qui attend mes amis, mais j'ai quand même le cœur qui bat la chamade et je me demande combien de temps ça va durer. Peut-être que d'une minute à l'autre, l'un des prisonniers des cages va me repérer dans la foule et crier que j'y étais aussi, cette nuit, et qu'on va me tirer sur l'estrade.

Autour de moi, j'entends des chuchotements. J'entends des voix inquiètes murmurer au sujet du Brisant, supposer qu'il s'est échoué sur la plage et qu'il a réussi à franchir les dunes et la digue, d'une manière ou d'une autre, pour gagner les ruines. Pendant qu'ils parlent des rumeurs sur ce qui s'est passé hier soir, je revois tout en boucle dans ma tête : Mellie, à genoux par terre avec la main sur le bras, et le sang qui coulait entre ses doigts. Son regard à ce moment-là.

Elle n'arrivait pas à croire que tout ait changé. Elle luttait contre l'inévitable. Contre la réalité.

Après, ce n'était plus personne. Ce n'était plus qu'une carcasse affamée.

J'avale ma salive et je commence à battre en retraite au milieu de la cohue. Je trébuche sur des pieds et je m'attire des reproches en allant à contre-courant. Je suis arrivée tout au bord, prête à filer dans les rues étroites jusqu'à mon lit, à l'abri, quand les gens qui m'entourent se figent. Et là, je m'aperçois que je ne peux pas m'éloigner davantage. Je ne peux pas abandonner mes amis. Je ne peux pas fermer les yeux devant ce qui s'est passé.

Mais j'ai peur. Je me recroqueville, tremblante, et je reste avec les habitants de Vista. On regarde les membres du Conseil prendre place sur l'estrade ; on regarde leurs adjoints, dont ma mère, venir s'asseoir l'un après l'autre sur des bancs derrière eux.

Le Président s'avance et autour de moi, tout s'arrête. Des centaines de personnes retiennent leur souffle en même temps.

– On n'est plus rien, si nos barrières nous lâchent, commence-t-il. Si notre sécurité nous lâche. Si nos garde-fous nous lâchent.

Le Président a une voix grave et forte. Elle nous gronde dans les oreilles, nous rassemble malgré ce qui nous sépare. Autour de moi, tout le monde se penche en avant. Tous les regards sont fixés sur lui.

– Rien qu'une morsure, continue-t-il. Une seule morsure peut annihiler une ville entière. C'est une morsure qui a détruit notre monde il y a si longtemps. Une morsure, voilà tout ce qui se dresse entre ce que nous avons construit ici et l'anéantissement.

Quelques personnes s'agitent. Un enfant crie ; on le fait taire.

– Si nous avons des règles, c'est pour une raison. C'est pour le bien de tous. Et nous avons été précis sur ces règles. Nous avons établi clairement que passer de l'autre côté de la Barrière est un délit grave. Un des pires. Parce que si l'infection franchit nos murs, ce sera comme si nous étions tous morts.

Mes cheveux me collent dans la nuque, avec cette chaleur, et le sermon du Président fait mouche. Tout ce qu'il dit est vrai ; je me demande constamment pourquoi je n'ai pas essayé d'empêcher la bande d'y aller, hier soir. La fille qui est dans la plus petite cage est en pleurs, à présent. Je vois d'ici les reflets du soleil dans les larmes qui coulent sur ses joues et gouttent sur ses genoux. Elle ne prend pas la peine de les essuyer ou de cacher son visage. Le garçon qui est à côté d'elle lui met un bras sur les épaules, et je me dis avec un sursaut que ça pourrait être moi. Peut-être même que ça devrait être moi.

– Hier soir, plusieurs adolescents de Vista ont pris la liberté d'enfreindre nos règles, et certains ont avoué que ce n'était pas la première fois qu'ils commettaient cette infraction.

Les joues en feu, je regarde autour de moi. Je m'imaginais que je serais au centre des regards, mais tout le monde est tourné vers l'estrade. Captivé.

– J'ai été jeune, moi aussi, je comprends le besoin de tester les limites. Mais nous avons été clairs là-dessus : certaines limites ne peuvent pas être testées. D'ailleurs, ces jeunes gens ont payé le prix de leurs actions.

Il désigne d'un grand geste les cages qui l'encadrent.

– Deux d'entre eux sont déjà morts ; ils ont été tués après avoir muté. Trois autres sont infectés. Ceux qui restent seront mis en quarantaine pour assurer notre sécurité. Mais il y en a encore deux...

Il baisse la tête, puis la redresse lentement pour nous passer en revue les uns après les autres. J'ai l'impression qu'il s'arrête sur moi. Je plonge derrière mon voisin.

– ... deux qui ont disparu. Ils ont été infectés, d'après ce qu'on nous a rapporté et, vu le contexte de l'attaque, il est probable qu'ils soient devenus des Brisants, eux aussi. Leur âme est perdue pour l'éternité, ils n'auront pas droit à la rédemption d'une mort rapide et définitive.

Des chuchotements s'élèvent autour de moi quand les rumeurs se confirment. Je reste plantée là, inerte, et les paroles du Président me tourbillonnent dans la tête. Il y en a deux d'entre nous qui sont morts : Mellie et le garçon que Cira a poignardé. Les trois qui sont dans la petite cage sont infectés. Et il y en a encore deux – Catcher et Griffin, le roux qui a dansé avec Mellie – qui sont encore là-bas, quelque part. Catcher n'a pas été pris par la Milice. Un minuscule soupçon d'espoir me fait frémir et vibrer : il est peut-être encore en vie.

– Mais la vraie question, c'est : qu'est-ce qu'on fait maintenant ?

Le Président s'interrompt, comme s'il était un animateur et pas l'homme que le Protectorat a désigné pour nous diriger.

– Le Conseil s'est réuni ce matin. Nous avons entendu un certain nombre de suggestions ; des gens pour et des gens contre les jeunes qui se tiennent devant vous.

« Il faut que vous compreniez que notre vie n'est pas une affaire individuelle. Nos règles ont été édictées pour la collectivité. Elles assurent notre survie et notre sécurité à tous. Des millions de gens ont perdu la vie dans cette bataille. C'est notre devoir de rendre hommage à leur sacrifice. Et vous savez certainement que nous, vos dirigeants, ne prenons pas notre devoir à la légère.

J'ai déjà entendu ces grandes phrases, ces mises en garde. On nous les répète sans arrêt. Si souvent qu'elles ne font plus tellement d'effet. Mais cette fois, elles me donnent envie d'empoigner tous les habitants de cette ville et de les forcer à voir ce que j'ai vu. De les forcer à voir leurs amis se faire mordre, puis muter. À voir que de l'autre côté de la Barrière, quoi qu'ils s'imaginent, il n'y a que la mort et la douleur.

Le Président inspire profondément et reprend d'une voix si basse que nous sommes tous obligés de nous pencher vers lui pour l'entendre :

– Notre décision n'a pas été facile à prendre...

La peur me paralyse. J'avale ma salive. Je ne veux pas entendre ce qu'il s'apprête à nous dire, mais je sais que ça ne changera rien si je ne l'entends pas. Le Président n'a jamais fait preuve de clémence par le passé, même pour des infractions moins graves que celle-ci. Il saute sur toutes les occasions de donner l'exemple. De prouver au Protectorat qu'il sait être un dirigeant inflexible et qu'il mérite une promotion.

– Mais nous avons tranché.

Il marque un nouveau temps d'arrêt.

Mon regard passe d'une cage à l'autre. J'observe les trois Infectés ; ils se tiennent par les épaules, les doigts tellement crispés que leurs articulations ont blanchi. Ensuite, j'observe ceux qui sont en quarantaine ; ils se tiennent bien droits, avec un air digne malgré leur angoisse évidente.

– Les Infectés seront conduits de l'autre côté de la Barrière par la Milice. Nous ne pouvons plus rien faire pour eux. Ils vont recevoir le repos éternel.

Une femme hurle et tente de s'élancer en courant à travers la foule, mais des gens la retiennent. Je la reconnais. C'est la mère d'un des garçons infectés. Ses cris deviennent étouffés tandis que ses voisins l'éloignent. Au moins, elle aura l'occasion de lui dire au revoir, me dis-je en regrettant d'avoir quitté Catcher si vite. Au moins, son fils aura eu le temps de se rappeler comment c'est d'être en vie avant de mourir.

Au moins, il ne se transformera pas en Mudo.

Je croise les bras et j'essaie de tenir le coup. J'ai froid. Même la chaleur du soleil me brûle comme de la glace. Je ferme les yeux en me demandant pourquoi Cira ne s'est pas enfuie avec moi. En me demandant ce qui l'attend, à quelle punition je vais échapper – peut-être.

Le Président se frotte les yeux. Je pousse un soupir de soulagement, persuadée qu'il va être indulgent, que sa décision lui coûtait trop et que le Conseil et lui vont faire preuve de compassion.

Mais ensuite, sa voix se durcit.

– Les autres, reprend-il en désignant Cira et ses compagnons de cage, les autres seront envoyés chez les Patrouilleurs pour deux ans sans les honneurs qui vont avec. Ils n'auront jamais le droit de devenir des citoyens à part entière et n'auront accès à aucune des Zones Protégées, pas même Villenoire. De toute leur vie, que ce soit après leur service ou plus tard.

VI

Autour de moi, la foule explose. Mais moi, je reste sans voix. Tout ce que j'arrive à faire, c'est rester plantée là, sous le choc. Mes jambes vacillent, mes muscles flanchent sous mon poids et je m'affaisse contre une femme plus âgée. Elle passe un bras sous mon coude.

– Ma pauvre chérie, caquette-t-elle. Ce sont des amis à toi ?

Je hoche la tête.

Toutes les villes qui sont sous contrôle du Protectorat, comme la nôtre, doivent fournir un certain quota de marchandises et de services, y compris des jeunes hommes et femmes à envoyer chez les Patrouilleurs, l'armée du Protectorat. En échange, on obtient sa protection, l'avantage d'être unis et la possibilité de faire du commerce avec les autres membres de la confédération.

On n'a jamais forcé qui que ce soit à faire son service chez les Patrouilleurs. Ça n'a jamais été nécessaire. Il y a toujours eu des volontaires prêts à risquer leur vie pour la récompense promise à tous ceux qui font leur service : l'accès aux Zones Protégées et la citoyenneté à part entière. N'importe qui peut habiter à Villenoire, à condition d'avoir des facultés exceptionnelles ou assez de marchandises à échanger pour payer les loyers exorbitants qu'on y demande, mais seuls les Patrouilleurs ont la garantie d'y avoir un logement, et ceux qui se distinguent lors de leur service sont dispensés de loyer à payer.

Sauf ces jeunes qui sont sur l'estrade. Même après deux ans chez les Patrouilleurs, ils n'y auront pas droit.

Cette punition me frappe par sa dureté. Être obligé de faire son service, sans récompense !

– Tu es drôlement maligne de ne pas t'être fait embarquer dans cette sale histoire, commente ma voisine en me donnant des tapes dans le dos.

« Mais j'étais avec eux ! » voudrais-je lui dire. Je devrais être là-haut, sur l'estrade, avec ma meilleure amie. Je ne devrais pas me cacher. Je n'aurais pas dû m'enfuir, mais je ne sais pas comment changer ça.

Et quoi qu'il en soit, je ne trouve pas la force ni les mots pour sortir de la foule et me dénoncer. J'entends que le Président continue à parler, mais je ne comprends plus ce qu'il dit. Je reste plantée là à regarder les cages. À regarder Cira. Les autres ont l'air aussi choqués que moi, et ça me rend malade que le Président ait annoncé leur punition en public, dans cette sorte de spectacle malsain. Mais je ne devrais pas m'étonner : le Protectorat ne s'est jamais vraiment soucié de Vista ; on est trop loin de Villenoire et on ne sert plus à rien depuis que les pirates ont pris le contrôle des mers.

Autour de moi, les gens quittent la place en masse et j'entends des bribes de leurs conversations.

– ... On aurait pu tous mourir à cause d'eux...

– … Je n'arrive pas à croire que le Conseil ait pu décider ça…

– … Ils l'ont bien cherché…

– … Ces pauvres gamins…

Je ne peux pas bouger. Je n'arrive pas à me résoudre à partir. Alors je reste plantée là, tel un rocher au milieu d'un fleuve.

Ma meilleure amie va être envoyée chez les Patrouilleurs. Tous ceux qui étaient là hier soir vont partir à la guerre contre les Mudos, sans espoir d'obtenir la récompense traditionnellement réservée à ceux qui ont fait leur service.

Tous sauf moi. Et ce qui me terrifie le plus, c'est le sentiment que je ne vais pas m'en tirer comme ça.

Des questions s'insinuent dans mon esprit : pourquoi les autres ne m'ont-ils pas dénoncée ? Pourquoi n'ont-ils pas dit au Conseil que j'étais là aussi ?

Que va-t-il se passer s'ils me dénoncent maintenant ?

Je jette un coup d'œil aux membres du Conseil, derrière moi. Entourant le Président, à gauche de l'estrade, ils sont assaillis par les parents des jeunes qui ont été infectés ou mis en quarantaine. Mais il n'y a personne pour défendre Cira. Comme elle est orpheline, elle n'avait que Catcher, et il n'est plus là.

Je n'ai pas envie d'aller la voir, mais je sais qu'il le faut. Personne ne m'arrête quand je me fraie un passage jusqu'à la cage de ma copine. Au début, elle ne me voit pas, mais Blane me remarque et se précipite vers moi avec une grimace de fureur.

– Tu te sens coupable ? hurle-t-elle.

Elle empoigne les barreaux.

– T’es venue nous narguer ?

Je regarde vite à droite et à gauche pour voir si quelqu’un d’autre l’a entendue. Elle, elle rigole. Mes joues prennent feu. Je suis gênée de m’être fait prendre en flagrant délit de lâcheté et j’ai honte de ne pas être du même côté des barreaux. Mais Cira s’avance et pose une main sur le bras de Blane, qui s’éloigne. Nous laisse seules.

Je suis étonnée de constater que ma copine a tant d’ascendant sur cette fille plus âgée.

– Je suis désolée, Cira, je murmure.

Je ne sais pas quoi dire d’autre.

– C’est pas grave, dit-elle. Tu as eu raison de te sauver. De t’en aller.

Je m’agite, encore plus mal à l’aise.

– Je ne voulais pas faire ça. C’est Catcher qui m’a dit de partir, et je n’ai pas réfléchi.

Je dois forcer ma bouche à articuler son nom, et ma voix se brise en le prononçant.

Les poings de Cira se crispent sur les barreaux.

– Il est où ?

– Je…

Je secoue la tête et je déglutis en revoyant sa morsure à l’épaule, le sang qui coulait de son bras. Je croyais que Cira l’avait vu aussi. Je croyais qu’elle savait.

Elle me regarde dans les yeux. Finalement, je dis :

– Je ne sais pas.

Je ne trouve pas le courage de lui dire la vérité. Je ne suis pas capable de former les mots.

Je vois son visage s’assombrir, comme si ses dernières

lueurs d'espoir s'éteignaient. La résignation a déjà gravé des rides profondes autour de sa bouche.

– Mais je croyais qu'il était parti avec toi !

Je reconnais mon amie d'autrefois dans son regard. J'y lis qu'elle éprouve la même incertitude, la même vulnérabilité que moi. Mais j'y trouve aussi une dernière lueur d'espoir, et c'est ce qui me fait le plus mal. Je ne veux pas être celle qui la mettra au courant de l'état de son frère et, pourtant, je sais bien qu'elle a le droit de le savoir. J'ai beau m'être dérobée devant tout le reste, je ne peux pas me dérober devant ça.

– Catcher a été…

J'avale ma salive.

– Il a été mordu. Je croyais que tu l'avais vu.

Sa peau déjà pâle devient d'un blanc cadavérique. Comme si elle avait muté, elle aussi. Elle passe sa langue sur ses lèvres, humidifiant les gerçures.

– Mais il n'était pas là quand ils sont arrivés et qu'ils nous ont arrêtés. Tu te trompes, il doit être encore vivant. Il est forcément là-bas, quelque part. Peut-être qu'il est blessé. Tu te trompes !

Elle hausse la voix. Dans la cage, les autres s'avancent, formant comme un mur autour d'elle.

Ils me regardent comme si… comme si je les avais trahis.

– J'ai vu les traces de morsure, je chuchote.

– Mais peut-être que c'était pas ça, réplique Cira. Peut-être que c'était une égratignure. C'est pas possible qu'il soit infecté. C'est pas possible !

En s'apercevant que les gens nous regardent, elle baisse la voix.

– Il faut que tu le retrouves. Il y a quelque chose qui cloche. Il faut que tu ailles le chercher.

Je recule, effarée.

– Tu veux que j'y retourne ?

Elle fait signe que oui. Sa bouche trace une fine ligne blanche sur son visage.

À l'idée de retourner à la Barrière, de l'escalader une deuxième fois, je frôle la crise cardiaque.

– Je ne peux pas ! Je ne peux plus, maintenant que...

Je laisse ma phrase en suspens.

– Et puis, qu'est-ce que je pourrais faire pour lui, même si je le retrouvais ? je proteste.

– Tu peux t'assurer qu'il va bien, siffle Cira. Tu peux être là pour lui et l'aider s'il est blessé. Tu peux...

Je secoue la tête, les mains tremblantes. Blane s'avance et m'attrape le poignet à travers les barreaux. Elle interrompt Cira :

– Quoi ? Tu es prête à escalader la clôture pour t'amuser, mais pas pour aider un ami ?

Derrière elle, les autres grognent leur approbation.

– T'es vraiment nulle, ajoute Blane avec un geste de dédain. On aurait dû leur dire que t'étais là quand il en était encore temps.

Elle marque un temps d'arrêt puis, en haussant un sourcil, affiche un petit rictus.

– Je suppose qu'on peut encore.

Je jette un coup d'œil à Cira et je lis de l'hésitation sur son visage. Comme si elle était d'accord avec Blane. J'ai la nausée. Ce n'est pas possible que ce soit ma seule option. Je lui prends les mains et je glapis :

– Je ne peux pas faire ça, Cira. Je ne peux pas.

Ma détresse est audible dans ma voix qui se brise.

La panique revient et je ne sais pas quoi faire. Je ne peux plus respirer. Des taches de couleur éclatent devant mes yeux.

Blane tend la main à travers les barreaux et me reprend le poignet. Ses ongles s'enfoncent dans la chair blanche et tendre, et elle me force à lâcher Cira. J'essaie de faire le point sur elle ; le contour de sa chevelure est flou comme un halo.

– Retrouve son frère, dit-elle entre ses dents. Retrouve Catcher, sinon tu ne nous sers à rien, dehors, et il n'y a aucune raison que tu ne sois pas ici avec nous.

Je m'imagine dire à ma mère que je suis allée de l'autre côté de la Barrière. Le dire au Président. Pour avoir menti, pour avoir mis en danger tout le monde autour de moi, ma punition serait bien pire que d'être simplement envoyée chez les Patrouilleurs pour un an ou deux.

Ma mère saurait que j'ai menti. Elle ne me ferait plus jamais confiance. Je ferme les yeux ; je ne veux pas penser aux conséquences, aux déceptions. Je m'aperçois que je n'ai pas le choix. Ou bien je pars retrouver Catcher, ou bien ils me dénonceront.

– Je vais aller à sa recherche, je murmure.

J'ai honte qu'il ait fallu me menacer de la sorte pour me faire passer à l'action.

Les épaules de Cira se détendent un peu et Blane lâche mon poignet.

– Tu as intérêt à le trouver, gronde-t-elle.

J'attends que Cira me défende. Qu'elle sourie, ne serait-ce qu'un tout petit peu. Que ce soit comme avant, même si je sais bien que ce ne sera plus jamais comme avant. Mais les autres l'éloignent de moi, la dorlotent comme une des leurs. Me laissent en plan dehors, toute seule. Je jette un coup d'œil par-dessus mon épaule pour regarder l'autre cage – celle des condamnés. Du jour au lendemain, tout a changé. Tout est devenu un paquet de nœuds compliqués que je ne peux pas démêler.

J'ouvre la bouche pour ajouter quelque chose, mais Blane détourne Cira de moi. Je reste plantée là à les regarder, en regrettant que les choses ne soient plus comme avant. Mais elles ne le seront sans doute plus jamais. Je quitte l'estrade d'un pas traînant, je contourne les badauds qui s'attardent sur la place et je pars errer dans les ruelles jusqu'à la vaste zone tampon, qui est déserte, entre la ville et la Barrière.

Je scrute le mur de bois sombre qui se dresse au-dessus des Miliciens, dont les patrouilles ont triplé. Je repense à ce qui s'est passé hier soir, à mon serment de ne plus jamais tenter le sort, de rester en sécurité à Vista. Pourtant, voilà que j'essaie de trouver un moyen de ressortir. Sauf que, maintenant, je n'ai aucun espoir de franchir la Barrière, avec la Milice qui veille au grain. Et quand bien même j'y arriverais, je ne trouverais pas Catcher.

Il était avec les autres quand je me suis enfuie, et sa morsure n'avait pas l'air assez grave pour le tuer si vite. Il y a une chance qu'il soit en vie et qu'il n'ait pas encore muté. Et si la Milice ne l'a pas trouvé, ça veut dire qu'il ne veut pas qu'on le trouve. Ça veut dire qu'il est parti, comme moi, mais qu'il n'est pas revenu du bon côté de la Barrière. Ça veut dire qu'il y a un problème.

J'appuie sur mes tempes. C'est stupide de ma part d'envisager d'escalader la Barrière. Le Président a dit clairement ce que serait la punition. En plus, qu'est-ce qui se passerait si Catcher a déjà fait sa mutation ? Dans ce cas, si je le retrouve, je suis morte.

Je ferme les yeux pour me protéger du soleil et j'essaie d'ignorer les bruits de la ville autour de moi. Mais même en faisant le vide dans ma tête, je n'arrive pas à m'empêcher de ressasser les événements d'hier soir. Tout défile au ralenti et en accéléré à la fois.

Le Brisant, la panique, Catcher qui court, qui l'attaque. Qui tue Mellie.

Maintenant que j'ai vu de mes propres yeux la rapidité des Brisants, je comprends pourquoi notre monde ne s'est jamais remis du Retour. Je comprends comment, même quand on est arrivé à chasser les Mudos, l'infection peut repartir et recommencer à faire des ravages. Je vois la logique de toutes ces histoires qu'on nous a racontées sur des villes entièrement nettoyées de leurs Mudos avant qu'on en découvre un enfermé dans un placard ou remonté du fond de l'océan ou d'un lac lors d'un orage.

Une main s'abat sur mon épaule et je sursaute, un cri coincé dans la gorge. J'ouvre les yeux et je découvre un Milicien campé devant moi. Je le reconnais, j'étais en classe avec lui : il s'appelle Daniel et il est plus vieux que moi. La plupart de ses amis sont partis chez les Patrouilleurs ces dernières années, mais lui, il est resté ici, parce qu'il est né avec une jambe tordue qui le fait marcher lentement, en boitant.

– Excuse-moi, Gabrielle, dit-il. Je ne voulais pas te faire peur.

Je le regarde en clignant des yeux, surprise de l'entendre prononcer mon nom, parce qu'on s'est rarement adressé la parole par le passé.

– Non, je… je rêvassais. J'aurais dû faire attention.

Il sourit, timide.

– Un messager du Protectorat est arrivé de Villenoire, aujourd'hui, et il avait du matériel pour ta mère. Quand je t'ai vue plantée là, je me suis dit que tu préférerais peut-être le lui apporter tout de suite plutôt que de la faire attendre qu'il soit trié avec le reste.

Il me tend sans un mot de plus une petite boîte dont le couvercle a été à demi arraché. Pour combler le silence, j'examine l'assortiment de pignons et de roues dentées – des pièces de remplacement pour réparer le phare. Daniel approche sa tête de la mienne pour voir ce qu'il y a dedans et pendant une seconde, je pense à Catcher, à la façon qu'il avait de se pencher vers moi pendant qu'on parlait.

Mes mains se mettent à trembler, à secouer involontairement la boîte, alors je fais un pas en arrière pour maintenir mes souvenirs à distance.

En voyant Daniel s'assombrir, je le regrette aussitôt. À l'école, les autres se moquaient tout le temps de lui ; je le vois à sa façon de se tenir, avec les épaules rentrées comme s'il se préparait à recevoir des coups.

– Excuse-moi, lui dis-je. C'est juste que je n'arrête pas de penser à mes amis.

Je garde les yeux fixés sur les engrenages, sur leurs petites dents coupantes.

– Ah ! fait Daniel.

Il hésite.

– La bande d'hier soir, c'étaient des amis à toi ?

Je hoche la tête.

– Oui, plus ou moins.

– Tu as été maligne de ne pas escalader la Barrière avec eux.

J'ai un nouveau coup de chaud. J'ai le cou en feu, la peau qui me brûle. La peur, l'angoisse et la honte mêlées émanent de moi comme une mauvaise odeur.

– Mais si tu veux mon avis, continue Daniel, se faire envoyer chez les Patrouilleurs, c'est plus un honneur qu'une punition.

– C'est la mort assurée, je réplique avant de pouvoir m'en empêcher. C'est stupide.

Je rougis, étonnée par ma propre véhémence.

Cette fois, c'est Daniel qui a un mouvement de recul, le visage assombri par un froncement de sourcils.

– On est une ville du Protectorat. C'est notre devoir. Et puis on y gagne la citoyenneté à part entière et la possibilité d'habiter dans les Zones Protégées, alors ça vaut la peine.

– Vista est suffisamment protégée, je réponds sèchement.

J'en ai marre de toujours me taire. En grinçant des dents, j'ajoute :

– Je ne vois vraiment pas de raison de vouloir aller ailleurs.

Je voudrais encore lui dire que ça ne sert à rien de lutter contre les Mudos, de mener cette guerre perpétuelle, mais je sais qu'il ne le comprendra jamais. Essayer de le faire changer d'avis, c'est tout aussi vain qu'essayer d'éradiquer les Mudos.

Il ouvre la bouche pour répondre, en rougissant de colère. Peut-être que je suis allée trop loin.

Je n'ai pas le courage de discuter, alors je l'interromps :

– Excuse-moi.

J'ai prononcé ces mots-là plus souvent, aujourd'hui, que dans toute ma vie.

Je soulève la boîte.

– Merci de m'avoir apporté ça. C'est drôlement gentil d'avoir pris cette peine.

Si Cira m'a appris quelque chose ces derniers mois, c'est qu'on peut adoucir les jeunes gens avec des compliments ; et ça marche sur Daniel. Ses épaules se relâchent et il sourit avec un air penché avant de regagner lentement la porte de la ville et de me laisser enfin tranquille.

VII

Je passe la majeure partie de la journée à longer la Barrière, en regardant la Milice faire ses rondes et ses patrouilles. Quand je regagne enfin le phare, ma mère n'est pas là, mais je sais qu'elle va bientôt rentrer, à temps pour la marée haute. Je pose la boîte sur la table et je tournicote d'une pièce à l'autre. J'ai envie de partir en courant, mais je ne sais pas où. J'ai envie de faire quelque chose, n'importe quoi, mais je ne sais pas quoi.

Alors je monte à la passerelle et je regarde dehors, en me demandant comment je suis censée faire pour franchir la Barrière et retrouver Catcher. En essayant de trouver le courage.

Mais il n'y a pas assez de moyens de quitter Vista. La ville est blottie sur une péninsule ; elle est protégée par l'eau sur trois côtés et, sur le quatrième, par un haut mur épais qui s'avance sur l'océan comme une jetée de pierre.

À l'Hôtel de Ville, il y a de vieilles photos qui montrent à quoi ressemblait Vista avant le Retour. C'était une immense station balnéaire avec une pléthore d'immeubles, d'hôtels et de boutiques rutilantes qui s'étalaient au bord de l'océan. Un endroit où personne ne vivait ; où tout le monde était de passage. Un endroit où se détendre – apparemment, les gens de l'époque pouvaient se permettre d'oublier pour un moment les devoirs et les responsabilités qui permettent à tout le monde de rester en vie.

la plupart des histoires évoquant Vista avant le Retour ont disparu aujourd'hui. La plupart des récits se sont perdus. Personne ne s'intéresse à ceux qui ont vécu avant nous. Tout s'arrête ici. Loin du cœur du Protectorat, on est comme une pensée qui serait venue après-coup, et vite oubliée. Les marchands passent rarement, et les quelques étrangers débarquent ici par erreur ou par désespoir. Les Patrouilleurs sont nos seuls visiteurs assidus : à chaque saison, ils reviennent récolter leur dû – taxes pour le Protectorat, soldats pour participer à la guerre perpétuelle contre les Mudos – et pour s'assurer qu'on fait notre devoir en maintenant le phare en service.

Dressé à la pointe de la péninsule, le phare est séparé du reste de la ville par un bois. C'est un soulagement de vivre en marge, loin de la foule et de l'agitation du quotidien. La plupart des gens ne se donnent jamais la peine de suivre le sentier qui traverse le bois et de passer de l'autre côté de la clôture pour aller sur la plage; ils ont trop peur de l'océan, des vagues d'où peuvent sortir des morts.

Un jour, j'ai demandé à ma mère si ça lui faisait peur de vivre ici, près de la clôture. Elle m'a dit qu'il fallait bien que quelqu'un continue à faire marcher le phare et à surveiller les plages pour éliminer les Mudos qui échouent sur le rivage, à marée haute.

On était dans la passerelle; le soleil embrasait les toits des bâtiments de Vista, qui datent d'avant le Retour. Ma mère a mis les mains en visière devant ses yeux pour regarder, au-delà de la ville, au-delà de la rivière, la Forêt qui s'étend vers les montagnes à peine visibles dans le lointain, et elle a ajouté :

– Ce n'est pas toujours les gens qui sont en mer qui ont besoin d'un point de repère. Quelquefois, d'autres ont besoin de savoir qu'il y a de la vie ici.

Je n'ai pas compris ce qu'elle voulait dire, sur le moment. Mais maintenant, je pense à Catcher en regardant de l'autre côté de la Barrière, en direction des ruines qui jouxtent le parc d'attractions. Si j'étais perdue par là-bas et que je voyais le faisceau de lumière dans la nuit, je pourrais peut-être m'en servir pour retrouver le chemin de la maison...

Parfois, même si je sais bien que c'est impossible, j'aime bien imaginer qu'on voit notre phare de très loin sur la côte, et même jusqu'à Villenoire. J'aime penser qu'il y a une fille comme moi, quelque part dans la nuit, qui se demande ce qu'il y a d'autre sur notre planète, mais qui est trop terrorisée pour aller voir. Je me demande à quoi ressemble sa vie, et si elle en sait plus que moi sur le monde.

Depuis mon perchoir, je regarde les Miliciens aller et venir le long de la Barrière en gesticulant comme des puces de mer dans les dunes. Ce serait impossible que j'escalade le mur sans me faire repérer, alors je n'ai plus qu'un seul autre moyen de passer de l'autre côté : par l'océan.

À la seule idée de partir, je n'arrive plus à respirer. L'angoisse qui m'a prise hier soir revient chuchoter à mes oreilles. Je plaque le poing contre ma poitrine et je sens mon cœur qui palpite. Je sens la vigueur du sang qui passe dans mes artères. Je ne veux pas décevoir Cira plus que je ne l'ai déjà fait. Et je ne veux pas non plus me décevoir moi-même.

Je me rends compte que si je suis terrifiée à l'idée de retourner dans les ruines, ce n'est pas seulement parce que je crains de me faire prendre, mais aussi parce que j'ai atrocement peur de retrouver Catcher. Je ne veux pas le voir infecté. Je ne veux pas le voir après sa mutation et être obligée de le tuer. Je ne veux rien avoir à faire avec ça. Tout ce que je veux, c'est retrouver ma vie d'avant. Je veux reprendre la nuit d'hier et l'arracher à la succession des jours.

Mais dans ce cas, je n'aurais jamais senti ses lèvres sur les miennes. Et je ne suis pas sûre d'être disposée à abandonner ce souvenir.

Derrière moi, dans la maison, je distingue vaguement le carillon d'une cloche – l'alarme qui retentit toutes les sept cent quarante-cinq minutes, quand la marée approche de son point culminant.

Aussi loin que remontent mes souvenirs, la vie de ma mère a toujours été rythmée par le son de cette cloche.

Les Mudos ne peuvent pas se noyer, puisqu'ils sont déjà morts, et les vagues en rejettent souvent sur la côte. La plupart du temps, ils sont dans un état de quasi-hibernation après tout le temps qu'ils ont passé dans l'eau, mais dès qu'ils sentent la présence d'êtres vivants, ils se relèvent et se mettent à marcher vers eux. Chaque jour, toutes les douze heures et vingt-cinq minutes, ma mère patrouille donc sur la plage, prête à décapiter tout Mudo qui viendrait s'échouer sur le rivage à marée haute.

Souvent, il ne se passe rien et elle reste juste campée sur le sable à contempler l'horizon. Parfois, la marée amène quelques Mudos. Et rarement, un orage se déchaîne en mer et fait remonter les morts, qui viennent marcher en masse sur les côtes.

Quand j'étais petite, ma mère ne me donnait jamais la permission de venir sur la plage à marée haute. Je n'ai jamais su si c'était pour me protéger ou pour me soustraire à la réalité. Je pense qu'elle a toujours caressé l'idée de me cacher tout ça, d'une manière ou d'une autre. Toujours aimé imaginer que si je ne voyais jamais de Mudos, si je n'en regardais jamais dans les yeux, je n'aurais pas besoin d'affronter la réalité de leur existence. Pas besoin d'affronter la réalité de notre monde.

Un jour, elle m'a dit que c'était la seule chose qu'elle puisse espérer me donner : une vie sans Mudos qui s'agitent constamment à l'arrière-plan.

Maintenant, en regardant depuis la passerelle ma mère sortir sur la plage, s'avancer jusqu'à la lisière des vagues et reculer quand leurs doigts d'eau se tendent vers elle, je me rends compte que, depuis hier soir, elle n'a plus besoin de me protéger de quoi que ce soit.

Je connais la réalité de notre monde. J'ai vu des Mudos arracher de la chair humaine. J'ai vu à quoi ressemble l'infection et j'ai vu des mutations.

Une main ballotte dans l'eau, effleurant l'écume. Le dos de ma mère se raidit et elle serre plus fort le manche de sa pelle.

Le corps est poussé vers le rivage, puis remporté vers le large, comme dans une danse érotique.

Enfin, l'océan dépose le Mudo sur le sable et ma mère s'en approche. Je me penche pour mieux voir.

C'est une femme. Ses cheveux noirs emmêlés s'étalent sur sa figure comme une toile d'araignée mouillée. Sa peau, d'après ce que je peux en distinguer, est grisâtre et vérolée. Visiblement, elle porte une jupe noire que l'eau lui a remontée aux genoux. Une chemise trempée, de couleur sombre, est plaquée contre son corps.

La Mudo roule imperceptiblement dans l'eau. Je retiens mon souffle en attendant que ma mère lui assène le coup fatal, en lui plantant sa pelle dans le cou pour lui couper la tête.

Mais ça ne vient pas. Je regarde ma mère avec des yeux ronds. Elle reste figée, la pelle brandie au-dessus de sa tête.

Je vois que la Mudo commence à s'agiter. Sa bouche s'ouvre et se ferme et, sentant la présence de ma mère, elle tourne la tête.

Elle va bientôt se redresser, et ma mère ne fait rien pour l'arrêter. Elle reste juste plantée là à la regarder. C'est n'importe quoi.

Je me penche au-dessus de la rambarde et je hurle :

– Maman !

Mais le vent vient du large. Elle ne m'entend pas. Je crie à nouveau. Toujours rien.

Pendant une seconde, j'ai envie de sauter. Je suis tentée d'attraper la rambarde et de sauter par-dessus pour atterrir à côté de ma mère. Ensuite, je tourne les talons et je me précipite. Je dévale l'escalier en me cognant contre les murs.

◆

Tout en courant, j'imagine les pires scénarios possibles. J'imagine que je vais voir la Mudo se mettre debout quand je déboulerai sur la plage. Que ma mère sera toujours au même endroit, comme si quelque chose l'avait projetée hors du temps, l'avait pétrifiée sur place.

Que je vais voir la Mudo mordre ma mère.

Glacée de la tête aux pieds, je fonce vers la porte en courant de toutes mes forces. Je me rappelle que ma mère sait se défendre. Qu'elle aura tué la Mudo avant que j'arrive dehors et que mon affolement va nous faire rire toutes les deux.

– Maman ! je crie en prenant mon couteau dans l'entrée et en ouvrant la porte d'un coup de pied.

La chaleur humide et salée me fait l'effet d'une gifle, et j'entends les gémissements assourdis de la Mudo sur la plage.

Je me précipite vers le portail, que j'ouvre laborieusement. La Mudo est à genoux ; elle est en train de se relever. Elle tend une main vers ma mère, puis l'autre.

– Tue-la ! je hurle, pleine de rage et de terreur mêlées.

Je ne comprends pas ce qui se passe, je ne comprends pas pourquoi ma mère ne bouge pas, ne réagit pas. Des flashs de ce qui s'est passé hier soir défilent dans ma tête : le moment où j'ai regardé le Brisant foncer vers moi sans bouger. Le moment où j'ai raté mon coup, et celui où Catcher s'est fait mordre.

Mes pieds s'enfoncent dans le sable, qui m'empêche de courir. Je titube sur la plage avec un sentiment d'impuissance comme je n'en avais jamais connu. Il faut que j'aille plus vite, il faut que je rejoigne ma mère, mais mes jambes me désobéissent.

La Mudo est debout. Elle se jette sur ma mère, qui reprend sa pelle sur son épaule pour repousser la femme. La Mudo recule en chancelant sur un mètre ou deux; ses jambes s'empêtrent dans sa jupe mouillée, qui la fait trébucher.

– Qu'est-ce que tu fais ? je m'égosille. Tue-la !

La Mudo tend à nouveau les bras vers ma mère et une fois de plus, ma mère la refoule. Tel un chat qui joue avec une souris, elle éloigne continuellement cette femme qui bondit continuellement vers elle.

J'arrive enfin assez près pour intervenir. Je brandis mon couteau derrière ma tête pour réparer ce que j'ai mal fait hier soir, quand ma mère l'empoigne par le manche, me l'arrache et le jette dans le sable. Puis elle me repousse avec le dos du bras pour m'écarter de la Mudo, en disant :

– Je suis désolée.

Je ne sais pas si c'est à moi ou à la Mudo qu'elle parle. Elle lui plante sa pelle dans le genou, déchirant la jupe en loques et brisant les os et les ligaments qui sont en dessous avec un craquement écœurant.

Je fais la grimace. La Mudo chancelle, tend une dernière fois les bras vers ma mère. Ses mains s'agitent dans les airs et ses doigts se replient.

Ma mère la regarde pendant une seconde avec des yeux écarquillés et je m'apprête à hurler une fois de plus, à lui crier de la tuer, quand elle ferme les yeux et abat sa pelle, tranchant le cou de la Mudo.

Je me plaque les mains sur la poitrine, le souffle coupé. J'ai cru que j'allais perdre ma mère. Et l'énormité de cette émotion fait le vide en moi, chasse tout sauf la colère : comment a-t-elle pu être aussi bête ?

Sauf la colère et la peur – j'ai bien failli arriver trop tard.

Ma mère regarde fixement la dépouille de la Mudo. Elle avance une main qui reste en suspens au-dessus du visage de la morte, puis la retire.

Et je comprends que cette femme, cette Mudo qui a échoué sur notre plage par hasard, a été quelqu'un d'important pour elle. J'ai l'impression que ma mère est une étrangère, tout d'un coup. J'ai vécu avec elle toute ma vie, mon existence a toujours tourné autour d'elle, et pourtant il y a encore tant de choses que j'ignore.

– C'était qui ?

Ma mère ne me regarde pas, elle a les yeux fixés sur l'eau qui lèche les doigts de la Mudo. Je me demande quelles sont les autres choses que j'ignore à son sujet.

Je vois qu'elle cherche ses mots, qu'elle essaie de trouver quoi répondre, et elle ne m'en paraît que plus lointaine.

– Personne, dit-elle finalement, d'une voix à peine audible dans le grondement des vagues. Ce n'est personne. Simplement…

Elle s'éclaircit la gorge.

– Elle me rappelait quelqu'un que j'ai connu dans ma jeunesse.

Elle parle comme si elle était dans une sorte de transe. Sa façon de dévisager la femme me fait penser à Catcher. Je me demande si je serai comme ça, le moment venu. Je me demande si, comme ma mère, j'aurai du mal à asséner le coup fatal.

À cette seule idée, j'ai mal partout. Je crois comprendre son hésitation, maintenant.

– Comment tu fais pour tenir ? je lui demande.

J'ai désespérément besoin de le savoir, désespérément besoin de l'aide de ma mère pour apaiser la douleur qui me ronge.

– Comment tu réagis quand quelqu'un que tu aimes ou que tu crois aimer ou pouvoir aimer un jour subit sa mutation ?

Elle se tourne vers moi sans me regarder – elle a toujours les yeux dans le vague – et, petit à petit, je vois qu'elle recommence à s'intéresser au monde qui nous entoure.

– Ça va aller, Gabrielle. Je ne risque rien. Et toi non plus. Il ne va rien nous arriver.

Mais je secoue la tête. Elle ne comprend pas et je ne sais pas comment lui dire, pour Catcher. Je ne sais pas comment lui dire ce qu'il en est venu à représenter pour moi et ce qui lui est arrivé, ni comment lui avouer que j'étais de l'autre côté de la Barrière avec les autres.

Il y a un silence, troublé seulement par les vagues qui roulent sur la plage. Ma mère regarde l'eau qui essaie de reprendre la Mudo morte. Puis elle dit :

– On apprend à lâcher prise. À ne plus y penser jusqu'à ce que ça aille mieux.

Les vagues continuent à déferler entre nous, et les derniers rayons du soleil disparaissent lentement. Je n'arrête pas de revivre la soirée d'hier. De voir, avec des chatouillis dans le ventre, le visage de Catcher s'approcher du mien. Je repense à tous les regards qu'il m'a lancés, à toutes les fois où sa main s'est posée sur la mienne. Je ferme les yeux et j'essaie de me rappeler son odeur, mais l'air salé contamine mes souvenirs.

Je tente d'oublier tous ces détails. De les faire disparaître. Mais plus j'essaie de m'en défaire, plus les vieux souvenirs refont surface et sèment la tempête sous mon crâne.

À quoi servent les expériences si on n'a pas le droit de s'en souvenir ? Si on les oublie pour éviter de souffrir de ce qu'on a perdu ? À quoi bon vivre si on doit se protéger de tout ?

– Je ne sais pas si je veux que ça aille mieux, dis-je en secouant lentement la tête.

Il y a tant de souvenirs qui m'assaillent ! Je m'aperçois que c'est ça qui nous fait tels que nous sommes : nos souvenirs et nos expériences communes. C'est ça qui nous lie les uns aux autres.

Ma mère se baisse et farfouille dans le sable jusqu'à ce qu'elle trouve un coquillage. L'intérieur est d'un rose chatoyant, comme le ciel coloré par le coucher de soleil.

– C'est ce que nous devons faire pour survivre, dit-elle enfin en passant un doigt sur les bords cannelés et tranchants. Ça ne sert à rien de se raccrocher à des souvenirs qui ne nous apportent que du chagrin.

Je m'emporte :

– À quoi ça sert de vivre des choses, si on ne peut pas s'en souvenir ?

Dans mon agitation, j'ai les épaules qui se crispent.

– À quoi ça sert de vivre tout court, si on est censés tout oublier ?

Ensuite, une idée commence à germer dans ma tête et je me force à la mettre en mots.

– Tu m'oublierais, moi, s'il m'arrivait quelque chose ?

Elle écarquille les yeux.

– Non, dit-elle vivement, d'une voix étranglée. Bien sûr que non !

– Et si j'avais été sur l'estrade avec les autres, ce matin ?

En pensant à Catcher, j'ajoute :

– Et si j'étais de ceux qui ne sont pas rentrés chez eux hier soir ?

– J'irais te chercher, déclare ma mère en me prenant les bras pour me tourner vers elle. Je ne te lâcherais pas comme ça. Je te retrouverais. Coûte que coûte.

Je pèse mes mots et je les égrène prudemment :

– Alors si c'était quelqu'un à qui tu tenais vraiment, voire peut-être quelqu'un que tu aimais, tu partirais à sa recherche ?

Elle ouvre et ferme la bouche comme un poisson hors de l'eau, incapable de respirer.

– Je...

Ses yeux s'embuent un instant, mais elle chasse vite ses larmes en clignant des paupières.

Elle reste interdite, et je me rends compte que j'ai touché un point sensible. Que j'ai mis le doigt sur une partie de sa vie dont j'ignorais l'existence.

– Ça n'a plus d'importance, dit-elle faiblement.

Je pense à Catcher, seul avec sa peur de l'autre côté de la Barrière. Personne à qui parler, à qui se confier. Personne sur qui déverser ses souvenirs pour qu'on puisse se rappeler de lui. Et j'imagine ce que j'éprouverais si c'était moi qui étais perdue, seule et infectée. C'est une idée terrifiante, si terrifiante qu'elle fait apparaître des taches noires devant mes yeux.

J'appuie les doigts sur mes lèvres et je repense à ce que

je ressentais près de lui. Je ne sais plus quoi faire ni quoi ressentir. J'ai besoin de l'aide de ma mère.

– Tu as déjà été amoureuse ? je lui demande.

Et, après une hésitation, j'ajoute :

– Tu étais amoureuse de mon père ?

Elle ne m'a jamais rien dit sur mon père, jamais parlé de lui ni confié d'anecdotes à son sujet. J'ai vite appris à ne pas l'interroger là-dessus. À ne pas me demander pourquoi ma mère devenait muette quand j'évoquais la question.

– Ça n'a pas d'importance, dit-elle.

– C'était qui ?

Elle secoue la tête, bat en retraite.

– Qu'est-ce qui lui est arrivé ? j'insiste.

Elle tombe à genoux dans le sable. L'eau déferle sur ses jambes. Sa jupe s'étale en corolle autour d'elle, et le tissu s'assombrit en se mouillant.

– J'ai aimé deux hommes quand j'avais ton âge. Le premier a été infecté et il est mort à cause de ça. Le deuxième, je l'ai laissé dans la Forêt quand je me suis échappée.

Ses mots ne sont qu'un murmure à peine audible dans le vent.

Ma mère parle rarement de sa vie d'avant. C'est la première fois qu'elle m'en dit autant. Je m'accroche à ce minuscule aperçu de sa vie quand elle avait mon âge, déterminée à en apprendre davantage.

Je m'agenouille devant elle et je prends ses doigts inertes entre mes mains. Ils sont humides à cause des vagues qui forment des flaques autour de nous ; la peau commence déjà à se plisser, comme si elle était flétrie par l'âge.

– Pourquoi tu n'es pas retournée le chercher ? je lui demande. Si tu l'aimais, pourquoi tu n'y es pas retournée ?

Elle me regarde sans me voir, comme si elle n'était pas ici, comme si elle regardait quelqu'un d'autre à travers moi.

– Un jour, mon frère m'a dit qu'on ne peut pas prétendre avoir vraiment aimé quelqu'un si on est prêt à le laisser partir. Si on n'est pas disposé à se battre pour lui, dit-elle d'une voix neutre, comme si elle récitait un poème appris il y a longtemps.

« J'ai toujours su que je l'aimais, reprend-elle dans un murmure, en se parlant presque à elle-même. Mais je croyais attendre autre chose de l'amour. Alors je l'ai quitté. Je l'ai laissé partir.

Elle regarde fixement nos mains.

– Peut-être que mon frère avait raison et que ce que je prenais pour de l'amour était juste...

Elle ne termine pas sa phrase.

– Peut-être que de nous deux, c'est moi que j'aimais le plus, simplement.

Je ne sais pas quoi faire ni quoi dire. C'est comme si nos rôles s'étaient inversés et que j'étais la mère. Je ne l'ai jamais vue comme ça, jamais vue autrement que forte et maîtresse de la situation. C'est terrifiant de m'apercevoir que même les plus forts d'entre nous peuvent être aussi démunis.

Elle soupire.

– J'ai essayé. J'ai essayé d'y retourner. J'ai essayé si souvent. En ville, les gens ne me croyaient pas quand je leur disais que je venais de la Forêt. Ils pensaient que je délirais. Que je m'étais échappée d'un navire de pirates. Ils n'ont pas voulu envoyer quelqu'un dans la Forêt, et quand j'ai enfin pu y aller moi-même...

Sa voix se brise et elle déglutit plusieurs fois.

– J'ai vécu ici des années, en aidant Roger à protéger les plages, et puis je suis partie. J'avais cru pouvoir oublier et passer à autre chose, mais je n'ai pas pu. La Forêt continuait de m'appeler. Alors j'y suis retournée. J'ai réessayé. C'est là que je t'ai trouvée. J'ai pensé que la Forêt me disait quelque chose. J'ai pensé qu'elle me disait d'oublier le passé et de me tourner vers l'avenir.

Pendant que je digère ce qu'elle vient de me révéler, son regard redevient soudain lucide et elle écarquille tellement les yeux que la lumière du crépuscule fait briller le blanc qui entoure le bleu foncé.

– Quand tu m'as *trouvée* ?

Ma voix n'a aucune consistance, elle semble plus légère que l'air. J'ai l'impression de me réveiller en pleine nuit dans un endroit inconnu ; je suis complètement désorientée. Dans le noir, sous le choc, la poitrine comprimée.

VIII

Ma mère avale sa salive et, quand j'essaie de m'écarter, elle me saisit la main.

– Gabrielle, attends ! dit-elle, mais je me dégage brutalement.

– Comment ça, *quand tu m'as trouvée* ? Qu'est-ce que tu veux dire ?

L'angoisse me donne des palpitations, me fait suffoquer. Je m'écroule sur le sable humide, qui imbibe rapidement ma jupe et refroidit la peau de mes mollets et de mes cuisses. Ma mère projette des éclaboussures en s'approchant de moi, mais je recule constamment. Plus rien n'a de sens. Je secoue la tête dans l'espoir de remettre les morceaux à leur place.

– Attends ! répète ma mère.

Je m'immobilise. Autour de nous, les vagues avancent et repartent, s'infiltrent entre nous deux. Je regarde ma mère d'un air effaré, et elle soutient mon regard. Elle me tend la main comme elle le ferait avec un chien nerveux, et je me rends compte que j'ai atrocement peur de ce qu'elle va me dire. Je voudrais lui dire d'arrêter, d'oublier tout ce qui s'est passé ce soir. Mais cette injonction refuse de sortir de ma bouche.

– Tu es née dans la Forêt de Mains et de Dents, dit enfin ma mère.

De l'eau salée goutte de ses doigts tremblants, comme des larmes.

– C'est là que je t'ai trouvée. Tu étais perdue, toute seule, et tu semblais être en état de choc, alors je t'ai ramenée à la maison.

Je ne pose même pas la question à haute voix, je ne fais que former un mot avec mes lèvres.

– Comment ?

– Tu étais sur le sentier.

Maintenant qu'elle est lancée, elle ne s'arrête plus. Je voudrais me boucher les oreilles pour ne plus entendre ce qu'elle dit, mais ça coule trop vite, comme un torrent auquel je ne peux pas échapper.

– J'avais quitté Vista depuis des années, mais je n'arrêtais pas de penser à mon village, alors j'ai décidé d'y retourner. D'aller chercher les autres, ceux que j'avais laissés derrière moi. C'est à ce moment-là que je t'ai trouvée ; il n'y avait personne d'autre. Tu étais une enfant, et tu étais presque catatonique. Je ne savais pas quoi faire. J'avais peur, alors je suis retournée à Vista en courant.

« Je n'avais pas d'autre endroit où aller et puis tu étais très mal en point, tu avais besoin de soins. Roger, le vieux gardien du phare, était mort l'année précédente ; j'ai dit au Conseil que tu étais ma fille et que Roger m'avait appris comment tout marchait, que je pouvais prendre la relève.

Personne ne savait que tu n'étais pas ma fille biologique. Personne à part moi.

Interdite, je la dévisage sans rien dire, puis je regarde les gouttes qui tombent de son menton, dessinant des cercles dans l'eau.

– Pourquoi tu ne me l'as pas dit ?

C'est la seule chose qui me vienne, les seuls mots que j'arrive à tirer du tourbillon de mon esprit. Chaque souvenir, chaque moment passé dans cette ville me tourne dans la tête et je n'arrive pas à ordonner tout ça.

Ma mère regarde sa main tremblante, qui est toujours en suspens entre nous.

– Parce que je ne voulais pas m'en souvenir, murmure-t-elle.

La rage me prend.

– Alors pourquoi tu me le dis maintenant ?

Elle laisse retomber son bras. Les vagues continuent à se briser entre nous ; les derniers vestiges du jour perdent leur combat contre la nuit.

– Parce que tu as raison, répond ma mère. Ce qui nous définit, c'est notre histoire et les gens qu'on aime, rien de plus. Ce qu'on transmet, ce qui fait qu'on existe, c'est qu'il y ait des gens qui se souviennent de nous. Nous sommes très mauvais pour ça, dans ce monde. Pour préserver la mémoire. Pour la transmettre. Et c'est injuste que je sois la seule à connaître toute ton histoire.

Je sens chaque grain de sable qui s'enfonce dans ma peau. J'ai l'impression d'avoir été brisée en mille morceaux et dispersée dans la nuit. Il n'y a rien d'assez puissant pour me reconstruire.

Ma mère se penche vers moi dans le noir – il n'y a pas d'étoiles, pas de lumière.

– Tu seras toujours ma fille, Gabrielle. Tu es ma fille de cœur.

Sa remarque me fait l'effet d'un coup de poing dans la poitrine – comme si une lumière aveuglante avait explosé en moi. J'avais une autre mère, à une époque. Ma place était avec quelqu'un d'autre. C'est une autre femme qui me consolait. Une autre mère qui me prenait dans ses bras quand je pleurais et quand je riais.

Je ferme les yeux. J'essaie de retrouver des souvenirs d'elle. J'essaie de retrouver des souvenirs d'une autre vie, d'une autre voix, d'une autre odeur. Mais je ne vois rien.

Je ne m'en souviens plus du tout, maintenant. Une question commence à germer dans ma tête, à prendre le pas sur la confusion et la colère.

– Alors je suis qui ?

Ma mère pose les mains sur mes pieds, mes jambes, et s'approche à genoux pour enrouler ses bras autour de mes épaules. J'ai envie de m'arracher à son emprise ; je ne veux pas sentir ses doigts sur ma peau.

– Tu es ma fille. Tu es Gabrielle.

– Mais j'étais quelqu'un d'autre avant ?

J'ai hurlé. J'ai besoin qu'elle comprenne qu'elle m'a tout pris.

– Non. Tu as toujours été ma petite fille à moi.

Je devine qu'elle pleure au tremblement de sa voix. Elle inspire en frissonnant.

– C'est comme ça que m'appelait ma mère. Sa petite fille. C'est ça qu'elle m'a dit quand elle…

Les vagues étouffent le son de sa voix.

Partagée entre l'incrédulité, la colère et la confusion, je presse les paumes de mes mains sur mes yeux.

– J'ai d'abord été la petite fille de quelqu'un d'autre, dis-je.

Chaque muscle de mon corps se crispe. Je m'écarte d'elle et je me lève. Le tissu mouillé de ma jupe colle à mes jambes. Je tourne en rond dans l'eau en piétinant rageusement l'écume salée. Je voudrais casser le monde en mille morceaux.

– Tu étais seule, dans la Forêt, reprend ma mère. Il n'y avait personne. J'ai regardé. Tu étais au bord de l'inanition et à peine consciente. Tu n'avais que quatre ou cinq ans ! Tu n'as pas parlé pendant un mois quand je t'ai ramenée avec moi, et même alors, je n'étais pas sûre que tu allais survivre ! Tu étais incapable de me dire ton nom !

J'arrête mes allées et venues et je la regarde avec des yeux ronds.

– Mon nom ? je demande, étourdie.

Je n'ai rien de ma vie d'avant, même pas quelque chose d'aussi fondamental que mon nom ? J'inspire profondément, mais j'ai l'impression que mes poumons sont troués.

– Ce… Gabrielle, c'est pas mon nom ?

La lune a à peine dépassé l'horizon, mais j'en vois déjà les pâles reflets sur le visage de ma mère. Elle paraît jeune et vieille à la fois, et je me demande comment j'ai pu penser que j'étais sa fille naturelle. J'ai les cheveux blonds, rendus presque blancs par le soleil d'été. Elle, elle a les cheveux noirs, et désormais teintés de gris par l'âge. Elle a la peau pâle et j'ai la peau dorée, elle a les yeux foncés et moi clairs.

Mais comment aurais-je pu savoir que je n'étais pas la fille de ma mère ? Quel enfant met en doute sa filiation officielle ? Pourquoi aurais-je pensé que je n'étais pas celle que ma mère disait ?

Elle se redresse et vient se placer devant moi.

– Tu n'arrêtais pas de répéter quelque chose, quand je te l'ai demandé, mais je n'ai pas compris, chuchote-t-elle. Tu ne m'as rien dit. Je n'ai pas eu le choix. Je ne savais pas quoi faire d'autre.

– Pourquoi Gabrielle ? je demande.

C'est la seule chose sur laquelle j'arrive à me concentrer tandis que j'essaie de remettre en ordre tous les souvenirs de ma vie – tandis que je passe au crible tout ce que ma mère ne m'a jamais dit.

Elle recule, la bouche un peu tordue, comme si ma question la surprenait.

– C'est une fille que j'ai connue quand j'avais ton âge, dit-elle lentement, tout bas, comme si ça pouvait jeter un pont entre nous. Elle venait de la Forêt, comme toi, mais personne ne savait d'où exactement. Et j'étais la seule à savoir comment elle était arrivée.

Des larmes tombent de ses yeux.

– C'est à cause de cette rencontre que je me suis échappée de mon village. Que j'ai trouvé l'océan.

Elle me regarde.

– Écoute, Gabrielle, je suis désolée.

Elle tend la main vers moi, mais je recule hors de sa portée.

– S'il te plaît, dit-elle.

– Non !

Je secoue la tête. Il y a trop de choses qui s'effondrent autour de moi. Tout va trop vite : la morsure de Catcher, la condamnation de Cira à rejoindre les Patrouilleurs, et maintenant, ça. Tout ce que j'ai toujours connu a changé de place sous mes pieds, et je n'arrive plus à tenir debout.

– Tu aurais dû me le dire ! je hurle. J'avais le droit de le savoir !

– J'ai pensé que ça valait mieux. J'ai pensé...

Elle déglutit.

– J'ai pensé que j'avais perdu tout ce que j'avais d'autre au monde et que Dieu me donnait quelque chose à quoi me raccrocher. J'ai pensé... J'ai pensé qu'Il m'offrait une nouvelle chance d'aimer quelqu'un.

– Tu as été égoïste ! je tonne – et ces mots râpent ma gorge déchirée par les sanglots. Je n'étais pas à toi. J'étais la fille de quelqu'un d'autre.

– Tu serais morte, se défend-elle en tendant la main vers moi. Je t'ai sauvée.

J'appuie mes poings contre mes tempes. J'ai envie de crier. Je sais qu'elle a raison. Je sais que si elle m'avait laissée sur ce sentier, il se serait passé quelque chose de terrible. J'aurais pu me faire mordre et infecter ; j'aurais pu mourir de faim. Mais en cet instant, je m'en fiche. Tout ce qui m'importe, c'est qu'elle ne m'en avait jamais parlé avant. Qu'elle ne me l'aurait sans doute jamais dit.

Ce qui m'importe, c'est qu'elle m'a menti toute ma vie. Tout ce que j'ai toujours cru à mon sujet est faux – c'est une pure fabrication. Je ne sais plus à quoi me fier, maintenant, ce qui me donne l'impression d'être partie à la dérive. Chassée du rivage pour lutter seule contre les vagues.

Je ne sais pas comment le lui faire comprendre.

– Comment tu peux me dire d’oublier ça ? Comme si le passé n’avait pas d’importance ?

Je pointe vers elle un doigt tremblant.

– Toi, tu veux juste oublier ce qui s’est passé avant, mais ça ne marche pas comme ça. Je ne peux pas oublier les gens que j’ai aimés et qui m’ont aimée, moi. Peut-être que toi, ça ne te gêne pas de prendre ce dont tu as besoin et d’oublier le reste. De laisser crever dans la Forêt les gens que tu aimes. Mais c’est pas mon genre, à moi. C’est pas ça, la vie.

Ma tirade me laisse pantelante.

Les joues de ma mère sont d’un rouge cramoisi qui se détache contre le blanc de son visage, comme si je l’avais giflée.

J’avale ma salive. J’ai poussé le bouchon trop loin. J’ai perdu le contrôle et je me suis laissé emporter par mes émotions.

Je me glisse les doigts dans les cheveux et je tire. Je ne sais pas comment lui faire comprendre que cette information change tout, en ce qui me concerne, transforme radicalement mon image de moi-même. J’ai toujours été la fille de Mary. Et je pense aussi à ce que j’éprouve en compagnie de Catcher. Avec lui, j’ai le sentiment d’être quelqu’un. D’être importante, en quelque sorte.

Elle m’a enlevé ça. L’espoir de pouvoir lui ressembler un peu plus un jour. L’idée qu’il y a quelque chose d’elle en moi.

La certitude d’être sa chair et son sang.

Je recule, les mains levées, comme si je pouvais pousser l’air pour la faire disparaître hors de ma vue.

– Je ne suis pas sûre de pouvoir te pardonner un jour.

– Gabrielle..., murmure-t-elle sans se démonter, en plissant un peu les yeux.

Je secoue la tête.

– Non. Je ne suis pas Gabrielle. Je ne sais même plus qui je veux être.

– Je suis désolée, dit ma mère. Je t'aime.

Elle attend que je réponde que moi aussi, je l'aime. Elle attend que je lui pardonne. Mais tout ce que j'arrive à faire, c'est tourner les talons et partir en courant sur la plage. Je n'avais jamais détesté ma mère, avant, et ce sentiment me fait l'effet d'un trou noir qui m'aspire de l'intérieur.

Je continue jusqu'à ce que je voie l'ombre de la Barrière se dresser devant moi. Des lumières sautillent dans l'obscurité : les Miliciens de garde. Haletante, j'essaie de reprendre mon souffle, les yeux fixés sur le mur. On en revient toujours à ça.

C'est ici que tout a commencé. Si je n'avais pas franchi ce mur, je n'aurais jamais embrassé Catcher. Je n'aurais pas su qu'il éprouvait les mêmes sentiments que moi. Il ne se serait pas fait mordre. Je n'aurais pas parlé de l'amour avec ma mère et elle ne m'aurait pas dit la vérité.

Je me demande si elle me l'aurait dite sans cet accident.

Je ne veux pas y penser. Je ne veux pas y faire face. C'est trop lourd, j'ai besoin que ça s'arrête. J'ai besoin de retrouver mon souffle et de décider de ce que je dois faire.

Mais la terre continue à tourner, les vagues continuent à déferler, la lampe du phare continue à balayer les alentours. La vie continue, même si je voudrais que tout s'arrête. Même si je suis perdue.

Je bouillonne de colère. Si seulement je pouvais me rouler en boule dans le sable ! M'y enfoncer comme une praire et oublier ! Ne pas avoir à m'inquiéter de mon devoir !

Je repense à ma mère et à ce qu'elle m'a dit : que la vie est tellement plus facile quand on oublie. Mais j'ai beau essayer de chasser Catcher de mon esprit, je pense à lui. Je pense à son menton râpeux dans mon cou. Je pense à la promesse que j'ai faite à Cira de le retrouver.

En entendant des pas s'approcher, je lève les yeux. Daniel et deux autres Miliciens viennent vers moi. Les lanternes qu'ils brandissent devant eux creusent des ombres sur leurs joues et leurs yeux. Je remarque le moment où Daniel me reconnaît : il hausse les sourcils et ralentit le pas. Il tend une main vers moi et les autres Miliciens s'effacent.

– Gabry, dit-il d'un ton soucieux.

Mais le nom qu'il prononce est un mensonge – je n'ai plus de nom. Celui-là ne m'appartient pas. Je pousse sur la Barrière et je pars en courant sur la plage.

– Attends, Gabry ! lance Daniel derrière moi – mais je ne m'arrête pas.

Sa voix s'estompe dans mon dos, et mon nom avec elle.

Je cours sur l'épaisse couche de sable sec – l'effort me donne des tiraillements dans les jambes – jusqu'à ce que j'arrive au pied du phare. J'ai les poumons qui me brûlent et les muscles contractés, mais mes pensées continuent à tourbillonner à toute vitesse dans ma tête. Je lève les yeux. Le faisceau de lumière barre le ciel, projetant l'ombre de ma mère sur la vitre. Je la regarde regarder l'océan.

Ça a toujours été chez moi, ici. Pourtant, maintenant, je ne sais plus où est ma place. Je ne sais plus qui je suis.

Tout me paraît trop lointain, trop inaccessible ; ce que j'ai à surmonter pèse trop lourd. Dans l'obscurité, je vois ce qui reste du bateau à voile de ma mère et je me rappelle les journées qu'on a passées ensemble sur l'eau. Soudain, tout s'éclaircit : il faut que je retrouve Catcher. Et le seul moyen, c'est d'y aller par la mer.

IX

Depuis la plage, j'observe ma mère qui fait les cent pas dans la passerelle, en scrutant l'obscurité.

Je me tapote les cuisses et j'enfonce les orteils dans le sable avec impatience en attendant qu'elle s'éloigne, pour pouvoir traîner le bateau jusqu'à l'eau sans qu'elle le remarque.

Je pense à la loi de la gravitation universelle – j'ai toujours trouvé inutile de la connaître. Par une courte journée du début de l'hiver, le Protectorat nous a envoyé un nouveau prof, un jeune homme arrivé avec une lueur dans les yeux, qui s'est éteinte petit à petit au fil des semaines, pendant que le froid et la neige se refermaient sur nous comme un étau.

Tous les enfants âgés de six à seize ans de la ville étaient réunis dans la même classe. Le prof a essayé de rendre ses cours intéressants pour tout le monde ; il a demandé aux plus petits de chercher des cailloux pour représenter les planètes pendant qu'il s'efforçait d'expliciter des calculs mathématiques compliqués pour les plus âgés.

Personne ne l'a cru quand il nous a expliqué la masse, quand il a essayé de nous apprendre ce qui retient nos pieds sur le sol. Certains parents ont même retiré leurs enfants de l'école – c'était plus important d'avoir deux mains de plus pour aider à la maison que de nous inculquer des connaissances scientifiques qui ne nous serviraient jamais.

Mais Cira est restée, parce qu'elle était orpheline et préférait les cours aux tâches ménagères; et moi aussi, parce que ma mère a toujours estimé que l'éducation est une chose importante, surtout la science, qu'elle n'a jamais eu l'occasion d'étudier quand elle était jeune. Je me souviens du désespoir qui se lisait sur le visage du prof quand il a essayé de nous expliquer tout ça, de nous prouver que notre planète est une énorme masse qui tourne dans l'espace.

Il avait une petite collection de livres d'avant le Retour dont il nous a fait profiter. Il nous a montré des photos qui ressemblaient à des dessins, des photos décolorées sur du papier jauni représentant un monde à l'intérieur d'un monde à l'intérieur d'un monde.

Cira prenait tout ça pour une grosse blague et préférait regarder les photos plutôt qu'essayer de comprendre ce que ça voulait dire. Un jour, elle a brandi son pendentif de superhéros et elle a demandé au prof comment les superhéros auraient pu voler si la gravité marchait tout le temps. Il en a eu les larmes aux yeux; il n'arrivait pas à savoir si elle était sérieuse ou si elle le faisait marcher.

Au milieu de l'hiver, il est parti sans un mot et le Protectorat n'a pas envoyé d'autre prof avant la récolte, l'année suivante. Ça fait bien longtemps, mais je ne sais toujours pas quoi penser de la gravité, de la masse, de la rotation et de la force.

Du moins, je ne savais pas quoi en penser jusqu'à maintenant. En cet instant, debout devant l'océan, je me rends compte que mon corps est comme les planètes, que c'est le centre qui retient tout ce qui tourne autour. Enlevez le centre, et les autres éléments entrent en collision et se décrochent.

Ma mère continue à regarder en direction de la Forêt et moi, je continue à avoir l'impression que les éléments qui me composent sont en train de s'étendre au-delà des limites de ma personne. C'est bien fait pour elle, si elle s'inquiète pour moi. Si elle comprend ce que mon autre mère a dû vivre.

Quand elle disparaît enfin de la passerelle, je me glisse sur le côté de la maison et je dégage le bateau de son râtelier. La coque râpe le sable quand je le tire vers l'eau. Je fais la grimace. Pourvu que ma mère n'entende pas le bruit malgré le fracas des vagues ! Chaque fois que le faisceau de lumière repasse au-dessus de ma tête, je me crispe, craignant qu'il me trahisse.

Il me faut cinq tentatives avant de me rappeler comment on fait passer les drisses pourrissantes dans le mât et la bôme. L'avant du petit bateau repose à la lisière des vagues. Je reste plantée là à le regarder, les mains sur les hanches, essoufflée après l'avoir traîné sur toute la plage.

Je tâte la coque du bout de l'orteil, remarquant quelques fissures là où le bois s'est abîmé, mais à première vue, il ne semble pas y avoir de trou. En revanche, la voile est pratiquement fichue, il y a une énorme déchirure au milieu et les endroits où elle a été rapiécée autrefois sont tellement usés qu'ils sont presque transparents.

Je pourrais rentrer. Je pourrais monter l'escalier et me

glisser dans mon lit. Je pourrais retenir mon souffle en espérant que ma mère va venir et me passer les doigts dans les cheveux comme si rien n'avait changé. Je pourrais oublier tout ce qu'elle m'a dit tout à l'heure. Je pourrais essayer d'oublier ce qui s'est passé hier soir, l'enfouir profondément. Je pourrais pardonner à ma mère de ne pas m'avoir dit la vérité.

Mais ça me revient : ce n'est pas ma mère. Je ferme les yeux de toutes mes forces. Je n'ai connu qu'elle, c'est une mère à tous points de vue pour moi. Sauf que, dans un autre temps et un autre lieu, j'avais une autre mère. J'avais une autre famille dont je ne sais rien.

Qu'est-elle devenue, cette autre mère ? Pourquoi m'a-t-elle laissée toute seule dans la Forêt ? Pourquoi est-elle partie sans moi ? Pourquoi m'a-t-elle laissée partir ? Est-il possible qu'elle l'ait fait exprès ?

La lumière et l'obscurité alternent autour de moi. Au-dessus de ma tête, le ciel paraît sans limite et j'ai l'impression que je pourrais m'envoler, que rien ne me retient au sol. Il y a trop de questions. Trop de possibilités. Armée d'une faucille, je pousse le bateau à l'eau ; je veux échapper à tout le monde. La coque râpe le sable et m'éclabousse en heurtant une vague. Je jette l'arme dans le bateau ; elle cliquette, et sa lame réfléchit un minuscule éclat de lumière sous la lune. Ensuite, je m'avance dans l'eau jusqu'aux cuisses en poussant le bateau devant moi avant de sauter à bord et d'attraper la voile, en espérant que le vieux cordage n'est pas trop pourri pour retenir la bôme. Je regarde le reflet étiré de la lune qui ondule sur l'eau, dessinant comme une sorte de chemin, et je me demande ce que je fabrique. Je me demande si je suis vraiment capable de faire ça. D'enfreindre les règles une fois de plus. D'affronter le monde qui est à l'extérieur de la Barrière.

En inspirant à fond, je tire sur l'écoute jusqu'à ce que la voile, avec un claquement, se gonfle de vent. Dans l'eau, le gouvernail rencontre une résistance et je m'éloigne de la plage en diagonale. J'essaie de prétendre que je sors juste le bateau pour m'amuser. Que je ne suis pas en train de m'enfuir, de quitter Vista.

Des gouttelettes d'écume me picotent la figure quand je prends de la vitesse dans le noir complet. Les vagues se dressent devant moi, menaçantes, s'écrasent contre le bateau et le font ballotter. Il y a déjà de l'eau qui s'infiltre à travers la coque et s'amasse à mes pieds.

Je vois défiler en un clin d'œil les dernières lumières de Vista, puis les rochers sombres de la jetée pendant que le bateau file en bondissant sur l'eau. Je me rends soudain compte que c'était une erreur de vouloir contourner la Barrière à la voile. Je ne peux pas faire ça. Je ne peux pas enfreindre les règles une fois de plus. Je tire brutalement sur la barre, en me baissant quand la bôme passe de l'autre côté du bateau, et je repars vers la maison. Mais là, je vois ma mère sur le balcon. À chaque passage, le faisceau de lumière projette son ombre sur la Forêt. L'endroit dont on vient toutes les deux.

Et là, je comprends que je ne peux pas rentrer. Pas tout de suite. Je ne peux pas oublier Catcher comme ma mère a oublié les gens qu'elle aimait. Je pousse la barre pour remettre le phare derrière moi, et je retiens mon souffle quand je dépasse la Barrière. Ça paraît tellement paisible, ici – tellement facile d'oublier que ce mur est la cause de tant de malheur.

J'avale ma salive, j'essuie les gouttelettes salées que j'ai sur la figure et je me lisse les cheveux en arrière. Sur ma gauche, après les rangées de vagues écumantes qui déferlent sur la plage, je vois se dresser les reliefs des armatures du parc d'attractions. La lune fait luire ses balustrades rouillées. Je borde la voile et je me dirige vers la terre, mais le courant est plus fort que prévu et m'entraîne plus loin sur la côte. Ma voile flasque n'est pas de force à lutter contre la marée. Pendant que je m'efforce d'amener le petit bateau sur le rivage, je sens les battements de mon cœur faire vibrer mes doigts. Enfin, bien après les hauteurs du grand huit, au milieu des vieilles ruines qui se trouvent au-delà de la fête foraine, la dérive frotte le sable.

Pendant un moment, je laisse les vagues me ballotter, me pousser vers le rivage puis me tirer en arrière. L'eau qui s'est amassée au fond de la coque m'arrive au-dessus des chevilles; elle alourdit le bateau. Mais je ne trouve pas le courage de débarquer. J'ai trop peur. J'ai l'impression que je pourrais rester là jusqu'à la fin des temps, à flotter sur la ligne où l'eau rejoint le sable, dans cette zone d'entre-deux.

La plage n'est pas protégée. Il pourrait y avoir des Mudos n'importe où, partout. Plongés dans une sorte d'hibernation jusqu'à ce qu'ils sentent une personne vivante.

Avant de pouvoir m'en dissuader, je saute du bateau et je le traîne le plus loin possible des vagues. Je m'accroupis à côté et je scrute l'épaisse barre de dunes, devant moi, en serrant le manche de ma faucille. Derrière les dunes, il y a de vieilles digues, sortes de palissades en bois qui datent de l'époque où les limites de la ville ne s'étaient pas encore resserrées pour correspondre au plan actuel. Et derrière ces palissades, une multitude de bâtiments délabrés s'étend jusqu'à la route qui sépare la ville déchue de la Forêt.

À chaque passage, le rayon du phare illumine les bosses du grand huit qui dépassent des ruines, tout au bout de la plage, sur ma gauche, et je me rends compte que mon bateau a dérivé drôlement loin de mon cap. J'ai dépassé le parc d'attractions de beaucoup plus que ce que je voulais, mais je n'ai pas le choix, je suis obligée de continuer. Même si, dans ma tête, une voix me hurle de remettre le bateau à l'eau et de foncer chez moi, je sais que je ne peux pas. Pas seulement parce que Blane me dénoncerait et parce que je l'ai promis à Cira, mais aussi parce que je le dois à Catcher. Il ne devrait pas avoir à affronter ça tout seul.

Je me force à laisser le bateau derrière moi et à traverser la plage. Il faut que j'arrive rapidement de l'autre côté de la palissade. Ici, je suis à découvert, exposée – il est probable que les Mudos, s'il y en a quelque part par ici, aient échoué sur le rivage et n'aient pas réussi à quitter cette plage. Le sable est encore tiède, imprégné de la chaleur de la journée, et jonché de paquets d'algues emmêlées et de bois flotté. Quand j'atteins les dunes, mes pieds s'enfoncent et je trébuche, lâchant mon arme. Je suis à genoux quand j'entends un gémissement.

Sur ma gauche, le sable se met à bouger, tel un glissement de terrain miniature. Une main se dégage, gratte l'air. Un sentiment de terreur absolue me cisaille comme une lame d'acier. Je tombe à la renverse et je roule au pied de la dune. Dans mon corps, plus rien ne fonctionne; j'ai la tête pleine d'images d'hier soir : les Mudos, le sang, les morsures, l'infection. Je réagis lentement, trop hébétée pour saisir ce qui se passe. Les mains vides, je tâtonne un moment avant de voir mon arme, qui gît hors de ma portée.

Je grimpe dans le sable meuble pour me traîner vers ma faucille pendant qu'un gros Mudo s'efforce de se déterrer. Il est gauche et encore plus malhabile que moi, mais il est quand même trop près.

Les cris que je ne pousse pas m'étranglent, je manque d'air. Enfin, mes doigts entrent en contact avec le manche de mon arme. J'essaie de trouver le calme dont je vais avoir besoin pour me défendre, mais je n'arrive à penser qu'à notre soirée d'hier. Des doutes s'insinuent dans mon esprit; ma raison me dit que je vais encore échouer.

J'ai oublié comment je dois me tenir, comment me protéger. Tout ce que je vois, c'est le sang qui coule le long du bras de Catcher.

Soudain, je sais que je ne vais pas être capable de me défendre. Je comprends que je vais me faire mordre. Infecter. Comme Catcher.

Je me mets à frapper comme une folle, sans attendre que le Mudo soit à ma portée. Mes yeux meurent d'envie de se fermer, mais je les force à rester ouverts. Par je ne sais quel prodige, la lame s'enfonce dans le cou du mort, mais je n'ai pas frappé assez fort et elle se coince avant d'avoir pu lui trancher la colonne vertébrale.

J'ai les mains moites; le manche en bois me glisse entre les doigts quand j'essaie de le dégager d'un coup sec. Je me mets à hurler, à crier à l'aide même si je sais qu'il n'y a personne d'autre, ici. Je suis totalement seule.

Le sable bouge et je perds l'équilibre une deuxième fois, mais je refuse de lâcher mon arme – je n'en ai pas d'autre. Je dégringole au pied de la dune en entraînant le Mudo dans ma chute : ma faucille est toujours plantée dans son cou.

Nos jambes s'emmêlent brièvement et je me remets à crier. Je n'avais jamais touché de Mudo, avant, jamais senti leur peau. On dirait la peau humide et fripée d'une pomme oubliée dehors pendant deux semaines. C'est une peau sans vie, à la fois flasque et trop tendue. De la bile me monte à la gorge et je suis prise de haut-le-cœur. Comment ai-je pu être assez stupide pour venir ici ? Ça va être drôlement morose de mourir seule.

On atterrit avec un bruit sourd au pied de la dune. Je roule sur le dos et je m'éloigne du Mudo en repoussant ses mains tendues vers moi. J'entends d'autres gémissements, à présent, et je vois bouger sous les hauts tumulus de sable d'autres silhouettes de Mudos qui ont dû échouer sur le rivage, se mettre en hibernation et se laisser ensevelir.

La seule idée qui me vienne, c'est de tourner les talons et de retourner à mon bateau en courant, mais le gros Mudo se lève, avec ma faucille plantée dans le cou. Je ne suis pas sûre de pouvoir pousser mon bateau à l'eau assez vite. Pas sûre de pouvoir lui échapper.

Je me fige. Ce lieu qui me paraissait si calme s'agite dans le clair de lune. Autour de moi, des Mudos descendent des dunes d'un pas traînant ; ils sont tous entre moi et la palissade. Je suis piégée, acculée contre l'océan, sans arme.

Dans ma tête, c'est le chaos, les pensées tourbillonnent trop vite pour que je puisse les saisir au vol. Il faut que je me mette à courir, que je m'échappe. Il faut que je me défende. Je ne pourrai pas tous les battre.

Cette fois, c'est sûr, je vais mourir ici. Me faire mordre. Infecter. Revenir. Personne ne saura ce qui m'est arrivé. C'est une prise de conscience foudroyante, qui embrase toutes mes terreurs dans les coins sombres de mon esprit. Mes jambes s'engourdissent, mon cerveau cesse de fonctionner et plus rien ne marche.

– Arrête ! je me hurle à moi-même pour chasser cette prémonition absurde.

Allant à l'encontre de tous mes instincts, je me force à avancer vers mon bateau, mais je sais que je n'y arriverai pas. Ils sont trop nombreux, maintenant. Je me tourne vers la palissade, mais cette issue-là aussi, ils la bloquent. Il y a juste une brèche étroite dans la foule de morts attroupés autour de moi. Je m'y engouffre et je me mets à courir. Sur ma droite, il y a l'océan ; sur ma gauche, les dunes et, derrière moi, une cohorte de Mudos qui me suit.

L'air m'arrache les poumons. Il me suffit de marcher plus vite que les Mudos ; c'est ce qu'on nous a toujours appris. Les Mudos ne peuvent pas courir. Je ralentis l'allure, me contentant de trottiner, et j'inspire à fond. Je peux y arriver, me dis-je. Je peux survivre. Je me le répète à chaque foulée sur le sable mouillé.

Jusqu'au moment où la fille d'hier soir – le Brisant – me revient en mémoire. Ce qui me rappelle Mellie et le bruit qu'a fait son cou quand Catcher l'a brisé. Et le timbre de ses gémissements désespérés juste avant qu'elle meure.

Mudo veut dire « muet ». Le mot nous vient des nombreux marchands et pirates qui fréquentaient le port.

Mais les êtres qui me suivent, ces créatures qui ont été des humains, sont loin d'être muets. Ils ne sont rien d'autre que du bruit, des gémissements avides.

Des gouttes de transpiration me tombent dans les yeux et tout se brouille autour de moi, hormis mes souvenirs d'hier soir. Je jette un coup d'œil aux Mudos, derrière moi ; ils sont à la traîne. J'évalue la distance qui nous sépare, puis je scrute la plage obscure devant moi.

Il me suffit de prendre assez d'avance pour bifurquer vers les dunes et passer par-dessus la palissade. J'ai les jambes qui me démangent ; je brûle de marteler le sable et de courir sans plus jamais m'arrêter, de longer toute la côte jusqu'à Villenoire. Pour me perdre dans la foule de gens qui ne me connaissent pas, là-bas, qui ne savent pas d'où je viens ni ce que j'ai fait.

Mais je sais que je ne pourrais pas courir aussi loin. Et même si j'en étais capable, je n'aurais pas le courage de quitter Vista pour toujours. Depuis hier soir, je souhaite plus que jamais me blottir dans le cocon bien protégé de ma ville.

Je dois juste survivre à cette nuit, trouver Catcher et réconforter Cira ; ensuite, je pourrai recoller les morceaux de ma vie.

Pour la première fois depuis que mon univers s'est effondré, j'ai l'espoir de réparer la situation. Si j'arrive à survivre, peut-être que je pourrai trouver un nouveau genre de normalité, un nouveau genre de sécurité. Et, au moment où je commence à penser que les choses pourront peut-être s'arranger, je vois une silhouette dressée au sommet des dunes, un peu plus loin sur la plage. C'est un jeune homme à la tête rasée, vêtu d'une tunique blanche. Il dévale tant bien que mal le monticule de sable et arrive sur la plage en courant à toute allure.

Il fonce droit sur moi, la bouche ouverte et les dents luisantes dans le clair de lune. Mon cœur se glace, je trébuche et mes pieds s'immobilisent. C'est encore un Brisant, comme hier soir.

X

Je me retourne, mais sur la plage, un mur de Mudos marche vers moi. Ils se rapprochent trop vite et je n'ose pas m'aventurer dans les dunes, j'ai trop peur de perdre l'équilibre une fois de plus, d'être rattrapée par le Brisant avant d'avoir réussi à m'échapper.

Je me précipite vers l'océan, en espérant m'enfoncer assez loin pour que le Brisant n'ait plus pied et coule avant d'avoir pu m'atteindre ; pourvu qu'il n'y ait pas de morts cachés dans les vagues !

Je suis dans l'eau jusqu'aux genoux quand le Brisant me rentre dedans.

Mon cœur cesse de battre. J'attends la morsure, la brûlure que m'infligeront ses dents en se plantant dans ma chair. Je me demande quel effet va me faire la mort en se propageant dans tout mon corps. Est-ce que je sentirai le moment où l'infection va me contaminer ?

Je tombe ; une vague me fouette le visage et je m'érafle le genou sur le sable. Je hurle sous l'eau. Le sel me pique les yeux. Je bondis vers la surface. Le Brisant m'attrape le bras et tire. J'essaie de lutter. Je le bourre de coups de pied, je le griffe et je me débats. Je hurle de nouveau, et je m'étrangle quand une vague s'abat sur ma tête. Je décoche un coup puissant et mon poing heurte un corps.

Le Brisant me lâche et je retombe dans l'écume. Pendant un instant, ma tête retourne sous la surface. Je ressors en crachotant et en clignant frénétiquement des yeux à cause de mes cheveux mouillés qui me tombent dans la figure, et j'essaie de me préparer à son prochain assaut.

Mais il ne vient pas. Le Brisant reste planté là, haletant, dans l'eau peu profonde. C'est là que je m'aperçois que ce n'est pas un Brisant.

Mes genoux manquent s'effondrer sous moi. Tout mon corps se ramollit. J'inspire avidement et l'air salé soulage mes poumons. J'écarte mes cheveux de mon visage.

Malgré l'obscurité, je vois qu'il a les yeux clairs. Il me regarde fixement et, même s'il ne montre pas les dents, on dirait qu'il est prêt à me dévorer. Il se jette de nouveau vers moi. En reculant, chancelante, je tombe sous l'eau et je me râpe les poings sur le sable.

Il me redresse, suffocante, et s'immobilise pour me dévisager de plus belle avec des yeux écarquillés, les mains sur mes épaules. J'ai l'impression qu'il attend que je dise quelque chose, que je fasse quelque chose, mais je reste muette au milieu des gémissements qui retentissent autour de nous.

Il lève une main. De l'eau goutte de ses doigts et coule le long de son poignet. Il tend le bras vers moi, comme s'il voulait toucher le côté gauche de mon visage, mais je recule vivement la tête hors de sa portée. Alors, comme si je l'avais arraché à une sorte de transe, il s'éloigne de moi en clignant des yeux et avale sa salive.

– Par ici, dit-il finalement.

Puis il me prend la main et me fait sortir de l'océan sans me laisser le temps de penser qu'on vient de vivre un moment bizarre.

Les Mudos se sont rapprochés. La faim leur fait émettre une cacophonie de sons dans tous les registres.

On part en courant sur la plage pour leur échapper, l'inconnu et moi. J'ai du mal à respirer, mais je ne peux pas m'arrêter pour reprendre mon souffle. Il oblique vers la gauche et je découvre un sentier étroit entre les dunes. J'hésite à le suivre, craignant de me retrouver prise au piège dans les dunes, mais le blanc de sa tunique mouillée brille un instant dans le clair de lune et disparaît. Je me retrouve toute seule sur la plage – seule avec des Mudos qui s'approchent en titubant.

Terrorisée, je le suis dans les dunes. Ici, l'obscurité et le silence règnent, si on excepte mes toussotements et la respiration de l'inconnu. Je n'entends plus les gémissements ni l'océan. La lune est cachée, nous sommes plongés dans l'ombre. Je me plie en deux et je vomis.

Ensuite, l'autre me tire à sa suite. Devant nous, il y a un portail grillagé ménagé dans la vieille palissade qui sert de digue, et l'inconnu marque à peine un temps d'arrêt avant de l'escalader. J'ai les doigts pris de tremblements presque incontrôlables et le métal rouillé me mord la peau. Les bras et les jambes flageolants, j'essaie de me hisser. Le garçon me tend la main et me tire à côté de lui à l'instant précis où le premier Mudo débouche du sentier derrière nous.

Pendant une seconde, alors qu'on est en haut du portail, l'inconnu et moi, je me revois avec Catcher hier soir, assis face à face au sommet de la Barrière. Le souvenir est si précis, si net qu'il me fait mal. Je voudrais tellement retrouver Catcher. Revenir à cette soirée. Pour pouvoir tout effacer. Tout recommencer autrement.

Mais ensuite, l'inconnu saute par terre. Je lâche le grillage pour atterrir à côté de lui. Quand je heurte le sol, mes jambes chancellent et je tombe à quatre pattes. Le garçon est debout. Les Mudos se jettent contre le grillage et le métal se creuse sous leur poids. Je fais la grimace.

– Ça va tenir ? je demande à l'inconnu en penchant la tête en arrière pour le regarder.

Il acquiesce en les regardant passer frénétiquement les doigts entre les mailles. J'entends leurs os craquer. Leurs gémissements qui sont presque des cris de souffrance.

Pendant un moment, on reste comme ça. L'inconnu regarde ces anciens êtres humains, et moi, je suis par terre en train de toussoter et d'essayer de reprendre mon souffle, sans parvenir à oublier la sensation de la peau du Mudo de tout à l'heure contre la mienne.

J'enfonce les doigts dans le sable sale, incapable de me convaincre que je suis en sécurité. Lentement, je m'assieds et je me passe les mains sur les bras et les jambes. J'ai besoin de vérifier que ça va, que je n'ai pas été mordue.

En même temps, je jette des coups d'œil à l'inconnu en me demandant qui c'est et d'où il vient. Il semble avoir un ou deux ans de plus que moi. Trempée, sa tunique blanche est plaquée contre son corps. Deux épaisses bandoulières de cuir se croisent sur sa poitrine et passent sur ses épaules, retenant des fourreaux dans son dos. Je n'avais jamais vu quelqu'un habillé comme ça. Je suis certaine qu'il n'est pas de Vista.

Finalement, il se tourne vers moi et me tend une main pour m'aider à me lever. Sa peau est chaude, sa poigne ferme. Ses doigts s'attardent un moment entre les miens avant de s'échapper. Il semble sur le point de dire quelque chose, mais ensuite il fronce les sourcils et regarde derrière moi.

Sa tête rasée souligne ses pommettes anguleuses et ses yeux clairs. Trois griffures parallèles marquent le côté gauche de son visage et je comprends que c'est moi qui lui ai fait ça quand j'ai lutté contre lui dans l'océan.

Mon cœur se met à battre la chamade tandis que j'évalue la situation. Oui, je suis à l'abri des Mudos, mais je suis seule avec un total inconnu dans les ruines désertes de la vieille ville. Malgré son physique maigre et nerveux, il est plus baraqué que moi, et certainement plus fort. En plus, je ne sais pas s'il est seul ou s'il a des compagnons. Je n'ai pas d'arme, puisque ma faucille est toujours plantée dans le cou d'un Mudo. Soudain, je me sens nue, sans la moindre protection. Comme me l'a appris ma mère, il n'y a pas que les Mudos qui puissent représenter un danger mortel dans notre monde.

Il m'observe comme s'il attendait quelque chose. Je fais un pas en arrière pour m'éloigner de lui, du grillage et des Mudos. De l'eau dégouline lentement dans le creux de mes jambes.

– Je suis désolée pour tout à l'heure, dis-je.

Ma voix me paraît faible, suraiguë.

– Je suis désolée de t'avoir frappé, je veux dire. Mais merci.

Je lève les yeux vers lui.

– Merci de m'avoir sauvée.

Il ne répond pas. Je jette un coup d'œil dans le dédale d'ombres, derrière moi, tandis qu'un sentiment de panique familier me chuchote à l'oreille. Ici, au-delà du parc d'attractions, les bâtiments sont effondrés, les rues sont pleines de gravats, de broussailles et de débris. Il n'y a rien dont je puisse me servir comme arme, à part des pierres détachées et des cailloux ; tout ce qui pouvait être récupéré a été pris il y a des années, il ne reste rien de ce qui avait la moindre valeur.

La panique se mue en bourdonnement qui me hérisse le duvet de la nuque. Je ne suis pas sûre de trouver mon chemin pour sortir d'ici, si je m'enfuis, et je sais qu'il me rattrapera avant que je sois allée bien loin.

J'essaie d'écarter de mon visage les paquets de cheveux mouillés et emmêlés, mais c'est peine perdue, alors je croise les bras et je me tiens les coudes. Mes vêtements aussi sont mouillés ; ils me collent à la peau, je me sens nue. Pourquoi ai-je pris ce risque stupide ?

– Tu es…

Il s'interrompt et s'éclaircit la gorge. Il a les yeux ronds comme des soucoupes. La lune qui flotte au-dessus de l'horizon souligne les ombres de ses joues et de ses cils.

– Je m'appelle Gabrielle, dis-je dans un murmure. Gabry.

Je n'ose lui jeter que des coups d'œil furtifs ; j'ai peur de le regarder franchement dans les yeux. Peur d'y lire de la faim ou de la rage.

Il fronce les sourcils et continue à me fixer sans bouger, ce qui me met encore plus mal à l'aise.

– Et moi, je m'appelle Élias, dit-il enfin.

Mais il ne vient pas vers moi, ne me tend pas la main pour que je la lui serre. Derrière lui, les Mudos poussent sur le grillage et se tortillent, tendus vers nous de tout leur être. Leurs gémissements s'immiscent dans mon esprit, se mêlent aux bourdonnements de la panique qui me donne un goût de métal dans le fond de la gorge.

Je suis piégée de tous les côtés par le danger. Je me recroqueville un peu plus, puis je risque un coup d'œil vers l'inconnu et je vois dans ses yeux une lueur de confusion qui disparaît dès qu'il cille. Je baisse la tête, gênée. Je me sens toute drôle. Je ne sais pas quoi lui dire, comment parler à un étranger. J'ai envie de lui demander de ne pas me faire de mal, mais au fond, je sens que ce n'est pas la chose à dire. S'il me voulait du mal, il aurait pu me laisser sur la plage. Il aurait pu me laisser par terre quand j'ai sauté du portail.

Je me rappelle la façon dont sa main a hésité dans la mienne, quand il m'a aidée à me relever. Il ne m'a pas paru dangereux.

Il brise le silence :

– Qu'est-ce que tu fais ici ? D'où tu viens ?

Je suis décontenancée. C'est moi qui devrais lui poser ces questions ! Je me mords l'intérieur de la joue.

– Je viens de Vista.

Je regarde derrière moi dans l'obscurité, en essayant de paraître désinvolte, et je m'efforce de parler d'une voix égale pour demander :

– Tu es tout seul ?

Il ne répond pas à ma question.

– Si tu viens de la ville, qu'est-ce que tu fais ici ?

Il fait un petit pas vers moi et la panique me reprend. Je

lève les mains et j'essaie de reculer, mais je trébuche sur le béton craquelé et je perds l'équilibre.

À ce moment-là, il se jette vers moi ; je frappe ses mains pour essayer de le repousser, mais il est plus fort que moi et ses doigts font facilement le tour de mes biceps. Il m'empoigne fermement.

La seule chose que j'éprouve, c'est de l'étonnement : c'est fou, on est tellement braqués sur notre terreur des Mudos qu'on ne pense pas assez aux dangers du monde normal. Aux dangers de ces zones d'entre-deux qui grouillent de charognards sans foi ni loi, désespérés.

Pendant un moment, on reste immobiles, à un cheveu l'un de l'autre ; son emprise solide sur mes bras m'empêche de tomber contre le bord acéré d'un mur cassé. Il pourrait me faire ce qu'il veut, en cet instant. J'aurais beau le bourrer de coups de pied, hurler et le mordre, qui m'entendrait ? Et s'il a survécu ici, en dehors de la protection des villes, il doit savoir éviter les morsures. Je ravale un sanglot ; je ne veux pas qu'il voie à quel point j'ai peur.

Il doit tout deviner à mon regard, parce qu'il pâlit. Il recule vivement en s'essuyant les doigts sur sa tunique, comme pour enlever toute trace de moi. Je suis tellement soulagée que j'en ai presque le tournis.

– Je ne suis pas…, bredouille-t-il. Je ne pourrais pas…

Il agite les mains vers moi en continuant à mettre de la distance entre nous. Je vois sa gorge se contracter, puis il murmure enfin :

– Je ne te ferai pas de mal.

Après une hésitation, il ajoute :

– Gabrielle.

Il y a quelque chose de particulier dans la manière dont il dit mon nom. C'est peut-être parce que depuis mon enfance, je connais toutes les façons de le prononcer, toutes les formes qu'il prend dans la bouche des gens de ma ville. Et lui, c'est quelqu'un de nouveau ; c'est une voix que je n'avais encore jamais entendue.

Je hoche la tête. Un silence gêné se prolonge entre nous. Il ne reste que mon nom en suspens dans l'air.

J'essaie de nous ramener en terrain plus sûr en répondant à sa question de tout à l'heure.

– Je cherche un ami à moi. On était ici hier soir et il n'est pas revenu.

Le garçon expire longuement, l'air content de changer de sujet.

– Ah, oui, au parc d'attractions.

Je sursaute.

– Comment tu le sais ?

Il regarde l'obscurité, derrière moi, et pendant un moment, je suis tentée de me retourner, craignant que quelqu'un m'observe.

– J'ai entendu les cloches et les cris.

Je le considère avec stupeur et, après quelques secondes d'hésitation, comme si ça avait le moindre intérêt d'enfoncer des portes ouvertes, je remarque :

– Tu n'es pas de Vista.

– Non.

Il ne s'étend pas sur le sujet.

– Je n'aurais pas imaginé que quelqu'un vivait ici, j'insiste.

Je regarde les bâtiments effondrés, les murs écroulés et

les toits affaissés, autour de nous. Il y a tant d'ombres et de crevasses sombres... Ce n'est pas un endroit habitable ; personne ne vit dans les zones d'entre-deux.

Après le Retour, les villes, petites et grandes, étaient les endroits les plus dangereux, puisque l'infection se déclarait et se propageait plus facilement parmi les populations plus nombreuses, plus denses. Mais avec le temps, les gens ont dû recommencer à se regrouper. Ils ont dû fonder des collectivités pour les marchandises, la nourriture, la sécurité.

Les villes ont rétréci, resserré leurs limites, bâti des murs d'enceinte. Ce qui a laissé entre elles beaucoup d'espace où il n'y avait que des Mudos. Les quelques routes, comme la longue voie qui longe la côte jusqu'à Villenoire depuis notre ville, sont vaguement protégées par l'océan et les ruines d'un côté, et par la clôture qui cerne la Forêt de l'autre côté.

Malgré tout, voyager est au mieux difficile, au pire mortel. C'est comme si les villes étaient des îles dans un monde où presque tout le monde a peur de l'eau.

Quelqu'un qui vit en dehors de la protection des villes, par conséquent, c'est louche.

Je connais depuis l'enfance la réalité de notre monde : les plus chanceux d'entre nous vivent dans les villes, bien à l'abri au sein de la société.

Mais tout le monde n'a pas cette chance. Certains sont chassés pour avoir commis une infraction, pour avoir enfreint les règles. Il y en a beaucoup qui ont déserté de chez les Patrouilleurs, et qui se retrouvent avec leur nom sur une liste et la tête mise à prix. Certains se considèrent comme des commerçants – ils pillent les ruines et la lisière de la Forêt. Presque tous sont prêts à tout ; je veux savoir à quelle catégorie appartient Élias.

Il se gratte le menton, puis se frotte la nuque.

– Je crois que je sais où est ton ami.

Je le regarde en plissant les yeux. Je ne sais pas trop si je peux lui faire confiance.

– Comment tu le sais ? Qu'est-ce que tu fais ici ? je lui demande, cherchant à comprendre qui il est.

Il m'examine, et je vois quelque chose passer sur son visage. De la peur ? Du regret ? Ou peut-être que c'est juste la lune qui s'est cachée derrière un nuage avant de réapparaître.

– Je cherche quelqu'un, moi aussi, répond-il tout bas, d'une voix égale.

– Qui ?

Est-ce que chacun est perdu, dans ce monde, est-ce qu'on cherche tous quelqu'un ?

Il me dévisage un moment encore, puis secoue la tête.

– Peu importe, marmonne-t-il.

– Qui ? j'insiste.

Il hésite avant de dire :

– Je viens de t'aider à échapper aux Damnés... qui sont toujours après nous, d'ailleurs. Peu importe qui je cherche ! On serait en droit d'imaginer que tu vas simplement te réjouir de ma présence ici.

Je le regarde attentivement. Est-ce que j'ai bien entendu ?

– Tu les appelles des Damnés ?

Je m'interromps un instant avant d'ajouter :

– Pourquoi ?

Il garde longtemps le silence. Il attend que je dise quelque chose, je crois. Puis il hausse les épaules.

– Chaque ville a son mot à elle pour les désigner, transmis depuis le Retour. C'est celui que je préfère.

Je n'ai jamais entendu ma mère employer ce terme. Mais bon, c'est vrai que j'ai rarement rencontré des gens extérieurs à Vista, à part les marchands et les Patrouilleurs.

– Tu as dit que tu avais vu mon ami ? je demande.

– Je crois savoir où il est.

Son regard est tellement insistant que j'ai du mal à détourner les yeux.

– Tu veux bien me conduire auprès de lui ?

Il regarde une fois de plus derrière moi, puis se passe une main sur la tête, comme s'il avait oublié qu'il n'a pas de cheveux à recoiffer.

– Tu en es sûre, Gabry ?

Il utilise mon surnom avec prudence, comme pour l'essayer.

Je m'apprête à dire oui, mais le mot ne sort pas. Je dois forcer mes lèvres à remuer, rappeler à ma poitrine d'expulser de l'air. Enfin, je parviens à articuler :

– Oui. Pourquoi j'hésiterais ?

Il danse d'un pied sur l'autre.

– Ton ami est infecté.

Je ferme les yeux en sentant la douleur revenir. Et je revois la morsure que Catcher avait à l'épaule.

– Tu peux me faire confiance, reprend le garçon presque tendrement en voyant que je me tais, je sais à quoi ça ressemble, l'infection.

Il lâche un petit rire. Un petit rire sans joie, comme un soupir nerveux, un souffle d'air.

– Il est infecté. Il a peut-être quelques jours, mais…

Sa voix s'estompe, noyée dans la cacophonie de gémissements derrière lui.

Je hoche la tête.

– Je sais.

Et je me sens vidée de toute ma substance quand je prononce ces mots. Mais bien sûr, voilà que ça me revient : j'étais déjà vidée de ma substance. Je ne suis plus personne. Pendant un court moment, dans l'ombre du grand huit, avec Catcher, j'ai cru savoir qui j'étais et qui je voulais être pour la première fois de ma vie. Depuis, tout a été chamboulé.

L'air qui nous entoure semble soudain trop épais, trop lourd.

– J'ai juste besoin de le voir, dis-je à Élias. J'ai juste besoin de le revoir encore une fois.

Quand je rouvre les yeux, il est en train de me regarder, et je vois du chagrin gravé dans les plis qu'il a autour de la bouche. À ce moment-là, je me demande s'il a perdu quelqu'un à cause des Mudos. Il a dit qu'il savait ce que c'est que l'infection, qu'il avait eu le loisir de l'observer. Je me demande s'il a vu quelqu'un qu'il aimait se faire mordre. S'il a vu l'infection se déchaîner dans son corps, faire suppurer la plaie, prendre le contrôle.

Élias se détourne et regarde la clôture. Les Mudos se sont multipliés. Leurs gémissements résonnent contre les murs à demi écroulés qui nous entourent. Ils tirent sur les mailles du grillage, qui paraissent trop fines, trop délicates pour résister à leur assaut. Élias tend la main vers le fourreau qu'il a dans le dos et en tire un long poignard acéré.

J'aperçois un dessin gravé dans la lame avant qu'il bondisse vers le portail. La pointe du couteau passe à travers les mailles et transperce le crâne d'un des Mudos. Le mouvement est si brusque, si inattendu, que je lâche un hoquet de stupeur. Élias grogne en dégageant son arme d'un coup sec et se jette vers un autre Mudo, qui reste debout une seconde de plus avant de s'écrouler au sol. Ceux qui l'entourent ne le remarquent pas. Ne s'en soucient pas. Ne s'éloignent pas. Imperturbables, ils continuent à taper sur le grillage, qui se gondole sous leur poids.

Toute ma vie, j'ai vu ma mère décapiter les Mudos qui s'échouent sur la plage après les orages et pendant les grandes marées. Je l'ai vue les retourner pour examiner leur visage avant de leur planter sa lame en forme de pelle dans la gorge.

J'avais toujours l'impression qu'elle cherchait quelqu'un. Comme si elle attendait – redoutait – que quelqu'un qu'elle a connu échoue sur sa plage. Comme si elle regrettait d'avoir à faire ce boulot – regrettait ce que les anciens humains qui étaient à ses pieds étaient devenus.

Élias ne prend pas cette peine en exécutant la même tâche. Et je me surprends à regarder le visage des Mudos en me demandant qui ils ont été. Ceux qui s'échouaient sur le rivage me paraissaient toujours inanimés. Morts, lointains. Je n'ai jamais eu à m'en approcher. Ce n'était pas comme ceux qui poussent sur le grillage devant nous en gémissant, qui sont trop près. Qu'on pourrait confondre avec des humains, par une nuit sombre. Ils ont tous eu une mère autrefois. Certains ont aimé quelqu'un. Eu des enfants. Des rêves.

Tout ce qu'ils ont pu avoir n'existe plus. Il ne leur reste rien qu'une faim insensée qui ne sera jamais satisfaite.

Je me demande soudain s'il est possible qu'une de ces femmes ait été ma vraie mère. Un de ces garçons, mon frère. Bientôt, Catcher pourrait être l'un d'entre eux. Cette pensée me fait l'effet d'un gros coup de massue et me rappelle pourquoi je suis ici, de l'autre côté de la Barrière.

XI

– Arrête, je chuchote.

Élias ne m'entend pas. Il a le souffle court à force de tuer. Il passe et repasse sa lame à travers le grillage en ahanant, et des cris de rage à peine dissimulée lui échappent chaque fois qu'un nouveau Mudo s'écroule.

– Arrête ! dis-je plus fort.

Je bondis sur lui et je tire son bras en arrière avant qu'il ait pu repasser pour la énième fois son couteau à travers les mailles du grillage. Sur le point de sangloter, j'ai la gorge nouée par les larmes. Il me regarde et je vois de la colère sur son visage. Je vois aussi du dégoût et de la terreur avant que son masque impassible revienne tout dissimuler.

Il baisse le bras, mais je ne le lâche pas. La peau que je sens sous mes doigts est encore humide – c'est un mélange de transpiration et d'eau de mer. Il déborde de vie, de chaleur.

Il regarde avec insistance l'endroit où je le touche, puis plonge ses yeux dans les miens.

Je retire ma main. Il me fixe. Je recule.

– C'est la seule chose qu'on puisse faire, dit-il.

Pendant un moment, je crois qu'il parle de nous. Du fait que je l'ai touché.

– On est obligés de les tuer. Ils vont enfoncer le portail, sinon. C'est trop dangereux.

Là, je comprends qu'il parle des Mudos – de tuer les Mudos.

– C'est juste que je...

Je ne sais pas comment lui expliquer ce que j'ai ressenti, quand je me suis soudain demandé qui ces créatures ont été autrefois. En songeant qu'il y a peut-être un lien entre eux et moi. Cette idée me déstabilise, me remplit de doutes.

– Laisse tomber, je marmonne.

– C'est la seule chose un peu humaine qu'on puisse faire, Gabry.

Il désigne les Mudos d'un geste, mais je ne supporte pas de les regarder. Je ne supporte pas d'imaginer comment ce serait de voir des gens que j'aime de l'autre côté du grillage – comment *ce sera* quand Catcher sera devenu l'un d'entre eux.

J'en suis toute désorientée – je n'ai pas l'habitude de considérer les Mudos comme autre chose que des monstres. Ils n'ont jamais rien été d'autre pour moi. Je me demande si ma mère a toujours eu le sentiment que j'ai à présent. Si c'est pour ça qu'elle les traite avec tant de respect avant de les tuer, sur la plage.

– C'est pas juste, ce qui leur arrive, ajoute Élias.

J'ai envie de lui demander ce qu'il y a de juste, au fond, dans notre vie à nous. Mais je me contente de hocher la tête. Il relève son couteau d'un geste incertain et je ne l'arrête pas quand il se remet à la tâche. Je voudrais m'en aller, mais je ne le fais pas. Je voudrais me boucher les oreilles pour ne plus entendre les gémissements, la lame qui racle les crânes et le grillage qui claque, mais je ne peux pas.

Je reste à côté d'Élias pendant qu'il les tue tous et je suis toujours là pendant qu'il reprend son souffle, une fois que le dernier s'est effondré.

Je revois ma mère, tout à l'heure, me dire que ce qui nous définit, c'est notre histoire. Je regarde l'amas de chair morte – toutes les histoires qu'on a fait taire pour toujours.

– Je suis désolée, je murmure.

Désolée d'avoir été faible.

– Moi aussi.

Il se tourne vers moi avec un regard brillant, insistant.

– Tu es sûre que tu veux voir ton ami ?

Il se tient tout raide en attendant ma réponse.

J'ai envie de lui répondre que non. J'ai envie de le supplier de me prendre dans ses bras et de me porter jusqu'à chez moi. D'effacer mes souvenirs. J'ai envie d'abandonner, de ne plus avoir à supporter tout ça.

Mais je l'ai promis à Cira. Et je me le suis promis à moi-même. Et puis ce ne serait pas réglo de laisser Catcher endurer ça tout seul.

Je fais un pas en avant.

– Oui, j'en suis sûre.

Élias secoue la tête, puis passe un bras dans son dos et sort un autre poignard identique au premier. Il enlève le fourreau en le passant par-dessus sa tête et me le tend avec le couteau avant de partir dans l'obscurité.

Je me l'attache sur la hanche, puis je regarde les cadavres entassés derrière le grillage. Ils paraissent presque humains dans la mort, plus humains qu'il y a quelques instants. Et une fois de plus, je me demande ce qu'on perd quand on meurt et si, quand on revient après la mort, on garde quelque chose de ce qu'on a été.

◆

Si le parc d'attractions est resté pratiquement inchangé depuis le Retour, ce n'est pas le cas des vestiges de ce qui faisait autrefois partie de Vista. Génération après génération, les pillards ont tout nettoyé. Élias marche au milieu des ruines avec assurance, sans se demander où il va. Moi, je trébuche dans le noir derrière lui, en évitant les ombres projetées par la lune.

– Comment ça se fait que tu connaisses si bien cet endroit ? je lui demande, essoufflée, d'une voix entrecoupée.

– Je cherche quelqu'un depuis un moment, répète-t-il sans ajouter de précisions.

Il paraît si à l'aise hors de la protection de la ville et de la Barrière ; il marche d'un pas si assuré ! Je l'envie. À chaque éboulement de pierres, je sursaute, craignant que ce soit d'autres Mudos qui se réveillent.

Je le rejoins en trottinant. Une fois qu'il me suffit de tendre la main pour pouvoir le toucher, je me sens plus en sécurité.

– Qui est-ce que tu cherches ? j'insiste.

J'essaie d'y voir clair dans l'obscurité, de me rappeler dans quelles rues on a tourné, mais je suis déjà perdue. Ce qui m'angoisse encore plus.

Il s'immobilise brusquement et je trébuche avant de retrouver l'équilibre.

Ici, la rue est large. Des fenêtres béantes nous regardent de part et d'autre, depuis des maisons qui ne sont plus guère que des cavernes. Au loin, je distingue vaguement la courbe du grand huit qui brille sous la lune et, derrière, le faisceau du phare qui tourne dans la nuit.

– Ton ami est là-dedans, dit Élias en pointant le doigt vers un immeuble étroit, dans une autre rue. Au troisième étage à gauche.

Je plisse les yeux dans l'obscurité.

– Comment tu le sais ?

Il hausse une épaule.

– Je me tiens au courant de ce genre de choses. En partant, va tout droit en gardant le grand huit sur ta droite. Tu retrouveras la plage et ton bateau.

Je l'examine, tâchant de déterminer qui il est et d'où il vient.

– Tu ne viens pas avec moi ?

Tout d'un coup, j'ai la gorge sèche et les mains moites.

Il secoue la tête.

– Ce n'est pas mes affaires.

Je lui tends le couteau qu'il m'a donné, mais il le repousse.

– Ce n'est pas bien de se balader sans arme, dit-il.

J'essaie de déglutir.

– Il y a des Mudos, là-bas ?

– Non, pas à ma connaissance. À part ton ami.

Le ventre noué, j'empoigne la manche de sa tunique.

– Mais je croyais que tu avais dit qu'il n'avait pas muté, qu'il était juste infecté !

– J’ai dit qu’il n’avait *pas encore* muté. Il est quand même dangereux.

Je regarde dans la direction de l’immeuble où se trouve Catcher et je m’essuie les mains sur le bas de ma chemise. Je serre les dents.

– Très bien, je vais me débrouiller toute seule, alors...

Je sais bien que c’est une remarque ridicule, vu qu’il m’a sauvée tout à l’heure, sur la plage.

Il ne réagit pas, ne rigole pas. Se contente de hocher la tête.

– Bonne chance, Gabry.

Puis il tourne les talons et s’éloigne dans l’obscurité, me laissant plantée là toute seule dans la rue déserte.

– Attends ! je lance dans son dos.

Je ne suis pas prête à le laisser partir. Pas prête à me retrouver seule pour affronter Catcher.

Il s’arrête et se tourne à demi, si bien que je le vois de profil. Sa poitrine s’immobilise comme s’il retenait son souffle, comme s’il attendait que je dise quelque chose d’important.

– Merci, dis-je enfin.

Il me regarde un moment avec des yeux ronds, puis hausse les épaules et s’en va. Le moindre bruit paraît amplifié : ses pas qui s’éloignent, les craquements des bâtiments qui se tassent après la chaleur de la journée, le chant des grillons qui s’élève, puis s’éteint. J’ai un goût amer dans la bouche et la gorge qui me brûle après avoir crié à l’aide tout à l’heure sur la plage. L’eau salée de l’océan a séché ; ma peau me démange et mes vêtements frottent contre mes aisselles.

J'ai envie de courir, que ce soit après Élias ou à la rencontre de Catcher, mais je sais que courir ne ferait qu'alimenter ma panique et qu'ensuite je ferais une bêtise. J'inspire à fond tout en me préparant mentalement et je marche vers l'immeuble où Catcher est supposé se trouver.

Je serre le manche du couteau, les épaules contractées et les pieds sur le qui-vive, prêts à courir. Rien n'indique que Catcher soit ici, ou même y soit passé. Je jette un coup d'œil dans la rue derrière moi en me demandant si Élias me regarde entrer dans un piège.

Mais qu'est-ce que je peux faire d'autre ? Retourner à la plage où mon bateau est toujours entouré de Mudos ? Courir vers le parc d'attractions en espérant qu'il n'y a pas de Mudos là-bas, tout en sachant qu'à coup sûr, la Milice me trouverait et me livrerait au Conseil, qui me livrerait à son tour aux Patrouilleurs ?

Je m'arrête à l'entrée de l'immeuble, dont la façade s'étire vers les étoiles, au-dessus de moi. Je pose une main tremblante sur l'encadrement de la porte et je scrute l'obscurité. Je ne peux pas faire ça. Impossible. Je ne peux pas me forcer à entrer.

Mais une main m'empoigne et me tire à l'intérieur.

Tandis que des bras s'enroulent autour de moi, je me tétanise, incapable de respirer. Puis je me débats comme si mon corps avait soudain pris feu.

– Gabry.

C'est une voix brisée, épuisée.

J'arrête de lutter et je m'effondre contre lui. C'est Catcher, il est ici et il est vivant et je suis enfin en sécurité.

◆

Il semble à l'aise dans le noir quand il m'entraîne dans l'escalier, puis dans une pièce vide, au deuxième étage, illuminée par le clair de lune. Il gagne le trou laissé par une fenêtre et s'immobilise devant ; il n'est plus qu'une ombre.

Je l'observe, hésitante. J'ai peur de gâcher ce moment si je le touche. De faire revenir mes craintes et mon chagrin. Mais je ne peux pas me retenir : je finis par m'avancer, l'envelopper entre mes bras et coller la joue contre son dos.

À chaque fois qu'il inspire, j'entends son cœur. Il paraît si vigoureux, si présent. Je me presse contre lui. En espérant pouvoir empêcher l'infection de se propager si je le serre assez fort.

Il se tourne vers moi et me pose une main sur la joue, suivant du pouce le sillage de mes larmes. Je me hausse sur la pointe des pieds et j'essaie de l'embrasser sur les lèvres, mais il détourne la tête et ma bouche atterrit sur les muscles contractés de sa mâchoire.

Ensuite, il s'écarte de moi et retourne à la fenêtre. Moi, je reste dans le noir. Une faible lumière clignote dans l'espace vide qui nous sépare et je mets un moment à comprendre que c'est le phare, au loin. Pendant un court instant, je me demande si ma mère est toujours là-haut, en train de scruter la Forêt, et si je lui manque.

Quand le faisceau de lumière revient sur nous, je vois les taches sur la chemise de Catcher. Et les endroits où elle a été déchirée pendant qu'il se battait avec Mellie.

– Rentre chez nous, Catcher, lui dis-je.

– Je ne peux pas, répond-il, les mains crispées sur l'encadrement pourri de la fenêtre. Je suis infecté.

Je fais un pas vers lui.

– Comment tu le sais ? Peut-être que c'était une égratignure, peut-être qu'elle ne t'a pas vraiment mordu.

En disant ça, je prends conscience de l'avoir espéré de tout mon cœur. J'ai fait tout ce chemin dans l'espoir de m'être trompée, d'avoir mal interprété ce que j'ai cru voir hier soir. Que Cira a raison et que Catcher n'est pas infecté.

Mais plus le silence se prolonge entre nous, plus mes espoirs s'amenuisent.

– Dis-moi que tu vas bien, j'insiste, désespérée.

J'ai envie de lui bourrer la poitrine de coups de poing pour qu'il me dise ce que je veux entendre, mais je me contente d'enfoncer mes ongles dans mes paumes.

– Je suis infecté, Gabrielle, dit-il tout bas, d'une voix rauque, vaincue.

– Mais comment tu peux le savoir ?

Ma voix a pris un ton suppliant. Je secoue la tête et je débite sans m'arrêter :

– Tu n'es pas infecté. Ce n'est pas possible. Je ne peux pas...

– Je le sens.

Il se retourne vers moi. Ses yeux paraissent enfoncés, noyés dans son visage. Je déglutis en repensant aux Mudos de la plage. Comment le garçon qui est devant moi pourrait-il devenir comme ça ? Il est si robuste. Si chaud. Si vivant.

À cet instant, je comprends que la chaleur de sa peau, c'est la fièvre causée par l'infection. Que l'infection fait rage en lui alors même que je suis là à le dévisager. En fin de compte, comme tous ceux qui ont été contaminés, elle va le tuer.

Je repense à ma mère, qui m'a dit qu'elle avait vu des gens qu'elle aimait se transformer en Mudos. Et qu'elle était là à la fin. Pour moi, c'était juste un récit, une histoire de plus sur sa vie dans la Forêt. Je n'avais jamais vraiment compris ce qu'elle me disait. Jamais pris conscience de ce que ça voulait dire, de ce qu'elle a dû endurer.

Je ne pensais pas que ce serait si dur de revoir Catcher. Mais maintenant que je suis là et que je l'ai devant moi, je comprends pourquoi ma mère s'est efforcée d'oublier. Je me rends compte que ç'aurait été bien plus facile de rester en ville, d'oublier la Barrière et Catcher et ce que je ressens pour lui.

Ensuite, je me rappelle une fois de plus que ce n'est pas ma mère et tout se met à danser autour de moi. Il n'y a pas de souvenirs sacrés. Catcher s'approche, la main tendue.

– Ça va ? demande-t-il, et je m'écroule dans ses bras.

C'est insupportable que les choses aient tellement changé. Je veux revenir à notre soirée d'hier, quand ma seule préoccupation, c'était de savoir comment m'y prendre pour l'embrasser ; quand ma mère était encore ma mère ; quand le monde semblait enfin s'ouvrir à moi et que la vie n'avait pas encore échappé à tout contrôle.

– Comment va Cira ? me demande Catcher.

Il attend ma réponse avec les épaules raides. J'hésite.

– Je t'en supplie, dis-moi qu'elle va bien. Qu'elle n'a pas été...

Il ne termine pas sa phrase, mais on sait tous les deux ce qu'il veut savoir.

– Non, lui dis-je en regardant mes doigts, la fenêtre, tout sauf ses yeux. Elle n'a pas été blessée. Elle est rentrée à Vista.

Je déglutis avant d'ajouter :

– Elle va bien.

Follement soulagé, il s'affaisse contre le mur.

– S'il te plaît, reviens chez nous, je le supplie.

La même idée me tenaille. Si je peux le ramener chez nous, si je peux l'aider à se sentir mieux, on trouvera un moyen d'effacer la journée qui vient de s'écouler. On trouvera un moyen de revenir à la soirée d'hier et de la rejouer autrement.

Cette fois, quand on serait face à face au sommet de la Barrière, on pourrait faire un autre choix. Je pourrais céder à ma peur, lui prendre la main et le ramener à Vista. On pourrait être sains et saufs tous les deux. Et on ne se retrouverait jamais ici, on n'aurait jamais à vivre ce moment.

Mais bien sûr, ça ne changerait rien au fait que ma mère n'est pas ma vraie mère. Ça ne changerait pas que je ne suis pas vraiment sa fille. Que je ne sais plus qui je suis. Même si la soirée d'hier n'avait jamais eu lieu, je serais toujours perdue.

– Je ne peux pas rentrer, dit-il, la bouche contre mes cheveux – et c'est presque un gémissement.

– S'il te plaît, je chuchote.

Une voix hurle dans ma tête. Je voudrais tellement que tout soit différent.

Je le sens frissonner contre moi. Je le sens hoqueter. Je sens qu'il sanglote dans mes bras.

– J'ai peur, Gabry.

Mon cœur se serre. Je l'imagine se traîner jusqu'ici hier soir. En trébuchant dans le noir, terrifié, couvert de sang. Je l'imagine passer la journée ici, observer le parcours du soleil dans le ciel par le trou qu'a laissé la fenêtre. Brûlant de fièvre. Seul. Terrorisé. Je me demande ce que je ferais à sa place. Comment je passerais mes dernières journées, en sachant ce qui va advenir ensuite.

– Je vais rester avec toi, je déclare. Je ne partirai pas avant que...

Je suis incapable de finir ma phrase.

– Tu aurais trop d'ennuis, dit-il.

Chacune de ses larmes m'ébouillante en tombant sur moi.

Je pense à Cira et au reste de la bande dans leur cage, sur la place, et je me demande si je devrais rapporter leur situation à Catcher ou si ça ne ferait qu'ajouter à ses tourments. Il ne peut rien pour elle, pas plus que moi.

– Il faut que tu rentres chez toi, dit-il. Ta mère va s'inquiéter, sinon, et elle risque d'appeler la Milice.

Ma colère de tout à l'heure me reprend. Je ne sais pas si je pourrais supporter de la voir. Il y a trop de questions qui me tournent dans la tête. Est-ce que ma vraie mère s'est demandé pourquoi je n'étais jamais rentrée à la maison, quand j'étais petite ? Est-il possible qu'elle soit toujours dehors, dans la Forêt, en train de me chercher ? De s'interroger à mon sujet ?

Catcher s'éloigne de moi. Le faisceau de lumière du phare qui clignote entre nous marque l'écoulement du temps qu'il lui reste.

Il a raison : si je ne rentre pas à la maison, ma mère va

envoyer la Milice à ma recherche. J'aurai autant, voire plus d'ennuis que Cira et les autres.

– Je viendrai demain soir, dis-je à Catcher. Tu seras encore là, demain.

Je tâche de dire ça sur le ton de l'assertion et pas comme une supplique, mais je reste quand même tétanisée dans l'attente de sa réponse.

Il hésite.

– Je dois avoir quelques jours devant moi, finit-il par répondre, prudent. Ce n'est pas une méchante morsure.

Ce mot me fait grimacer – il me rappelle sans ménagement que Catcher est infecté. Je regarde autour de moi dans la pièce vide. Je ne veux pas le quitter. Je ne veux pas que cette nuit se termine. Je ne veux pas affronter ce qui pourrait se passer demain.

– Tu devrais y aller, ajoute Catcher. Et tu ferais mieux de ne pas revenir. Qu'est-ce que tu ferais si…

Il avale sa salive et sa voix brise.

– … si jamais j'avais déjà muté et que je t'attaquais ?

Il passe le pouce sur ma gorge.

– Je ne peux pas… Je ne veux pas te faire de mal.

– Tu ne me feras pas de mal, je réplique dans un murmure en lui prenant la main pour l'appuyer sur ma joue.

– C'est pas comme ça que les choses étaient censées se passer, dit-il d'une voix brisée. J'avais des projets…

Il ferme les yeux de toutes ses forces. Son visage se décompose et il frissonne.

– Hier soir, ils étaient en train de se réaliser. Ma vie, c'était censé être toi.

Il me frôle la tempe du bout des doigts.

Cet aveu me bouleverse. Ses désirs et ses rêves se confondent avec les miens et m'agitent sous le nez tout ce que j'ai perdu. Tout ce que je n'aurai jamais.

– Tu es en train de me dire que je ne peux pas revenir ? je lui demande.

D'un certain côté, même si je souhaite de tout mon cœur qu'il me dise non, je suis tellement faible et peureuse que je voudrais qu'il me dise oui, qu'il me libère de ce poids et de ma terreur – face à cet endroit et face à ce qu'il va devenir. Et si je n'avais pas la force nécessaire ? Et si je le décevais ?

– Ce n'est pas prudent, chuchote-t-il.

– Je m'en fous, dis-je.

Et tout d'un coup, je m'aperçois que c'est vrai. La force, la détermination et le désir s'épanouissent en moi et se mettent à pulser dans mes veines.

On se regarde dans les yeux, incapables de s'arrêter. Puis il tend la main et m'attire contre lui pour m'embrasser les yeux, les joues, la mâchoire – tout sauf la bouche. Enfin, il me lâche et retourne à la fenêtre.

– Fais attention, me dit-il.

Il enfonce les doigts dans le bois de l'encadrement et je vois onduler les muscles de ses épaules.

J'ouvre la bouche. J'ai envie de lui dire quelque chose, quelque chose qui puisse l'aider à tenir quand il aura peur. J'ai envie de lui dire que je pense être amoureuse de lui. J'ai envie de remplir la pièce avec l'espoir que l'amour puisse tout arranger. Mais ça ne sort pas.

Alors je tourne les talons et je me guide avec les mains pour descendre l'étroit escalier obscur et retourner dans la rue. Submergée par le chagrin, j'ai la vue qui se brouille.

Je jette un regard en arrière : les fenêtres de l'immeuble sont des gouffres noirs et silencieux. Je voudrais y voir Catcher en train de me guetter. Je voudrais garder autre chose de lui que le souvenir de sa chaleur sur ma peau, qui s'efface déjà, et l'absence de sa main sur ma joue.

Je serre entre mes doigts le couteau qu'Élias m'a donné et je m'éloigne en tâchant de retenir mes larmes. Je me dirige vers le parc d'attractions et la lumière clignotante du phare, quand une silhouette m'emboîte le pas.

XII

— Il va muter, Gabry, dit Élias. Tu n'y peux rien.

Je serre les dents et je continue à marcher. J'ai envie de lui dire de la fermer. J'ai envie de lui hurler qu'il ne comprend pas ce qu'il dit, que ça me fait mal. J'ai envie de lui marteler la poitrine jusqu'à ce qu'il comprenne qu'il a tort, même si on sait bien tous les deux que non.

À la place, je lui demande :

– Qu'est-ce que tu fais ici ?

Il pose une main sur mon bras pour m'arrêter, et je me dégage en fronçant les sourcils. Je veux garder la chaleur, l'odeur de Catcher en mémoire. Pas celles de ce garçon.

– S'il mute, je vais devoir le tuer.

Il me l'annonce platement, sans malice, mais ça me fait quand même un coup au cœur.

Avant de pouvoir me retenir, je le gifle. Je sens la brûlure de sa peau sous mes doigts. Il reste planté devant moi, incrédule. Je fais volte-face et je me remets à marcher en essayant de réprimer ma colère et mon chagrin, en essayant d'ignorer la réalité de notre situation. Au bout d'un moment, il me rattrape. Je m'apprête à monter sur un grand tas de décombres quand je l'entends soupirer derrière moi.

– Je suis désolé.

Je m'arrête, le pied tordu entre deux pierres et les mains crispées sur l'arête d'un mur éboulé.

Je lâche prise, je me laisse lentement glisser jusqu'au sol et je donne des coups de pied rageurs dans le tas de débris. Je voudrais continuer à tomber ; je voudrais passer à travers le trottoir, me retrouver sous terre et dormir pour le restant de mes jours, comme si de rien n'était. Je voudrais que la douleur et la peur s'arrêtent.

Mais je refuse d'accepter les excuses de ce garçon. Parce que ça reviendrait à accepter la vérité : que Catcher n'a plus beaucoup de temps avant de disparaître.

– Il faut que tu comprennes : ici, c'est dangereux pour lui. Pour nous tous. S'il subit sa mutation et qu'il n'y a pas assez d'autres Damnés autour de lui dans les ruines...

Élias laisse sa phrase en suspens.

– Alors quoi ? je lui demande.

Les mains sur les hanches, j'enfonce les doigts dans ma chair molle jusqu'à sentir l'os.

Il me dévisage en fronçant les sourcils, les lèvres pincées.

– Tu sais ce qui se passe quand un Infecté subit sa mutation et qu'il n'y a pas assez d'autres Damnés dans les parages...

On dirait que ça lui fait mal de me le rappeler.

Je ferme les yeux en pensant au Brisant d'hier soir et à Mellie. Ils couraient tellement vite, ils étaient tellement déchaînés ! Soudain, j'imagine Catcher comme ça. Je secoue la tête pour chasser cette image. Je ne veux plus parler de Catcher ni de son infection.

– Qui es-tu ? je lance. Qu'est-ce que tu fais tout seul ici, dans les ruines ? Tu as dit que tu cherchais quelqu'un.

Il serre les poings et se détourne. Il observe la ville, puis se remet face à moi et paraît se détendre un peu.

– Ça n'a pas d'importance, dit-il d'une voix de vieil homme fatigué. Je ne suis pas sûr de la retrouver un jour.

Je me relève et je m'approche. Je voudrais le réconforter. Je voudrais trouver quelque chose à dire qui lui donne de l'espoir, parce que j'ai besoin de croire qu'on peut encore avoir de l'espoir. Mais je n'arrive pas à faire sortir les mots de ma bouche. Avec tout ce qui s'est passé ces dernières vingt-quatre heures, je ne sais plus trop à quoi servent les rêves dans ce monde.

Je regarde le phare clignoter dans la nuit. Je devrais être là-bas, blottie sous mes couvertures, à l'abri. Je n'aurais jamais dû partir. Je descends du tas de gravats pour repartir en direction de la maison.

– Tu n'as pas intérêt à aller par là, me dit Élias. Les hommes de ta ville sont toujours en train de patrouiller.

– Je pensais qu'ils avaient abandonné…

Je suis totalement épuisée.

– Bon. Dans ce cas, je vais devoir trouver un moyen de regagner mon bateau.

À bout de forces, je m'affale sur les décombres et je me prends la tête dans les mains. Je suis prise au piège. Demain matin, ma mère va découvrir, si ce n'est pas encore fait, que je ne suis pas rentrée à la maison, et ils vont se mettre à ma recherche. S'ils me trouvent ici, je serai envoyée chez les Patrouilleurs avec les autres.

Quand je relève la tête, Élias est toujours là. Il inspire longuement, puis me tend la main.

– Si je t'aide à rentrer chez toi, tu ne devras plus revenir, dit-il en me tirant sur mes pieds.

– Très bien.

Je ne suis pas encore prête à penser à demain. Il me regarde dans les yeux.

– C'est trop dangereux, Gabrielle.

Sa main s'attarde autour de mon poignet, si légère et si douce que je ne sens pas la différence entre la chaleur de l'air nocturne et celle de sa peau.

– Promets-le-moi, insiste-t-il.

Je sens que je me penche vers lui, comme s'il était la seule lumière qui brille dans le noir. Je hoche la tête parce que je ne veux pas formuler mon mensonge à voix haute, et il me lâche pour se mettre à marcher vers la plage.

Quand on arrive à la palissade qui borde les dunes, je vois des empreintes de Mudos sur la ligne de marée haute, de l'autre côté. On s'arrête et on tend l'oreille, mais on n'entend rien. Le rugissement des vagues étouffe la plupart des autres sons. Mon bateau est là où je l'ai laissé, couché sur le flanc, et la marée montante fait comme des doigts qui se tendent vers la coque.

Élias secoue la tête.

– C'est stupide. On a failli y rester la première fois. C'est de la folie de réessayer.

– Il faut que je rentre, je réplique.

Il ferme les yeux et semble prendre une décision.

– Très bien.

Là-dessus, il escalade la palissade en bois usé.

Je l'imite et me laisse tomber de l'autre côté; j'atterris sans bruit dans le sable profond. Je me mets en marche, quand Élias lève la main pour me faire signe de m'arrêter. Je dégage de ma ceinture le couteau qu'il m'a donné, prête à réagir, et je regarde autour de moi dans le clair de lune en me demandant s'il y a d'autres Mudos en hibernation sous nos pieds, ensevelis sous les dunes, ou s'ils m'ont tous suivie sur la plage tout à l'heure.

Élias se penche près de moi et je sens son souffle brûlant contre mon oreille.

– Vas-y, je repousserai tous ceux qui te suivront.

Je n'ai pas le temps d'avoir peur. Si j'hésite et que je cède à ma terreur, je risque de rater ma chance d'atteindre le bateau. Alors je hoche la tête et je me laisse glisser au pied de la dune, puis je me mets à courir dès que j'arrive sur la plage. Je trébuche plusieurs fois, mais je finis par trouver une zone plus ferme dans le sable humide, près de l'eau.

Je regarde par-dessus mon épaule; Élias est toujours tapi près de la palissade, prêt à intervenir. Je parviens jusqu'au bateau et je pousse dessus pour essayer de le mettre à l'eau, mais il est toujours plein d'eau et profondément enfoncé dans le sable.

Je jette un coup d'œil en arrière et je vois qu'Élias s'impatiente. Après plusieurs essais, le bateau finit par céder à mes efforts. En ahanant et en grognant, j'arrive à le faire bouger.

Soudain, j'entends un bruit de pas derrière moi et je lève la tête. C'est Élias, qui court à toute allure vers le bateau en agitant les mains, la bouche ouverte. J'entends le son de sa voix, mais je ne distingue pas les mots, qui sont trop confus. Je fouille dans le bateau à la recherche de mon couteau, mais l'eau est noire et je ne vois rien sous la surface. Je passe la main au fond et je sens une douleur vive : la lame m'a entaillé la paume.

Élias arrive à proximité. Je comprends enfin ce qu'il crie :

– Allez ! Mets le bateau à l'eau ! Tout de suite !

C'est comme hier soir, quand tout s'est mis à se dérouler à la fois au ralenti et en accéléré. Plus loin sur la plage, un Brisant court vers nous. Et soudain, je le reconnais. C'est le roux qui était dans le parc d'attractions avec nous. Griffin. Je ne lui ai pratiquement pas parlé ; c'est celui qui a dansé avec Mellie.

À ce souvenir, un poids m'écrase la poitrine. J'ai le souffle coupé et plus rien à quoi me raccrocher, à part les haubans du bateau. Griffin n'est plus rien. Plus personne, comme Mellie. Ils sont morts tous les deux, et Catcher va mourir aussi. Je me plie en deux, secouée par des haut-le-cœur. Des taches de lumière dansent devant mes yeux. J'ai presque envie d'abandonner, de m'écrouler dans l'eau et de laisser les vagues m'emporter.

En heurtant la coque, quand il me rejoint enfin, Élias m'arrache à mes pensées.

– Allez, pousse !

Tout d'un coup, le monde se remet en place. Je peux à nouveau respirer et l'urgence me redonne des forces. J'arrime mes pieds dans le sable et je me jette de tout mon poids contre le bateau.

Il avance si lentement que j'ai l'impression que cent mille vagues ont eu le temps de se briser sur le rivage quand on arrive enfin dans l'eau. Élias me pousse dans le bateau, par l'arrière, au moment où l'avant heurte les rouleaux. Je regarde par-dessus son épaule et je vois la créature qui a été Griffin s'approcher à toute allure, les lèvres retroussées sur ses dents, en griffant l'air de ses doigts.

– Plus vite ! je chuchote, le souffle coupé. Il est tout près !

Je plonge les bras dans l'eau et je rame avec les mains pour essayer de nous emmener là où il y a plus de fond. Le sel brûle ma paume coupée et j'ai beau me bagarrer contre le courant, mes efforts sont inutiles : les vagues offrent trop de résistance. Debout au milieu des rouleaux, Élias aussi essaie de nous éloigner du rivage.

La voile pend mollement. Le gouvernail et la barre sautent d'un côté à l'autre. Fouetté par une déferlante, Élias perd l'équilibre. Ses mains sont arrachées du bateau et sa tête disparaît sous l'eau.

Je tends les bras vers lui en hurlant, mais le courant nous éloigne l'un de l'autre. Une nouvelle vague écumante s'écrase sur lui et l'envoie tourbillonner sous l'eau. Je regarde où se trouve Griffin, sur la plage ; il fonce toujours vers nous, il va bientôt atteindre la ligne de marée haute.

Je me penche par-dessus bord et je crie à Élias de s'accrocher à moi, mais nos doigts sont trop glissants et il m'échappe. Il bat des pieds, fend les vagues et arrive enfin à saisir le bord du bateau. Mais quand il essaie de se hisser dedans, le bateau s'incline et manque chavirer.

À cet instant, tout s'arrête. Élias qui flotte. Moi qui me penche en arrière pour essayer de redresser le petit dériveur. La bôme qui ballotte entre nous.

Et le Brisant arrive dans l'eau en courant à toute allure. En gémissant bruyamment dans la nuit, il trébuche, perd l'équilibre et s'aide de ses mains pour avancer. On dirait un animal, une bête enragée qui ne pense qu'à détruire.

Je crie encore des encouragements à Élias, mais il me regarde sans réagir. Le poids de son corps dans l'eau nous retient au bord, là où il n'y a pas de fond. À portée du Brisant. Le bateau est prêt à fendre les vagues, mais Élias nous ramène vers le rivage.

Je devine son plan une fraction de seconde avant qu'il le mette à exécution. Ensuite, je vois le moment où ses doigts s'ouvrent, où sa main glisse le long de la coque. Où il lâche prise. Pendant que le bateau bondit vers le large, je me jette vers Élias en hurlant :

– Non !

Sa peau mouillée glisse contre la mienne en m'échappant. Je le rattrape et j'essaie désespérément de le retenir, de ne pas lâcher prise. Sa tête revient à la surface, puis coule à nouveau. Je tends le bras le plus loin possible et je sens sa tunique au bout de mes doigts. Une fois, deux fois, j'essaie de l'attraper, mais le tissu dérive hors de ma portée. Je tends le bras une dernière fois et je l'attrape enfin. Je tire de toutes mes forces. Sous mes pieds, le bateau se met à gîter. Les drisses crépitent et claquent contre le mât, la voile flasque se déchire.

Derrière nous, Griffin lutte contre les vagues ; il se rapproche, mais je refuse d'abandonner Élias, de laisser une autre personne se faire infecter à cause de moi.

– Je ne te lâcherai pas ! je hurle.

Et il se met enfin à battre des pieds et à faire des efforts pour essayer de rejoindre le bateau et de monter dedans.

Je le hisse contre la coque en me penchant en arrière pour compenser son poids. Enfin, il enjambe le flanc et s'écroule dans le fond du bateau. Au même moment, les gémissements de Griffin atteignent leur paroxysme. Maintenant qu'Élias est en sécurité, j'attrape l'écoute et je tire sur la bôme en pompant avec la barre. Élias s'accroupit au milieu du bateau, la tête entre les genoux, pantelant.

Derrière nous, Griffin tend les mains ; ses doigts s'apprêtent à se refermer sur le gouvernail quand le vent fait claquer la voile et que le bateau, d'un bond, fend les vagues et s'éloigne du bord.

Élias et moi, on se regarde avec de grands yeux, le souffle court, pendant que Griffin, rendu muet par l'eau salée, patauge au milieu des vagues. Je tire sur la barre ; le bateau pivote paresseusement et file, parallèle à la côte, en direction de Vista et du phare qui clignote au loin. Élias s'adosse contre l'avant du bateau. Autour de lui, de l'eau s'infiltre par les fissures de la coque.

J'ai les mains tremblantes et le corps qui vibre. Des images de ce qui vient de se passer défilent dans ma tête, mais ça me paraît irréel.

– Je ne...

Je m'interromps et j'essaie de respirer.

– Je le connaissais, dis-je enfin.

Griffin va être entraîné vers le fond ou refoulé sur le rivage. Je me demande si le courant va le pousser vers notre plage. Si ce sera ma mère qui devra lui couper la tête. Je n'arrive toujours pas à intégrer qu'il puisse avoir cessé d'être alors qu'il était aussi vivant que moi hier soir – que tout ce qu'il a été ait disparu. Ce n'est rien d'autre qu'un monstre, maintenant.

Sans un mot, Élias se penche vers moi et me prend la main. Il en dégage l'écoute pour pouvoir examiner l'entaille que j'ai dans la paume.

Je ferme le poing. Il essaie d'ouvrir mes doigts, mais je ne le laisse pas faire.

– Je le connaissais, je répète.

Je suis tellement furieuse contre la terre entière que je bouillonne intérieurement et que je dois pincer les lèvres pour empêcher la colère de s'échapper.

– Comme Catcher, Mellie et tous les autres. C'est injuste.

Je tire brutalement sur mon bras pour me dégager, mais Élias ne me lâche pas. Il se rapproche de moi pour refermer ses deux mains sur la mienne.

Sous nos pieds, le bateau roule et tangue, et l'eau entre lentement par les fissures. Je me mords la lèvre. Je sais que la vie est injuste, mais ça ne m'aide pas.

Pendant qu'Élias tâte ma blessure, je fixe le haut de son crâne, où la lumière de la lune se réfléchit.

– Si ton ami tenait vraiment à toi, il ne te laisserait pas prendre des risques pareils, dit-il.

Je m'écarte en appuyant sur les bords de la coupure, piquée au vif par une douleur mentale et physique à la fois. Je n'ai pas besoin qu'il me dise ce que Catcher ressent ou non pour moi. La question me trouble déjà bien assez comme ça.

– C'est égoïste de sa part de te demander de revenir, de t'obliger à le voir comme ça, ajoute Élias.

Je serre les dents.

– Il ne me l'a pas demandé, je réplique en tirant sur l'écoute de la bôme.

Mais c'est trop tard. Élias a semé le doute dans mon esprit et les racines ont déjà pris.

– Je ne le laisserai pas endurer ça tout seul, je conclus.

Élias se radosse contre la coque et m'observe. La voile en lambeaux projette une ombre sur son visage, alors je distingue mal son expression. Mais je vois sa bouche, le blanc de ses yeux.

– Tu ne voudrais pas que quelqu'un reste là, toi ? je lui demande.

Il ferme les yeux et grimace légèrement. Si je ne le dévisageais pas avec autant d'attention, je penserais que c'est juste le roulis du bateau et pas un orage intérieur. Pour la première fois, je me demande s'il a quelqu'un dans sa vie ou s'il est totalement seul.

Quand on passe devant le parc d'attractions et la Barrière tapie le long de la côte, je vois des lumières qui évoquent des lucioles là où la Milice patrouille.

– Pourquoi es-tu allée là-bas ce soir, Gabry ? Pourquoi risquer ta vie ? me demande Élias dans le noir.

Il laisse une main traîner dans l'eau par-dessus le bord du bateau. Je regarde le sillage de ses doigts.

Mille raisons me viennent à l'esprit. À cause du sourire de Catcher, de ce que je ressens quand je lui tiens la main, des plis de ses yeux quand il regarde le soleil, du fait qu'il a le vertige, de son rire, de son odeur. À cause de ce que j'éprouve – de ce que j'ai toujours éprouvé – en sa compagnie : le sentiment d'être ce qu'il y a de plus important au monde. À cause de ma mère, qui m'a dit d'oublier alors que je voulais désespérément me souvenir.

Finalement, je réponds :

– Parce que j'ai promis à sa sœur de le retrouver.

Je veux qu'il sache qu'il n'est pas question que de moi dans cette affaire.

– Pourquoi elle n'y est pas allée elle-même ?

Je pousse la barre ; le bateau se met face au vent et la voile se dégonfle. On reste là, agités par des vaguelettes qui clapotent contre la coque. Je me sens tellement coupable que j'en ai la nausée.

– Elle ne pouvait pas. Elle ne peut pas.

Je déglutis.

– Elle s'est fait prendre à l'extérieur de la Barrière, cette nuit, et elle est en quarantaine en attendant d'être envoyée chez les Patrouilleurs avec les autres.

Une fois de plus, l'énormité de ces changements si radicaux et si rapides me fait l'effet d'un coup de massue.

Élias s'approche et me touche le genou.

– Ça va aller, dit-il.

J'ai l'impression de sentir chaque strie du bout de ses doigts. Je me déplace, soudain mal à l'aise.

Ce petit signe de gentillesse me donne envie de le croire, mais je ne peux pas.

– Mais non, ça ne va pas aller ! je rétorque. Les Patrouilleurs, c'est l'équivalent d'une condamnation à mort.

Je pousse la barre jusqu'à ce que la voile se gonfle à nouveau, avec un bruit de tissu qui se froisse et un claquement.

– Pas pour tout le monde, tempère Élias :

Il s'accroupit devant moi et me soulève le menton. Son visage est toujours noyé dans l'ombre ; je ne distingue que ses yeux. Il semble sur le point de dire quelque chose, quand une vague secoue notre petit bateau ; Élias me lâche pour se tenir. Je me surprends à penser que j'aimerais bien que ses mains reviennent sur moi, comme si cette sensation pouvait empêcher mon univers de s'écrouler. Je secoue vite la tête pour chasser cette idée.

– Ceux qui entrent chez les Patrouilleurs ne meurent pas tous, continue-t-il doucement. Certains rentrent chez eux. Je suis bien rentré, moi.

Il glisse une main sous sa tunique et en sort un médaillon d'argent attaché par un cordon de cuir autour de son cou. Au passage du rayon de lumière du phare, je reconnais le sceau des Patrouilleurs sur le disque de métal.

J'essaie de faire coller cette nouvelle information avec le peu de choses que je sais sur Élias.

– Tu as été chez les Patrouilleurs ? je demande dans un murmure.

Ça ne tient pas debout. Je croyais que c'était un paria qui vivait en dehors de la protection des villes. Ce médaillon prouve qu'il a fait son service chez les Patrouilleurs et que c'est un citoyen à part entière, qui a la possibilité de vivre dans les Zones Protégées. Il devrait être là-bas et pas ici, refoulé dans les terres désolées qui s'étendent entre les parcelles de civilisation.

– Qu'est-ce qui s'est passé ?

Il fixe l'horizon obscur. Je vois sa gorge se serrer, sa mâchoire se contracter. Il passe une main sur son crâne rasé.

– Ça n'a pas d'importance, dit-il distraitement en remettant le médaillon sous sa tunique, le regard tourné vers un lieu lointain ou un temps que je ne vois pas.

Il se réinstalle contre la coque, les bras croisés, et ferme les yeux.

J'ai envie de lui dire que si, ça a de l'importance, que je voudrais le comprendre. Comprendre ce que mes amis vont endurer. Mais je ne sais pas comment poser des questions pareilles et c'est toujours un étranger pour moi.

Chacun à un bout du petit bateau, on ne se touche pas et tout d'un coup, ce réconfort me manque. Je m'imagine tendre les bras vers lui, lui prendre la main ou frôler son genou du bout du pied, mais il s'est replié sur lui-même. Les joues en feu, je fais taire ces pensées.

– Élias, dis-je.

Il ouvre les yeux. Dans le noir, ils paraissent incolores. Je voudrais lui dire qu'il a quelque chose de familier, lui confier ce que j'éprouve en sa présence : je me sens en sécurité et j'ai l'impression que ça va aller, en effet. Mais son regard est si ardent que je ne trouve plus les mots. Tout ce que j'arrive à dire, c'est :

– Merci.

Quand on accoste, il m'aide à coucher le mât et à traîner le bateau jusqu'à son râtelier. À côté de la porte du phare, j'hésite. Tout ce que j'ai toujours cru savoir sur ma vie m'attend derrière ces murs.

– J'y retourne demain soir, dis-je.

Élias ne manifeste aucune surprise.

– Je t'en prie, change d'avis. N'y retourne pas, s'il te plaît.

On est tout proches, bercés par le rythme hypnotique des vagues. À chaque fois que je respire, j'ai l'impression que le roulis me pousse vers lui.

Mais ensuite, le rayon du phare passe sur nous. Je fais un pas en arrière. Le moment est passé.

– Si tu ne peux pas me promettre de ne pas prendre ce risque, je ferai le guet et je t'empêcherai d'y aller, déclare Élias en me prenant le poignet. S'il te plaît.

Je regarde ses doigts sur ma peau, puis je secoue la tête.

– Il faut que je revoie Catcher. Je le lui ai promis, dis-je avant de me dégager et de me glisser dans la maison.

XIII

En m'endormant, je pense à Catcher. Il se penche vers moi et sa bouche arrive tout près de la mienne. Baignée dans sa chaleur, je ferme les yeux et je me serre contre lui. Je fusionne avec lui, plongeant dans un monde parfait où il n'y a rien d'autre. Même pas la mort ni l'infection. Aucun souci.

Mais dans mon rêve, Catcher se métamorphose. Le monde qui m'entoure cède la place à de l'eau et soudain, c'est Élias que je tiens dans mes bras et sa bouche qui effleure la mienne. Je ne m'écarte pas.

Je me réveille le souffle coupé, les doigts crispés sur les draps, avec un grondement dans les oreilles. Je mets un moment à calmer les battements frénétiques de mon cœur, et je mets encore plus longtemps à me rendre compte que ma mère est dans la pièce, près de la fenêtre, et regarde la plage, en bas.

– Maman ?

Je me redresse sur les coudes. Les dernières bribes de mon rêve, troublant mélange de désirs, me flottent encore dans la tête. Je ferme les yeux de toutes mes forces et j'essaie de chasser ces images.

Ma mère ne dit rien, ne me regarde même pas.

– Maman ? je répète en rejetant les couvertures et en posant les pieds par terre.

Elle laisse le store retomber et vient s'asseoir à côté de moi. Entre ses mains, elle tient un petit livre mince. Elle passe les doigts sur la tranche, l'air nerveuse.

À part hier, je n'ai jamais vu ma mère hésiter ; elle a toujours été sûre d'elle. Ça me déstabilise de la voir comme ça maintenant.

Je me sens terriblement loin d'elle, bien que nos épaules, nos hanches et nos genoux se touchent, puisqu'on est assises côte à côte. J'ai envie de lui raconter ce qui s'est passé hier soir, de lui demander pardon pour m'être enfuie. Mais je ne le fais pas.

Finalement, c'est elle qui brise le silence et détend l'atmosphère :

– Je suis désolée, Gabry.

Elle a une voix vaincue, sans la force que j'y entends d'habitude.

– … J'aurais sans doute dû te dire d'où tu venais bien plus tôt.

Elle regarde fixement ses mains posées sur la couverture du livre, et j'arrive tout juste à distinguer le titre entre ses doigts déliés : *Sonnets de Shakespeare*. J'ai toujours pensé que nos mains se ressemblaient beaucoup, toujours cru que c'était un trait que nous avions en commun.

Mais même cette idée-là reposait sur un mensonge. En comprenant ça, je mesure clairement la portée de cette trahison.

– J'ai pensé que ce serait plus facile, tout simplement, continue ma mère. La Forêt... c'est tellement dur.

Elle a presque craché ce dernier mot. Je vois une foule d'émotions sur son visage : colère, peur, chagrin, résignation.

– J'ai dû me dire que ce serait plus facile pour nous deux si on oubliait la Forêt – si on arrivait à s'en détacher, tout simplement.

Elle a des rides sur le visage – je ne me rappelais pas qu'elle en avait autant – et elle a plus de cheveux blancs qu'avant. Je devrais lui dire que c'est pas grave ; je devrais lui dire que je lui pardonne, mais je ne peux pas. S'il y a quelqu'un en ce monde à qui je devrais pouvoir me fier, c'est bien ma mère ; alors c'est d'autant plus douloureux.

Le pouce sur un coin du livre, elle fait défiler les pages. Je devine qu'elle attend que je dise quelque chose, mais je ne sais pas quoi, alors je garde le silence.

Elle inspire profondément et m'annonce en retenant son souffle :

– Je retourne dans la Forêt, Gabrielle.

– Hein ? j'explose avant même que le mot se soit formé dans ma tête, suivi de mille protestations. Pourquoi ? Comment ? Je ne...

Je ne trouve même pas la manière de formuler mes questions, alors je me contente de secouer la tête. À l'idée de la perdre, un affreux malaise m'envahit.

Elle pose une main sur mon genou.

– Je dois le faire, Gabry. Hier soir, j'ai repensé à toi et à tout ce que tu m'as dit, et tu as raison. Je n'aurais pas dû me résigner aussi facilement à l'idée qu'ils aient disparu – je n'aurais pas dû tirer un trait sur le passé.

Je suis incapable d'analyser ce qu'elle est en train de me dire, parce que je suis trop occupée à essayer de comprendre ce que ça signifie pour moi, pour le phare et pour Catcher et pour mon avenir.

– Et moi ? je demande.

Ma voix me paraît fluette et sans timbre.

Ma mère me regarde. Ses yeux brillants contrastent avec la pâleur de ses joues.

– Je veux que tu viennes avec moi.

Je ne peux pas me retenir, je me lève d'un bond et je bats en retraite vers la fenêtre.

– Non ! dis-je en secouant la tête. Non, je répète, sûre de ma réponse.

– Gabry…

Je sais qu'elle va essayer de me convaincre, alors je lui coupe la parole.

– Je ne peux pas, pas dans la Forêt. Non.

Rongée par la terreur, je passe un doigt sur ma lèvre supérieure, qui est moite de sueur. Je me mets à arpenter la pièce et ma voix monte dans les aigus :

– C'est trop dangereux. C'est interdit. Ça grouille de Mudos !

Ma mère reste assise sur le lit. Ni son visage ni son corps ne trahissent ses émotions, ce qui ne fait qu'accroître ma fureur. J'ai perdu trop de choses récemment ; tout a changé trop vite, je ne pourrais pas supporter ça – pas maintenant. J'ai besoin de ma mère, de son soutien et de son amour, de son aide et de sa protection.

– Tu ne peux pas partir.

– Gabry…

Cette fois, il y a une note d'avertissement dans sa voix, mais je n'y fais pas attention.

– Non, le Conseil va l'apprendre. Ils vont te punir. Que va devenir le phare ? Et moi, qu'est-ce que je vais devenir ?

Elle se lève et me rejoint, pose les mains sur mes épaules. J'ai envie de me dégager, mais je ne le fais pas, parce que sa façon de me toucher me rappelle les moments où j'avais besoin qu'elle me réconforte, dans mon enfance.

– La Forêt est relativement sûre, Gabrielle. Je l'ai traversée deux fois, je peux le refaire. Le seul passage difficile, c'est la première partie : il faut courir depuis le portail qui est au-dessus de la cascade jusqu'au sentier, à quelques centaines de mètres de là. Je te connais, Gabry, je sais que tu as la force de le faire.

J'ai envie de lui dire oui, de céder et de lui obéir. J'ai envie de me laisser guider par elle et de la suivre aveuglément. Mais je pense à Catcher et à Cira. Je ne peux pas faire ça.

– Pourquoi ? je lui demande, et le mot est chargé de douleur.

– J'ai besoin de savoir ce qui leur est arrivé, me répond simplement ma mère.

– Mais ça fait des années !

Elle hausse les épaules.

– Je n'aurais pas dû me résigner à leur disparition. Je n'aurais pas dû cesser d'espérer. J'aurais dû faire quelque chose.

Elle s'interrompt et son regard se perd dans le lointain, derrière moi.

– J'ai juste besoin de savoir ce qui leur est arrivé.

– Et tu es prête à me laisser ici, à m'abandonner pour le découvrir ? Au risque d'y laisser ta vie ? Et moi, alors ?

– C'est pour ça que tu ferais mieux de venir avec moi. On pourra en apprendre davantage sur ton passé, par la même occasion, insiste-t-elle.

Je secoue la tête.

– Non, pas dans la Forêt. Je ne peux pas.

– Mais elle n'est pas forcément dangereuse...

– C'est toi qui m'as appris à avoir peur de la Forêt ! je hurle, abandonnant toute retenue. Toute ma vie, c'est ce que tu m'as répété : « Attention à la Forêt de Mains et de Dents ! » Tu m'as dit qu'on n'y trouvait que la mort et le désespoir !

– Je voulais que tu aies une enfance protégée, Gabrielle, répond-elle d'un ton ferme. Je ne voulais pas que tu vives dans la peur.

Je la considère avec des yeux ronds, aussi heurtée que si elle m'avait giflée. Et je cherche à lui faire mal, à elle aussi, quand je réplique :

– Tu voulais te rattraper, peut-être ?

Je croise les bras et je hausse un sourcil.

On se regarde dans les yeux, aussi essoufflées que si c'était une joute physique.

Dans la grande salle d'en bas, j'entends les petites cloches tinter, annonçant que ce sera bientôt marée haute – c'est le signal indiquant que ma mère doit commencer sa ronde. Elle gagne la porte et se retourne une dernière fois.

Elle essaie encore de me convaincre de l'accompagner dans la Forêt, mais je ne cède pas. Je me dis que je ne peux pas quitter Catcher et Cira, mais je sais qu'en réalité, c'est parce que j'ai trop peur. Et je ne peux pas lui dire ça, parce que je ne sais pas si elle a jamais éprouvé une peur pareille, elle.

– Réfléchis-y, s'il te plaît, Gabry. Quand j'aurai nettoyé la plage, je reviendrai et on pourra en reparler.

En partant, elle touche l'encadrement de la porte ; elle passe machinalement les doigts sur l'inscription qui est gravée là : un vers tiré d'un sonnet de Shakespeare. Sans prêter attention à la petite voix familière qui hurle dans ma tête, je me détourne. J'entends l'écho de ses pas qui disparaissent dans l'escalier.

– Je ne peux pas, dis-je à la pièce vide.

Je voudrais bien être assez forte, aussi forte que ma mère. Mais je n'ai rien de commun avec elle. Quand elle avait mon âge, elle a perdu tous ses proches ; elle a passé des années à essayer de trouver la sécurité. Moi, je n'ai jamais rien connu d'autre, et je suis trop terrifiée pour y renoncer.

◆

Je suis réveillée par un martèlement et, pendant une minute, je crois juste avoir une migraine après être restée assoupie trop longtemps dans cette chaleur. Encore endormie, j'étudie d'un œil hébété le mur de la salle des lampes, où ma mère a gravé un nouvel extrait d'un sonnet de Shakespeare hier soir, pendant mon absence. Je la revois me demander une deuxième fois de l'accompagner dans la Forêt, avant que je refuse à nouveau. Je suis encore bouleversée et stupéfaite d'avoir été capable de dire non.

Les yeux brillants, elle m'a dit que pour la retrouver, il me suffirait de me laisser guider par la lumière; puis elle est partie. Je l'ai vue jeter un coup d'œil dans les jumelles avant de m'endormir dehors, sur le balcon.

J'entends d'autres coups martelés et je comprends un peu tard qu'ils viennent d'en bas. Je me demande aussitôt si c'est ma mère, si elle a abandonné l'idée d'aller dans la Forêt et qu'elle est rentrée à la maison. Brûlante d'espoir, je dévale l'escalier et je fonce vers la porte d'entrée.

Mais quand je l'ouvre, je tombe sur Élias. Derrière lui, le soleil est aveuglant. Le cerveau encore embrumé, j'ai du mal à comprendre ce qui se passe.

– Élias ? Qu'est-ce que tu fais… ?

Il m'interrompt, le souffle court, en désignant quelque chose par-dessus son épaule :

– Sur la plage.

Je regarde derrière lui et je vois ce qu'il me montre : les corps gorgés d'eau des Mudos qui ont échoué sur le rivage. Certains nous ont déjà sentis et tâchent de se relever.

À l'intérieur de la maison, j'entends le carillon insistant des cloches qui annoncent la marée haute. J'ai tellement l'habitude de les entendre, tellement l'habitude que ce soit ma mère qui réponde à leur appel, que je n'avais même pas reconnu le signal. Je me passe les mains sur la figure en comprenant l'énormité de ce qui m'arrive : ma mère m'a abandonnée. Même si elle m'a dit qu'elle reviendrait d'ici quelques semaines, je ressens son absence comme une amputation.

J'ai hérité de sa responsabilité et j'ai déjà manqué à mon devoir.

Je prends une pelle à la lame tranchante sur un râtelier à côté de la porte et je la fourre entre les mains d'Élias.

– Tiens.

Il retourne en courant au bord de l'eau et commence à décapiter les Mudos avec des mouvements sûrs et précis. Il en tue deux en rapide succession, mais en voilà deux autres qui viennent vers lui en titubant. Il frappe les genoux du premier avec sa lame et j'entends des os craquer en se brisant. Puis il donne un coup de pelle au deuxième, lui fracassant le crâne avant de se placer au-dessus de lui pour lui trancher le cou.

Je prends une autre pelle et je cours rejoindre Élias sur la plage. Il ne dit rien quand je m'approche d'une Mudo étendue comme un pantin désarticulé à l'endroit où les vagues l'ont abandonnée.

Je ne prends pas la peine de faire comme ma mère avant de la décapiter. Je ne veux pas me dire que ces êtres sont peut-être autre chose que des monstres. Je refuse de me demander d'où ils viennent et comment ils se sont retrouvés ici. Je ne peux pas me laisser aller à imaginer leur famille qui les regrette ni à me demander comment ils sont morts, qui ils ont été autrefois.

Je me contente d'achever leurs souffrances. De mettre fin à leur faim insatiable. Ce que je vais devoir faire pour Catcher, le moment venu – encore une chose à laquelle je refuse de penser maintenant.

Quand j'en ai terminé avec le dernier Mudo et que les vagues remportent les corps décapités vers les profondeurs, j'ai les bras tremblants. Le soleil de la fin d'après-midi accentue l'horreur de ce spectacle. Sur l'eau, la chaleur fragmente la lumière en millions de couleurs.

Élias plante sa pelle dans le sable et appuie ses bras sur le manche. Des gouttes de sueur scintillent sur sa peau et soulignent les muscles de ses épaules dénudées, puisqu'il a roulé les manches courtes de sa tunique.

Je devrais le remercier de m'avoir réveillée. De m'avoir aidée à nettoyer la plage, parce que je ne suis pas sûre que j'aurais pu le faire toute seule. À la place, je lui demande :

– Qu'est-ce que tu fais là ?

Gênée par le ton agressif de ma voix, je réprime une grimace.

XIV

Élias se passe une main sur la nuque.

– Y a pas de quoi, dit-il avec un soupir.

Je plisse les yeux.

C'est un peu différent de le revoir ici, en plein jour ; j'ai l'impression que c'était plus facile de se parler quand l'obscurité masquait nos visages et nos émotions. J'enfonce un pied et du sable coule entre mes orteils. Je me sens irritable et sur la défensive. J'ai la peau qui me tiraille à cause des coups de soleil et la déshydratation me donne mal à la tête.

– Merci, dis-je enfin.

– Je m'inquiétais, ajoute Élias.

Je lève la tête pour le regarder dans les yeux et j'y retrouve la bonté sincère que j'ai observée hier soir. C'est ce soupçon de tendresse qui cause ma perte, en me faisant prendre conscience de ma solitude. Élias est peut-être la seule personne qui pense à moi, qui se fasse du souci pour moi.

Je suis accablée, tout d'un coup, en me rappelant que le phare est désert. Que les nuits qui m'attendent sont de longues nuits solitaires. Où je serai la seule personne interposée entre l'océan et Vista. Mes yeux se mouillent de larmes.

– Qu'est-ce qui se passe, Gabrielle ? demande Élias. Ça va ?

Je regarde mes pieds, l'eau qui s'amasse autour de mes orteils, et je hoche la tête. Mais c'est un « Non » qui s'échappe de mes lèvres.

Élias s'agite, l'air soudain mal à l'aise.

– Le reflux devrait emporter les Damnés. La plage sera sûrement tranquille pour un moment.

– Ma mère les appelait des Damnés, elle aussi, je réponds en regardant une vague rouler sur la poitrine d'un Mudo mort. Elle a grandi dans la Forêt. Elle...

Les souvenirs m'assaillent, m'étranglent. Les histoires qu'elle m'a racontées s'entassent dans mon cerveau, se mélangent. J'ai envie de confier à Élias que je viens de la Forêt, moi aussi, mais je ne trouve pas les mots.

– Elle..., je recommence, mais rien ne vient.

Mes épaules s'affaissent.

– Elle est partie. Elle est retournée dans la Forêt et je l'ai laissée y aller sans moi.

Ma voix me paraît neutre.

Il ne bouge pas, continue à contempler l'horizon.

– ... Elle est partie. Ma meilleure amie et tous les jeunes de mon âge que je connaissais sont sous les verrous et vont bientôt être envoyés chez les Patrouilleurs. Quant à Catcher...

Je manque m'étrangler sur son nom.

– Lui aussi, il ne sera bientôt plus là. Il n'y aura plus personne, je serai toute seule.

Quand je lui livre tout ça, mes peurs deviennent plus concrètes et me nouent l'estomac.

Le sable bouge sous mes pieds quand Élias vient vers moi, franchissant la distance qui nous sépare. Je sens ses mains dans mes cheveux, puis il m'attire contre lui. Au début, je résiste ; mais ensuite, je me rends compte qu'il ne me reste plus que lui, maintenant. Élias est mon seul allié. Je ne sais pas trop si je dois lui faire confiance, si je peux lui faire confiance, mais j'ai l'impression que je n'ai pas le choix, à moins d'être prête à la solitude absolue – et je ne suis pas sûre de pouvoir l'encaisser, en ce moment précis. Je ne suis pas sûre de supporter d'avoir tout perdu aussi vite.

Il me serre dans ses bras. Sa main presse ma joue contre son épaule comme s'il pouvait m'empêcher de tomber en morceaux. Comme s'il comprenait ce qui m'arrive. Je ne veux pas perdre ce sentiment.

– Ne t'en va pas, s'il te plaît..., dis-je d'un ton implorant.

Je pense à la nuit, à ce que ça fait d'être seule au phare quand le soir tombe.

– Ne me laisse pas toute seule ici, je t'en supplie. Qu'est-ce que je ferai s'il y en a d'autres qui échouent sur la plage ? Reste, s'il te plaît.

Sa voix se brise quand il me répond :

– Je ne peux pas, Gabry. Je suis désolé.

– S'il te plaît, je répète tout bas.

Je ne veux pas être toute seule, je ne suis pas sûre de *pouvoir* être toute seule. Je ne l'ai jamais été ; cette perspective me terrifie.

– Il ne me reste plus que toi, j'ajoute en levant la tête pour le regarder.

Je ne lui cache plus ma douleur et ma vulnérabilité, dans

l'espoir qu'il comprenne que j'ai terriblement besoin de lui. Que je veux à tout prix lui faire confiance. Je me sens nue, en cet instant, et je crois qu'il va me dire oui quand je vois les émotions que trahit son visage. Mais il reporte son regard sur l'océan et répond encore, d'une voix éraillée :

– Je suis désolé.

J'inspire profondément, en me demandant comment j'ai pu me laisser aller à faire confiance à qui que ce soit dans ce monde. Ce serait tellement plus facile si ça m'était égal !

Pendant une fraction de seconde, je me demande si c'était mon destin depuis que je me suis perdue dans la Forêt, petite fille, avant que ma mère me trouve. Si le fait d'être seule et sans défense fait tellement partie de moi que c'est tout ce à quoi je peux aspirer, tout ce que je peux attendre de la vie.

J'ai survécu, à ce moment-là ; je dois encore être capable de survivre cette fois-ci. Je n'ai pas le choix.

Je fixe le profil d'Élias et je devine son hésitation à sa posture crispée. Je sens peser dans l'air entre nous ses émotions contradictoires, mais aussi sa détermination.

Rien de ce que je pourrais dire ou faire ne le retiendra. Il va partir, comme les autres. Je me sens bête de lui avoir demandé de rester. C'est un étranger, je le connais à peine. De toute évidence, il a aussi peu de raisons de se soucier de moi que moi de lui.

Alors je m'éloigne doucement de lui, je quitte le réconfort et la chaleur qu'il m'apportait et je le laisse contempler les vagues, derrière moi, pour retourner au phare.

À l'intérieur, il fait moins chaud, et je trouve l'obscurité rafraîchissante en montant l'escalier. La porte de la chambre de ma mère est entrouverte, le plancher éraflé du palier est inondé de lumière. Il y a un lit simple poussé contre le mur d'en face, sous la fenêtre. Il a été fait avec soin ; un vieil édredon délavé est tendu par-dessus.

Le soleil entre à flots par la fenêtre. Derrière, il n'y a que de l'eau. Une photo de ma mère et moi est posée contre l'oreiller. On est debout dans l'océan ; elle est derrière moi et me tient entre ses bras. Je suis encore une enfant, qui rit au milieu des vagues.

Je me souviens du moment où cette photo a été prise. Un vieux monsieur muni d'un appareil encore plus vieux que lui était venu à Vista et proposait d'échanger une chambre et un repas contre une photo. La municipalité voulait le chasser, mais ma mère a accepté de l'héberger.

Il est resté chez nous une semaine, et le dernier jour, il a pris deux photos. Je me rappelle que l'eau était froide, que la marée montait vite et que les vagues étaient hautes. Mais j'étais au chaud dans les bras de ma mère, à l'abri. En y regardant de plus près, je vois qu'elle a l'air sombre, tourmentée. Comme si elle s'était égarée dans cette image, égarée sur cette ligne indistincte entre la mer et le ciel, et que j'étais la seule chose qui la retenait sur terre.

À côté de la photo, il y a le livre que ma mère avait à la main ce matin quand elle m'a demandé de l'accompagner dans la Forêt. Je le prends et je passe les doigts sur la tranche, en me demandant si j'ai encore une chance de sentir sa chaleur là où elle l'a touché.

Je m'assieds sur le lit – le matelas s'enfonce sous mon poids – et je feuillette le livre. Je connais chaque mot par cœur.

Quand j'étais petite, ma mère a pris un couteau et gravé

des extraits de ces poèmes sur les montants des portes du phare ; elle touchait ces inscriptions du bout des doigts chaque fois qu'elle entrait ou sortait d'une pièce. Un jour, je lui ai demandé pourquoi elle faisait ça, mais elle n'a jamais su me l'expliquer. Je repense au poème qu'elle a gravé dans la salle des lampes, hier soir, avant de me répéter que la lumière pourra toujours m'aider à retrouver la maison.

Je me demande si elle est dehors, en ce moment, si elle attend que cette lumière s'allume à l'horizon et lui montre que je suis assez forte pour continuer d'avancer sans elle – même si moi, je n'en suis pas sûre.

◆

Malgré mes appréhensions, je vais rendre visite à Cira en fin de journée. Le Conseil a transféré tout le monde dans la prison qui est au sous-sol de l'Hôtel de Ville. Le Milicien qui monte la garde ne me dit rien quand je descends les quelques marches qui mènent dans une salle confinée, froide et humide, coupée en son milieu par de gros barreaux verticaux.

Quelques familles se pressent contre les barreaux, les doigts serrés autour des mains de leurs enfants emprisonnés ; ils font durer les derniers instants qu'ils peuvent passer ensemble avant l'arrivée des Patrouilleurs. Quand je vois ça, je suis obligée de m'arrêter, la gorge nouée. Cette scène ressemble tellement aux Mudos plaqués contre le grillage sur la plage, hier soir !

J'ai envie de remonter à la surface en courant, mais je me

force à avancer. Cira se précipite vers moi, passe les doigts entre les barreaux.

– Catcher ? demande-t-elle, haletante.

Elle a les yeux brillants, les joues roses. Elle est si pleine d'espoir, si vivante.

– Tu l'as trouvé ? Il va bien ?

Comment se fait-il que je ne me sois pas préparée pour ce moment ? Que je n'aie pas pensé à un mensonge, à un moyen de lui annoncer ça ? Mais elle comprend tout à mon silence, et le désespoir se peint sur son visage.

– Non, murmure-t-elle. Non.

– Je l'ai trouvé.

Je me penche vers elle pour éviter qu'on nous entende.

– Il est dans les ruines, après le parc d'attractions.

Une lueur d'espoir illumine son regard. Je secoue la tête.

– Il est infecté, Cira.

Elle recule en chancelant. Quelques-uns de ses compagnons de cellule s'empressent autour d'elle. Blane lui prend la main et Cira s'appuie sur elle. Toutes deux me fusillent du regard.

À ce moment-là, je comprends que Cira n'est plus mon amie. Qu'on a pris des chemins séparés et qu'ils ne se croiseront plus jamais. Elle est avec eux, avec les autres jeunes qui doivent partir chez les Patrouilleurs. Moi, je suis toute seule. Je suis celle qui s'est enfuie.

Il y a seulement deux jours, c'est à elle que j'aurais parlé des révélations de ma mère sur mes origines. C'est elle que je serais allée voir quand ma mère est partie dans la Forêt. Ensemble, on aurait trouvé quoi faire, comment gérer cette situation. Il y a deux jours, c'était ma meilleure amie et pas cette étrangère.

Je voudrais retrouver ce sentiment. Le sentiment qu'il y a quelqu'un sur terre qui me connaît aussi bien que je me connais moi-même. Qui ne me laissera pas endurer ça toute seule.

– Je vais retourner le voir, lui dis-je en me rapprochant – parce que j'ai besoin qu'elle puisse continuer à espérer. Je lui ai promis d'être là.

Elle a les yeux rouges et paraît complètement amorphe, comme si elle avait déjà renoncé ; ceux qui l'entourent doivent la soutenir pour l'aider à tenir debout.

Elle semble avoir maigri en deux jours, et l'enfermement lui a donné un teint grisâtre.

– Cira, tu te nourris ? Ils te donnent à manger et à boire ?

Elle ne répond pas. Se contente de me fixer sans me voir, comme si j'avais disparu. J'attends qu'elle dise quelque chose, mais rien ne vient. Je me tourne vers Blane.

– Elle va bien ? je lui demande avec un regard suppliant.

– Qu'est-ce que ça peut te faire ? Tu l'as laissée tomber, rétorque-t-elle avec une haine palpable. Tu ne sais pas ce que c'est que d'être une véritable amie pour quelqu'un.

Je pince les lèvres et je me concentre sur le sol en béton, où s'étirent des fissures en forme de toiles d'araignée. J'essaie d'inspirer profondément, mais je tremble trop. Je voudrais dire à Blane que j'ai essayé d'emmener Cira, que j'ai essayé de la convaincre de s'enfuir aussi. Mais ces mots me restent en travers de la gorge, parce que je sais que je n'ai pas beaucoup insisté.

Je bats rapidement des paupières. Pourvu que je ne me mette pas à pleurer devant cette fille !

– Veille sur elle, s'il te plaît, dis-je finalement.

Elle hoche la tête avant de se détourner et d'entraîner Cira vers un banc plaqué contre le mur du fond.

Je reste encore un petit moment devant les barreaux. J'espère vaguement que Cira va lever la tête pour me regarder. Qu'elle verra ma douleur et viendra me prendre la main et me demander ce qui ne va pas. Mais elle se contente de se recroqueviller sur elle-même et de prendre entre ses doigts tremblants, sans le boire, le gobelet d'eau que Blane lui tend.

Finalement, je quitte la salle et je remonte les marches d'un pas traînant, laissant ma meilleure amie derrière moi.

XV

Tout paraît étouffé quand je regagne le phare. Les bruits de la ville, où les gens construisent des estrades et installent des décorations pour l'arrivée des Patrouilleurs. Même le soleil, qui tarde à se coucher, ne me réchauffe qu'à peine la peau.

À la plage, les vagues sont lentes et paresseuses, incapables de déplacer la carcasse d'un grand Mudo décapité qui traîne sur le sable. Mais dès l'instant où je rentre chez moi, j'ai l'impression que tout redevient parfaitement net et que le silence fait un tapage assourdissant.

C'est là que ça me retombe dessus, brutalement : ma mère est partie. Elle m'a abandonnée. Nos conversations d'hier soir et de ce matin résonnent dans la maison vide, me transpercent de toutes parts et me martèlent le crâne. C'est moi qui l'ai incitée à garder ses souvenirs. C'est moi qui lui ai dit que ça ne sert à rien d'oublier.

Si elle est partie, c'est à cause de moi. Elle pourrait très bien être blessée, là-bas dans la Forêt. Elle pourrait être infectée, et ce serait ma faute. Parce que je l'ai contrainte à partir seule, vu que j'avais trop peur pour l'accompagner.

Je presse mes paumes sur mes yeux et je me plie en deux;

une vague de nausée me monte à la gorge. J'en ai marre de me sentir nulle, faible et seule. J'en ai marre de tout gâcher et de mettre en danger les gens que j'aime.

J'en ai marre d'avoir la trouille, de laisser la trouille décider pour moi. Je serre les poings. Il faut que je retrouve Catcher. Il faut que je lui parle, que je lui explique ce qui s'est passé et que je lui demande de l'aide.

Le visage d'Élias apparaît soudain dans ma tête. Le souvenir de lui ce matin, quand il m'a prise dans ses bras, me donne des picotements dans les bras et les jambes. Mais je chasse ces émotions et j'essaie de me rappeler que c'est un étranger. Qu'il m'a rejetée au moment où j'avais besoin de lui. Il ne sait rien de moi et n'en saura jamais rien.

J'attache sur ma hanche le couteau qu'il m'a donné et je claque la porte du phare derrière moi, puis je gagne la plage à grandes enjambées. Je me fiche des risques : j'ai promis à Catcher d'être là, et j'ai autant besoin de lui que lui de moi.

Mais quand je regarde le râtelier où on a rangé le bateau hier soir, je m'aperçois qu'il est vide.

Élias a dû emporter le bateau en partant, me privant ainsi de mon seul moyen de retourner aux ruines sans risque. J'ai envie de hurler de rage. Tout semble s'écrouler si vite, et je ne peux rien faire pour l'éviter.

Je donne un coup de pied dans le sable, mais le vent me le renvoie dans la figure et les grains me piquent la peau. Je cours vers les vagues et je suis dans l'eau jusqu'aux cuisses, le cœur battant, quand je prends conscience de l'endroit où je suis et de ce que je suis en train de faire. Il reste un soupçon de lumière du jour; à l'horizon, le soleil se couche.

Quand l'idée me vient, je m'étrangle. Est-ce que je peux vraiment faire ça ? Est-ce que je peux vraiment aller à la nage jusqu'aux ruines, jusqu'à Catcher ?

Cette possibilité me tente terriblement, me donne l'impression que je pourrais être forte, invincible. Mais je sais que si je prends le temps d'y réfléchir ou de raisonner, je ne le ferai jamais. Je trouverai mille raisons de décider que c'est idiot, que je dois faire demi-tour.

Je m'enfonce un peu plus dans l'océan. J'ai promis à Catcher de revenir. Je lui ai promis d'être là. Il ne serait pas infecté si j'avais été capable de tuer Mellie. Si on avait pu arrêter le Brisant plus tôt, d'une manière ou d'une autre, rien de tout ça ne serait arrivé.

Je commence à faire des moulinets avec les bras, et mes pieds se détachent du fond. J'essaie de ne pas penser à l'obscurité qui s'installe, aux morts qui pourraient se trouver dans les profondeurs. J'essaie de ne pas penser à ce que je suis en train de faire.

Je n'ai qu'une chose en tête : Catcher. C'est ça qui me fait avancer. Je dois parvenir jusqu'à lui avant sa mutation. Je ne peux pas le laisser mourir seul et se transformer en Mudo. Je ne supporte pas l'idée qu'il devienne un monstre. Être là pour lui, maintenant que tout s'effondre autour de moi, c'est la seule chose que je puisse contrôler, la seule perspective qui me réconforte un peu. Je veux me prouver à moi-même que j'ai la force de mener à bien ce simple projet.

Quel est le pire qui puisse m'arriver ? Il pourrait y avoir des Mudos qui ne sont pas en hibernation, dans l'eau. Je pourrais me faire mordre, infecter et entraîner vers le fond de l'océan, où je me transformerais en Brisant presque instantanément. Je me mets à crachoter.

Je m'efforce d'avancer, d'étouffer la peur qui me prend à la gorge, qui me comprime les poumons de plus en plus à mesure que je m'éloigne du rivage. En fermant les yeux, j'ai l'impression que la mer est un puits sans fond.

Je remonte à la surface et je me remets à nager, en me dirigeant vers l'endroit où doit se trouver le bout de la jetée – vers l'amoncellement de rochers qui sépare la ville du parc d'attractions et des ruines. J'y suis presque quand je sens quelque chose m'effleurer le pied. Je hurle et je bois la tasse.

Mes mains s'empêtrent dans quelque chose qui ressemble à des cheveux et je m'arc-boute dans l'eau. J'essaie de dégager mes doigts tout en décochant des coups de pied à mes ennemis invisibles. Dans ma tête, c'est la tempête ; j'imagine des bras qui m'empoignent, des dents qui se plantent dans ma chair.

Je nage frénétiquement jusqu'à la jetée et je me hisse dessus, en glissant sur les rochers humides. Je m'éloigne le plus vite possible, en essayant d'inspirer de grandes goulées d'air. Tremblante et le cœur battant, je regarde mes mains. Je découvre, enroulés autour de mes doigts, des paquets d'algues qui luisent dans le clair de lune.

Je jette un coup d'œil plus loin, sur la jetée, à l'endroit où elle rejoint le mur de la Barrière. Les petites lumières des Miliciens vacillent dans la nuit. La patrouille ne va pas tarder à s'approcher ; ils pourront bientôt voir mon ombre tapie parmi les rochers.

Avant de ressauter à l'eau de l'autre côté de la jetée, je

regarde le phare qui se détache dans l'obscurité, derrière moi. J'ai l'impression de quitter quelque chose. Quelque chose que je ne pourrai jamais retrouver. Ensuite, je m'aperçois que j'ai oublié d'allumer la lampe. Quelle imbécile! Pendant un moment, j'envisage d'y retourner. Je pense à ma mère dans la Forêt : que se passera-t-il si elle cherche la lumière à l'horizon ? Si c'est tout ce à quoi elle peut se raccrocher ?

Mais Catcher m'attend. Je le lui ai promis. Et si je rentre, je sais que je ne partirai plus jamais et qu'il sera obligé d'affronter son sort tout seul.

Ma poitrine se contracte. Je m'arrête le temps d'inspirer pour me calmer, puis je me glisse à nouveau dans l'eau et je nage vers le rivage qui s'étend devant les ruines.

La plage est déserte quand j'émerge lentement de l'océan, avec de l'eau qui dégouline sur mes jambes nues. De grosses rafales soufflent derrière moi. Je ne sors pas tout de suite de l'eau, j'attends que la lune émerge des nuages pour avoir plus de lumière, tout en tendant l'oreille pour écouter si j'entends des gémissements par-dessus le grondement des vagues.

Les Mudos d'hier soir sont partis, la plage est tranquille. Je marche doucement vers les dunes en tirant le couteau d'Élias de ma ceinture, et mes pieds s'enfoncent dans le sable tiède. Toujours pas de Mudos.

J'arrive jusqu'à la palissade et j'escalade les planches devenues lisses suite à l'assaut répété des vagues à marée haute. De l'autre côté, les rues de la ville morte s'étendent devant moi comme un labyrinthe ; subitement, l'énergie et l'assurance que j'éprouvais tout à l'heure m'abandonnent.

L'air nocturne me donne la chair de poule en chatouillant

les gouttes d'eau sur mes bras. Les doutes m'assaillent et mes pieds refusent d'avancer. Je reste plantée là sans bouger et je regarde fixement la route craquelée, parsemée d'une fine couche de sable.

– Tu peux le faire, me dis-je tout haut.

Ma voix paraît caverneuse et déplacée au milieu des maisons délabrées. Je pense à Catcher. Je pense à ce que ferait Cira si elle était ici, et je glisse les mains sous mon T-shirt pour attraper la figurine de superhéros en plastique qu'elle m'a donnée. Elle n'aurait pas peur, elle ; elle foncerait retrouver son frère.

Alors c'est ce que je fais.

◆

Je tourne plusieurs fois au mauvais endroit en cherchant l'immeuble de Catcher. Les rues et les tas de gravats se confondent. Dans ma tête, l'itinéraire à suivre parmi les ruines est si clair que je suis sûre de me rappeler comment revenir jusqu'à lui. Pourtant, à chaque intersection, j'en suis réduite à faire des conjectures. Je suis certaine d'avoir tourné en rond plusieurs fois. Mes vêtements humides pèsent lourd ; en séchant, le sel me démange et me tiraille la peau.

Entre deux immeubles en ruine, j'essaie de savoir dans quelle direction aller et j'ai envie de donner un coup de pied rageur dans le mur le plus proche quand j'entends un bruit léger porté par le vent – un bruit qui suggère que quelque chose s'ajoute au chant des criquets et aux battements de mon cœur.

Je retiens mon souffle, aux aguets. Est-il possible que ce soit Catcher ? Mais je finis par me rendre compte que cette voix cristalline et joyeuse est une voix de femme, qui chante une chanson.

Je penche la tête en essayant de comprendre les paroles, et je fais quelques pas vers la voix avant de me ressaisir. Ensuite, je distingue une cadence rythmée qui accompagne la mélodie. Je me dis d'abord que c'est un tambour, qu'il s'agit peut-être des Patrouilleurs qui marchent sur la longue route en direction de Vista. Ensuite, je me rends compte que ce n'est pas un tambour, mais des pieds qui marchent, et que ça ne vient pas de la route principale mais de beaucoup plus près.

Je me crispe, inquiète, en me demandant qui d'autre il peut bien y avoir dans les ruines. D'un côté, j'ai envie de courir vers eux, de rechercher la protection du plus grand nombre, mais la prudence l'emporte.

Le bruit de pas s'amplifie et je m'aperçois qu'ils sont vraiment tout près. Je regarde vite autour de moi en quête d'une cachette. Il y a une petite caverne créée par un mur à demi écroulé. Je m'y précipite.

Je m'immobilise à l'entrée. La lune est haute, cette nuit, sa lumière est presque aussi vive que celle que projette le phare, mais ce renfoncement est sombre et je n'ai aucune idée de ce qui pourrait se cacher à l'intérieur.

Ensuite, je perçois du mouvement. Je tourne vivement la tête et je vois quelqu'un tourner au coin de la rue. Je me glisse dans le trou obscur, la main serrée sur mon couteau, et je m'y enfonce le plus loin possible en retenant un cri quand je sens quelque chose de petit me frôler la cheville en fuyant.

Le chant devient plus fort, résonne entre les murs de la vieille rue ; le bruit de pas s'approche de plus en plus. J'ai de la sueur et du sel qui me dégoulinent dans le cou. Ensuite, je vois des pieds passer devant moi ; et des jambes vêtues d'un pantalon noir, sur lequel flotte une tunique blanche qui s'arrête aux genoux.

La même tenue qu'Élias. Je me frotte distraitement la bouche tout en essayant de comprendre ce qui se passe – qui sont ces gens et ce qu'ils fabriquent ici. En me demandant si Élias est avec eux. Soudain, j'arrête de respirer. Pourvu qu'ils ne remarquent pas la flaque d'eau qui fait une tache sombre à l'endroit où je me tenais tout à l'heure, ni la piste humide qui mène à ma cachette !

Ils défilent d'un pas traînant, et leur chanson devient indistincte à mesure qu'ils s'éloignent. Le béton m'écrase les genoux ; j'ai mal aux jambes, ainsi recroquevillée dans ce petit trou. Prudemment, je sors la tête dans le clair de lune et je jette un coup d'œil dans la rue. Ils sont partis. À présent, les ruines sont désertes, il n'y a plus que des échos.

Je regarde de l'autre côté. Le silence revient dans la ville abandonnée. Je me demande si Catcher les a entendus, s'il est à sa fenêtre en train d'observer le parcours de ce groupe étrange.

Je m'extrais lentement de ma cachette, en restant dans l'ombre, et je me glisse discrètement au coin de la rue ; j'entends toujours le chant devant moi. Je regarde autour de moi pour voir si je reconnais quelque chose qui pourra me mener jusqu'à Catcher, mais je sais bien que je suis perdue.

Ce serait facile de retrouver l'océan ; il me suffirait de reprendre le même chemin en sens inverse, avec le grand huit sur ma droite. Mais je ne suis pas prête à retourner affronter les vagues. Si j'ai pris le risque de venir ici pour voir Catcher, ce n'est pas pour renoncer aussi vite.

Je m'arrête sur le seuil d'une maison effondrée. Devant moi s'étend une immense esplanade bétonnée parsemée de buissons et de petits arbres qui ont poussé dans les fissures. Un haut mur percé d'épaisses arcades en pierre se dresse à l'autre bout. Dans la vive lumière du clair de lune, je distingue un grand panneau rouillé qui y est accroché de travers. Les lettres se sont un peu effacées, mais j'arrive à lire les mots *AMPHITHÉÂTRE CHARLESBURG*.

La file de chanteurs est en train de s'engouffrer sous l'arcade du milieu ; ils sont tous en tunique blanche avec le crâne rasé, comme Élias. Je plisse les yeux pour tâcher d'apercevoir des détails, mais ils sont difficiles à différencier à cette distance, avec si peu de lumière. Je suis surprise de voir autant de monde ici, dans les ruines ; surprise de ne rien savoir sur eux alors qu'ils sont si près de Vista.

Mais si je trouve Élias parmi eux, il pourra me conduire auprès de Catcher.

Une fois qu'ils ont disparu dans l'amphithéâtre, j'attends quelques minutes, le temps que la nuit retrouve son ambiance normale : chant des grillons et coassement des rainettes. Nerveuse, je serre et desserre la main sur mon couteau. Quelques gouttes d'eau tombent de mes cheveux mouillés, et coulent dans mon dos et le long de mes jambes.

Tout ce que j'ai à faire, c'est traverser l'esplanade et passer sous une des arcades, me dis-je. Faire un pas de plus, puis un autre. Je me force à avancer pas à pas, en essayant de me tapir derrière les arbres et les buissons imposants.

Mon cœur bat violemment dans ma poitrine et chaque palpitation résonne comme un signal d'alarme, mais je continue. En m'approchant, je recommence à entendre le chant. Des voix graves qui psalmodient.

Je pose les doigts sur les pierres d'une arcade ; pas celle sous laquelle ils sont passés, mais une autre, sur le côté. Je me glisse dessous en me plaquant dans l'ombre.

De l'autre côté, je découvre une grande cuvette en pente douce qui a dû être creusée artificiellement il y a bien longtemps. Je n'avais jamais rien vu de pareil. Des terrasses jonchées de fragments de gradins enfouis dans les hautes herbes ont été aménagées dans le sol incliné. Au milieu de la cuvette se trouve une scène coiffée d'un dôme sans murs.

Je me recroqueville contre le pilier de l'arcade, et je sens la chaleur des pierres à travers mon T-shirt. Les individus en tunique chantent toujours, mais à présent, un autre son résonne au milieu des flancs herbeux de la cuvette : des gémissements.

XVI

Je me lève d'un bond, la main serrée sur mon couteau, et je suis prête à partir en courant quand je m'aperçois que personne d'autre ne réagit. Les gens continuent à psalmodier en descendant un escalier éboulé.

La peur me tord le ventre. Pourquoi ne se sauvent-ils donc pas ? Pourquoi ne prennent-ils pas d'armes ?

La file de gens se divise en deux en arrivant en bas, avant d'entrer dans l'arène. C'est là que je vois les Mudos attroupés dans l'ombre du dôme.

En reculant brutalement, je me cogne la tête contre le mur de l'arcade, ce qui produit un gros bruit sourd. Je grogne de douleur, puis je me plaque une main sur la bouche. J'ai le souffle coupé, mais je suis trop terrorisée pour bouger. J'ai peur que quelqu'un me voie, que quelqu'un m'ait déjà remarquée. Je m'enfonce le plus possible dans l'ombre et je reste figée.

J'étudie ce qui se passe dans l'arène. Aucun de ces gens ne semble se soucier des Mudos qui marchent vers eux. C'est là que je me rends compte que les Mudos n'avancent pas : ils tendent les bras dans l'obscurité et fouettent l'air du bout des doigts, mais ils sont tous bloqués sur place.

Il y a quelque chose de différent chez eux – quelque chose de terrible. Dans leur allure et dans le ton de leurs gémissements.

Mon estomac se noue quand je comprends ce que c'est : ces Mudos n'avancent pas parce qu'ils ont tous un collier de fer autour du cou et des chaînes qui les immobilisent. Et les individus en tunique blanche n'ont pas peur d'eux parce que ces Mudos n'ont plus de dents ni de mâchoire inférieure : ils ne peuvent pas mordre.

Ce qui signifie qu'ils ne peuvent pas infecter. Ils ont le visage mutilé, difforme. Ils ressemblent plus à des bêtes qu'à des humains. Malgré mon dégoût, je me surprends à tendre le cou pour mieux les voir. Les vivants évoluent parmi eux comme s'ils n'étaient pas là, comme s'ils étaient des êtres inoffensifs, et pas l'incarnation même de la mort.

Soudain, le chant s'arrête et rien ne vient troubler le silence qui s'installe, hormis les gémissements monocordes. J'ai peur de trahir ma présence si je fais le moindre mouvement, alors je reste figée sous l'arcade, les yeux écarquillés. Je parcours les visages du regard à la recherche d'Élias, en me demandant s'il est possible que l'homme qui m'a sauvée soit ici – fasse partie de *ça*.

Cette nuit, dans mon rêve, son visage était tellement net, tellement unique… Mais maintenant, tous ces hommes et ces femmes, ces filles et ces garçons avec une tunique blanche et le crâne rasé se mélangent. Se confondent dans le clair de lune.

Les Mudos tirent sur leurs entraves, se tendent vers la chair fraîche. Ils doivent être plus d'une dizaine et leurs gémissements sont rauques et bruyants, mais leurs gardiens ne semblent pas gênés de voir la mort essayer de se jeter sur eux.

Soudain, je comprends qui sont ces gens. On a étudié les sectes à l'école ; et notamment ce groupe de fanatiques religieux qui s'appellent des Spiritistes et qui vénèrent les Mudos. Qui les promènent en laisse comme des animaux domestiques. J'imaginais des fous furieux aux longs cheveux filasse se baladant à moitié nus. Je ne les voyais pas comme ça : ordonnés, paisibles, presque normaux.

Je n'imaginais pas des gens comme Élias. Il a tué des Mudos, hier soir ; je l'ai vu planter son couteau dans le crâne de chacun d'eux. Il n'aurait pas fait ça s'il les vénérait, si ?

Mais sinon, pourquoi serait-il habillé comme eux ? Pourquoi se trouverait-il dans les ruines au même moment ? Est-ce qu'il partage leurs croyances ? Une foule de questions m'assaille, jusqu'à ce qu'une nouvelle pensée me vienne. Une pensée terrible : Élias sait où est Catcher. Est-ce qu'il attend sa mutation, tout simplement ? Est-ce qu'il a le projet d'en faire un de ces êtres sans mâchoire, quand ce sera devenu un Mudo ?

Dans ma panique, j'ai la gorge qui se serre. Il faut que je m'éloigne de ces gens. Il faut que je retrouve Catcher et que je le prévienne.

Mais à cet instant, j'entends une femme parler d'une voix claire et ferme en remontant l'escalier qui mène droit à ma cachette. Je ferme les yeux et je retiens mon souffle. Je brûle de partir en courant, mais je suis terrifiée à l'idée qu'ils me repèrent. J'entrouvre les paupières pour voir. Elle s'arrête à cinq ou six mètres de moi et se retourne vers l'arène. Tous les regards sont concentrés sur elle.

Il suffirait que quelqu'un laisse son regard dériver au-dessus d'elle et scrute la pénombre de l'arcade pour qu'il me voie. Je respire à peine; j'essaie même de convaincre mon cœur de cesser de battre, de peur que le sang qui palpite dans mon cou me trahisse.

La femme parle, d'une voix sonore, de Dieu et de la résurrection promise. Un jeune garçon qui semble avoir douze ou treize ans sort de la foule. Il est mince et dégingandé. Sa tunique est plus blanche que celle des autres, et un peu serrée aux épaules. Il a des rubans rouges enroulés autour des poignets et ses doigts remuent – s'ouvrent et se ferment et se tordent comme s'ils échappaient à son contrôle.

Deux hommes se détachent du groupe de Spiritistes et partent vers le fond de l'arène. Quand ils réapparaissent, ils tiennent chacun une perche fixée au collier d'une Mudo qui ouvre et ferme la bouche. Elle a la mâchoire intacte, celle-là; ses dents luisantes claquent dans le vide.

Je déglutis. Cette Mudo-là n'est pas inoffensive comme les autres. Elle peut mordre et infecter. La vue brouillée par mes larmes, j'appuie ma joue contre le mur de pierre.

Les deux hommes tiennent fermement la Mudo; son collier de fer s'enfonce dans son cou et mord dans sa peau morte tandis qu'elle se débat contre ses entraves.

Les autres Spiritistes du cercle se mettent à genoux et baissent la tête; je ne vois plus leurs visages. À part celui du garçon aux rubans rouges autour des poignets, qui se tient face à la Mudo qui mord le vide.

Pour moi, c'est l'occasion ou jamais de me sauver, de filer dans la nuit, mais mes jambes refusent de bouger. Tout ce que j'arrive à faire, c'est me laisser glisser lentement contre le mur pour finir par terre. L'horreur de ce qui est en train de se passer me cloue sur place.

La Spiritiste est toujours devant moi. Elle donne des ordres. Quelqu'un tend un couteau tranchant au garçon. Est-ce une sorte de sacrifice archaïque dont on ne nous aurait pas parlé à l'école, un sacrifice symbolisant la victoire contre la mort en l'immolant lors d'une cérémonie élaborée ?

Le garçon fixe la Mudo si longtemps que certains Spiritistes redressent la tête et commencent à s'agiter. Mais ensuite, il lève son couteau et la lumière de la lune fait scintiller un instant le motif gravé dans le métal avant qu'il passe la lame sur sa peau.

Je frémis et retiens un cri de stupeur. Le bras du garçon se met à saigner. Les Mudos qui l'entourent se tortillent en sentant l'odeur de son sang. Il serre le poing ; des gouttes rouges tombent de ses doigts. Il ouvre la main et laisse le couteau tomber sur le sol de l'arène.

Puis il marche vers les bras tendus de la Mudo.

Je sens un hurlement monter en moi, inonder mes veines. Une vive douleur se diffuse dans ma lèvre inférieure et je me rends compte que je me suis mordue pour garder le silence. J'essaie de déglutir, pantelante.

La Mudo bondit pour empoigner le garçon et le tire à elle. Il se laisse faire, se rapproche volontairement de la mâchoire qui claque. Quand les dents de la Mudo se plantent dans la chair de son cou et en arrachent un morceau, il ne recule pas. Je vois qu'il essaie de garder la bouche fermée, mais n'y arrive pas, et une larme coule sur son visage tandis que son corps au supplice s'affaisse.

Les Spiritistes qui l'entourent bourdonnent d'excitation. Certains se haussent sur la pointe des pieds pendant que la

Mudo mord et remord le garçon, qui finit par reculer en titubant.

Les deux hommes plaquent la Mudo au sol et quelqu'un glisse un maillet dans les mains du garçon, qui tombe à genoux à côté d'elle. Même d'ici, il est clair qu'il est en état de choc. Sa poitrine se soulève et retombe rapidement, et il a les bras qui tremblent. Il s'efforce de soulever le maillet et de l'abattre sur la mâchoire de la Mudo. Il ne parvient pas à mettre beaucoup de force dans son geste, mais le poids du maillet suffit et j'entends un craquement de dents et d'os.

Contre toute attente, ça n'arrête pas ses gémissements, mais maintenant, des éclats de dents volent de sa bouche quand elle remue la mâchoire. Le garçon s'essuie le visage avec la manche de sa tunique, qui est désormais trempée de sang. Il recule en chancelant et écarte les mains pour reprendre son équilibre, mais il n'a plus de forces dans les bras. Il s'effondre.

La femme qui était devant moi descend dans la fosse en courant et saute dans l'arène. Elle s'agenouille près du garçon et l'attire sur ses genoux. Il perd beaucoup de sang, qui s'amasse autour d'eux.

Elle prend un collier de fer et le ferme autour du cou du garçon, puis l'enveloppe dans ses bras et le serre dans une étreinte désespérée. Elle parle doucement, mais je l'entends quand même : le vent porte sa voix jusqu'ici.

– Tu vas vivre pour toujours, maintenant, dit-elle, le visage mouillé de larmes.

Même si les sons et les images de ce que je viens de voir tournent encore dans ma tête, je n'arrive pas à y croire. Mon corps et mon esprit se révoltent. Je recule dans l'ombre de l'arcade, mais je ne fais pas suffisamment attention à mes mouvements. Juste au moment où le garçon relève brusquement la tête en claquant des mâchoires où un gémissement s'échappe de ses lèvres, je lâche mon couteau, qui tombe par terre avec fracas.

Mon cœur cesse de battre. Terrorisée, je jette un coup d'œil aux Spiritistes, en me demandant ce qu'ils feraient s'ils me découvraient ici, en train de les espionner – si je serais sacrifiée aussi. Mais personne ne court vers moi ou ne se met à vociférer. Toute leur attention est concentrée sur le garçon qui vient de subir sa mutation. Ils s'efforcent de fixer une laisse à son collier pendant qu'il tend les bras et s'avance en titubant vers les vivants qui l'entourent.

Je pousse un soupir de soulagement et je ramasse mon couteau, puis je note que l'un des Spiritistes n'est pas tourné vers le garçon, mais vers ma cachette. C'est Élias. Pendant une fraction de seconde, je me dis qu'il ne m'a peut-être pas vue ou que, même s'il m'a vue, il va me laisser filer. Mais il se détache du groupe et marche d'un pas vif dans l'herbe haute de la cuvette.

Je pars en courant, quittant ma cachette pour plonger dans les ruines. Je ne prends pas la peine de regarder derrière moi, mais j'entends déjà un bruit de pas : Élias est à ma poursuite.

J'ai de l'avance, mais il est plus fort que moi. Je cours au milieu des décombres sans regarder où je vais. Je me contente de garder les hauteurs du parc d'attractions sur ma droite pour être sûre de me diriger vers l'océan. Par moments, j'entends les pieds de mon poursuivant claquer sur le sol derrière moi.

– Gabry, attends ! appelle-t-il.

Au son de sa voix, j'accélère encore l'allure.

Je suis hantée par l'image de ce garçon qui a laissé une Mudo le mordre et l'infecter. C'est impardonnable que ces gens lui aient permis de faire ce choix épouvantable. Qu'Élias soit resté là à regarder sans rien faire. C'était un enfant !

Élias me rattrape quand j'atteins la palissade ; sa main se referme sur mon pied au moment où je grimpe dessus. Je rue et je sens mon talon le percuter. Il faut absolument que je me sauve, que je lui échappe. Il faut que je retourne au phare et que je me roule en boule dans mon lit et que je réfléchisse à ce que j'ai vu ce soir.

J'escalade la palissade tant bien que mal et je saute de l'autre côté ; à l'atterrissage, je perds l'équilibre et je tombe dans le sable. J'entends un bruit sourd quand Élias arrive à côté de moi. Sans me laisser le temps de me remettre debout, il me saute dessus.

Le poids de son corps enfonce le mien dans la dune. On est pantelants et nos deux poitrines luttent pour conquérir le même espace tandis qu'on essaie de remplir nos poumons d'air. Je suis tellement affolée que je ne vois plus rien. Et tout d'un coup, je me déchaîne. Comme si c'était la fin, comme si j'étais en train de me noyer et que c'était ma dernière chance de regagner la surface. Je me débats violemment, en bourrant Élias de coups de pied et en le frappant avec les avant-bras.

J'essaie de crier et, cette fois, il me plaque la main sur la bouche. J'essaie de le mordre, mes dents se plantent dans ses doigts, mais il se contente de grimacer et de resserrer son emprise jusqu'à ce que je le lâche.

Son corps pèse lourd sur le mien ; il m'écrase. Sa bouche s'approche de mon oreille.

– Tout va bien. Tout va bien, Gabrielle, dit-il encore une fois, comme s'il suffisait qu'il le répète pour que je le croie.

Son odeur imprègne mon corps et je sens sa peau moite contre la mienne. Je me fige, retenant mon souffle.

– Tu ne risques rien, ajoute-t-il.

J'ai envie de le croire. J'ai envie de lui faire confiance, comme hier soir. J'ai envie de le laisser me protéger et arranger les choses. Mais je ne peux pas. Je ne peux plus, maintenant que je sais qui il est. Pas après ce que je viens de voir.

Je pivote sous lui pour avoir son visage en face du mien. La lune, qui se reflète sur le flanc de la dune la plus proche, projette des ombres sous ses joues et le long de sa mâchoire.

J'arrête de me débattre quelques instants et il enlève sa main de ma bouche. Je me lèche les lèvres et je sens le goût de sa sueur.

– Tu es un Spiritiste, dis-je. Tu es comme eux. Tu les as laissés...

Je n'arrive même pas à finir ma phrase, parce que j'ai de la bile qui me monte dans la gorge quand je repense à ce qu'ils ont fait à ce petit garçon.

Je n'arrive pas à croire que ces mains qui me tiennent et ce corps qui n'a pas bronché pendant que cet enfant se laissait volontairement infecter puissent appartenir à celui qui a su me consoler avec tant d'aisance, cet après-midi. Qui a su me donner l'impression d'être en sécurité.

– Ce n'est pas si simple, proteste Élias en fouillant mon regard, l'air blessé par mon accusation.

– Mais si. Tu as tué ce garçon. Ce petit garçon. Tu es resté là sans rien faire, tu n'es pas intervenu.

Toujours aussi ahurie, je secoue la tête.

Je pense à Catcher, seul dans un immeuble en ruine, qui attend que l'infection le terrasse. Je me rappelle qu'Élias savait où il était. Comme s'il attendait sa mutation. Comme s'il la souhaitait.

– C'est des monstres, dis-je dans un murmure.

Je ne sais pas si je parle des Mudos, des Spiritistes ou des deux.

Puis je le regarde dans les yeux.

– Et toi aussi, tu es un monstre.

– Laisse-moi t'expliquer, dit Élias.

– Non.

Son visage est si près que je sens la chaleur de son souffle.

– Tu as fait ton choix, j'ajoute.

Il ouvre la bouche pour dire autre chose, mais je ne lui en donne pas l'occasion. Je lève le genou le plus vite et le plus fort possible pour le frapper par surprise. Élias suffoque, les yeux écarquillés. Il essaie d'attraper mon bras, mais je roule sans peine hors de sa portée.

Je sors le couteau que j'avais sur la hanche et je le tiens solidement dans mon poing serré.

– Gabry, râle Élias.

Mais je ne me retourne pas. Je détale en courant sur la plage. Je me précipite vers l'océan et je me jette à l'eau. Je lance un coup d'œil derrière moi et je vois une tache blanche : Élias qui se lève tant bien que mal et s'élance à ma poursuite en titubant.

Je plonge dans les vagues et je me mets à nager le plus vite possible. J'ai le souffle court et le sel me pique la peau, mais j'ignore la douleur et je redouble d'efforts. Quand j'atteins enfin la jetée et que j'essaie de sortir de l'eau, ma main glisse sur les rochers. Je vois le crâne rasé d'Élias dans l'eau : il est à ma poursuite.

Pendant une seconde, j'hésite. Je suis dans le noir, cernée par les profondeurs insondables de l'océan, le ciel inaccessible et les ténèbres de la terre ferme. Il n'y a rien de vivant, ici ; rien de réel. J'envisage de retomber dans l'eau, de me laisser couler tout au fond, de laisser l'air quitter mes poumons.

Puis je saute de rocher en rocher pour traverser la jetée, je plonge de l'autre côté et je nage vers le phare.

Élias est un meilleur nageur que moi. Les mouvements de ses bras sont plus réguliers que les miens. Quand je me redresse, poussée vers le rivage par les vagues, je sais qu'il n'est pas très loin derrière. J'écarte les cheveux qui me tombent dans les yeux et je marche d'un pas incertain sur la plage, vers le phare.

Je m'arrête à la porte et je pose la tête dessus le temps d'essayer de reprendre mon souffle. Le sel de mes larmes et de l'océan me pique les yeux et des gouttes d'eau tombent de mon menton. Je sens plus que je n'entends celui qui arrive derrière moi. Je fais volte-face, le couteau levé, croyant trouver Élias…

Mais ce n'est pas lui. C'est une autre silhouette qui émerge de l'ombre, en traînant sa jambe boiteuse dans le sable.

– Je ne voulais pas te faire peur, dit Daniel en s'approchant.

XVII

Je n'arrive pas à m'empêcher de jeter un coup d'œil derrière Daniel pour regarder la lisière des vagues, où je vois Élias sortir discrètement de l'eau. Je ne peux pas le regarder, je ne supporte pas l'idée d'être près de lui. Mais si Daniel le voit, il risque de découvrir que je suis allée de l'autre côté de la Barrière ; j'aurais de terribles ennuis.

– Je suis désolée, je n'attendais personne, lui dis-je avec un sourire forcé en tâchant, maladroitement, de remettre mon couteau dans le fourreau que j'ai sur la hanche.

Il affiche un grand sourire, mais il plisse les yeux tout en me rejoignant à pas lents.

– Drôle de moment pour une baignade, commente-t-il.

Du coin de l'œil, je regarde Élias s'avancer en catimini sur la plage.

– C'est la marée descendante, je réplique, mal à l'aise.

Je me retourne vers la porte du phare. Daniel me rejoint.

– C'est le moment le moins dangereux pour regarder les étoiles.

Élias approche, parfaitement visible. Je déglutis.

Il faut que je me débarrasse de Daniel.

– Qu'est-ce qui t'amène ici à cette heure ? je lui demande.

Daniel prend un air penché.

– J'ai juste eu envie de passer te voir. Tu avais l'air d'être dans tous tes états quand je t'ai vue à la Barrière, hier soir.

Derrière Daniel, Élias s'immobilise et se redresse un peu. Ce serait stupide qu'il laisse Daniel le voir, et pourtant, il ne fait pas beaucoup d'efforts pour se cacher. Il reste planté là, avec les mains qui pendent mollement sur ses flancs, les yeux fixés sur moi. Si Daniel se retourne, ou même se contente de jeter un coup d'œil vers l'océan, il le verra.

Je pose une main sur son bras pour garder son attention sur moi, mais il semble interpréter mon geste de travers ; il hausse un sourcil. Je me mets à bafouiller :

– Je… Je suis mal élevée de te laisser attendre ici dans le noir. Entre, je t'en prie.

Je pousse la porte.

Daniel me regarde une seconde et je sens de l'eau couler dans mon dos et sur mes cuisses. Avec un nouveau sourire quand je m'écarte pour le laisser passer, il entre dans le phare. Je jette un coup d'œil à Élias, derrière moi. Il est toujours planté au même endroit. La lune illumine son profil. Les sourcils froncés, il a l'air de me poser une question que je ne comprends pas et à laquelle je n'ai pas la réponse. Je ferme la porte, coupant toute communication entre nous, et j'appuie la tête dessus.

Vivement que cette nuit se termine. J'ai besoin d'être seule. Je ferme les yeux et j'inspire profondément, en essayant de trouver un peu de paix et de calme. Je vais occuper Daniel le temps qu'Élias s'en aille, et une fois que

Daniel sera parti aussi, je serai enfin tranquille. Je n'ai plus que quelques minutes à tenir.

Je me force à sourire et je m'avance.

Daniel se promène, prenant des objets çà et là sur les diverses étagères pour les examiner pendant que j'allume quelques lanternes. Quand la pièce est enfin éclairée, il a fait tout le tour et il est revenu face à moi.

Il me dévisage comme s'il attendait quelque chose. Comme s'il savait quelque chose que j'ignore. Ça me perturbe. Je vais dans la cuisine pour prendre un torchon et m'essuyer la figure et les bras, puis j'alimente le feu dans le poêle et je pose une bouilloire dessus. Daniel s'approche dans mon dos. J'essaie de ne pas frémir en le sentant si près.

Il tend le bras et ses doigts m'effleurent la taille, puis il sort le couteau d'Élias du fourreau que j'ai sur la hanche. Les muscles de mon cou tressaillent et je dois me cramponner au plan de travail pour empêcher mes mains de trembler. Sa proximité me dérange.

– C'est intéressant, ça, dit-il en tournant et retournant le couteau.

La lumière glisse sur les gravures de la lame. Je ne sais pas si c'est une remarque anodine ou s'il cherche à me soutirer des informations. C'est seulement quand le silence crée une tension que je me sens finalement obligée de répondre.

– Merci.

Je me faufile derrière lui et je sors deux tasses que je pose près du poêle. Le plus tranquillement possible, je déballe une demi-miche de pain et la place à côté, en essayant de ne pas penser à ma mère quand elle a pétri la pâte – sa présence est partout.

Il s'approche de moi, en positionnant le couteau entre nous de façon à ce que la lumière réfléchie par la lame m'arrive dans les yeux. Je soutiens son regard en plissant les paupières.

– Tu sais quoi, je n'avais vu qu'une seule fois avant ce soir ce genre de travail. C'est très exceptionnel.

Il pose l'arme sur le plan de travail, à côté de moi, et ses doigts frôlent les miens.

– Cela dit, celui que j'ai vu faisait partie d'une paire. Quand on tenait les deux lames l'une au-dessus de l'autre, la gravure formait une inscription : « Il est saint entre tous, celui qui a pris part à la première résurrection ; sur lui, la deuxième mort n'aura aucun pouvoir. »

J'essaie de ne pas cligner des yeux ; j'essaie de ne manifester aucune réaction, même si j'ai des picotements dans les doigts et l'impression que mon sang vrombit dans mes veines. Le fait que les gravures de la lame puissent avoir une signification, soient le haut d'une série de lettres, ne m'était pas venu à l'idée.

– Ça ne te dit rien ? me demande Daniel en haussant un sourcil.

Je secoue la tête pour répondre non, de peur que ma voix me trahisse si j'essaie de parler, parce que si, ça me dit quelque chose. C'est un vers de la chanson que chantaient les Spiritistes – ils n'ont pas arrêté de le psalmodier pendant que la Mudo déchiquetait le garçon avec ses dents. Je me fourre un bout de pain dans la bouche afin d'avoir une excuse pour garder le silence, au moins pour un moment.

Par chance, la bouilloire se met à siffler, alors je me tourne vers le poêle, ce qui me permet de cacher mon expression.

Du coin de l'œil, je vois Daniel hausser les épaules, puis mettre un doigt sous le plat de la lame pour en tester l'équilibrage.

– Ça ne m'étonne pas. C'est une formule des Spiritistes. Tu te souviens de les avoir étudiés, non ?

Soudain, le pain que j'ai dans la bouche me paraît sec. Il me colle aux joues et à la langue. Je secoue la tête.

– C'est une secte de fanatiques qui sacrifient des gens pour qu'ils deviennent des Mudos. Ils croient que c'est la voie de la résurrection et de la vie éternelle.

Je me tourne pour voir ce qu'il fait et je le surprends en train de passer un doigt sur le bord tranchant du couteau.

– Ils vont de ville en ville pour essayer de convertir les gens. Si jamais ils venaient ici…

Il me jette un coup d'œil et passe le couteau sur une gorge imaginaire.

– C'est bizarre qu'un couteau comme ça ait atterri entre tes mains.

Je suis en train de verser l'eau de la bouilloire et mes mains tressaillent, alors je me renverse de l'eau bouillante sur le pouce et le poignet. Avant que j'aie eu le temps de réagir, Daniel attrape une serviette et pose mon bras sur le sien pour l'essuyer. Ses doigts s'attardent sur la coupure boursouflée que j'ai dans la paume.

Je crachote :

– Je l'ai trouvé sur la plage. Le couteau. C'est l'océan qui l'a apporté là.

– C'est pas beau, ça, commente Daniel, penché sur ma main, ignorant mon explication.

– C'est rien, dis-je en essayant de me dégager.

Je ne veux pas qu'on me touche, je ne veux pas que quiconque m'approche. Tout ce que je veux, c'est me replier sur moi-même et oublier.

Daniel lève les yeux vers moi.

– Ta mère s'y connaît bien en plantes médicinales. Elle n'a pas quelque chose pour ça ?

Il vient encore plus près. Je sens son haleine ; je sens sa peau et son odeur et son désir.

Je lâche la bouilloire. Un peu d'eau chaude gicle sur le plan de travail et goutte sur le sol, près du pied de Daniel. Il recule, et me lâche à contrecœur.

– C'est rien, je répète.

Même moi, j'entends que j'ai la voix qui tremble.

Daniel penche un peu la tête, avec une lueur clairvoyante dans le regard.

– Elle est où, ta mère, d'ailleurs ?

Il plante le couteau dans le plan de travail, à côté de moi, la pointe à peine enfoncée dans le bois. Je m'éloigne pour prendre une serviette propre dans un tiroir ; c'est juste un prétexte pour mettre de la distance entre nous.

– J'ai remarqué que le phare n'était pas allumé, ajoute Daniel en venant vers moi.

Sa voix est plus grave que d'habitude. Elle a quelque chose qui me donne la chair de poule.

Je ferme les yeux et me maudis une fois de plus d'être partie sans allumer la lampe. C'était évident que cette négligence attirerait la Milice ici. Le Protectorat exige qu'on continue d'allumer le phare, même si ça fait des années que les marchands n'ont pas pris le risque de tomber sur les pirates pour venir ici.

– Elle est malade. Je vais l'allumer maintenant, dis-je en sortant hâtivement de la cuisine pour monter l'escalier qui mène à la salle des lampes.

J'ouvre la lanterne et j'ajuste la mèche d'une main tremblante : j'entends des bruits sourds qui m'indiquent que Daniel me suit, avec sa jambe qui le ralentit. Mais je me détends; je suis soulagée d'être seule, même si c'est juste pour un court moment.

Pendant cet instant de solitude, mes pensées reviennent à Élias et aux Spiritistes. Je cours vers les fenêtres et fouille la plage du regard pour m'assurer que Daniel ne pourra pas voir Élias si, par hasard, il jette un coup d'œil dehors. Rien ne bouge, dans l'obscurité, et je me demande si Élias est toujours là, en bas; s'il me regarde, en cet instant précis.

Je frissonne et je reporte mon attention sur les ruines, de l'autre côté de la Barrière. Les Spiritistes sont-ils toujours là-bas ? Leur cérémonie dégénérée est-elle toujours en cours ? Je plisse les yeux pour essayer de trouver l'amphithéâtre, et je crois voir une tache de lumière, une lueur douce à l'endroit où ils devraient être, puis plus rien.

Les pas de Daniel se rapprochent. Je reviens vers la lanterne et je me dépêche de l'allumer, puis je remonte le mécanisme.

Daniel entre dans la pièce. Aussitôt, la salle me paraît trop petite. Trop exiguë et trop en hauteur. Il n'y a qu'une seule sortie et il la bloque en restant devant. Il a le couteau à la main. La lame scintille dans la lumière.

Je mets la lampe en route, mais la présence de Daniel me perturbe. Je me coince le doigt entre deux roues dentées et cette vive douleur m'arrache un cri. La lumière éclatante passe sur nous ; elle est tellement vive qu'elle fait presque l'effet d'une force physique.

Daniel part explorer la pièce. Le doigt endolori, je fais le tour de la lanterne en faisant mine d'examiner d'autres rouages du mécanisme.

Daniel remarque la dernière inscription que ma mère a gravée dans le mur, à hauteur du genou. Il se baisse pour passer les doigts sur les premiers mots du sonnet.

– Qu'est-ce que c'est censé signifier, ça ?

Il est encore essoufflé après l'effort qu'il a dû fournir pour monter l'escalier.

– Ma mère aime la poésie, dis-je sans lever les yeux.

Je refuse de le regarder.

Sous mes mains, les rouages cliquettent tandis que les dents s'emboîtent et se séparent, s'emboîtent et se séparent dans un mouvement fluide.

Daniel se redresse et me lance un regard noir.

– Ce phare est la propriété du Protectorat.

La lumière passe sur lui. Il n'ajoute rien, attend que j'affronte son regard. Je vois des gouttes de sueur perler sur son front et couler sur ses tempes et ses joues, jusqu'à sa mâchoire. Ma mère a gravé des extraits de sonnet dans presque chaque encadrement de porte du phare ; je n'ai jamais imaginé que ça puisse lui attirer des ennuis.

Sans me laisser le temps de trouver quoi répondre, Daniel agite la main en l'air.

– Les Patrouilleurs arrivent après-demain. J'espère que ta mère ne sera pas trop malade – ou trop occupée à vandaliser la propriété – pour assister à la cérémonie avec les autres adjoints. Le Président l'attend. Il m'a chargé de porter ce message en personne. Et de la réprimander pour avoir négligé son rôle de gardienne du phare.

La lumière balaie une nouvelle fois la petite pièce et me fait l'effet d'une gifle qui m'aveugle. Je ferme les yeux et je vois une explosion de taches lumineuses dans le noir. Dans deux jours, Cira sera partie. Les Patrouilleurs vont les embarquer, elle et les autres. Je devrais partir avec elle.

– Bien sûr que ma mère sera là, dis-je.

J'espère paraître convaincante.

Avec les yeux fermés, je ne me rends pas compte qu'il s'est discrètement rapproché avant qu'il pose la main sur la rampe, derrière moi. Son bras m'encercle presque. Daniel est trop près, il n'y a pas assez d'espace. Je ne peux pas respirer, je n'arrive même plus à réfléchir. Son torse appuie sur mon épaule, sa bouche est presque contre mon oreille.

– Elle dort, ta mère ? demande-t-il.

Et j'entends à sa voix tout ce qu'il pense. J'en ai la chair de poule. Je me sens impuissante, prise au piège. Je suis tentée de crier dans l'espoir qu'Élias soit toujours dehors, qu'il vienne à la rescousse.

Mais ensuite, je me rappelle qu'il m'a laissée retourner dans les ruines toute seule. Qu'il m'a préféré les Spiritistes. Et ça me tord l'estomac de penser aux Spiritistes.

Il faut que je fasse sortir Daniel de la maison. Il faut que je trouve un moyen de l'éloigner de moi.

Je sens son souffle brûlant dans mon cou. Son corps me plaque contre la vitre. Je détourne la tête en grimaçant, mais il me prend la main et presse les doigts dans ma paume.

– Viens là, Gabry.

Alors je fais la seule chose qui me vienne à l'esprit pour qu'il me laisse tranquille. Le cœur battant, je lance :

– J'ai vu les Spiritistes.

Il s'immobilise, cesse de m'écraser. Je me dégage en douceur et sors sur le balcon. Dehors, l'air est beaucoup plus frais, il n'est pas chargé de l'odeur de Daniel et de ma peur. Le Milicien ne tarde pas à me suivre. Les vibrations que produit sa jambe qui traîne sur la grille du sol se répercutent dans la rambarde métallique.

– Qu'est-ce que tu racontes ? demande-t-il, clairement méfiant.

La lumière continue à tourner. Elle nous tombe dessus, puis s'en va dans l'obscurité. Le vent siffle doucement en tournant dans le conduit d'aération, au-dessus de la salle des lampes.

– Là-bas, dans les ruines, je continue en désignant l'autre côté de la Barrière.

J'essaie de m'éloigner quand il s'approche, mais il me coince de nouveau contre la rambarde, le torse plaqué contre mon flanc, et avance sa joue tout contre mon cou pour voir l'endroit que j'indique.

– J'ai vu de la lumière là-bas tout à l'heure.

J'ai la voix qui tremble. Sa peau est moite de sueur.

– Et pendant la journée, je crois avoir vu du mouvement avec les jumelles – un groupe de gens habillés en blanc. Je viens de me dire que c'était peut-être les Spiritistes.

Tout en plissant les yeux, Daniel se serre encore plus contre moi. La rambarde s'enfonce dans ma hanche. Le seul moyen de m'éloigner de lui, c'est de me pencher dans le vide. Si je m'incline un peu plus ou si Daniel me pousse un peu plus fort dans le dos, je pourrais passer par-dessus la rambarde et tomber dans le noir. Je jette un coup d'œil à la plage, si loin en contrebas, en me demandant si Élias me voit. S'il se fait du souci pour moi ou s'il m'entend parler des Spiritistes à Daniel.

J'ai les muscles qui se contractent en attendant de savoir si le Miliciens me croit. S'il va me laisser tranquille. La seule chose que je sache sur lui, c'est qu'il a toujours été plus loyal envers la Milice qu'envers quoi que ce soit d'autre. Il ferait n'importe quoi pour se faire bien voir du Conseil.

Il reporte son attention sur moi. La transpiration de sa joue goutte sur mon épaule.

– Excellent travail, déclare-t-il. Si tu dis la vérité, du moins.

Il s'interrompt une seconde et m'envoie son souffle humide dans la figure. Ensuite, il se contente de sourire ; la lumière brille sur ses dents.

– Bonne nuit, Gabrielle, dit-il avant de retourner en boitant dans la salle des lampes et de redescendre l'escalier.

J'entends les bruits de chute et les frottements de sa patte folle. J'entends chaque pas qui descend l'escalier du phare jusqu'à ce que la porte se ferme, en bas, et que Daniel traverse la plage tant bien que mal dans l'autre sens en direction du sentier qui rejoint la ville par les bois.

Je m'affale sur le sol du balcon. Le vent frais me lèche la nuque. J'avale ma salive et je me tords les doigts en essayant de comprendre à quel jeu joue ce garçon et de déterminer ce que je dois faire maintenant. Tout va si vite ! Je voudrais rester ici sans bouger et prétendre que rien n'a changé. Mais je sais que ça ne servirait à rien. Tout a changé. Ma meilleure amie va se faire embarquer. Le Conseil va découvrir que ma mère est partie. Et Catcher va mourir.

La seule question qui subsiste est la suivante : que restera-t-il de moi, à la fin ?

◆

Quand il s'est écoulé assez de temps pour que je sois sûre que Daniel est parti, je descends et me glisse dehors, dans l'obscurité. La lune est en train de disparaître dans la Forêt, au-delà de la ville, et même s'il fait chaud, cette nuit, j'éprouve le besoin d'enrouler mes bras autour de moi. Je scrute la pénombre à la recherche d'Élias et j'essaie même de l'appeler deux ou trois fois, mais il est parti.

Toujours trempée, je me sens lourde quand je remonte dans la salle des lampes. J'y reste un moment, les yeux fixés sur l'extrait de sonnet que maman a gravé sur le mur. Je me demande où elle est. Si elle est en sécurité. Si elle pense à moi.

Complètement vidée de toute énergie, je sors sur le balcon et je regarde le rayon de lumière fendre la nuit, illuminant des parcelles du monde qui m'entoure. Je me remets à chercher, au loin, les petits points des lanternes des Spiritistes, mais ils sont bien cachés. Je me passe la main sur la figure, accablée de fatigue ; je commence à sentir que je suis épuisée après cette dure journée.

Je me demande ce que Daniel va faire de ce que je lui ai dit. S'il a informé ses collègues de la Milice et si, en ce moment précis, ils se préparent à franchir le portail pour foncer à la poursuite des Spiritistes. J'éprouve un léger pincement de culpabilité. J'aurais peut-être dû réfléchir un peu plus avant d'en parler. Mais ensuite, je revois le petit garçon couvert de sang, brisé. Je n'ai pas oublié ses gémissements.

Chassant cette image – je ne suis pas prête à y penser maintenant –, je renverse la tête en arrière, je ferme les yeux et je me concentre sur le vent marin qui me souffle dans la figure.

Je comprends enfin ce que voulait dire ma mère quand elle parlait d'oublier. C'est beaucoup plus facile de laisser la douleur s'estomper et disparaître. Si je pouvais oublier la journée d'aujourd'hui, je le ferais. Si je pouvais en effacer chaque instant, je le ferais avec joie, sans hésiter.

XVIII

Je rêve que je suis dans le bateau de ma mère. J'ai le dos calé dans l'arrondi de la proue et la voile pend mollement, frissonnant à peine dans la petite brise d'été. Autour de moi, il n'y a rien que des vagues qui s'éloignent perpétuellement, telles des rangées de soldats. Je ne vois pas la terre ferme. Je sais que je devrais être terrifiée, mais l'oscillation du bateau a quelque chose de confortable et de rassurant.

Un homme costaud est assis à l'arrière; il tient la barre d'une main légère. Je ne l'ai jamais vu, mais par je ne sais quel prodige, je sais que c'est Roger, celui qui s'occupait du phare avant que ma mère prenne le relais, celui qui l'a trouvée sur la plage quand elle s'est échappée de la Forêt. Le fait qu'il n'y ait pas de vent n'a pas l'air de le déranger. Parfaitement détendu, il tient mollement l'écoute humide de son autre main. Une pelle au bord rouillé est posée dans le fond du bateau, entre nous.

– Je vais te les transmettre à toi, dans ce cas, je pense, dit-il.

Je le regarde en clignant des yeux. Comment je peux savoir de quoi il a l'air, à quoi ressemble sa voix ?

– De quoi vous parlez ? je lui demande.

– De la lampe. La plage. C'est à toi, maintenant. Si tu en veux.

Ma poitrine se serre à l'idée d'une telle responsabilité. Je secoue la tête.

– Elles sont à ma mère.

Il a un petit sourire nostalgique et, après tant d'années à regarder le soleil en plissant les paupières, il a des rides autour des yeux.

– Nan, ça n'a jamais été à elle. Elle voulait ça.

Il balaie l'océan d'un geste.

– Elle n'était juste pas prête à abandonner le reste. Pas disposée à cesser d'attendre.

Je secoue la tête tout en essayant de comprendre ce qu'il veut dire.

– D'attendre quoi ?

Il me regarde comme s'il pensait que je vais répondre moi-même à cette question. Comme si j'étais censée savoir ce qu'il veut dire.

– D'attendre tout le monde, dit-il enfin. Tous ceux-là.

Il indique les vagues d'un mouvement du menton.

Je regarde dans l'eau et c'est là que je les vois danser sous la surface. Les gens. Ils s'étirent et glissent et virevoltent, comme Mellie avant d'être infectée. Je me redresse dans le bateau, mais ça ne suffit pas ; je ne peux pas m'éloigner.

Leurs mains ballottent sous l'eau. J'ouvre la bouche pour hurler, mais c'est un rire qui en sort. J'essaie de crier plus fort, mais je continue à rire et à rire de plus belle. Roger renverse la tête en arrière et rit avec moi. J'ai envie de l'empoigner, de le supplier de m'aider, mais on continue à rire et rien d'autre.

Les corps qui sont dans l'eau remontent. Des bulles s'échappent de leur bouche. Quand ils arrivent à la surface, ce n'est pas des gémissements que j'entends, mais des chuchotements. Ensuite, leurs mains viennent me toucher dans le bateau et m'entraînent dans l'eau. J'attends les coups de dents.

Ils font glisser leurs lèvres sur ma peau en chuchotant, chuchotant, chuchotant. Ils me disent leur nom, ils me racontent leur vie, ils me parlent de leur douleur. Roger se met debout dans le bateau et me regarde. Son visage, qui se découpe devant le ciel bleu, est dans l'ombre. Je ne peux pas me débattre, j'ai toujours ce fou rire irrépressible, je ne peux pas me défendre contre ces gens qui ne sont plus des gens.

Je me réveille, le souffle coupé, pour découvrir que je suis toujours sur le balcon et qu'il pleut à torrents. Je me traîne dans la salle des lampes. En repensant aux doigts qui m'agrippaient dans mon rêve, je me passe les mains sur le corps pour effacer cette sensation.

Telle une étincelle dans cette matinée grise et lourde, un éclair barre l'horizon. Je jette un coup d'œil à la plage, en bas, où les vagues commencent déjà à bouillonner. En cas d'orage, en général, des Mudos remontent du fond de l'océan ; trop de Mudos pour que je puisse m'en occuper toute seule.

Je veux juste que tout disparaisse. Je suis trop fatiguée. Je ne veux plus m'occuper de tout ça. Le tonnerre fait vibrer le sol sous mes pieds. Je pousse un profond soupir. En écartant des mèches de cheveux dégoulinants de mon visage, je descends au rez-de-chaussée sans prendre la peine de mettre des vêtements secs avant de m'envelopper dans un poncho ciré et de me rendre en ville pour demander à la Milice de m'aider à déblayer la plage.

Sur la place principale, les décorations pendent mollement sous la pluie ; les lanternes gouttent et de l'eau s'amasse sous les banderoles en tissu éclatant. L'estrade est recouverte de draperies aux couleurs du Protectorat. La visite des Patrouilleurs est toujours l'occasion d'une fête pour ceux qui ne partent pas avec eux. Vista y trouve une chance de briller, de prouver qu'elle mérite toujours sa place au sein du Protectorat. Mais aujourd'hui, tout est boueux et détrempé.

Je contourne les gens qui s'activent et j'enfonce ma capuche sur ma tête, évitant les regards, pour aller jusqu'au poste de garde près du portail. Daniel me voit avant que j'arrive et vient à ma rencontre de son pas claudiquant. Sa bouche s'étire lentement dans un sourire. Dans la grisaille humide, c'est facile d'oublier son expression sinistre quand il s'est penché sur moi dans l'obscurité, hier soir, avec le couteau d'Élias qui luisait entre nous.

– Comment va ta mère, Gabrielle ? demande-t-il.

J'essaie de sourire aussi, mais je sais que mon sourire ne gagne pas mes yeux.

– Mieux. Mais avec la tempête qui s'annonce, je pense qu'on va avoir besoin de l'aide de la Milice sur la plage.

Il hoche la tête et je repense à mon rêve, aux chuchotements de la foule de morts. Nerveuse, je me tapote la cuisse. Maintenant, je me dis que je n'aurais peut-être pas dû lui parler des Spiritistes. Que j'aurais dû attendre, donner à Élias une chance de s'expliquer.

– Écoute…

Je dois m'éclaircir la gorge avant de pouvoir continuer.

– Au sujet des Spiritistes et de ce que j'ai dit hier soir…

Il m'interrompt, les yeux brillants :

– Tu avais raison. À propos de ce que tu as vu du phare. C'était bien les Spiritistes.

Il en trépigne presque d'excitation.

– Ah !

Voilà tout ce que j'arrive à dire. Il attend une manifestation d'enthousiasme, mais je ne trouve pas le courage. Il plisse les yeux et s'approche tellement de moi que seules quelques gouttes de pluie arrivent à s'immiscer dans l'espace qui subsiste entre nous.

– Le Protectorat apprécie la loyauté, reprend Daniel d'un ton un peu plus sec.

Il est trop près. Par habitude, je porte la main vers ma hanche dans une posture défensive.

Il baisse les yeux et voit mes doigts posés sur le manche de mon arme. Je sais qu'il reconnaît le couteau de Spiritiste d'hier soir. Il incline la tête sur le côté.

– Et pour être honnête, le Président a toujours eu des doutes sur la loyauté de ta mère, étant donné qu'elle vient de l'extérieur. Qu'elle prétend venir de la Forêt, rien de moins.

Sa main se referme sur la mienne – celle qui tient le couteau. J'essaie de me dégager, mais il resserre son emprise. Je me demande si les autres Miliciens nous observent, s'ils ont la moindre idée de ce que Daniel est en train de dire. Je me demande ce qui se passerait si je les appelais, si je criais à l'aide. Mais je ne peux pas écarter le risque qu'ils m'ignorent, qu'ils m'abandonnent aux fantaisies de Daniel.

– Le Président, pas plus que moi, n'a aucune raison de douter de ta loyauté à toi, n'est-ce pas ?

Il plisse les yeux. Je soutiens son regard. Je ne le connaissais pas très bien quand on était petits. Il est plus âgé que moi et il était ami avec des garçons qui sont tous partis chez les Patrouilleurs ces dernières années. Je me suis toujours demandé si ça l'avait rendu amer et furieux contre le Protectorat de devoir rester à cause de sa jambe. Je n'arrive pas à savoir s'il me met en garde parce qu'il est d'une loyauté absolue envers le Protectorat ou parce qu'il tient à moi.

Est-ce que je peux lui dire la vérité ? J'ai tellement envie de pouvoir faire confiance à quelqu'un et de l'entendre me dire que tout va bien se passer. Peut-être que je me méfie trop de lui. Mais ses doigts m'écrasent le poignet et dans son expression, rien ne trahit ses émotions.

À cet instant, le chef des Miliciens, Wesson, qui est sur une plateforme avec vue sur la Barrière, crie quelque chose. Daniel s'écarte en douceur ; la tension entre nous a éclaté comme une bulle de savon.

Des Miliciens s'attroupent autour du portail, qui s'ouvre en grinçant, et Daniel se place devant moi, tel un écran entre le monde du dehors et moi.

– Qu'est-ce qui se passe ? je demande, mais il ne fait plus attention à moi.

– Reste en retrait au cas où, dit-il en me posant une main sur le ventre pour me pousser plus loin derrière lui.

D'autres Miliciens viennent grossir la foule et leur agitation est palpable. Arme au poing, ils se tiennent en appui sur l'avant du pied.

Quand le portail est suffisamment ouvert, je vois la vieille route par-dessus l'épaule de Daniel et je les reconnais aussitôt : ce sont les Spiritistes. Ils sont sous la garde d'un groupe de Miliciens de Vista qui sont trempés dans leurs chemises noires et brandissent des faux et des haches dont les lames luisent sous la pluie.

Les Spiritistes marchent d'un pas lent et résolu. Ils portent tous une tunique blanche. Le bas de leurs pantalons et de leurs jupes est couvert de boue rougeâtre, et la plupart d'entre eux sont si minces qu'ils semblent presque émaciés, avec leurs pommettes osseuses et leurs yeux enfoncés. Malgré la faible lumière, on voit bien qu'ils ont l'air frêles et exténués.

Ils n'ont plus du tout la même allure qu'hier soir, quand ils paraissaient si menaçants dans les ombres de la lune. Maintenant, ils semblent défaits et inoffensifs. Si ce n'est qu'ils tirent derrière eux des Mudos attachés à des laisses rigides.

J'avale ma salive pour apaiser la tension qui fait trembler mes bras tandis que je parcours du regard les visages des Spiritistes, en me demandant si Élias est parmi eux. Je me sens idiote. Je sais que je devrais souhaiter qu'il se soit fait capturer, que je devrais vouloir qu'il paye pour son appartenance à cette secte qui est capable de faire ce que j'ai vu hier soir. Mais je ne peux pas oublier sa douceur avec moi, ni le fait qu'il m'a sauvée sur la plage.

Une nouvelle cohorte de Miliciens franchit le portail et vient se poster autour du groupe, ajoutant des cris et de la confusion au concert de gémissements.

Daniel crache dans la boue. Il me barre toujours le passage d'un bras pesant contre ma poitrine.

Ils sont trop loin pour que je voie si Élias est là. J'ai du mal à dissimuler mon irritation.

– Qu'est-ce qui va leur arriver ? je demande.

Daniel secoue la tête.

– Ils vont être placés en quarantaine. Même si le Protectorat autorise les Spiritistes à aller de ville en ville pour prêcher leurs sales mensonges où ils veulent, on garde le droit de mettre en quarantaine quiconque demande à entrer dans Vista, nous.

Pendant que les Spiritistes se rapprochent, les Miliciens continuent à débouler par vagues, avec leurs armes brandies. Le ciel est saturé d'éclairs et de coups de tonnerre. Je scrute d'abord les Spiritistes, puis les Miliciens. La tension est à son comble.

L'un des Spiritistes s'avance. C'est un homme d'un certain âge, légèrement voûté, aux sourcils grisonnants. Une laisse rigide fixée à son poignet le relie à un Mudo sans mâchoire et sans dents.

– Le Troisième Ordre des Spiritistes demande l'accès à votre ville, pour pouvoir diffuser la parole de Dieu et la vérité de son salut par la résurrection.

Il ouvre grand les bras en parlant, sa tunique plaquée contre sa peau. Le mouvement secoue la laisse et le Mudo qu'il tient titube légèrement, puis tend les bras vers un Milicien.

Devant moi, Daniel se crispe et je fais la grimace : tout va très vite. Le Milicien brandit sa hache. Une jeune Spiritiste bondit pour l'arrêter. Le Mudo gémit, bras tendus, pendant que son visage sans mâchoire dégouline sous la pluie.

Et la lame se fiche dans la poitrine de la Spiritiste.

Le sang gicle, une tache rouge imbibe sa tunique. À cet instant, tout s'arrête. La femme chancelle. Elle aussi, elle avait une laisse à la main – une chaîne attachée à un Mudo qui est à côté d'elle. Ses doigts s'ouvrent, inertes, et la chaîne lui échappe.

Je la reconnais : c'est la femme d'hier soir, celle qui a tenu le petit garçon dans ses bras pendant qu'il subissait sa mutation. C'est celle que j'ai eu envie d'écharper en voyant ce qu'elle laissait infliger à cet enfant. Mais maintenant que je la vois plantée là avec tout ce sang et ce regard incrédule, tout change.

Elle paraît tellement différente, à présent. Fragile alors qu'elle était forte, ronde alors qu'elle était anguleuse. Elle fait plus âgée, plus voûtée, comme si tout ça avait fini par peser trop lourd. Elle s'effondre.

L'odeur de son sang se propage et sature l'espace qui l'entoure. Je devine à quel instant elle parvient aux Mudos. C'est comme une éruption ; leurs gémissements deviennent suraigus, fébriles. Ils s'avancent tous vers elle de leur démarche titubante et les Spiritistes essaient de donner des coups secs sur leurs chaînes pour les tenir à distance. Les Mudos tirent sur leur collier comme s'ils pouvaient fendre l'air, se traîner jusqu'à la femme.

Côté Miliciens, c'est une explosion de cris et de hurlements. Ils attaquent les Mudos, pendant que les Spiritistes implorent leur pitié, craignant qu'un des leurs reçoive encore un coup. La pluie redouble d'intensité et les gens glissent dans la boue.

Le Mudo que la Spiritiste blessée tenait en laisse est le garçon qui s'est sacrifié. Il n'a plus de dents ni de mâchoire inférieure. Et maintenant qu'il est libre, maintenant que la chaîne est par terre, il marche vers elle.

S'il avait des dents, il la dévorerait. Mais il ne peut que se presser contre elle, affamé pour l'éternité.

Le Milicien à la hache frappe de nouveau. Sa lame dégoulinante de sang se fiche dans le cou du jeune Mudo, qui s'écroule sur la femme. Elle l'agrippe en hurlant. Cette vision est à la fois si semblable à celle d'hier soir… et si atrocement différente.

De la bile me monte à la gorge quand je vois la femme avancer les mains vers le visage du jeune Mudo. Désespérée, elle enfonce les doigts dans ce qui a été sa bouche, comme si elle cherchait à s'infecter elle-même par n'importe quel moyen avant de succomber à sa blessure. Je recule. J'ai envie de partir en courant, de m'enfuir le plus loin possible de tout ce qui est en train de se passer ici. De tous ces cris et ces hurlements, ces gémissements et ce sang.

La Milice décapite les Mudos à tour de bras malgré les supplications des Spiritistes, qu'elle fait reculer et force à se mettre à genoux par terre. La situation a dégénéré. Tout va de travers.

– Nous sommes des membres du Protectorat ! hurle un des Spiritistes d'une voix tremblante. Vous avez l'obligation de nous offrir votre protection ! Nous n'avons rien fait de mal ! Nous sommes venus en paix ; nous sommes venus pour Dieu !

Personne ne l'écoute. Je devrais vouloir que les Spiritistes paient pour ce qu'ils ont fait hier soir, mais en les voyant comme ça, en train de sangloter dans la boue, je ne sais plus quoi penser, quoi ressentir. La femme qui a reçu un coup de hache retombe lentement et termine étendue sur le dos, les yeux tournés vers le ciel, avec du sang partout. Le jeune Mudo mort gît en travers de ses cuisses. On lui a tranché les cervicales.

Dans le tumulte, je cherche Élias du regard, terrifiée à l'idée qu'il soit en danger, même si j'ai du mal à accepter ce sentiment. Je ne le vois pas. Les Spiritistes se ressemblent tous, maintenant qu'ils sont couverts de boue et sang, sous la pluie qui goutte de leurs visages comme des larmes.

– Je ne comprends pas, dis-je à personne en particulier.

Daniel s'écarte enfin de moi et rejoint le reste des Miliciens occupés à exterminer les Mudos. Je sais que ça vaut mieux ; je sais que les Mudos sont des monstres et qu'il faut les tuer. Mais il y a quelque chose qui me paraît anormal. Cette allégresse et cette sauvagerie dans les yeux des Miliciens...

C'est ma faute, tout ça. C'est à cause de moi que c'est arrivé. J'ai parlé des Spiritistes à la Milice. Ne supportant plus ce spectacle, je me sauve à toutes jambes pour retourner au phare, laissant ce massacre derrière moi.

XIX

Quand j'arrive au phare, la pluie venue de l'océan tombe à verse, et les vagues déchaînées qui déferlent sur le rivage amènent de plus en plus de Mudos sur la plage. Les Miliciens ne mettent pas longtemps à venir, et je sens l'énergie qui émane d'eux après leur dernière bataille. J'essaie d'éviter de leur parler, mais certains me demandent où est ma mère et je suis obligée de leur dire qu'elle est malade et qu'elle est au lit.

Ils semblent tous me croire sur parole, sauf Daniel, qui se contente de me fixer avec un sourire en coin et les yeux plissés. Au cours de la journée, tandis que les patrouilles quittent la plage à tour de rôle pour venir se sécher à l'intérieur, Daniel est à chaque fois celui qui s'attarde le plus longtemps. Mais heureusement, on n'est jamais seuls tous les deux.

À l'approche de la troisième nuit depuis que Catcher est infecté, je refuse d'envisager qu'il ait pu subir sa mutation. Je n'arrête pas de penser à lui. Je devrais être auprès de lui. Je lui ai promis d'être là ; je vais le décevoir une fois de plus. La peur et l'inquiétude me déchirent comme les éclairs qui cisaillent le ciel. Il faut que je m'éloigne de la Milice et des regards intrusifs de Daniel.

Je m'éclipse un moment, sous prétexte de devoir vérifier la lampe. Je monte tout en haut du phare et je me penche sur la rambarde pour observer les ruines.

Je me retrouve aussitôt trempée ; le vent et la pluie secouent mes cheveux et me collent des mèches sur la figure. Naturellement, je ne vois rien : dans la nuit qui s'installe, il n'y a que du noir et de l'eau. Quelque part, là-bas, Catcher est en train de mourir. Tout seul.

À moins qu'Élias soit dans les parages, à attendre. Avec l'intention de faire de lui un de leurs Mudos sans mâchoire.

L'angoisse me prend à la gorge, et je culpabilise tellement que j'en ai la nausée. Mon cœur se serre. Je devrais être avec lui – je lui ai promis de revenir. Je me demande s'il sait que c'est la tempête qui m'empêche de le rejoindre ou s'il pense que je l'ai abandonné. J'ai envie de redescendre en courant et de me précipiter à la Barrière. Les Miliciens qui sont ici peuvent toujours essayer de me suivre. De m'arrêter. Ça m'est égal.

Mais je ne le fais pas. Je ne peux pas m'empêcher de penser au commentaire d'Élias, l'autre soir, quand il a dit que si Catcher tenait vraiment à moi, il m'aurait interdit de prendre le risque de le revoir. Je donne des coups de pied dans la rambarde et la douleur irradie dans mon orteil ; j'en veux tellement à Élias de me faire douter des sentiments de Catcher !

Je me prends le visage dans les mains. La tempête est un peu un soulagement, même si je répugne à l'admettre : je suis contente d'avoir une excuse pour ne pas retourner dans les ruines. Heureuse de ne pas avoir à rassembler ce courage, à affronter ces peurs-là cette nuit.

Je me rappelle que certaines personnes infectées tiennent plus longtemps que d'autres. C'est la fin de son troisième jour et la morsure était petite – Catcher a certainement un quatrième jour devant lui. Il le faut. J'ai besoin d'y croire pour ne pas m'écrouler ici et me laisser emporter par la pluie.

Pendant que la tempête fait rage dans la nuit, je passe mon temps à faire bouillir de l'eau sur le poêle pour les Miliciens ; je leur sers du thé bien chaud, je leur fais du pain frais et j'essaie d'ignorer que l'homme que j'aurais pu aimer est dehors, à l'agonie.

Les Miliciens rigolent. Ils se donnent des tapes dans les mains et parlent des Mudos qu'ils ont tués. Parfois, ils chuchotent des grossièretés que je suis peut-être censée entendre, et Daniel est le pire de tous. Pour eux, c'est comme des vacances : ils ont rarement l'occasion de se débarrasser d'autant de morts-vivants. Seules les pires tempêtes font remonter tant de Mudos qui sont ensuite rejetés sur le rivage.

Pendant que le vent hurle, dehors, j'essaie de sourire. J'essaie de faire semblant d'être comme eux, de croire à ce qu'ils font. De considérer les Mudos comme des monstres et rien de plus. Mais ce qui arrive à Catcher a ébranlé toutes mes convictions. Je ne peux pas le voir comme ça ; je refuse d'accepter l'idée qu'il puisse être comme les autres Mudos et qu'il n'aura pas le moindre souvenir de moi dans un petit coin de sa tête.

◆

Le lendemain, la tempête ne retombe pas. Au contraire, elle se déchaîne encore plus. Les Miliciens commencent même à avoir l'air un peu hagard. Je fais semblant de préparer des plateaux-repas pour ma mère et, quand on me propose de l'aide ou qu'on m'interroge poliment sur sa santé, je me dérobe.

Je porte les plateaux dans sa chambre, en haut de l'escalier en colimaçon, je m'assieds sur le bord de son lit et je regarde l'océan agité par la tempête, dehors, en mangeant le repas que j'ai préparé pour elle.

Il n'y a aucune chance que Catcher survive une nuit de plus. Je le sais, c'est aussi impossible qu'un monde sans Mudos. Je suis démoralisée quand je pense à lui. Plus que démoralisée.

Catcher va mourir tout seul. Dans une pièce vide au milieu d'une ville déserte. C'est le premier et le dernier garçon que j'ai pensé pouvoir aimer, le premier à avoir vu chez moi quelque chose qu'il a trouvé digne d'attention. Et je ne suis pas sûre de pouvoir retrouver quelqu'un comme lui un jour – quelqu'un que je connais depuis si longtemps que la confiance est immédiate, naturelle.

On frappe un coup à la porte et je lâche le thé que j'avais entre les mains. Le liquide bouillant m'éclabousse la jambe et la tasse tombe par terre.

Je vois déjà la poignée tourner, et je sens que l'intrus a mon nom sur le bout des lèvres. D'un bond, je vais me plaquer contre la porte, puis je me glisse dans l'entrebâillement et je la referme derrière moi. J'essaie de ne pas montrer que ma jambe ébouillantée me fait mal. Ma lèvre supérieure transpire déjà, tellement c'est éprouvant pour moi d'avoir l'air dégagé et détendu.

C'est Daniel. Je me force à afficher un sourire qui ressemble sans doute davantage à une grimace. Il ne recule pas pour me laisser passer, alors je suis écrasée contre la porte. Je ne peux pas l'ouvrir pour avoir plus d'espace, sinon il verra que le lit de ma mère est vide et comprendra qu'elle n'est pas là.

– Comment va ta mère ? demande-t-il en faisant mine d'être juste poli.

– Elle se repose.

Je l'exhorte mentalement à croire à mon mensonge.

Ça me déstabilise d'être seule avec lui, et puis je n'arrive pas à comprendre pourquoi il tient tellement à savoir où est ma mère.

– Elle a souffert de tout ce vacarme, j'ajoute.

Daniel regarde par-dessus mon épaule comme s'il espérait voir à travers le bois, et hoche la tête.

– J'en suis sûr.

Il n'a pas l'air convaincu.

Il ne bouge pas et je n'ose pas le laisser tout seul ici. Je vois bien qu'il est soupçonneux.

– Les autres..., je marmonne en essayant de paraître calme et de cacher que j'ai peur de lui. Ils vont se demander où on est. Il ne doit plus y avoir beaucoup de café, je devrais aller en refaire.

À ces mots, Daniel me sourit avec l'air de céder à un de mes caprices.

– D'accord, Gabrielle.

Il reste encore un moment, et l'atmosphère est écrasante.

Je sens une odeur de plage, une odeur de Mudos sur lui. Elle me déchire la gorge, me retourne l'estomac et me donne la nausée. J'ai envie de le repousser brutalement, de lui dire de me laisser tranquille. Mais je ne fais que mettre les poings sur les hanches.

Enfin, il se retourne et redescend lentement l'escalier, en me laissant haletante sur le palier. Je respire comme si c'était la première fois. J'ai les mains qui tremblent et les doigts engourdis.

◆

Bien que le ciel se dégage, ce soir-là, les grosses vagues continuent à rejeter des Mudos sur le rivage. Leurs corps boursouflés forment des tas sur le sable. Alors les Miliciens continuent à se relayer sur la plage, à un rythme moins frénétique mais toujours soutenu.

Le phare paraît trop exigu et suffocant avec tous ces hommes qui campent ici. Avec Daniel et ses regards en biais, qui veille au grain. Je sors pour les fuir, mais il y en a plein dehors aussi. Ils marchent le long du rivage avec leurs haches et leurs faucilles brandies, prêts à frapper le prochain cadavre. À la tombée du jour, ils ramassent du bois et tentent d'allumer des feux qui peinent à s'embraser, puis crépitent et craquent, projetant de faibles halos sur le sable.

Je trouve refuge à l'étage, où je m'échappe pour m'occuper de la lampe. Je l'allume et remonte le mécanisme, mais je ne la mets pas en route tout de suite. Je regarde la lumière en me demandant si Catcher est encore vivant pour la voir. Si ma mère va la chercher à l'horizon. Y a-t-il encore quelqu'un qui se soucie de moi et de cette lumière ?

Je lâche le copeau de bois dont je me suis servie pour allumer la lampe. Sa petite flamme volette dans les airs et devient une braise rouge en tombant. Je m'aperçois tout d'un coup que j'ai hérité de la vie de ma mère. Et j'imagine que mon existence tout entière va se dérouler de la même façon, gouvernée par les carillons annonçant les marées hautes, mesurée par les tours de la lampe.

Je vois tout défiler en un éclair : les vagues se dressent et déferlent, le soleil cède la place à la lune soir après soir, en peignant l'horizon d'un orange flamboyant. La Forêt vient s'enchevêtrer autour des clôtures, qui sont trop vieilles et trop interminables pour être entretenues. Les ruines s'effondrent, il ne reste plus que des gravats, le grand huit finit par céder à la gravité pendant que Vista vivote et s'accroche tant bien que mal jusqu'au jour où les rouages du phare s'immobilisent en grinçant, parce qu'il ne reste plus de matériel d'avant le Retour pour les réparer. Le Protectorat abandonne cette ville inutile qui finit par disparaître dans l'oubli.

Et pendant ce temps, à chaque marée, je suis là : seule sur le balcon, j'attends. Que ma mère revienne, qu'il y ait un espoir pour Catcher et Cira. Chaque soir, au crépuscule, j'allume la lampe qui ne guide personne. À chaque marée haute, je décapite ces êtres qui ont été des gens – des gens comme Catcher et Mellie. Je suis à l'abri, et je suis seule. Et vieille.

Et personne ne m'attend, personne ne me connaît. Je n'ai personne avec qui partager ma vie et ce qui m'arrive. Il n'y a que moi et l'océan, les marées et le phare, et les vagues qui se replient perpétuellement vers le rivage, comme si le temps s'était arrêté. Contrairement à Roger, je n'ai pas de Mary qui va échouer sur la plage. Contrairement à ma mère, je n'ai pas d'enfant à sauver dans la Forêt.

Maintenant, je comprends ce qui avait poussé ma mère à y retourner, au moment où elle m'a trouvée. Et ce qui l'a décidée à me garder, pour conjurer cet horizon éternellement vide. Ce qui lui a donné envie d'oublier et a fini par la pousser à se rappeler.

Je m'aperçois tout d'un coup que j'en sais bien peu sur ce que ma mère a vécu avant de m'avoir. Je sais qu'elle vient de la Forêt. Je sais qu'elle a quitté son village et fait tout ce qu'elle a pu pour parvenir jusqu'à l'océan. Je sais qu'elle est forte, bien plus que je ne pourrai jamais espérer l'être. Qu'elle s'est construit cette vie pour m'élever dans un sentiment de sécurité qu'elle n'a jamais connu dans sa jeunesse.

Je sais que ma mère a aimé quelqu'un, mais je ne sais pas comment ça s'est passé, à part qu'elle a voulu l'oublier. Je sais qu'elle a quitté Vista, pendant une période – qu'elle est allée à Villenoire et même plus loin – et que quelque chose l'a fait revenir ici. Mais qu'en est-il de ses rêves ? Qu'est-ce que j'en ai jamais su ?

J'ai l'impression que mon sang a fait demi-tour et circule à l'envers dans mon corps, tellement l'absence de ma mère me pèse en cet instant. Je voudrais me traîner jusqu'à elle pour qu'elle me dise que tout va bien se passer. Que je serai toujours en sécurité.

Je voudrais qu'elle me dise que même si la Terre peut changer de trajectoire en une semaine, elle tournera toujours.

Je tâte les rouages de la lampe et je sens les dents de métal graisseuses glisser sous mes doigts. Je repense à toutes les fois où ma mère a posé les mains là en regardant le monde, dehors.

Je comprends maintenant que j'ai une décision à prendre, moi aussi : je peux accepter ce que je vois. Je peux faire tourner la lampe ce soir et tous les autres soirs qui suivront, bien à l'abri derrière les barrières que j'ai érigées autour de moi.

Ou bien je peux tout risquer : foncer retrouver Catcher et profiter au mieux de ses derniers instants. M'ouvrir à l'éventualité de l'échec et de la souffrance.

Je regarde la pluie qui mitraille les fenêtres de la salle des lampes en songeant que ma vie serait bien différente si je n'avais pas franchi la Barrière cette nuit-là. Si, quand j'étais assise au sommet du mur avec Catcher, je l'avais forcé à faire marche arrière.

Je regrette de ne pas être plus forte. Je regrette de ne pas être ma mère. Mais c'est comme ça. Je mets la lampe en route. Sa lumière dure m'aveugle à chaque passage et mon cœur bat au rythme de ses tours.

◆

Les Miliciens s'en vont tôt le lendemain matin. La plage est lisse et dégagée, impeccable. Les vagues évoquent des rides dans un bol d'eau. Le chaos des deux derniers jours est difficile à imaginer.

C'est toujours ça le plus bizarre, après une tempête : on a l'impression que les Mudos n'ont jamais existé, alors que l'instant d'avant, la plage était sombre et fouettée par les vents, et que l'océan rejetait constamment des Mudos sur le rivage. On a l'impression qu'on a remonté le temps et qu'on est revenus à l'époque d'avant le Retour.

Je vais au bord de l'eau, où les vaguelettes me lèchent les orteils. J'envisage de m'y enfoncer, de mettre un pied devant l'autre jusqu'à ce que le courant m'emporte. Je vois du mouvement à la surface, à l'endroit où les rouleaux se brisent, et je sais que le calme est un mirage, qu'il y a toujours des Mudos qui tourbillonnent dans les profondeurs.

Plus encore qu'une longue existence de recluse, l'énormité de ma décision d'hier soir m'effraie. Mais je veux quelque chose à emporter dans ce voyage solitaire, telle une bouée de sauvetage : un dernier baiser de Catcher. Un dernier câlin de Cira. Quelque chose qui me rappelle qu'il est possible de m'aimer, et que je suis capable d'aimer aussi à condition de prendre le risque.

C'est là que je me mets à courir. Je quitte le rivage, je franchis la clôture et je monte dans les dunes, puis je m'élance sur le sentier qui traverse le bois. Sous la voûte des arbres, l'air est humide et lourd. Une fois dans Vista, je passe par la lisière de la ville pour gagner discrètement l'endroit où Cira est enfermée, sans rien voir de ce qui m'entoure.

Mais les flots de gens qui sortent de chez eux et se dirigent en masse vers la Barrière m'empêchent d'avancer. La foule grossit autour de moi et le courant devient trop fort pour que je puisse résister : je suis emportée avec elle vers le portail principal.

Les Miliciens, dont certains ont travaillé toute la nuit sur la plage, sont postés le long de la Barrière, droits et fiers dans leurs uniformes noirs. En les voyant au garde-à-vous avec cet air sérieux, rigide et impassible, j'ai du mal à me rappeler comment ils étaient ces derniers jours, quand ils échangeaient des blagues paillardes à grand renfort de rires gras et, tout dégoulinants de pluie, racontaient des anecdotes sur les Mudos qu'ils avaient tués. Je dégage de ma natte quelques mèches que je laisse tomber sur mon visage pour m'abriter de leurs regards. Pour qu'ils ne puissent pas m'atteindre.

Tout le monde est là ; toute la ville s'agite et marmonne. Et quand la cloche sonne trois coups, tout le monde fait silence. Le portail s'ouvre en grinçant, et la foule pousse un cri de joie. Je m'avance lentement ; j'ai l'impression que personne ne me voit. Que je ne suis rien pour eux. J'entends des coups de tambour et le son braillard d'une corne.

Je connais bien cet air. Il me fait l'effet d'un coup de poing dans l'estomac. C'est la marche du Protectorat, qu'on a apprise tout petits et qu'on chante tous les matins avant la classe. Mes lèvres remuent toutes seules, égrenant machinalement les paroles. Et malgré moi, je me mets à chanter en chœur avec les autres tandis que les Patrouilleurs entrent au pas dans la ville.

XX

Pendant que tout le monde fête l'arrivée des Patrouilleurs, je m'éloigne discrètement de la foule et je me glisse au sous-sol de l'Hôtel de Ville pour rendre visite à Cira avant qu'on l'embarque. Elle est assise sur un banc poussé dans un coin, les genoux remontés contre la poitrine et la joue posée dessus. Elle est maigre et fatiguée, et je vois tout de suite qu'elle a renoncé. En la voyant si frêle, si effrayée, j'ai du mal à reconnaître la fille qui est entrée dans la rivière. Qui était prête à tout. Qui était si courageuse et si hardie en toutes circonstances.

J'ai envie de l'attraper par les mains, de la traîner jusqu'à la rivière et de la jeter dedans. J'ai envie qu'elle se rappelle qu'elle est forte. J'ai envie de lui demander comment je suis censée croire aux superhéros si elle n'y croit pas elle-même.

Je serre sous ma chemise la figurine qu'elle m'a donnée. Mon vœu le plus cher, c'est qu'elle me promette de rester en vie et de se battre.

Quand elle me voit enfin, son regard s'illumine. Elle s'approche de moi et enroule ses mains autour des barreaux, alors je pose les miennes dessus.

– Catcher ? chuchote-t-elle.

Je baisse les yeux. Si seulement je pouvais éviter cette conversation... Je ne veux pas ajouter à son chagrin. Je ne sais pas comment lui dire que j'ai échoué, que je n'ai pas su les aider, ni lui ni elle.

Je secoue la tête et je vois que pour elle, tout s'écroule. Je lui serre le poignet, mais ce geste est inutile. Ce n'est plus la même. Elle a un regard éteint.

– Cira ! je siffle entre mes dents. Cira, regarde-moi !

Je veux désespérément trouver un moyen de l'aider, de lui donner une chose à laquelle se raccrocher.

Elle m'entend à peine. On dirait qu'elle est sous l'eau, que les Mudos l'entraînent vers le fond ; et elle ne se débat même pas.

– Tu ne peux pas baisser les bras, dis-je.

Je repense à tout ce qu'on a vécu ensemble. C'était toujours elle la plus forte. Le modèle pour l'autre – pour moi. Je me sens nulle de ne pas savoir comment faire revenir cette force chez elle.

Quand elle me répond, elle remue à peine les lèvres, comme si elle n'avait même pas le courage de faire cet effort-là.

– Pourquoi pas ? Pourquoi me fatiguer ?

J'ouvre la bouche pour répliquer, mais je vois une petite étincelle s'allumer dans son regard, un reflet de ce qu'elle peut être.

– Sérieusement, Gabry. Dis-moi ce qui vaut la peine. Dis-moi pourquoi on s'accroche à notre petite vie. Pourquoi ? Dis-moi. C'est quoi, la différence entre les Mudos et nous ?

– Les Patrouilleurs, c'est pas une condamnation à mort,

dis-je, faisant écho à la conversation que j'ai eue avec Élias il y a seulement quelques jours.

– Il tenait vraiment à toi, tu sais ? reprend Cira.

Pendant une seconde, je suis perdue : j'ai encore Élias en tête. Quand je comprends, un coup de chaud me met le feu à la gorge.

– Il parlait de toi tout le temps. Depuis la première fois qu'on t'a vue, ce fameux jour au phare.

Cira s'interrompt un instant avant d'ajouter :

– On aurait été sœurs.

Ça me déchire le cœur de penser à ce qui aurait pu se passer entre Catcher et moi.

– J'aimerais bien pouvoir tout effacer, lui dis-je. J'aimerais bien pouvoir revenir à l'autre soir et nous empêcher d'escalader la Barrière.

Elle hausse les épaules.

– Moi aussi, je pensais ça, avant. Quand ils nous ont arrêtés, au début, je pensais ça. Mais maintenant, je ne sais plus.

Elle jette un coup d'œil aux autres, qui se pressent contre les barreaux autour d'elle. Aux familles déchirées.

– Quelquefois, je me dis que c'était tout simplement inévitable.

Mille protestations me viennent à la bouche, mais elle me fait taire d'un doigt sur les lèvres.

– Je suis désolée, je chuchote.

Elle sourit.

– Tu sais, j'aime bien t'imaginer là-haut, au phare. J'aime bien penser qu'il sera visible de l'endroit où ils nous envoient, où que ce soit. Que je verrai cette tache de lumière à l'horizon et que je penserai à toi et à Catcher. Peut-être que ça vaudra la peine de faire cette guerre stupide, du coup.

Je rougis.

– C'est pas juste que je sois en liberté.

Mon cœur bat à tout rompre, mais je sais qu'il faut que je le dise.

– Je devrais être enfermée avec vous ; je devrais partir aussi…

Cira me coupe la parole :

– Il faut que quelqu'un reste.

Je retire la figurine de superhéros de mon cou et je la lui tends.

– Je t'en supplie, ne baisse pas les bras.

Elle regarde la figurine.

– Les héros, ça n'existe pas, dit-elle en repoussant le collier vers moi. Ça n'existe plus.

La colère me reprend. Elle me donne des picotements dans la colonne vertébrale.

– Pourquoi tu n'es pas rentrée avec moi, l'autre soir ? Je t'ai appelée. On aurait pu s'enfuir toutes les deux. Tu serais en sécurité, maintenant.

Cira me regarde.

– Je ne suis pas comme toi, Gabrielle.

Elle me parle d'une voix douce, comme si elle sentait mon déchirement. Elle touche la petite figurine qui pend de mes doigts et la fait osciller.

– Tu as toujours été un esprit libre. Moi…

Elle affiche un petit sourire qui ne gagne pas ses yeux.

– Moi, je ne vaux jamais mieux que ceux qui m'entourent.

J'essaie de comprendre, mais je n'y arrive pas.

– Cira…

Pour couper court à mes protestations, elle m'attire dans ses bras et m'étreint de son mieux à travers les barreaux. Je pense à tout ce qu'on a partagé dans notre vie. À tous les moments où on s'est soutenues. Je n'aurais jamais cru avoir à affronter quoi que ce soit sans elle ; je n'aurais jamais cru qu'on puisse être séparées.

En la serrant contre moi, je me redis qu'elle va me manquer terriblement et qu'elle me donnait de la force. Je suis terrifiée à l'idée de ne pas pouvoir trouver cette force toute seule.

Le Milicien nous annonce qu'il est temps qu'on s'en aille. En sortant, je jette un dernier coup d'œil par-dessus mon épaule et je vois ma meilleure amie plantée là avec les autres, prête à être emportée par la rivière.

◆

Je ne perds pas de temps avec la cérémonie du Conseil en l'honneur des Patrouilleurs. J'ai l'esprit trop encombré pour pouvoir jouer le jeu et faire comme si je les respectais, alors je contourne discrètement la foule qui acclame les Patrouilleurs pendant qu'ils défilent sur la place principale. Leurs uniformes noirs scintillent dans la lumière et ils ont les yeux cachés par les casquettes qu'ils se sont enfoncées sur la tête pour se protéger du soleil.

Après leur démonstration de force, les Miliciens ont quitté leur poste le long de la Barrière pour participer aux festivités. Il n'en reste que quelques-uns pour garder le portail. Voyant qu'ils me donnent là sans le savoir une occasion de rejoindre Catcher, je respire un peu plus facilement.

J'ai le trac. J'essaie de me calmer, de me rappeler que je peux le faire, que je peux escalader la Barrière et traverser les ruines pour aller retrouver Catcher une dernière fois. Pour lui dire au revoir, simplement. Pour que quelqu'un soit là pour achever ses souffrances, s'il a subi sa mutation, et pour lui épargner une existence de monstre.

En marchant dans les rues désertes, j'entends l'écho de mes pas qui se répercute sur les murs, autour de moi, et mon cœur qui force mon sang à circuler dans mon corps. Près de l'endroit où la Barrière s'éloigne de la ville en s'incurvant, il y a un point presque invisible des Miliciens qui gardent le portail en permanence. C'est par là qu'on est passés cette fameuse nuit, il y a presque une semaine. Je reste blottie dans l'ombre du mur pendant un moment, le temps de rassembler mon courage, puis je me faufile le long de l'arrondi.

Le soleil tape fort; le chant des cigales résonne dans ma poitrine. J'inspire profondément et je glisse les doigts dans les interstices entre les gros rondins. Il fait jour, mais je m'en fiche. Et je me fiche de ce qui se passera si je me fais prendre. J'ai juste besoin d'être une dernière fois, ne serait-ce que quelques instants, la fille que je pourrais être si je n'avais pas si peur.

Tout ce que je me dis, c'est que si je grimpe assez vite, je peux le sauver. Que Catcher est peut-être encore vivant.

Je n'entends pas le bruit de pas, je n'entends pas la respiration avant qu'il soit trop tard. Un corps me plaque le nez contre la Barrière avec une telle violence que j'en ai le souffle coupé. Dans ma tête, c'est une explosion de terreur. Sous le choc, j'inspire en vain, exhortant mentalement mes poumons à se remplir, quand on me retourne en me jetant dos au mur.

– Et dire qu'à un moment, j'ai failli te faire confiance, gronde Daniel en me serrant la gorge.

J'essaie de déglutir, mais je n'y arrive pas. Sa main sent l'humidité et la transpiration.

– Je te suis depuis un moment, Gabrielle. Je me demandais à quel moment tu allais déraper.

Il se presse contre moi, me souffle son haleine chaude dans la figure. Je grimace et je me débats, mais il se contente de resserrer son emprise. Des éclats de bois de la Barrière traversent ma chemise et me piquent la peau.

La panique m'assaille. Je déglutis frénétiquement pour essayer de me calmer.

– J'ai toujours pensé que tu étais sortie avec les autres, cette fameuse nuit, continue Daniel en m'appuyant dessus pour souligner ses propos. Toi et tes amis, vous vous imaginez que les règles ne s'appliquent pas à vous. Que vous pouvez faire ce que vous voulez sans être inquiétés.

Je secoue la tête. Je voudrais lui dire que j'obéis toujours aux règles, mais il ne me laisse pas parler.

Il se penche vers moi. Son corps m'écrase presque, m'enfonce dans le mur.

– Je t'observais, tu sais. J'ai bien vu que tu t'es jetée au cou de Catcher cet été. Tu faisais semblant d'avoir peur pour qu'il mette ses mains sur toi, crache-t-il en me soufflant dans la figure.

Je ferme les yeux et j'essaie de détourner la tête, mais je ne peux pas lui échapper.

– Il est où, maintenant, hein ?

Il me secoue. J'essaie de trouver quoi dire, comment obtenir qu'il me laisse tranquille et me permette de respirer. Mais je vois des étincelles et ma poitrine comprimée réclame sa liberté. J'ai besoin d'espace. J'ai besoin d'air. J'ai besoin qu'il me lâche. J'ai besoin de me sauver.

Je tends le bras pour le repousser, mais il est plus rapide que moi. Ses doigts se referment sur mon poignet et son pouce appuie sur les os jusqu'à ce que ma main s'engourdisse.

Je ne sais plus trop si je vais pouvoir lui échapper et je commence à paniquer. Il exerce un contrôle absolu sur moi, et dans ce recoin sombre, personne ne nous verra, personne ne pourra venir à ma rescousse. On est seuls ici, dans l'ombre de la Barrière. La terreur m'envahit. Ce qu'il pourrait envisager de me faire me donne la chair de poule.

Comme s'il avait lu dans mes pensées, il affiche un petit sourire.

– Où est ton petit chéri, maintenant ? Il est pas là pour te délivrer, hein ?

Il rigole et moi, je suffoque. Je suis secouée de convulsions et j'ai la vue qui se brouille.

– Je parie qu'il est encore là-bas, dehors. Qu'il a peur de rentrer. Qu'il est trop lâche pour venir faire son service avec les Patrouilleurs.

J'ai la poitrine en feu et mes faibles petits muscles se contractent inutilement. Je manque d'air. Je n'arrive pas à me concentrer sur ce qu'il dit. Je suis sur le point de m'évanouir, mais je me cramponne à ce qu'il me reste de conscience, redoutant ce qui se passerait si j'étais totalement sans défense.

Il resserre encore l'étau autour de mon poignet. Sa jambe infirme se presse contre l'extérieur de ma cuisse. Tout en moi se révolte à son contact.

– Faut voir comment ils pleurnichent, Cira et les autres ! De temps en temps, quand c'est moi qui monte la garde, j'aime bien aller les écouter s'apitoyer sur leur sort. Si tu veux mon avis, ils ont eu mieux que ce qu'ils méritent pour nous avoir tous mis en danger de cette façon.

Je ne peux remuer que la bouche, et aucun son n'en sort.

« Arrête, essayé-je de dire. Arrête. »

Je n'ai qu'une pensée en tête : « Il faut que je respire, sinon je vais tomber dans les pommes. »

Sa bouche s'approche de la mienne et ses doigts se desserrent sur mon cou, alors je ne peux pas m'empêcher d'inhaler d'énormes goulées d'air. Je tousse et je crachote pendant que mon corps essaie de s'adapter, maintenant que la pression s'est relâchée. Daniel, lui, sourit.

J'ai le nez qui coule et les yeux pleins de larmes. Je ne vois plus clair, ma gorge me brûle à chaque fois que je respire.

– Le truc, reprend Daniel en me tapotant la gorge avec les doigts, c'est que maintenant qu'ils s'en vont, tous, il ne reste plus beaucoup de gens de notre âge ici. Il n'y a plus que toi et moi, en gros. Et je pense que tu voudras bientôt un mari. Quelqu'un qui soit un vrai citoyen de cette ville, pour que personne ne puisse jeter le doute sur ta loyauté. Que personne ne croie les rumeurs qui racontent que tu passais de l'autre côté de la Barrière, autrefois.

Il presse son nez dans le creux de ma clavicule et inspire

profondément. Je suis reprise de haut-le-cœur. C'est trop – il est trop près, son corps est trop serré contre le mien.

– Et fais-moi confiance, des rumeurs, il y en a, ajoute-t-il avec un regard mauvais. Ou en tout cas, il y en aura bientôt.

Dans ma tête, c'est la tempête. J'essaie de comprendre ce qui se passe. De trouver quelque chose à dire pour me protéger. Il faut que je m'écarte de lui. Il faut que je m'échappe, mais il est trop près et trop fort, je me sens totalement impuissante.

– Et puis on va sans doute se demander pourquoi ta mère n'était pas à la cérémonie, aujourd'hui. Et pourquoi elle n'était pas en train de faire son boulot, la nuit de la tempête, dit-il encore, la bouche à un millimètre de la mienne. Quelqu'un va forcément finir par faire des suppositions, tu ne crois pas ? Comme elle vient de l'extérieur, les gens ont déjà un a priori. Mais si tu es ma femme, naturellement, personne n'ira chercher bien loin.

Il recule et m'examine. Son visage affiche un hideux mélange de colère et de joie.

– Quelquefois, les choses finissent par se passer comme elles devaient se passer, Gabrielle, me susurre-t-il à l'oreille. On doit juste apprendre à accepter l'inévitable.

Ce mot crépite dans ma tête : *inévitable.* Cira a dit la même chose, a utilisé la même excuse pour baisser les bras. Une boule de feu s'allume en moi et se propage dans mes muscles ; je serre les mâchoires au point d'avoir l'impression que mes dents vont se casser.

C'est le besoin de faire quelque chose – n'importe quoi – pour reprendre le contrôle de mon corps, de la situation, de ce monde et de cet homme qui est en face de moi.

Je tourne la tête vers lui jusqu'à ce que nos bouches se touchent presque. Je me penche légèrement et je sens ses hanches se presser contre les miennes. Son autosatisfaction est manifeste. Il croit qu'il a gagné. Il croit que je lui appartiens. Ça me donne un vilain goût âcre dans la bouche.

Ensuite, je me ramollis complètement pour le forcer à me retenir. Il déplace son poids sur sa jambe boiteuse et ça le déséquilibre. Pendant une seconde, sa main qui me tient le poignet se desserre.

Je ne réfléchis pas. Je n'hésite pas. Je prends le couteau d'Élias sur ma hanche et, d'un geste vif, je presse la lame contre la poitrine de Daniel.

Le temps s'arrête. Je suis persuadée qu'à la plage, les vagues s'immobilisent avant de déferler, que les arbres cessent leurs démêlés avec le vent et que tous les oiseaux se tournent vers nous. Daniel écarquille les yeux en comprenant, très vite, ce qui se passe.

C'est tellement plus facile que je ne l'aurais jamais imaginé de faire entrer le couteau dans son corps ! Je le fais sans réfléchir. En même temps, c'est tellement plus dur de forcer la lame à percer la peau, à traverser le muscle et à râper l'os.

Son corps se crispe, ses lèvres se pincent. Je contracte les muscles pour enfoncer davantage le couteau d'Élias.

On reste debout l'un contre l'autre pendant un moment, Daniel et moi. Je sens la chaleur qui émane de lui, le liquide qui me coule sur la poitrine et le ventre. Pendant une fraction de seconde, on reste en suspens, lui et moi et rien d'autre. Sa vie se répand autour de nous.

Dans cet instant, je repense à toutes les fois où j'ai vu

des gens se moquer de ce garçon. À toutes les fois où j'ai vu les autres le tourmenter. Lui jeter des insultes. À toutes les fois où j'ai détourné les yeux en faisant mine de ne pas remarquer qu'il me regardait. Toutes ces fois où je ne l'ai pas défendu.

Je me souviens du jour où il s'est porté volontaire pour entrer chez les Patrouilleurs et où ils l'ont rejeté devant toute la ville à cause de sa jambe infirme. Je me souviens encore de l'humiliation comme si j'en sentais le goût.

J'ai envie de lui dire que je suis désolée. Pour ça et pour tout le reste. Mais je ne trouve pas les mots. Il commence à s'affaisser, alors je l'aide à s'allonger par terre. Il ne m'empoigne pas, n'essaie pas de me retenir quand je dégage le couteau. Et il ne dit rien quand je le laisse là pour escalader la Barrière.

Une fois en haut, sur le point de sauter de l'autre côté, je me retourne. Je vois ses mains pressées sur une tache rouge qui fleurit sur sa poitrine. Sa jambe boiteuse repliée sous lui. Ses yeux rivés sur moi.

Et là, je comprends que nous serons liés pour l'éternité. C'est comme si nous étions une seule et même personne partageant le même sang. J'ai envie de lui présenter des excuses, de le supplier de me pardonner, mais lui, il se contente de me regarder fixement.

Alors je saute du mur et je traverse le parc d'attractions à toute allure pour rejoindre Catcher. Tant pis si je suis couverte de sang, si l'odeur va attirer les Mudos encore plus, je m'en fiche. Tout ce qui m'intéresse, c'est de retourner auprès de Catcher et de fuir l'horreur de ce que je viens de faire.

Je fonce au milieu des ruines en essayant de retrouver

mon chemin. Cette fois, il fait jour et je vois les détails qui m'ont échappé quand j'étais ici l'autre nuit. Je zigzague dans les rues craquelées jusqu'à ce que je tombe sur l'immeuble de Catcher, et là, je monte l'escalier quatre à quatre, sans me soucier de l'obscurité ni de mon cœur affolé.

Sur le palier, devant la porte de sa chambre, qui est fermée, je me force à m'arrêter et je m'essuie les mains sur le bas de mon T-shirt. Je tiens le couteau d'Élias devant moi, entre mes doigts tremblants.

Après avoir fait tout ce chemin, après tous les risques que j'ai pris, je suis terrifiée à l'idée d'ouvrir cette porte. Que se passera-t-il s'il est mort et revenu et que je dois le tuer ? Je ne sais pas si j'en serai capable. Et si j'échoue comme je l'ai fait avec Mellie ? Et sur la plage ?

Je colle l'oreille à la porte. Dans le couloir, l'air est immobile et sent le renfermé. De la sueur coule le long de ma colonne vertébrale. Je n'entends rien. J'inspire en frissonnant et je pousse la porte.

XXI

Je reste plantée sur le seuil, les yeux écarquillés. Désespérée, je lâche mon couteau ensanglanté. La pièce est vide. Pendant un moment, je me dis que je me suis trompée d'endroit. Que, dans ma terreur, j'ai foncé dans un immeuble qui n'était pas le bon, que j'ai perdu mes repères dans les ruines comme la dernière fois. Mais je sens encore une touche discrète de son odeur dans l'air. Je vois encore des traces de sa présence autour de moi. La poussière du rebord de la fenêtre est partie là où il venait se poster, les mains posées sur l'embrasure, pour regarder vers le phare et la ville.

Il n'est plus là. Le silence est total, ici. Je m'effondre, anéantie.

Il ne serait pas parti volontairement. Il n'aurait pas quitté cet endroit : il savait que j'allais revenir. Ce qui signifie qu'Élias a dû passer par ici. Je cligne les paupières de toutes mes forces. Je ne veux pas imaginer Catcher parmi les Mudos des Spiritistes ; je ne veux pas l'imaginer avec le visage mutilé. En train de pousser des gémissements suppliants. Traîné au bout d'une laisse.

Je ne veux pas croire qu'Élias ait pu lui faire ça. J'espérais qu'il était différent des autres.

Je laisse ma tête retomber en arrière et je la cogne contre le mur pour chasser de mon esprit l'image de Catcher en Mudo, mais ça ne marche pas.

Je n'ai pas su l'aider. Tout comme je n'ai pas su aider Cira, que j'ai abandonnée. Ni ma mère, que j'ai laissée partir dans la Forêt toute seule. Ni qui que ce soit d'autre.

Il faut que je le retrouve. Je lui ai promis de ne pas le laisser devenir un Mudo. Il faut que je tienne parole, cette fois.

Je me remets debout et je retourne en chancelant dans le couloir obscur. Là, je descends l'escalier et ressors dans la lumière aveuglante du milieu de journée. Je reprends les rues qui mènent à l'endroit où j'ai vu les Spiritistes pour la dernière fois. Je traîne les pieds sous ce soleil qui me brûle la tête.

Des vagues de chaleur montent de l'esplanade bétonnée ; elles s'enroulent autour de mes jambes pendant que je marche vers l'amphithéâtre. Comme la dernière fois, je me blottis dans l'ombre d'une des arcades et je m'avance à quatre pattes. Les articulations de ma main qui tient le couteau frottent par terre.

J'entends les gémissements avant de voir quoi que ce soit. Ce qui reste des Mudos des Spiritistes, ceux qu'ils ont laissés ici quand ils sont venus à Vista sont attachés tous ensemble à l'ombre du grand dôme de l'arène.

Je parcours leurs visages flétris en retenant mon souffle. À cette distance, je distingue mal les détails ; les silhouettes se confondent. L'espoir de ne pas trouver Catcher ici, de m'être trompée sur Élias me fait frémir des pieds à la tête.

Mais ensuite, j'aperçois ses cheveux blond-blanc qui brillent dans l'ombre. Je reconnais l'arrondi familier de sa joue, la ligne de son épaule.

Catcher évolue parmi le troupeau de Mudos d'un pas traînant, en s'arrêtant parmi eux, les lèvres entrouvertes comme s'il était en train de gémir. Je me plaque une main sur la bouche et je me mords la paume pour m'empêcher de hurler. Jusqu'à présent, je n'avais pas conscience de ce que ça me ferait de le voir comme ça. C'est une douleur, un choc insupportables. Je presse mes poings sur mes yeux comme pour en arracher cette vision : Catcher, un Mudo ?

Mes mains se mettent à trembler et je ne peux pas les en empêcher. J'évite de regarder mes doigts et le sang qui a séché dans les plis. Ce sang qui n'est pas le mien, mais celui de quelqu'un d'autre. Je suis débordée par l'énormité de ce qui s'est passé ces derniers jours ; les cloisons entre les compartiments où j'ai rangé chaque épisode se désagrègent. Je jette le couteau, dont la lame est toujours maculée de rouge vif.

Je viens de poignarder quelqu'un. J'ai son sang partout sur la peau et sur mes vêtements. Je me frotte les mains par terre pour les essuyer jusqu'à ce qu'elles me piquent, mais le sang ne part pas. Catcher n'est plus là. Il est mort et revenu. C'est un Mudo. Je ne lui aurai pas dit au revoir.

Tout est allé de travers. Tout a changé. J'ai menti et enfreint le règlement, et j'ai tué quelqu'un. J'ai brisé mes promesses et j'ai échoué dans mes entreprises. Je ne sais plus qui je suis.

J'éclate en sanglots douloureux et je finis par terre. Je n'ai plus l'énergie de résister.

Quand des bras m'enveloppent, je sursaute mais je ne prends pas la peine de me débattre. Je suis trop prête à renoncer, trop disposée à laisser arriver ce qui doit se passer. Mais ensuite, je comprends à la façon dont il m'attire à lui, dont il m'étreint – comme s'il pouvait me réparer, m'aider à recoller les morceaux –, que c'est Élias. Je le reconnais à son odeur et à sa force et à sa façon d'appuyer la joue contre mes cheveux.

Je ne sais pas comment il m'a retrouvée, comment il a su que j'étais ici, et ça m'est égal. Je voudrais le haïr ; je devrais le haïr pour ce qu'il est et ce qu'il a fait à Catcher. Mais pendant un instant, je me laisse réconforter parce que j'ai besoin de sa force. J'ai besoin de le sentir contre moi, de sentir un autre cœur battre avec le mien, de m'abandonner à cette sensation. Ensuite, je prends une profonde inspiration et je le repousse sauvagement.

– Espèce de monstre !

J'ai une voix de bête féroce, à mi-chemin entre un grognement et un sanglot. Je détourne toutes mes émotions pour alimenter ma rage contre lui, comme s'il était la cause de tout mon chagrin. Parce que j'ai besoin de quelqu'un d'autre à accuser à ma place.

Il me regarde sans répondre. Je me jette sur lui.

– Espèce d'horrible monstre !

Je lui martèle la poitrine.

– Je te déteste je te déteste je te déteste !

Ça fait tellement de bien de hurler. D'avoir l'impression que je pourrais massacrer la terre entière.

Il me prend les poignets et me repousse. Quand il voit le

sang sur mes bras et ma poitrine, il lâche un hoquet étranglé et ouvre des yeux ronds. Il me plaque au sol.

– Où est-ce que tu es blessée ? demande-t-il d'un ton pressant.

Il tire mon T-shirt pour tâter la peau de mon ventre et de mes flancs. Je me débats, mais il s'installe à califourchon sur moi pour m'immobiliser.

Prise de fureur, je me mets à hurler. Il prend mon visage entre ses mains et me tient la tête. Ses doigts s'enfoncent dans mes joues, forçant mon regard à rester sur lui.

– Gabry, où est-ce que tu es blessée ?

D'abord étonnée de le sentir trembler, je me rends compte qu'il a peur, qu'il halète de frayeur. Toutes mes velléités de résistance m'abandonnent et je chuchote :

– Je ne suis pas blessée.

Mais j'ai envie de lui dire que si, je suis blessée, et que la blessure est si profonde que je ne sais pas comment la soigner.

Toujours à califourchon sur moi, il se rassied sur ses talons et me regarde. Profitant de son hésitation, je rassemble toutes mes forces et je soulève les hanches pour le projeter sur le côté. D'une roulade, je récupère mon couteau. Puis je saute sur Élias et je tiens la lame contre sa gorge.

– Tu me dégoûtes !

J'ai du mal à trouver mes mots.

– Qu'est-ce que tu as fait à Catcher ?

Je le secoue. Ses yeux s'agrandissent quand la lame lui entame le coin de la mâchoire.

– Qu'est-ce que tu as fait ? je lui crie à la figure.

Nos souffles font comme une tempête dont mon cœur serait le tonnerre.

– Rien, dit une voix derrière moi.

Tout s'arrête. Ma gorge s'enraye. Je ne veux pas me retourner. Je ne veux pas que ce soit une illusion ou une farce. Je ne veux pas la confirmation que l'espoir qui m'envahit est une erreur.

Je considère Élias avec stupeur. Il affiche un sourire – un tout petit sourire douloureux.

Je déglutis et me retourne lentement. Catcher est là, à moitié dans l'ombre de l'arcade, il hésite à courir vers moi. Après la compression d'air habituelle, nos corps entrent en collision et Catcher m'étreint et je l'étreins aussi, sans comprendre. Je ne vois pas comment il est possible qu'il soit encore vivant, mais je m'en fiche. Il est là, dans mes bras, c'est tout ce qui compte pour le moment.

Sa peau est d'une chaleur presque insupportable sur ma peau, mais il paraît solide et son cœur bat énergiquement contre moi. Il n'a rien du garçon affaibli et mourant que j'ai quitté il y a quelques jours.

Je m'écarte et je me plante à une certaine distance en regardant alternativement Catcher et Élias, qui est toujours à plat dos par terre. J'ai du mal à trouver les mots justes.

– Qu'est-ce qui se passe ? Je ne comprends pas. Tu devrais être…

Je n'arrive pas à le dire.

Catcher le dit pour moi :

– … mort.

– … un Mudo, je rectifie dans un murmure.

Il sourit.

– C'est pareil.

Je ne peux pas m'empêcher de laisser mon regard dériver le long de son cou jusqu'à l'endroit de son épaule où se trouve sa morsure. Il y a toujours une marque rouge vif avec des croûtes là où les dents de Mellie ont déchiré la peau.

– Tu as été mordu il y a presque une semaine, dis-je en secouant la tête.

Ça ne tient pas debout ; il devrait être mort. Les Infectés ne sont pas censés tenir si longtemps. Un sentiment joyeux commence à s'insinuer en moi : l'espoir. Catcher est encore là. Il est encore vivant.

– J'étais là, j'ai tout vu. Et puis tu me l'as dit toi-même.

Aiguillonnée par toute la douleur, toute la peur et tous les regrets qui se sont accumulés en moi depuis cette nuit-là, je hausse la voix.

– Tu m'as dit que tu étais infecté.

– C'était vrai.

– Il l'est toujours, intervient Élias, qui est resté à terre.

Je me tourne vers lui. Il est assis, un bras autour d'un genou. Les trois griffures datant de notre première rencontre, l'autre soir dans l'océan, lui marquent encore le visage, et il a un bel œil au beurre noir depuis la dernière fois que je l'ai attaqué, sur la plage. À présent, il appuie sur le flanc que je viens de frapper et il a une petite coupure rouge sur la mâchoire, là où j'ai posé le tranchant de mon couteau. Et comme il m'a serrée contre lui, il a du sang sur sa tunique blanche : je l'ai imprégné du sang de Daniel.

Agacée de ne pas comprendre, j'ai les poings qui s'ouvrent et se referment.

– Les gens ne tiennent pas aussi longtemps quand ils sont infectés, dis-je. Ça fait trop longtemps. Je ne comprends pas.

Les deux garçons échangent un coup d'œil, puis Élias se lève lentement. Il ramasse le couteau qui j'ai lâché près de sa tête et me le tend, le manche en avant.

– Il est immunisé, m'annonce-t-il.

XXII

Je le considère avec stupeur. Autour de nous, tout est sombre et immobile, à part mon cœur qui bat, qui ne peut pas s'empêcher de battre. Ensuite, je me tourne vers Catcher en attendant ses explications. Parce que ça n'existe pas, d'être immunisé. On nous l'aurait dit dès l'enfance, si ça existait.

– C'est impossible, je décrète finalement. Personne n'est immunisé. On nous l'a bien fait rentrer dans le crâne : *personne n'est immunisé.*

Mon regard passe d'Élias à Catcher et inversement. C'est ce qu'on nous serine depuis qu'on est en âge d'écouter. On le sait depuis toujours : il n'y a pas de remède, il n'y a pas d'immunité, il n'y a pas d'échappatoire. Une fois qu'on s'est fait mordre, on est infecté – on est mort.

– Tu l'as dit toi-même : ça fait six jours, Gabrielle, insiste Catcher. Il n'y a pas d'autre explication.

Mais je me tourne vers Élias. J'essaie de décider si je peux lui faire confiance. Si je peux faire confiance à un Spiritiste. Il a l'air de comprendre ce qui se passe ici, d'en savoir plus qu'il ne le laisse paraître.

J'ai envie d'y croire. J'ai envie de penser que Catcher va s'en sortir. Qu'il ne va pas mourir par ma faute. Qu'il peut y avoir quelque chose de bien en ce monde. Même si ça va à l'encontre de tout ce que j'ai toujours su et cru.

Une foule de questions se presse dans ma tête, mais il n'y a plus qu'une seule chose qui compte pour moi, maintenant. À peine capable de respirer, je regarde Catcher avec insistance.

– Tu vas bien ? je lui demande. Tu... Tu te sens mieux, maintenant ?

Je vois qu'il a les poings enfoncés sur ses hanches. Que les muscles de sa mâchoire se contractent et tressautent.

– Je suis quand même infecté, dit-il.

– Qu'est-ce que ça veut dire ?

Élias répond avant Catcher :

– Ça veut dire que les Mudos ne le sentent pas quand il est parmi eux. Ça veut dire qu'ils ne l'attaquent pas. Ça veut dire que l'infection ne va pas le tuer – qu'il ne va pas muter...

Catcher l'interrompt :

– Ça veut dire qu'on peut rentrer chez nous.

Il vient vers moi, me prend la main et la presse contre sa poitrine. J'ai le cœur en fête, c'est la seule chose que je sache. Catcher va bien. Il va vivre ! Il y a quelques instants à peine, je croyais qu'il était déjà mort, qu'il s'était déjà transformé en Mudo. Je croyais que je n'aurais plus jamais l'occasion de parler avec lui, de le serrer dans mes bras et d'être comprise par lui. Et brusquement, voilà que toutes ces peurs s'envolent, remplacées par l'espoir qui me transporte.

– On peut rentrer à Vista, Gabry. On peut revenir à notre vie d'avant. Toi et moi et Cira...

J'appuie le front contre son épaule pour qu'il ne voie pas mon expression. L'air se coince dans ma gorge, mais je ne sais pas si c'est des sanglots ou un fou rire hystérique.

La réalité de notre situation s'impose. Il pense toujours que les choses peuvent revenir à ce qu'elles étaient avant. Que son infection est la seule chose qui se soit passée cette semaine.

Mais maintenant, j'ai tué quelqu'un. Même si je le voulais, je ne pourrais plus jamais rentrer à Vista. La Milice va découvrir que c'est moi. Je serai exécutée pour avoir tué l'un des leurs.

Pour moi, c'est impossible de rentrer à la maison.

Je n'arrive pas à croire que tout ait pu dégénérer de cette façon, si subitement. Mon vœu le plus cher – que Catcher s'en sorte – s'est réalisé, mais au prix de tout le reste. Si j'avais su... Mais comment aurais-je pu imaginer ça ?

– Pourquoi ils ne nous ont pas parlé de l'immunité ? je demande.

Ma voix est prête à se briser. Cette situation est injuste. Les pensées sens dessus dessous, je cherche un moyen d'arranger les choses, de retrouver ma vie d'avant, mais je reviens toujours buter contre la réalité de la mort de Daniel et du châtiment de Cira.

– Ça n'a plus d'importance, maintenant, dit Catcher en me prenant la main. Je vais bien, c'est tout ce qui compte. Je meurs d'impatience de le dire à Cira.

Je secoue la tête et bats en retraite.

– Ça ne va pas être possible.

Il s'avance vers moi, mais je lève les mains pour lui faire signe de reculer.

– On ne peut pas rentrer, dis-je encore – et je manque m'étrangler sur ces mots.

Élias se tait. Il se contente de me regarder en inclinant la tête, avec une expression indéchiffrable.

– On va trouver un moyen de le faire, insiste Catcher.

Je secoue à nouveau la tête.

– Non, ça ne marchera pas.

Je me tords les doigts et je passe le pouce sur ma coupure à la main. La douleur irradie dans mon bras. Je chuchote :

– Je t'ai menti à propos de Cira.

Je regarde l'air qui tremble au-dessus du béton dans la chaleur, les nuages qui s'amassent dans le ciel au-dessus de nous – tout sauf Catcher.

– La Milice est venue à notre poursuite, cette nuit-là. Moi, je me suis sauvée, mais pas les autres. Le Conseil a voté, ils vont être envoyés chez les Patrouilleurs.

Catcher baisse la tête. Je vois qu'il serre et desserre la mâchoire.

– Tu ne me l'avais pas dit, observe-t-il d'une voix égale. Je t'ai demandé de ses nouvelles et tu m'as répondu qu'elle allait bien.

– Je sais.

Ma voix est presque inaudible. Je suis effarée que tout ait encore changé et bougé sous mes pieds.

– Je suis désolée, j'ajoute inutilement.

Il se détourne de moi, fourre les mains dans ses cheveux et tire dessus.

– Elle est où, maintenant ?

Sa colère et sa frustration me brisent le cœur, gâchent mon bonheur de savoir qu'il est encore vivant.

– Ils l'ont enfermée à l'Hôtel de Ville.

Je déglutis. Je voudrais lui expliquer, lui rappeler que je le croyais mourant. Que je n'ai pas voulu ajouter à son chagrin. Mais je n'en fais rien.

– Les Patrouilleurs sont arrivés aujourd'hui. La cérémonie du serment venait de commencer quand je suis partie te rejoindre ici.

Catcher frappe du poing contre l'arcade de pierre et ce soudain accès de violence me fait sursauter. J'ai envie d'aller le voir, de lui enlever son chagrin et sa fureur. Mais je ne bouge pas. J'ai peur qu'il me repousse.

Il pose les mains sur le mur et j'inspire profondément.

Je jette un coup d'œil à Élias. Je suis gênée qu'il soit là, en train d'observer tout ça, qu'il sache ce que j'ai fait.

– Il faut qu'on aille chercher Cira, dit Catcher d'une voix étouffée.

Il se tourne vers nous.

– Je ne les laisserai pas l'embarquer. Je lui ai dit que je la protégerais et je vais le faire.

– Comment ? je demande. Ils ne voudront pas nous la rendre.

Il me regarde avec des yeux durs et froids.

– Je m'en fous. Je trouverai un moyen.

À grandes enjambées furibondes, il entre dans l'amphithéâtre et descend vers l'arène. Je le suis.

– Catcher, attends !

Sans se retourner, il lève une main pour me faire signe de le laisser tranquille. Je le regarde partir, médusée, avec Élias derrière moi. Je n'ose pas me retourner. Je suis morte de honte de m'être fait rejeter par Catcher devant lui.

Au moment où je croyais recoller les morceaux, ils se sont détachés et replacés autrement, créant quelque chose de moins lisse. Je ne sais pas comment faire pour que ça marche, comment arranger les choses.

Un sentiment que je connais bien recommence à germer en moi : je me sens nulle.

– J'ai encore tout foiré, dis-je.

Dans l'arène, plus bas, Catcher est planté devant les Mudos entravés et les regarde fixement. Ils ne remarquent même pas son existence, ne cherchent pas à l'attraper ; je trouve ça glaçant. Ça paraît tellement anormal de le voir si près d'eux.

Élias s'agite et vient se mettre à côté de moi. Il a les mains sur les hanches et je sais qu'il suffirait que je remue les doigts pour le toucher, pour me réconforter à son contact.

– Pourquoi on ne nous a pas parlé de l'immunité ? je lui demande d'une petite voix.

Avec un soupir, il hausse les épaules.

– C'est rare, Gabry. Vraiment rare. Ils devaient vouloir éviter que la population mette trop d'espoir là-dessus et laisse des gens muter pour voir, de peur que ça entraîne une nouvelle poussée de l'infection. Presque personne n'est au courant.

C'est logique, ce qu'il dit, mais je m'en moque. Je croise les bras pour éviter la tentation de le toucher autant que pour me retenir de craquer.

– Comment tu peux être sûr qu'il est immunisé ? Qu'il ne va pas muter d'ici quelques jours ? Peut-être que ça prend juste plus longtemps chez lui !

Je retiens mon souffle en attendant sa réponse. J'espère me tromper.

– Il n'y a que les Immunisés qui peuvent faire ça, réplique Élias en désignant Catcher d'un mouvement du menton. J'ai appris ça quand j'étais chez les Patrouilleurs. Les Immunisés sont les seuls dont les Damnés ne sentent pas la présence.

Mon ventre se noue quand j'entends le mot « Damnés ». Ça me fait penser à ma mère. Ça me rappelle qu'elle est partie. Je chasse cette pensée de mon esprit.

– C'est comme ça que j'ai su qu'il en était un, continue Élias. Quand la tempête a éclaté, je me suis dit que tu ne pourrais peut-être pas revenir. Je suis allé chercher Catcher et je l'ai amené ici, au camp, en pensant qu'il aurait besoin de nourriture et d'eau en attendant…

Il avale sa salive, rechignant à finir sa phrase. Je lève les yeux vers lui et j'examine son profil. Un léger duvet d'un brun chatoyant commence à repousser sur sa tête, et il est bronzé après toutes les journées qu'il a passées dehors, au soleil.

Il faut que je lui pose la question qui me tourmente. J'inspire profondément, en enfonçant mes ongles dans la chair molle de mon bras pour me donner du courage.

– Est-ce que tu aurais… Je veux dire, s'il avait muté, est-ce que tu lui aurais fait *ça* ? Comme à eux ?

On regarde tous les deux les Mudos défigurés des Spiritistes. Leurs gémissements tourbillonnent autour de nous comme un courant d'air.

Élias fait la grimace, les épaules contractées.

– Non, répond-il simplement.

Mais je ne sais toujours pas si je peux lui faire confiance.

– Pourquoi tu les vénères ?

Il inspire à fond et recrache l'air entre ses lèvres pincées en se tournant vers moi. Je suis de nouveau saisie par ses yeux presque incolores, ses pommettes saillantes.

– Je ne les vénère pas, dit-il.

Je ne comprends pas.

– Mais tu es un Spiritiste, je lui rappelle sur le ton de l'évidence.

Il me dévisage. J'ai envie de me détourner, mais je me force à soutenir son regard. Je m'agite un peu, gênée d'être ainsi examinée.

– Je ne suis pas un Spiritiste, Gabry. C'est ça que j'essayais de te dire, sur la plage. Je ne suis pas comme eux.

J'écarquille les yeux et je secoue la tête. J'ai l'impression qu'il se moque de moi.

– Mais tu es venu avec eux. Tu étais ici l'autre soir. Tu les as regardés sacrifier ce garçon. Et tu es habillé comme eux, tu as la même allure qu'eux.

Je pourrais continuer, mais il lève une main pour m'interrompre, alors je me tais.

Il appuie les doigts sur son front, comme s'il cherchait ses mots. En attendant de savoir ce qu'il a à dire, je ronge mon frein.

– Je t'ai dit que je cherchais quelqu'un, commence Élias.

Je hoche la tête.

– … C'est ma sœur. Je cherche ma sœur.

Il avale sa salive.

– … Je l'ai perdue.

Le désespoir que j'entends dans sa voix me radoucit. J'ai envie de lui prendre la main, mais au fond, je me méfie toujours de lui.

– Je n'avais plus qu'elle au monde. Je lui avais promis de veiller sur elle et elle a disparu. On habitait Villenoire, mais on n'était pas des citoyens à part entière. J'avais juste le droit d'y entrer pour faire du commerce et parfois, malgré ça, j'avais du mal à gagner de quoi payer le loyer. Je me suis enrôlé chez les Patrouilleurs pour obtenir la citoyenneté – pour avoir le droit d'être un résident permanent des Zones Protégées avec elle sans avoir à payer. Mais quand je suis rentré après mon service, elle n'était plus là.

Il s'interrompt et s'essuie la figure du revers de la main.

– Je ne l'ai trouvée nulle part ! J'ai pensé qu'on l'avait peut-être forcée à partir. Il fallait absolument que je la retrouve.

Il débite son récit précipitamment, d'une voix entrecoupée :

– Sans personne pour t'accompagner, c'est impossible de se déplacer à l'intérieur du Protectorat. Les routes sont trop dangereuses à cause des Damnés et des bandits. Et puis la moitié des villes ne te laissent même pas passer la porte si tu es seul.

Il se penche vers moi. Il parle vite et son souffle chaud zigzague entre nous.

– Les Spiritistes sont reconnus par le Protectorat. C'est des nomades : ils peuvent aller partout, on leur autorise l'accès. Me joindre à eux, c'était le seul moyen pour partir à sa recherche.

Ça fait tellement de choses à digérer en même temps que

je me sens assommée. Je suis obligée de passer en revue tout ce qu'on s'est dit depuis le début. De revoir tout ce que j'ai pensé à son sujet à la lumière de ces nouvelles informations.

Son regard est tellement sincère, tellement douloureux que j'ai envie de le croire. Je vois dans ses yeux qu'il a besoin que je le croie.

– Mais tu étais là quand ils ont laissé mourir ce garçon. Comment tu as pu regarder ça sans réagir ? Comment tu as pu faire partie de ça ? Comment tu peux supporter d'être avec eux ?

Il ouvre la bouche, puis la referme et pince les lèvres.

– C'est pas des monstres, Gabry. Tout n'est pas noir ou blanc, dans ce monde. Ils ont leurs raisons de faire ce qu'ils font, de croire ce qu'ils croient, comme nous.

Il hausse les épaules.

– Ma sœur, c'est ce que j'ai de plus cher. Je suis prêt à tout pour la retrouver.

Je secoue la tête. Je ne veux pas en entendre davantage.

– Je ne sais pas, dis-je. Je ne sais plus quoi penser.

J'ai mal pour lui et pour la sœur qu'il a perdue, mais je n'arrive pas à concilier tout ça dans ma tête, je n'arrive pas à en voir la logique.

Je m'éloigne de lui, quittant l'ombre de l'arcade pour descendre dans la cuvette de l'amphithéâtre et rejoindre Catcher. Il est toujours planté au milieu des Mudos à les dévisager. Je ne m'approche pas trop, la répugnance que m'inspirent leurs gémissements est ancrée trop profondément en moi.

Catcher se tourne vers moi. C'est vraiment terrifiant de le voir là, si près de ces monstres.

– Je veux rentrer, Gabry, dit-il. Je veux que tout redevienne normal.

Derrière lui, les Mudos perçoivent ma présence. Ils tendent les bras vers moi. Le souffle coupé, j'essaie de réprimer mon malaise. Je ferme les yeux pour ne plus les voir, ni eux ni lui. C'est ce que je souhaite le plus au monde de pouvoir lui donner ça : la normalité. Mais trop de choses ont changé. À cause de moi, on ne peut pas rentrer.

– Je ne peux pas retourner à Vista, lui dis-je. J'ai fait quelque chose. J'ai des ennuis. Et toi non plus, tu ne peux pas. Ils savent que tu étais là, l'autre nuit. Tu serais embarqué avec les autres.

– Je n'abandonnerai pas Cira.

Sa voix résonne autour de moi. Quand je le sens me prendre les mains, j'ouvre les yeux. Son visage est si proche que je ne peux pas m'empêcher de penser à notre premier baiser, l'autre soir.

– Toi non plus, je ne t'abandonnerai pas, ajoute-t-il d'un ton radouci.

J'expire lentement, avec un soulagement mêlé de peur et de regret.

– On va aller chercher Cira, puis on s'enfuira, décrète Catcher. Tous les trois. On ira quelque part où on peut disparaître.

– Ils vous suivront, commente Élias.

Je tourne vivement la tête. Il nous dépasse pour gagner le fond de l'arène, où des sacs sont entassés dans un coin.

– Quand on prend quelque chose ou quelqu'un aux Patrouilleurs, ils sont prêts à tout pour le récupérer. Et toi, dit-il en montrant Catcher du doigt, s'ils découvrent que tu es immunisé, ils ne te lâcheront jamais. Tu es trop précieux pour eux.

Je réfléchis à toute vitesse et je manque faire un bond quand je trouve une solution.

– Le bateau de ma mère ! Élias est parti avec.

Je me tourne vers lui.

– Tu l'as toujours ?

J'entrevois une lueur d'espoir.

Quand il hoche la tête, je continue :

– On n'a qu'à partir avec. On peut essayer de trouver un autre endroit. Ça fait des années qu'on n'a pas entendu parler des pirates. On a nos chances, et les Patrouilleurs ne pourraient pas nous suivre.

– Mais… et ta mère ? demande Catcher. Elle te laissera partir ?

Je détourne les yeux et je me ronge l'ongle du pouce. J'ai envie de lui dire qu'elle m'a déjà laissée partir, mais les mots ne me viennent pas.

– Elle se débrouillera, dis-je finalement.

Élias me regarde en haussant les sourcils, comme s'il attendait que j'en dise plus, mais je me tais.

– Maintenant, il ne nous reste plus qu'à trouver un moyen de parvenir jusqu'à Cira, dit Catcher.

Élias me regarde toujours. Il me met mal à l'aise.

– Ça, c'est le plus facile, répond-il.

XXIII

J'ai les mains qui tremblent quand je remonte le bateau sur la plage, en direction du phare, avec Élias. On a laissé Catcher dans les ruines. Au crépuscule, il amènera les Mudos des Spiritistes à la Barrière et les poussera par-dessus. Ils vont se disperser dans Vista et leurs gémissements déclencheront l'alarme ; ça fera une diversion suffisante pour qu'Élias et moi, on puisse s'introduire dans l'Hôtel de Ville et délivrer Cira.

Ce sera bientôt la marée haute, mais la plage est toujours dégagée. Élias s'assied dans l'ombre du phare et me regarde vérifier qu'il n'y a pas de Mudos qui se sont échoués sur le rivage, puis entrer dans le phare. Je m'immobilise une minute au milieu de la pièce vide et silencieuse, en pensant aux histoires que ma mère me racontait quand j'étais petite.

Je n'arrive pas à m'empêcher de l'imaginer revenir ici et se demander où je suis passée. J'envisage un instant de lui laisser un petit mot pour qu'elle ne s'inquiète pas, mais j'écarte cette idée : que se passerait-il si c'était quelqu'un d'autre qui le trouvait ? Je monte à sa chambre. Le livre des sonnets de Shakespeare est toujours ouvert sur son lit. Je le feuillette rapidement avant de le fourrer dans un petit sac, avec un T-shirt et une jupe de rechange. Je fouille dans le placard jusqu'à ce que je trouve de vieux vêtements qui ont appartenu à Roger ; ils sentent le moisi et paraissent drôlement usés. En sortant, je prends un autre sac pour Élias et j'y jette des provisions et quelques gamelles.

Pendant que je charge des réserves supplémentaires dans le bateau, Élias se change. Il n'est plus pareil, maintenant qu'il ne porte plus sa tunique blanche. Il semble presque normal.

En m'apercevant que je l'examine avec insistance, je me remets à faire couler du sable entre mes doigts. Il me rejoint et on attend, assis côte à côte, que le soleil plonge dans l'océan et que l'invasion de Mudos mette Vista sens dessus dessous. Le cœur battant, je réfléchis à toute vitesse. Je pense à toutes les façons dont ça pourrait mal tourner ; il paraît impossible que notre plan fonctionne.

Mais nous n'avons pas le choix, si ? Sauf qu'il y a une variable qui ne me paraît pas logique.

– Comment ça se fait que tu sois encore là ? je demande à Élias en enfonçant les orteils jusqu'à la couche de sable plus fraîche.

Du coin de l'œil, je vois un muscle de sa mâchoire tressaillir.

– J'ai dit que je vous aiderais et je le fais, répond-il sans me regarder.

Il se remet debout et s'approche de l'eau. L'horizon est un mélange d'orange, de rouge et de violet.

– Et puis les autres Spiritistes sont toujours en quarantaine chez vous. Tant qu'ils sont en captivité, je ne peux pas repartir à la recherche de ma sœur.

Je regarde son dos. La vieille chemise de Roger est un peu grande pour quelqu'un de sa corpulence.

– Comment elle s'appelle ? je demande.

J'ai envie de le comprendre, ce garçon.

Il garde le silence. Je me lève en époussetant mes genoux couverts de sable et je marche vers lui. Il y a quelque chose qui me paraît si fort, si rassurant et si familier chez ce garçon… Pourtant, je ne sais rien de lui.

Ensemble, on regarde l'endroit où le soleil s'apprête à entrer en collision avec la terre. Je retiens mon souffle en attendant… mais je ne sais pas si j'attends qu'Élias me réponde ou que le soleil mette le feu à l'horizon.

– Annah, murmure-t-il Elle s'appelle Annah.

Il me regarde et je soutiens son regard et je m'aperçois que je retiens toujours mon souffle.

– Elle est comment ?

Son visage se tord un peu, mais il ne me lâche pas des yeux.

– Elle est forte. Belle et tendre.

Je vois les souvenirs danser derrière ses yeux. J'ai l'impression d'être indiscrète. J'ai fini par me détourner quand il ajoute d'une voix douce :

– Elle te ressemble beaucoup.

Je me fige. Je lui jette un coup d'œil par-dessus mon épaule en me demandant si j'ai bien entendu. J'ai tellement envie de le croire.

– Je ne suis pas comme ça du tout, moi.

C'est douloureux de l'admettre.

– Je donnerais n'importe quoi pour être forte. Mais je sais que je ne le suis pas. Je suis faible et nulle et terrifiée.

Je déglutis. Élias s'approche de moi. Je repense à la tête de Daniel quand je l'ai poignardé. Je repense à la Spiritiste qui a été tuée à la porte de Vista. Je repense à Catcher la nuit où il a été infecté.

C'est à cause de moi, tout ça. C'est moi qui suis un monstre.

– Je ne fais que tout gâcher sans arrêt.

– Tu as franchi la Barrière toute seule pour aller aider Catcher, réplique Élias.

Je secoue la tête.

– Ça, j'étais obligée de le faire. Les autres, ceux qui se sont fait prendre l'autre soir, allaient me dénoncer, sinon.

J'ai besoin qu'il cesse de me prendre pour ce que je ne suis pas.

– Tu y es retournée pour lui, insiste-t-il. Pourquoi tu refuses de penser du bien de toi ?

Je maintiens, catégorique :

– Parce que je ne suis pas comme ça.

Pendant un instant, le cœur battant, je me demande si je pourrais le croire. Si je pourrais me voir à travers ses yeux. Si quelqu'un d'autre que Catcher pourrait me donner le sentiment que je vaux quelque chose. Mais je secoue la tête.

– Alors dis-moi qui tu es.

Il vient près de moi, tout doucement. Je sens la compression de l'air qui est entre nous.

Je n'arrive plus à réfléchir, quand il est aussi près. Avec sa voix qui flotte autour de nous, qui nous pousse l'un contre l'autre. Je suis tentée d'ouvrir la bouche et de tout déverser : que j'ai atrocement peur, que c'est terrifiant d'avoir perdu ma mère et de me demander si elle s'en sort ou non. D'avoir vu toute ma vie changer si vite que j'en ai encore le tournis du matin au soir.

Et que je crains de ne jamais découvrir qui je suis et ce que je veux. De toujours être celle qui fait tout foirer. La fille gauche et un peu effacée qui voudrait autre chose mais qui n'ose pas agir.

– Je ne sais plus qui je suis, je murmure.

Il efface les derniers millimètres qui nous séparent. J'en ai la tête qui bourdonne.

– Mais si, tu le sais.

Sa voix s'élève au-dessus de ma tête et tourbillonne autour de moi comme si on pouvait occuper un seul espace à nous deux. Je ferme les yeux et je l'attends.

Le désir me picote la peau, mais Élias ne m'embrasse pas vraiment. Pas comme Catcher. Il se penche vers moi jusqu'à ce que sa bouche entrouverte se pose en douceur sur la mienne et que le souffle de chacun enveloppe l'autre tout entier.

J'ai envie de l'embrasser plus fort. J'ai envie qu'il me serre contre lui. Mais il ne le fait pas. On reste comme ça, en se touchant à peine.

Ensuite, les cloches de la ville se mettent à carillonner. J'ouvre grand les yeux et je m'écarte, chancelante, en me plaquant une main sur la bouche. Je suis assaillie de souvenirs de Catcher : son odeur, le son de sa voix, le contact de sa peau sur la mienne. J'avais oublié tout ça ; j'avais laissé Élias l'effacer.

La honte et la colère se mélangent dans ma tête. Comme s'il voyait toutes les émotions qui m'agitent, comme s'il sentait le goût de mes regrets, le visage d'Élias se durcit. Il se détourne et s'éloigne à grands pas sur la plage.

– Je suis désolée ! je lance derrière lui.

Il ne répond pas. Je lui cours après et j'essaie de l'attraper, mais il me repousse.

– Où est l'Hôtel de Ville ? demande-t-il d'un ton froid et sec.

– Je suis désolée, je répète.

Il hausse les épaules.

– On n'a pas le temps de s'inquiéter d'une chose sans importance, dit-il. Ils vont vite voir que ces Mudos ne peuvent infecter personne. Il faut qu'on retrouve ta copine avant.

Il prend le sac que j'ai apporté pour lui et passe les bras dans les bretelles.

Les joues en feu, je montre du doigt le sentier qui mène vers la ville. Élias part en trottinant et je le suis. Le petit sac qui contient des vêtements, de la nourriture et le livre de ma mère me ballotte dans le dos. Je me sens bête. Mais ce qui me fait le plus mal, c'est que pour moi, ce presque-baiser n'était pas une chose sans importance, même si pour lui, manifestement, ce n'était rien.

◆

Vista n'est plus qu'une confusion de cris, de gémissements et d'armes rutilantes. Paniqués, les gens quittent la place principale en masse et déferlent dans les rues pour courir se mettre à l'abri chez eux. On est noyés dans cette cacophonie, Élias et moi. Les autres sont tellement absorbés par leur terreur qu'on file jusqu'à l'Hôtel de Ville sans être inquiétés.

Je chasse tout le reste de mon esprit pour me concentrer sur le moment et sur notre tâche à accomplir. Il n'y a personne pour garder l'entrée ; tout le monde a répondu à l'appel des cloches pour aller défendre la ville.

– On n'a pas beaucoup de temps, dit Élias. Ils ne mettront pas longtemps à comprendre que c'est pas une véritable invasion.

Je me faufile à l'intérieur et je descends l'escalier qui mène à la cellule que Cira et les autres partagent avec les Spiritistes. Les prisonniers offrent un spectacle déconcertant, avec les membres de la secte dans leurs tuniques blanches d'un côté et les nouveaux Patrouilleurs dans leurs uniformes noirs de l'autre.

– Qu'est-ce qui se passe ? hurle l'un d'eux.

– Faites-nous sortir ! crie un autre.

L'air est chargé de peur.

Élias se met à genoux devant la porte à barreaux et attaque la serrure avec la pointe de son couteau. Je parcours les visages amaigris à la recherche de Cira. Elle est affalée contre le mur du fond et ne prend que vaguement la peine de lever les yeux pour regarder la source de toute cette agitation.

– Cira.

Je glisse la main entre les barreaux et tends le bras vers elle. Elle a la tête qui tombe sur sa poitrine et les mains posées sur ses genoux, inertes.

– Cira, je répète.

Elle lève vers moi des yeux morts qui me regardent sans me voir. Elle agite mollement la main comme pour me faire signe, et c'est là que je vois le sang qui coule de son poignet et goutte de ses doigts.

XXIV

— Cira ! je hurle, mais c'est comme si j'étais transparente, comme si je n'étais pas là. Aidez-la, quelqu'un ! je crie aux autres, qui se pressent tous contre les barreaux.

Mais personne ne fait rien. Personne ne bouge, ils se contentent de rester amassés autour d'Élias pendant qu'il triture la serrure. J'essaie de les bousculer, j'essaie de les secouer et de leur faire voir Cira par terre dans le coin, mais ils s'écartent de moi.

Et dire que c'est ses amis, ça, les gens dont elle a partagé le destin. Elle était avec eux ces derniers jours, elle a vécu avec eux dans cette cage minuscule. Et pourtant, personne n'a l'air de se soucier d'elle. Personne ne prend la peine de l'aider.

La serrure cliquette et la lourde porte s'ouvre en grinçant. Tous les prisonniers de la cellule commencent à s'engouffrer dans l'ouverture et je me fraie un passage parmi eux, en jouant des coudes pour avancer à contre-courant. Je cours auprès de Cira.

Je lui prends le visage et la force à me regarder. Après une hésitation, ses lèvres dessinent un sourire tremblant et articulent faiblement :

– Gabry.

– Cira, dis-je d'une voix étranglée.

Je tire sur ses vêtements, relevant énergiquement les manches noires de sa veste de Patrouilleur. Le tissu est humide, son sang l'a traversé et fait de nouvelles taches rouge sombre sur ma peau. Elle a sur les avant-bras des coupures profondes, en dents de scie. Des croûtes ont commencé à se former, le sang s'est épaissi, mais quand je presse la main sur les entailles, elles se remettent à saigner.

Je ne sais pas quoi faire.

– Aidez-moi ! je lance.

En jetant un coup d'œil par-dessus mon épaule, je trouve la cage déserte, et Élias qui parle à l'un des Spiritistes.

– Élias, aide-moi !

Il lève la tête et comprend aussitôt la situation. Il se précipite vers nous, lâche son sac et s'agenouille de l'autre côté de Cira.

– Continue à appuyer bien fort dessus, dit-il en sortant une vieille jupe de mon sac pour en faire de la charpie.

Il enlève la veste de Cira. Elle essaie de l'aider, mais ses mouvements sont ralentis et maladroits.

– Tout va bien, Gabry, marmonne-t-elle en remuant à peine les lèvres. Je vais rejoindre Catcher, maintenant. Tu peux t'en aller.

Je renforce la pression de mes doigts sur ses poignets et elle ne grimace pas.

– Non, je réplique en ravalant mes larmes et ma terreur. Non, Catcher est ici. Il va bien, je me suis trompée.

Elle ouvre des yeux ronds, puis ses paupières retombent.

– Mais tu as dit...

Elle a le souffle court.

– Tiens-lui les bras au-dessus de la tête, m'ordonne Élias. Continue à appuyer.

– Où est Catcher ? demande Cira.

Je vois qu'elle a du mal à comprendre, qu'elle lutte pour empêcher son énergie de l'abandonner.

– Il est ici, lui dis-je, mais ses yeux se referment et je ne suis pas sûre qu'elle m'ait entendue.

Une ombre tombe sur moi. Je lève la tête. Blane se tient dans l'ouverture de la cellule ; elle hésite avant de suivre les autres dehors. Ça me rappelle l'autre soir au parc d'attractions, au moment où j'ai décidé de tous les quitter pour me sauver. On voit qu'elle a peur ; qu'elle a honte. Elle semble attendre ma permission pour abandonner son amie.

– Comment tu as pu la laisser faire ça ? je lui demande.

Elle me regarde longuement, avec des yeux brillants et la bouche qui s'ouvre et se ferme sur mille excuses.

– Je n'ai pas pu l'en empêcher, dit-elle finalement. J'ai essayé.

Bourrelée de remords, elle n'a plus qu'un filet de voix.

– Je suis désolée, chuchote-t-elle.

Et elle reste là, devant moi, comme si je pouvais lui dire quelque chose qui lui donnera bonne conscience. Elle tend le bras vers moi pour me toucher la main du bout des doigts, puis tourne les talons et monte l'escalier en courant.

Je regarde Élias au-dessus de Cira. Je voudrais qu'il me dise que ça va aller. Qu'elle va s'en sortir. Mais je vois à sa façon de jeter des coups d'œil vers la porte qu'il est inquiet. Plus qu'inquiet.

– Qu'est-ce qu'on fait ? je demande.

Je pense au petit bateau à voile. Je nous imagine en train de la traîner à travers la ville.

– Le mieux, ce serait de la laisser ici, dit-il dans un murmure à peine audible. Elle a besoin de repos, elle a besoin de quelqu'un qui sait ce qu'il fait. On ne devrait pas la déplacer.

Je regarde Cira. Cira et ses joues pâles, et ses lèvres blanches. Et tout ce sang. Il a raison. Je sais qu'il a raison. Si jamais on a des chances de s'échapper, elles seront compromises avec elle. Elle va nous ralentir.

Je pose le front contre le sien.

– Cira, je chuchote.

J'entends les larmes dans ma voix. J'ai envie de lui demander pourquoi, mais je sais déjà ce qu'elle va me dire. *Inévitable.*

Pendant une fraction de seconde, j'ai l'impression que c'est ma faute, tout ça. Ça ne serait pas arrivé si j'étais restée avec elle au lieu de me sauver, cette nuit-là. Si je m'étais laissé prendre, mettre en cage avec elle et envoyer chez les Patrouilleurs. J'aurais pu être là pour elle. J'aurais pu l'épauler. Elle aurait eu quelqu'un à qui se raccrocher.

J'aurais pu l'empêcher de faire ça. On aurait pu s'en sortir ensemble.

– Je ne l'abandonnerai pas, dis-je.

Je me redresse et je regarde Élias. Il me dévisage, cherchant à déchiffrer mon expression, mais il ne proteste pas. Il se contente de hocher la tête et de prendre les bras de Cira pour lui faire un pansement serré avec les bandes de tissu déchiré.

– On n'a plus beaucoup de temps, dit-il. La Milice va

bientôt se rendre compte que ce sont les Mudos des Spiritistes qui sont entrés, qu'ils ne représentent aucun danger à part celui de semer la panique.

Il jette un coup d'œil vers l'escalier sombre, à l'autre bout de la pièce, par lequel tous les autres ont filé. Et là, je me rends compte qu'il aurait pu filer avec eux. Qu'il devrait être avec eux, pour chercher sa sœur.

– Tu peux t'en aller, je lâche. Ce n'est pas à toi de t'occuper d'elle.

Je n'avais pas imaginé que ce serait si dur à dire. Je m'aperçois que je me suis mise à compter sur lui.

– Ni de moi, j'ajoute.

Il se raidit et se tourne vers moi, les yeux plissés.

– Je ne partirai pas sans toi, Gabry.

Je le regarde longuement, trop longuement. Je devrais lui dire de s'en aller. Je devrais lui dire que je n'ai rien à lui offrir et qu'il serait mieux avec les Spiritistes, à chercher sa sœur. Mais il ne m'en laisse pas le temps. Il remet son sac sur son dos et passe l'épaule sous le bras de Cira pour l'aider à se remettre debout. Ça me donne une boule dans la gorge de le voir aussi doux, aussi tendre.

Il se tourne vers l'escalier. Je me glisse sous l'autre bras de Cira.

– Merci, dis-je à Élias – même si ce mot ne suffira jamais à exprimer ma gratitude.

Il grogne sous le poids de Cira, qui s'affale contre lui tandis qu'il essaie d'avancer.

À nous deux, on arrive à la faire sortir de l'Hôtel de Ville et à l'entraîner au milieu de la pagaille des rues qui se trouvent derrière. Les immeubles qui nous entourent sont barricadés, tous volets fermés, et la plupart des familles sont blotties à l'intérieur. Mais il y a encore des gens qui déferlent dans les rues en vociférant et en agitant des armes – des hommes et des jeunes garçons, pour l'essentiel. Ils courent vers la Barrière pour aider à défendre la ville.

Quelques-uns se précipitent vers nous et nous proposent leur aide, mais quand Élias marmonne « Infectée », ils jettent un rapide coup d'œil aux pansements trempés de sang et s'éloignent prestement. Lorsqu'on arrive à la sortie de la zone résidentielle et qu'on s'engage sur le sentier qui mène à la plage, une silhouette jaillit de l'obscurité.

Sous le coup de l'effroi, je manque lâcher Cira. Avant que j'aie pu faire un geste vers mon arme, Élias brandit son couteau dans sa main libre.

– Cira ! s'étrangle le nouvel arrivant – et je m'aperçois avec soulagement que c'est Catcher.

Il court auprès de sa sœur qui pend mollement entre nous.

– Qu'est-ce qui se passe ? Qu'est-ce qui lui est arrivé ?

Il prend son visage entre ses mains.

– Cira ! Cira, regarde-moi !

Elle ouvre paresseusement les yeux et affiche un faible sourire.

– Catcher, dit-elle d'une voix sèche, épuisée.

Il se tourne vers nous.

– Qu'est-ce qui s'est passé ?

Je ne veux pas lui dire ce qu'elle a fait, alors j'esquive sa question.

– Ça va aller. Qu'est-ce que tu fais ici ? Pourquoi tu n'es pas au bateau ?

Il secoue la tête.

– Il y a des Miliciens partout au phare et sur la plage.

Il pose un regard perçant sur moi dans la pénombre.

– Ils te cherchent, Gabry. Je les ai entendus parler de Daniel.

Il s'interrompt un instant.

– Il n'était pas mort quand tu l'as quitté, Gabry. Ils l'ont trouvé avant qu'il meure. Il leur a dit que c'était toi.

J'ai l'impression que je viens de recevoir un coup de poing ; tout l'air de mes poumons s'échappe d'un coup. Je chancelle sous le poids de Cira. Catcher me remplace, et je l'entends échanger quelques mots rapides avec Élias dans mon dos pour décider quoi faire. Où aller. Mais je ne pense qu'à une chose : Daniel.

Je savais que je l'avais tué, mais entendre quelqu'un d'autre me l'annoncer – me le confirmer définitivement –, ça me fait un tout autre effet. Je m'aperçois qu'il y a une différence entre une possibilité qui laisse la place à l'espoir, une chose qu'on envisage mais dont on ne pourra jamais être sûr, et la violence de la réalité. Le poids du savoir.

Élias et Catcher débattent pour décider s'il vaut mieux retourner dans les ruines ou essayer de courir jusqu'au bateau. J'entends toujours le son des cloches et les vociférations des hommes résonner autour de moi, dans la ville. Je comprends définitivement qu'il n'y a pas d'échappatoire. Que mon passé me rattrape, un point c'est tout.

Entraînée par la force de gravité, j'envisage de renoncer. Je pense à ma mère, qui serait tellement horrifiée si elle savait ce qui se passe.

Et c'est grâce à elle que je trouve la solution. Je sais où

on peut aller. Où on peut fuir en ayant une chance de ne pas être suivis.

– La Forêt, dis-je d'un ton neutre.

Je sais que c'est insensé, mais ça me donne envie de rire. Il y a quelques jours à peine, j'étais tellement terrifiée que je ne pouvais même pas envisager d'aller dans la Forêt avec ma mère, et maintenant, je suggère qu'on suive son exemple.

Catcher et Élias ne m'ont pas entendue. Je me tourne vers eux.

– La Forêt, je répète plus fort.

Ils s'arrêtent au milieu d'une phrase, bouche bée, et me regardent avec des yeux ronds.

– C'est de la folie, objecte Catcher. Il n'y a rien, là-dedans... On se ferait tuer dès qu'on aurait franchi la clôture.

Puis il blêmit.

– Je veux dire, *vous* vous feriez tous...

Il s'étrangle. Décidément, c'est fou tout ce que ça change qu'il soit immunisé.

Élias, qui était resté interdit, réagit enfin :

– Elle a raison.

Il hoche la tête.

– Elle a raison, c'est notre meilleure option.

Catcher s'écarte de nous avec Cira.

– C'est absurde.

– Mais non, j'insiste, bien que je brûle de me taire. Ma mère vient de la Forêt. Il y a des sentiers... Il y a un village.

Tout en expliquant ça, je voudrais qu'ils me dissuadent d'y aller.

Cramoisi, Catcher plisse les yeux et ricane.

– Il n'y a pas de sentiers. On le saurait, s'il y avait des sentiers. Il y a un pont au-dessus de la cascade, puis un portail qui ne donne sur rien.

– Mais s'il y a bel et bien des sentiers, intervient Élias en regardant Catcher dans les yeux, tu les trouveras. Tu peux entrer dans la Forêt et aller voir.

J'acquiesce. Catcher ouvre la bouche pour protester, mais Élias l'interrompt en chuchotant :

– Écoute, il faut qu'on s'en aille quelque part. On est en danger, ici.

Catcher regarde Élias et moi tour à tour, puis sa sœur. Il pince les lèvres, puis la prend par la taille.

– Tu me jures qu'il y a des sentiers ? Qu'on va pouvoir s'échapper ? Qu'on sera en sécurité ?

J'ai envie de lui dire que non, que la Forêt me terrifie. Mais au point où on en est, je pense que c'est notre seul espoir, alors j'acquiesce et on se met à courir.

XXV

Pendant qu'on zigzague à travers la ville en direction du pont qui enjambe la cascade, les gens commencent à dire que l'invasion était un canular, une sorte d'exercice. Petit à petit, ils rouvrent les volets de leurs maisons et on entend des cris venant de la Barrière, quelque part sur notre droite. On oblique vers la gauche en jouant des coudes et on remonte vers le nord en louvoyant dans les rues jusqu'à un bois qui sépare la ville de la rivière.

Un bruit de chute d'eau se fait bientôt entendre ; il étouffe tous les autres sons, même celui de notre respiration. À l'entrée du pont, on s'arrête et on pose Cira par terre. Elle lève vers nous un regard insistant, mais ne dit rien. Élias scrute les alentours, en jetant constamment des coups d'œil pardessus son épaule. Il fait tout noir, les ombres sont cachées par d'autres ombres et, au-dessus de nos têtes, la voûte des arbres dissimule totalement la lune et les étoiles. Le bruit de la cascade résonne autour de nous. La moindre silhouette d'arbre, le moindre reflet sur une feuille me donne des palpitations. Mes yeux me jouent des tours, faisant apparaître dans la pénombre des choses ou des êtres qui ne se matérialisent jamais.

Catcher traverse le pont qui enjambe la cascade et hésite seulement une seconde devant le portail, de l'autre côté, avant de s'engager dans la Forêt. Je reste de ce côté-ci de la rivière, les doigts entremêlés au grillage qui borde l'eau jusqu'à l'endroit où elle dégringole dans la cascade.

Quand je ne vois plus Catcher se déplacer parmi les arbres, je me tourne vers Élias et je m'adosse contre les fines mailles de métal froid. Je me sens mal à l'aise avec lui depuis ce soir, depuis qu'on a failli s'embrasser. Rien que d'y penser, j'ai le visage en feu.

Le silence qui règne entre nous, troublé seulement par le bruit de la chute d'eau, semble lourd comme un nuage prêt à éclater. D'un côté, j'ai envie de lui renouveler mes excuses, mais d'un autre côté, je lui en veux d'avoir tourné la page aussi facilement. Je finis par opter pour le moins risqué.

– Merci, dis-je en faisant un geste vers Cira, qui est appuyée contre un arbre, les yeux fermés.

Il fend l'air de sa main pour m'arrêter là.

Je voudrais pouvoir retirer ce que je viens de dire, effacer chaque moment où j'ai fait confiance à Élias ou pensé à lui. Je commence à m'éloigner, mais il m'empoigne pour me retenir. J'ouvre la bouche, mais il plaque la main dessus.

– Chut ! me murmure-t-il à l'oreille.

Et, bien qu'il fasse chaud, cette nuit, je frémis en sentant son souffle sur moi.

Il penche la tête sur un côté pour écouter. Je crois entendre quelque chose, moi aussi, un soupçon de bruit que je n'arrive pas à localiser. Élias se raidit. Je sens qu'il bouge, qu'il baisse lentement la main vers son couteau.

Je fais pareil en prenant conscience de tout ce qui nous

entoure dans la nuit. Au début, il n'y avait que l'obscurité, le martèlement de la cascade et la présence d'Élias, mais maintenant, je perçois les subtils accompagnements : la respiration hachée de Cira, l'odeur de son sang qui imprègne discrètement l'air. La brise légère qui me caresse les joues, le poids du couteau dans ma main.

Un peu plus loin sur le sentier, un buisson frémit. Je me crispe. Élias s'avance et moi, je fais des allées et venues derrière lui pour protéger Cira. J'entends un petit bruit de mouvement, puis un long gémissement étouffé. Je m'accroupis, le cœur battant, et je chasse toute autre pensée, toute autre émotion. Je prends le bras de Cira et j'essaie de le passer sur mon épaule pour l'aider à se mettre debout.

À cet instant, une Mudo débarque en titubant. Elle s'avance par à-coups, avec un pied tordu et un bout d'os luisant qui dépasse de sa cheville. Elle a les épaules nues et de longs cheveux blonds qui lui pendent dans la figure. Grâce au clair de lune, je distingue des taches de rousseur dans son décolleté. Je vois aussi que les ongles de sa main droite ont été arrachés et que son petit doigt pendouille, retenu seulement par des tendons et des lambeaux de peau.

Elle lâche un nouveau gémissement et tend les mains vers nous en s'approchant de son pas incertain. La panique fait bouillonner mon sang dans mes veines. Il faut que je remette Cira sur ses pieds, il faut que je traverse le pont. Mais mon amie est un poids mort ; je n'arrive pas à lui faire reprendre ses esprits. J'ai envie d'appeler au secours, de crier, mais je résiste à la tentation.

– Cira, ma belle, viens, il faut qu'on y aille ! je la supplie en lui prenant le visage entre les mains pour essayer de l'arracher à sa torpeur.

– Non, marmonne-t-elle. Dormir.

– Cira !

L'affolement est perceptible dans ma voix, qui monte dans les aigus.

– Tout va bien, dit calmement Élias en se dirigeant vers la Mudo à pas lents, prudents. C'est une des nôtres.

Tandis qu'il s'approche d'elle, je ravale la bile qui m'est remontée dans la gorge.

– Tue cette créature, Élias ! je lance, mais il tourne autour d'elle.

Elle le suit en titubant, les bras tendus vers lui. Elle trébuche puis se redresse en faisant craquer sa cheville, qui se tord suivant un angle encore plus important.

Je lâche Cira et je m'avance, en tenant mon couteau devant moi.

– Qu'est-ce que tu fais ? je crie à Élias. Tue-la !

Mais il ne m'écoute pas. Il laisse la créature le toucher, le tirer vers elle. Comme les autres, elle n'a plus de mâchoire inférieure ni de dents. Son gémissement morne fait pitié.

– Elle s'appelait Kyra, dit-il. Elle croyait qu'elle accéderait à la vie éternelle.

Il la repousse d'un geste presque empreint de douceur. J'ai envie de vomir.

– Qu'est-ce que tu fais, Élias ? Tue-la ! je lui répète.

Ça me terrifie de le voir comme ça.

– Tu m'as dit que tu n'étais pas un Spiritiste. J'avais compris que tu ne croyais pas à ce qu'ils faisaient.

Je m'approche tout doucement, en me préparant à tuer la créature s'il ne le fait pas.

Il agit si vite que son mouvement est presque invisible. Il l'empoigne, les doigts plantés dans ses joues, et la tourne face à moi. Je recule, tremblante, et je crispe la main sur mon couteau. Mon cœur bat si violemment que les pulsations font vibrer ma tête, et j'ai du mal à reprendre mon souffle. Même si ces Mudos ne peuvent pas vous infecter, en principe, je n'ai pas confiance en cette créature.

Je n'ai pas confiance en Élias.

Les gémissements de la jeune morte déchirent l'air autour de nous. On sent bien qu'elle souffre le martyre.

– Nous sommes tous comme elle, au fond, me dit Élias. Nous ne serons jamais rien de plus que ça. De la matière. De la viande. Des choses vivantes.

Je considère la fille avec effarement. Je songe que mes cheveux blonds ressemblent beaucoup aux siens. À cause de ma blondeur, je trouve que je manque de chien. J'ai essayé de cacher la misère par mille coiffures pour plaire à Catcher. Je croise les bras devant ma poitrine et je prends mes coudes pointus dans mes mains.

– Je ne lui ressemble en rien, je marmonne tout bas.

J'attends qu'il en convienne. Qu'il me dise qu'il ne peut pas me comparer à elle. Mais il ne dit rien. Il se contente de passer sa lame d'un geste vif sur la gorge de la Mudo, en appuyant à fond pour lui trancher la colonne vertébrale. Ensuite, il l'étend délicatement par terre et s'agenouille à côté d'elle.

La nuit retrouve son calme d'avant. Je jette un coup d'œil au pont, dans mon dos, en me demandant où est Catcher. Est-ce qu'on a pris la bonne décision en venant ici ? De l'autre côté de la rivière, les arbres frissonnent et grincent. Terrorisée, je dois me mordre les lèvres pour m'empêcher de claquer des dents.

Voir Élias comme ça, tout ce qui s'est passé ces dernières minutes me rend nerveuse. Je croyais que je commençais à le comprendre, ce garçon.

– Mais au fond, tu ne crois pas sérieusement aux délires des Spiritistes, si ? je lui demande d'un ton égal.

Je voudrais qu'il me réponde non. J'ai *besoin* qu'il me réponde non.

Il me regarde du coin de l'œil et soupire en se redressant sur les talons.

– Je ne sais plus quoi penser, dit-il.

Il a une voix tellement accablée, tellement triste que je vais vers lui.

– Ils sont morts, je chuchote. Ce sont des monstres. Tout ce qu'ils veulent, c'est nous tuer et nous dévorer et nous transmettre l'infection.

Il secoue la tête et tend une main vers le visage de la Mudo, puis se rétracte. Je grimace, horrifiée que quiconque puisse vouloir toucher l'un d'entre eux, même une fois qu'il a été abattu.

– Et ce qu'ils ont été, qu'est-ce que ça devient ? demande Élias.

– Ça meurt avec le reste. Comme chez les morts normaux, lui dis-je.

Je ne veux pas concevoir que les Mudos puissent être autre chose que des monstres. Qu'est-ce que ça signifierait ? Qu'une trace de ce qu'ils ont été subsiste, enfermée dans un corps qui ne veut rien d'autre que nous dévorer ? Que chaque fois qu'on supprime un Mudo, on supprime une âme ? Je refuse de le croire.

– Comment tu peux le savoir ? objecte simplement Élias.

– Parce que c'est comme ça !

J'ai haussé le ton malgré moi.

Mes épaules se contractent. Je ne veux pas de cette discussion, je ne veux pas imaginer que je puisse avoir tort. S'il y a une chose qui est claire en ce monde, qui est parfaitement évidente, c'est que les Mudos sont des morts. Qu'il ne reste rien de ce qu'ils ont été.

Élias se lève et vient vers moi.

– C'est un peu trop facile.

Sous le coup de l'agacement, mon décolleté et ma gorge rougissent par plaques.

– Ils sont morts, je reprends avec plus de fermeté. Ils se font infecter, ils meurent et quelque chose les pousse à se relever pour arpenter la région en titubant. Quelque chose les pousse à nous pourchasser. Mais ces créatures, ce n'est plus eux. Quand ils meurent, tout ce qui les caractérisait meurt avec eux.

Je cherche le mot juste.

– Ça… Ça disparaît.

– Et les Brisants ? demande-t-il encore. Pourquoi ils sont différents sous prétexte qu'il n'y a pas d'autres Damnés aux alentours au moment de leur mutation ? Comment ils le savent ?

– Je ne sais pas. Ça se passe comme ça, c'est tout.

Ce qu'il m'énerve à me renvoyer la balle sans arrêt !

Autour de nous, la nuit se tait, retient son souffle. Je pince les lèvres. J'en ai assez de cette conversation, j'en ai assez qu'Élias m'oblige à remettre en question des choses dont j'ai été sûre toute ma vie, tout comme je suis sûre que les marées ne s'arrêteront jamais.

– Ça s'est toujours passé comme ça, je continue. Ils meurent. Ce qui veut dire qu'ils cessent d'être ce qu'ils étaient de leur vivant.

– Mais que penser des gens qui meurent et qui reviennent à la vie, mais qui ne sont pas infectés ? Comme ceux qui se noient et dont le cœur s'arrête, puis se remet à battre ? Ça arrive. Ils meurent et puis ils se réveillent. Mais ils restent la même personne. Ils n'ont rien perdu quand ils sont morts.

Exaspérée, je tire sur ma natte. Je ne comprends pas pourquoi il refuse de laisser tomber cette discussion.

– Ça, c'est différent. Ces gens qui se noient ne sont pas infectés. S'ils l'étaient, ils reviendraient sous la forme de Mudos. Ou de Brisants, plus vraisemblablement, puisqu'ils auraient muté sous l'eau.

– Tu crois vraiment que c'est aussi simple que ça ?

– Oui, dis-je en tâchant d'étouffer mes doutes. L'infection entraîne la mort. La mort rend Mudo. Être un Mudo, ça vous donne faim. C'est comme ça depuis le Retour et ce sera toujours comme ça.

Je me détourne pour m'éloigner de lui, pour aller voir comment va Cira, en espérant qu'il va comprendre que je ne veux plus discuter avec lui. Mais j'entends quand même sa question suivante :

– Et Catcher, alors ?

Je m'immobilise, le dos raide comme un piquet et la main

crispée sur mon couteau. Je renverse la tête en arrière et je regarde le ciel nocturne.

Élias s'approche de moi. Je sens qu'il est tout près dans l'obscurité.

– Il est infecté, ajoute-t-il avec douceur. Tu es en train de me dire que c'est plus la même personne ?

Pendant que mon cœur se met à tambouriner dans ma poitrine, je ressasse notre conversation. J'ai envie de lui dire qu'il a tort, que rien n'a changé chez Catcher. J'ai envie de lui en vouloir à mort d'avoir ainsi déformé mes propos, mais je ne peux pas. Parce que le Retour n'a rien de logique, pas plus que les Mudos. Ça n'a jamais été compréhensible, tout ça.

À la place, je réponds simplement :

– Je te déteste.

Je sais que je devrais retirer ce que j'ai dit. Je sais que je suis allée trop loin. J'ouvre la bouche pour lui présenter des excuses, quand une autre voix se fait entendre. Catcher émerge du pont et marche vers Cira. Je me demande depuis combien de temps il est là. Ce qu'il a vu et entendu.

– J'ai trouvé le sentier, annonce-t-il, essoufflé. C'est pas trop loin, mais on va devoir courir aussi vite qu'on pourra.

Il se met à genoux devant Cira et la prend dans ses bras.

Je m'approche de lui pour l'aider, quand j'entends un nouveau bruit. Celui-là est plus rauque que les gémissements de la Mudo de tout à l'heure. Je mets un moment à comprendre ce que c'est : des aboiements de chien. Ensuite, des cris d'homme viennent s'y ajouter. C'est derrière nous, ça vient du sentier qui mène à Vista. Entre les arbres, je vois une ou deux lumières vacillantes et je comprends qu'ils sont à notre poursuite.

XXVI

Catcher n'hésite pas : il saute sur ses pieds avec Cira dans les bras.

J'entends le bruissement des feuilles sous les pas des hommes qui se rapprochent sur le sentier. Je serre mon couteau plus fort et je scrute la Forêt, de l'autre côté du pont. Ma tête sait bien que c'est notre seule chance, mais mon corps refuse de bouger. C'est contraire à tout ce qu'on m'a toujours appris, à tous mes instincts.

– Elle est couverte de sang frais. Les Damnés ne mettront pas longtemps à retrouver notre piste, fait remarquer Élias en désignant Cira d'un mouvement du menton.

Catcher ne s'arrête pas, il s'engage sur le pont. Les scintillements de l'eau, en dessous, illuminent la peau nue de ses bras serrés sur sa sœur.

– On va y arriver, dit-il.

J'aimerais bien avoir la même conviction que lui.

Je jette un nouveau coup d'œil par-dessus mon épaule. On pourrait peut-être descendre la paroi de la cascade, un peu en aval d'ici, et retourner à la plage par l'estuaire. Il y a peut-être un autre moyen d'échapper aux Miliciens et aux Patrouilleurs. Mais c'est à ce moment-là que le premier chien jaillit du sentier et bondit vers nous en montrant les dents ; c'est à ce moment-là que je comprends qu'on n'a plus le choix.

Après les premiers frémissements de panique, c'est l'ébullition.

– Vite ! je hurle. Courez !

Le pont ancien qu'on traverse à toute allure ondule et tremble sous notre poids. Dans les interstices entre les planches de bois, l'eau de la cascade bouillonne et gronde en se déversant dans le gouffre noir sous nos pieds. Je crois sentir les flammes des torches derrière nous quand on atteint l'autre rive et qu'Élias se jette contre le portail, dont il peine à ouvrir le verrou.

Les vieilles planches tressautent sous nos pieds quand d'autres pieds déboulent dessus. Nos poursuivants nous crient de nous arrêter et leurs éclats de voix me donnent des sueurs froides. Enfin, Élias franchit le portail et le plaque contre la clôture pour l'ouvrir en grand. On se bouscule de l'autre côté et on le referme vivement derrière nous. Nous voilà dans la Forêt.

On ne s'arrête pas. Catcher serre Cira contre lui en fonçant parmi les arbres et les broussailles. Élias et moi, on le suit, en trébuchant sur des racines et des branches tombées. Je regarde derrière moi et je vois les hommes s'arrêter devant le grillage. Je vois leurs bouches remuer, mais je n'entends pas leurs vociférations.

Parce qu'à présent, elles sont couvertes par les gémissements. Les Mudos nous ont flairés. Ils savent qu'on est là. Et ils viennent nous chercher. Émergeant des ténèbres en titubant, ils se rapprochent lentement de nous.

Au début, je suis persuadée qu'on ne s'en sortira pas. Qu'on vient de commettre la pire erreur possible. Tout – être envoyés chez les Patrouilleurs, condamnés à mort, jetés en prison –, tout aurait mieux valu que ça.

Tout vaudrait mieux que se faire tailler en pièces par les Mudos.

Je serre mon couteau. À chaque feuille qui bruisse dans le noir, à chaque brindille qui craque, je fais un bond. La terreur me glace les os, contracte mes muscles. Une petite voix paniquée hurle dans ma tête, mais j'essaie de calmer mon angoisse et de me concentrer sur ce qu'il faut faire. De mettre un pied devant l'autre. Sans perdre Catcher de vue, puisque c'est le seul à savoir où se trouve le sentier.

Devant moi, le sol se met à monter en pente raide. Je trébuche et mes mains dérapent. Élias crie mon nom. Puis il surgit à mes côtés, me remet sur pied. Il me tire à sa suite, en louvoyant entre les arbres et les buissons. Des ronces et des lianes me griffent le visage et s'accrochent dans mes cheveux au passage.

Devant nous, Catcher ressemble à un fantôme aux contours imprécis, une silhouette à peine perceptible dans l'obscurité. Je n'ose plus en détacher les yeux. L'idée de le perdre de vue, de perdre notre seul espoir me terrifie. Je sens les Mudos autour de moi, leurs gémissements me chatouillent les oreilles. Tant qu'on court, on va plus vite qu'eux, mais on ne pourra pas tenir ce rythme éternellement.

Les Mudos finiront par nous rattraper. Ils vous rattrapent toujours, au bout du compte.

Soudain, quelque chose me tire brutalement en arrière

et s'empêtre dans ma jupe, qui se tend sur mes jambes. Je pivote pendant ma chute, et tombe sur la hanche. Lourdement. Des doigts de mort-vivant tirent sur le bas du tissu. Un Mudo sans jambes essaie de se traîner vers moi. Je le bourre de coups de pied. Mes talons s'enfoncent encore et encore dans ses bras et dans sa tête.

Ses doigts fripés restent cramponnés aux plis de ma jupe. J'essaie de m'échapper en rampant. Élias accourt et n'hésite pas une seconde avant d'enfoncer le pied dans le crâne du Mudo, avec un ignoble bruit d'os qui se brise. Les doigts se desserrent enfin. Élias me tire sur mes pieds. D'autres bras et d'autres doigts essaient de m'empoigner dans le noir. Je plaque contre mon corps ce qui reste de ma jupe.

Catcher déplace Cira dans ses bras et ralentit. Je m'inquiète : peut-être qu'il est désorienté, peut-être qu'il est perdu et qu'on va tourner en rond dans cette Forêt obscure jusqu'à ce qu'on n'ait plus la force de courir. Élias m'attrape par le bras et on se traîne derrière Catcher, haletants.

C'est là que je le vois : le portail est là, dans l'ombre. Le montant métallique brille dans la lumière de la lune ascendante. J'entrevois une lueur d'espoir, mais je n'ose y croire, j'ai peur de perdre de vue mon objectif si je me mets à espérer. Des clôtures encadrant un sentier étroit partent du portail. Les mailles du grillage sont entremêlées de plantes grimpantes garnies de fleurs absurdes qui s'ouvrent la nuit.

Catcher tire sur le portail, qui s'ouvre, et on s'y engouffre précipitamment. Un premier Mudo vient buter contre le grillage pile au moment où Catcher ferme le verrou derrière nous. Je recule en chancelant sous le choc, fuyant le Mudo et le bruit qu'il fait en se jetant contre les mailles métalliques. D'autres Mudos rejoignent le premier. Ils sont de plus en plus à pousser et tirer.

Je tournicote, craignant qu'on vienne de se piéger nous-mêmes dans une situation encore pire. Je fais quelques pas sur le sentier, frissonnante, en plaquant ma jupe déchirée contre mes cuisses pour ne pas risquer de m'approcher des clôtures, de part et d'autre. L'herbe est haute et drue, ici, mais je ne vois pas le moindre Mudo.

À l'extérieur, en revanche, ils sont nombreux à se tordre et à s'agiter derrière les vieux anneaux de métal. Je retourne auprès de Catcher et d'Élias, qui ont les yeux braqués sur l'endroit d'où on vient, de l'autre côté du portail. On a tous le souffle court.

– Ça va tenir ? je chuchote.

Personne ne me répond. On reste plantés là à regarder les Mudos s'amasser lentement derrière le mince treillis métallique, qui grince et se creuse sous leur poids.

Catcher pose Cira sur ses pieds. Elle vacille, mais elle arrive à tenir debout en s'appuyant sur lui. Il lui pose une main sur la joue et l'attire contre lui.

– Tu es vivant, dit-elle en remuant ses lèvres pâles. J'ai cru que tu étais mort.

Il sourit et l'embrasse sur le front. Je dois me détourner. Ma joie de les voir enfin réunis est teintée de honte. Ça m'est insupportable d'être celle qui a dit à Cira que son frère était condamné, d'être la cause de son suicide manqué de peu.

– Oui, je suis vivant, murmure Catcher. Tout ira bien, maintenant. Je te le promets.

Ma gorge se serre comme si c'était à moi qu'il parlait.

Comme si c'était à moi qu'il promettait que tout ira bien. J'ai envie d'y croire. J'ai envie de me raccrocher à ses paroles comme à une bouée de sauvetage, mais elles s'envolent dans l'obscurité.

C'est Élias qui rompt le charme en disant :

– On devrait continuer à avancer.

Il jette un coup d'œil à la clôture, qui ploie sous l'assaut des Mudos, et je sais ce qu'il pense : on a beau être sur le sentier grillagé, on est toujours en danger. Tant qu'on sera dans la Forêt, on sera en danger.

Dans la direction d'où on vient, on entend encore des cris. Je ferme les yeux, priant pour qu'on ait de la chance, cette fois, et qu'ils décident de ne pas venir à notre poursuite. Qu'ils décident qu'on ne vaut pas la peine de prendre un tel risque.

Catcher tend une gourde à Cira, qui boit avidement.

– Où est-ce qu'on va ? demande-t-elle entre deux gorgées.

Je me tourne vers Élias, qui soutient mon regard. Je pense à ma mère, à son village qui est quelque part au bord de ce sentier. Est-ce qu'il existe toujours ? Et elle, est-ce qu'elle est quelque part devant nous ? J'ai peur d'espérer l'un comme l'autre, peur de souhaiter quelque chose qui pourrait ne pas se vérifier.

– Avant toute chose, il faut qu'on s'éloigne de Vista, dit Élias sans me laisser le temps de répondre à Cira. On décidera de la suite du programme après.

À l'entrée, près du portail, le sentier est assez large pour notre petit groupe, mais il ne tarde pas à se resserrer, si bien qu'il devient presque impossible de marcher côte à côte.

Cira est encore un peu faible, mais l'eau lui a donné des forces et, avec le soutien de Catcher, elle arrive à faire quelques pas.

Je reste en arrière pour les aider, mais je me retrouve vite dans leurs pattes. J'essaie de les suivre de près pour entendre ce qu'ils disent, mais ils rapprochent leurs têtes et se parlent à voix basse. À plusieurs reprises, je les entends glousser et je leur demande pourquoi, espérant me joindre à la conversation. Mais bientôt, je me rends compte qu'ils sont tellement absorbés par leurs retrouvailles que je suis de trop.

Je finis par marcher derrière Élias, que j'aide à tailler les ronces et à piétiner les herbes hautes, sans lui parler. Pendant ce temps, la nuit s'installe autour de nous, l'obscurité se fait de plus en plus épaisse. Je suis encore piquée au vif par notre conversation de tout à l'heure. Je me mets à penser à ma mère, à la place.

Est-elle arrivée jusqu'ici ? Est-ce que je marche sur ses traces ? S'est-elle arrêtée pour scruter la Forêt et envisager de faire demi-tour ? De revenir me chercher ? Je secoue la tête, certaine qu'elle n'aurait pas fait ça. Non, je la vois plutôt avancer à grandes enjambées décidées sur le sentier, la tête haute.

Elle n'aurait pas tremblé, elle. Ni sursauté, comme moi, à chaque branche qui craque. Elle n'aurait pas eu envie de se boucher les oreilles pour étouffer les gémissements incessants des Mudos qui tirent en permanence sur la clôture, de chaque côté de nous.

Mes yeux s'embuent. Je les essuie du revers de la main. Je me sens encore plus nulle maintenant que je pleure. J'inspire profondément, tâchant de me calmer. De trouver un peu de force en moi.

« Le vrai problème, c'est ça », me dis-je en passant le pouce sur le plat de mon couteau pour sentir les symboles gravés dessus. Non pas que ma mère m'a menti sur mon identité et mon lieu d'origine, mais que j'ai toujours pensé avoir une chance d'être comme elle. J'ai toujours pensé que je pouvais avoir hérité de quelques-uns de ses traits, comme sa force et son assurance. Qu'il suffisait que je les trouve en moi.

Mais vu que je ne suis pas sa fille, je ne lui ressemble pas du tout, en vérité. Et je n'ai aucun espoir de lui ressembler un jour.

Je manque me cogner dans le dos d'Élias avant de me rendre compte qu'il s'est arrêté. Il a la tête renversée en arrière et il regarde en l'air.

– Qu'est-ce qui se passe ? Il y a un problème ? je lui demande, tendue, redoutant un ennemi invisible.

Il se contente de pointer le doigt vers le ciel sans rien dire. Je le dévisage avec des yeux ronds.

– Regarde ! dit-il.

Dubitative, je prends une profonde inspiration puis je penche lentement la tête en arrière. Il y a un moment déjà, le ciel du crépuscule a fini par céder la place au noir complet. La nuit a une odeur de fleurs et de terre. De mort et de sang. La chaleur de la journée monte du sol détrempé et tourbillonne autour de mes chevilles.

– Qu'est-ce que c'est ? je demande, impatiente et fatiguée, sale et angoissée.

Élias se rapproche, s'immobilise derrière moi et se penche en avant jusqu'à ce que sa joue soit à un cheveu de la mienne. Ça me coupe le souffle de le sentir si près. Je suis encore furieuse contre lui, mais je ne peux pas m'empêcher de revoir de fugitives images de ce fameux moment sur la plage et je ne peux pas ignorer que, si on tournait la tête, nos lèvres se toucheraient.

Je ne veux pas l'apprécier. Je ne veux pas m'attacher à lui. C'est tellement plus facile de le détester, de ne faire aucun cas de ce qu'il dit pour ne pas avoir à réfléchir ni à remettre en question notre façon de vivre et tout ce qu'on m'a jamais appris.

Avant que je puisse m'écarter, il prend ma main entre les siennes – ce qui m'envoie une décharge électrique dans le bras – et la soulève pour la pointer vers le ciel. Je tourne la tête pour jeter un nouveau coup d'œil sur le sentier, derrière nous, en me demandant si Catcher et Cira sont vraiment loin derrière. Ou s'ils nous voient dans cette posture.

Élias me chuchote à l'oreille :

– Regarde les étoiles.

Le souffle frémissant, j'avale ma salive ; mon champ de vision palpite au même rythme que mon cœur. Je suis des yeux la direction qu'indiquent nos index. J'ai du mal à me focaliser sur autre chose qu'Élias, mais finalement, je vois ce qu'il me montre : un minuscule point de lumière qui se déplace à une allure régulière parmi les étoiles.

– Qu'est-ce que c'est ?

– Un satellite, me dit-il.

Bien que distraite par sa présence, j'essaie de me concentrer sur ce qu'il me dit. Je passe vite en revue tout ce que j'ai appris à l'école pour essayer de me rappeler si on a parlé de ces choses-là. Élias laisse retomber nos bras, mais garde ses doigts entremêlés aux miens. J'ai envie de le repousser et en même temps, paradoxalement, de l'attirer plus près encore. À la place, je me polarise sur ma respiration, en observant le signal lumineux qui traverse le ciel.

– Ça date d'avant le Retour, dit Élias.

À présent, ça me revient. Je me rappelle que le prof nous en a parlé quand il nous a fait étudier la gravité et le système solaire. Élias caresse du pouce la racine de mes doigts, et mes pensées se dispersent. Est-ce que c'était juste un geste machinal, ou est-ce qu'il l'a fait exprès ? Mon cœur s'emballe et je suis persuadée qu'il sent mon pouls affolé, qui fait palpiter chaque centimètre de ma peau.

– Je n'avais jamais cherché à en voir un, dis-je. Peut-être parce qu'inconsciemment, je pensais qu'ils avaient disparu, maintenant. Comme tout le reste.

Ma voix me paraît râpeuse, ma langue épaisse. Élias est beaucoup trop près pour que j'arrive à penser à autre chose. C'est agréable d'avoir quelqu'un qui vous tient la main, qui vous sert d'appui.

– Tout ce qui vole me fascine, répond-il doucement.

Je retiens mon souffle en attendant la suite. J'ai envie d'en savoir davantage sur lui.

– Ça fait bizarre de penser qu'ils sont toujours là-haut, en train de tourner, alors qu'ils sont devenus inutiles, ici, maintenant que tout s'est effondré. Ils...

Il cherche le mot juste. Pendant ce temps, une petite brise nous enveloppe.

– Ils continuent, voilà. Comme si rien n'avait changé.

Je songe que c'est la même chose pour nous. Une fois propulsés, on passe notre vie à continuer sur notre lancée, mais à quoi bon ? Dans quel but ? Ça ne m'avait jamais dérangée avant. J'étais heureuse.

Une brindille craque derrière nous. D'un bond, je m'écarte d'Élias. Les voix de Catcher et de Cira nous parviennent d'un peu plus loin sur le sentier, dans l'obscurité. Je me réfugie dans l'ombre en espérant qu'ils ne nous ont pas vus ensemble. Les joues en feu, je toussote et je jette un coup d'œil à Élias. Il est toujours là où je l'ai laissé, mais ce n'est plus le ciel qu'il regarde.

C'est moi.

En voyant son expression, j'arrête de respirer. On y lit du regret, de la douleur et du désir mêlés. Je suis obligée de me détourner, redoutant ce que mon visage à moi exprime à son tour. Je suis toute désorientée ; je ne sais plus ce que je dois ressentir ni ce que je veux.

Il s'approche de moi et je me crispe.

– J'aimerais bien savoir comment te rendre le sourire, dit-il.

Il parle tout bas. Je pourrais presque imaginer que c'est le vent qui me murmure à l'oreille, et qu'Élias n'a rien dit.

– J'aimerais bien savoir ce que tu veux.

Il se détourne et se remet à marcher sur le sentier, dans le noir.

Derrière moi, Catcher et Cira s'approchent. Je ferme les yeux.

Moi aussi, j'aimerais bien.

XXVII

On marche encore longtemps. Élias sort des choses à manger et de l'eau de son sac et fait passer le tout. La lune se lève et se couche, et juste avant l'aube, on trouve un petit espace dégagé sur le sentier où on essaie de se reposer. Catcher et Cira continuent à chuchoter jusqu'à ce que leurs voix s'éteignent, cédant la place au sommeil. Élias ronfle doucement. Il ne reste plus que moi. Je regarde le ciel, cherchant le point lumineux d'une étoile filante ou d'un satellite. Je m'obstine à essayer de retrouver mes souvenirs : est-ce que j'ai déjà emprunté ce sentier ? Est-ce que ces arbres me sont familiers ? Et cette odeur ? Et ces bruits ? Des souvenirs dansent à la lisière de ma conscience, presque accessibles, jusqu'à ce que des rêves dissipent ces images et m'emportent dans le néant.

Le lendemain, le matin est gris et boueux, l'air chaud et immobile. Cira a des cernes noirs sous les yeux, mais elle arrive à tenir debout toute seule. Elle mange et boit de l'eau, et ses joues reprennent un peu de couleurs. Elle arrive à marcher un moment sans s'appuyer sur Catcher, mais notre avancée reste lente et les Mudos sont toujours là, en train de gémir et de marteler le grillage de chaque côté.

Il est impossible de mesurer le passage du temps, impossible de savoir quelle distance nous avons parcourue. Alors on se contente de poser un pied devant l'autre. Mon sac à dos me scie les épaules.

Quand Élias cesse de marcher, je ne m'en aperçois même pas : je lui rentre dedans une fois de plus. Déséquilibrée, je me rattrape au grillage. Je n'ai pas l'habitude d'être si près des clôtures, des Mudos. Je n'ai pas l'habitude qu'ils soient collés à moi comme ça, au point de m'empêcher de respirer. Sentant des doigts morts tirer sur les miens, je pousse un cri et je tombe par terre, la main rabattue sur la poitrine. Mon cœur bat la chamade. Je ferme les yeux pour calmer ma respiration.

Quand je les rouvre, Élias a lâché son sac et me tend la main pour m'aider à me relever.

– Ça va ?

Je lui fais signe que oui en me remettant debout et je retire vite ma main quand Catcher et Cira arrivent au détour du sentier derrière nous.

Je recule et me concentre sur le réglage des bretelles de son sac.

– Qu'est-ce qui se passe ? demande Catcher.

Croyant qu'il parle d'Élias et moi, qu'il a remarqué quelque chose bien qu'il n'y ait rien entre nous, je deviens cramoisie. Je lève vivement les yeux vers Élias, mais il ne me regarde pas. Il pointe le doigt.

– Il y a un portail sur le sentier.

Mon visage s'empourpre encore plus. Je me sens tellement bête d'avoir d'abord pensé à Élias ! J'enroule mes doigts dans les bretelles de mon sac et je pars vers le portail, espérant cacher mon expression aux autres. Pourquoi devrais-je être gênée qu'Élias m'ait aidée à me relever ? Pourquoi je m'imagine que ça peut déranger Catcher ?

Je m'éclaircis la gorge en faisant mine d'étudier le portail qui barre le sentier sur toute sa largeur. Un objet brille sous la poignée ; je le tâte du bout des doigts.

– Je crois qu'il y a quelque chose, ici, dis-je.

Les autres, qui faisaient circuler la gourde pour boire à tour de rôle, s'interrompent tandis que je m'accroupis pour étudier ça de plus près.

Il y a une petite languette accrochée à la clôture, et les lettres *IV* ont été gravées dessus.

– Je crois que c'est les nombres que ma mère m'a appris quand j'étais petite, dis-je en me retournant vers mes compagnons. Ça dit *IV*, ce qui signifie « quatre ».

– Le sentier continue de l'autre côté ? demande Cira.

Je regarde à travers le grillage.

– On dirait.

Je plisse le front en examinant les lettres. Quelque chose me travaille, remue à la lisière de ma conscience, mais continue à m'échapper. C'est comme si j'essayais de retenir de la neige entre mes doigts. Je me retrouve sans rien de tangible.

– On a le choix entre avancer ou faire demi-tour, dit Catcher. Du moment que la voie est libre, je propose qu'on continue à suivre le sentier.

Les autres franchissent le portail. Je reste accroupie par terre à tâcher de déterminer ce qui me paraît si familier. Si j'ai traversé la Forêt avec ma mère, j'ai dû passer par ce portail. Élias me fait sursauter en me tendant la main. Cette fois, j'ignore son geste et je me relève toute seule.

Le contenu de mon sac remue un peu. J'appuie sur mes reins endoloris pour les soulager.

Élias me regarde en penchant la tête.

– Ça va ? demande-t-il, et je vois à son expression qu'il se fait sincèrement du souci.

Je le dépasse pour rejoindre les autres sur le sentier.

– Très bien, lui dis-je en m'éloignant.

Élias ferme le portail derrière nous.

◆

Notre journée tourne court quand on s'aperçoit que Cira, livide, les jambes flageolantes et le visage mouillé de sueur, n'est plus en état de marcher. Catcher l'aide à s'étendre par terre et Élias allume un petit feu, et on passe le début du crépuscule à chasser les moustiques sans dire grand-chose. On ne sait pas de quoi parler.

J'ai l'impression d'être avec des étrangers ; on est trop terrifiés pour aborder notre situation présente, et en même temps, on a peur d'évoquer quoi que ce soit d'autre. Au bout d'un moment, les gémissements des Mudos et le chant des grillons deviennent trop envahissants et je commence à avoir la bougeotte. Je n'ai pas l'habitude d'être avec du monde tout le temps, d'avoir un public qui épie chacun de mes gestes.

– Je vais faire un petit tour, voir ce qu'il y a un peu plus loin, j'annonce aux autres.

Je sors mon couteau et je m'engage sur le sentier sans leur laisser le temps de réagir.

Je ne suis pas très loin quand j'entends un pas que je

connais bien faire craquer l'herbe sèche et que Catcher m'appelle. Je m'arrête et j'attends qu'il me rattrape.

– C'est idiot de te balader toute seule, Gabry.

Mes épaules se crispent. J'ai envie de lui dire que c'était pourtant mon objectif, que j'ai besoin d'un moment tranquille pour réfléchir. Pour comprendre ce qui se passe. Mais je n'en fais rien parce que ça fait trop longtemps qu'on ne s'est pas parlé, qu'on se tient à distance, et que ça me fait du bien de passer un peu de temps seule avec lui dans le soir tombant.

Je tends la main vers lui et j'entremêle mes doigts aux siens.

– Comment tu vas ? je lui demande.

Il regarde le sol, nos mains, la clôture – tout sauf mes yeux. Il hausse les épaules et une foule d'émotions passe sur son visage.

– Je ne sais pas, dit-il enfin.

Ce n'est pas la réponse que j'attendais. Je voudrais qu'il se confie à moi ; je voudrais me sentir aussi proche de lui qu'au moment où on s'est embrassés. Je sais que tout a été chamboulé depuis, mais il est vivant, il a survécu à sa morsure. Il n'y a pas de raison que son immunité ait changé quelque chose entre nous et, pourtant, j'ai l'impression que c'est le cas. Je voudrais trouver un moyen de le faire parler.

Je me contente de lui presser la main plus fort.

– Tu l'as dit à Cira ? Que tu es immunisé ?

Il acquiesce.

– Je ne suis pas sûr qu'elle ait vraiment compris. Mais elle a pleuré de joie.

Ça lui arrache un petit sourire. J'avais oublié comme

j'aime voir son visage s'illuminer. J'avais oublié qu'on passait notre temps à se taquiner. J'essaie de lui rendre son sourire, mais le mien paraît forcé, artificiel.

Catcher regarde nos mains, nos doigts entremêlés.

– Même moi, je ne suis pas sûr de le comprendre.

– Ça fait comment ?

J'aimerais savoir ce qu'il ressent.

Il inspire profondément et son torse me frôle le bras.

– Physiquement, c'est comme...

Il s'interrompt.

– C'est comme un feu. C'est comme si j'étais dans une pièce sans porte et sans fenêtres et que la chaleur ne faisait que monter, monter, monter jusqu'à ce que ça devienne irrespirable.

– Ça fait mal ?

Il ne répond pas tout de suite.

– Je crois que le pire, c'est que je ne comprends pas, dit-il enfin. Je ne sais pas si je vais muter, brusquement. Ni ce qui se passerait si je mourais...

Il laisse sa phrase en suspens et un nouveau silence s'installe entre nous.

J'ai peur de poser la question, mais j'ai besoin de savoir.

– Ça va aller, non ?

Je penche la tête pour le regarder, essayant de retrouver l'intimité que nous avions avant que tout change. Notre espoir, notre avenir d'alors. Il dégage ses doigts des miens et se met à marcher sur le sentier. L'air du soir s'engouffre à l'endroit qu'il occupait, et m'enveloppe. Je me sens seule, désespérée.

Je ne comprends pas ce que j'ai fait de mal. Je lui cours

après, mais le sentier est trop étroit pour qu'on puisse marcher côte à côte. Il avance à grandes enjambées, en écartant l'herbe haute devant lui avec ses mains.

– Catcher, attends ! j'appelle.

Il s'arrête devant moi. Je vois ses épaules se soulever et retomber en rapide succession, comme s'il essayait de reprendre son souffle. Il ne se retourne pas. Je pose les mains sur son dos et je fais courir un doigt le long de sa colonne vertébrale.

– Ne fais pas ça, Gabrielle, dit Catcher en regardant une seconde derrière lui, les yeux brillants, avant de repartir à pas lourds.

– Ne fais pas quoi ?

Je ne vois pas du tout de quoi il parle.

Il se retourne si brusquement que mes mains se plaquent contre sa poitrine. Il me prend les poignets pour les tenir loin de lui.

– Ne me rappelle pas à quel point tout est différent. Pour nous deux.

J'ouvre des yeux ronds et ma mâchoire se décroche, mais je reste interloquée. Il est tellement sec, tellement en colère ! Je ne comprends pas ce qui se passe.

Catcher me secoue doucement. Il ouvre la bouche, mais j'ai l'impression qu'il ne trouve pas ses mots. Ensuite, sans me laisser le temps de me ressaisir, il approche sa tête mais s'arrête quand sa bouche arrive à quelques centimètres de la mienne. Sa peau est tellement chaude qu'elle me brûle les bras.

J'ai du mal à reprendre mon souffle. Je meurs d'envie d'avancer la tête à mon tour, de plaquer ma bouche contre la sienne. Je me penche un tout petit peu vers l'avant, et il bat en retraite pour préserver la distance entre nous.

– J'ai tellement envie de ça… tellement envie d'être avec toi, dit-il entre ses dents. J'ai envie de tout oublier. De faire comme si de rien n'était, comme si on pouvait encore être ensemble et que je pouvais rêver qu'on se retrouvera un jour.

Ses doigts me serrent les poignets comme un étau. J'ai l'impression d'avoir la poitrine ligotée et que mon corps se vide de tout son oxygène. Catcher est en train de me dire ce que j'ai toujours rêvé d'entendre de sa bouche – qu'on pourrait être ensemble –, mais ça sort de travers, pour une raison qui m'échappe, et la douleur est presque physique.

– Je *peux* être avec toi, lui dis-je. Je le suis.

Il resserre son emprise et ferme les yeux. En promenant sur moi son souffle frémissant, il passe la bouche sur ma joue, le long de ma mâchoire et sur mon front, et avec sa fièvre, c'est un peu comme s'il me marquait au fer rouge. J'en veux tellement plus que j'en tremble.

J'essaie de le toucher, de l'attirer plus près de moi, mais il me repousse et me regarde fixement. On est tous les deux haletants. Un filet de sueur me dégouline dans le dos. J'attends que Catcher dise quelque chose, n'importe quoi, pour m'expliquer ce qui se passe. Mais il se tait.

– Catcher…, dis-je en m'approchant.

Ma voix est un murmure, une supplique, une question. Il se contente de lever la main pour me tenir à distance. Puis il part en courant sur le sentier, vers l'endroit où se trouvent les autres. Je ne prends pas la peine de lui courir après. Je suis trop consternée pour bouger. Tout ce que j'arrive à faire, c'est me plier en deux et poser les mains sur mes genoux en essayant de respirer. En essayant de comprendre ce qui vient de se passer et ce que j'ai bien pu faire de mal.

Je me sens secouée, meurtrie, hébétée. Les Mudos gémissent toujours, sauf que maintenant, on ne peut plus les voir distinctement dans l'obscurité. À les entendre, j'ai l'impression qu'il y en a tout autour de moi, que je suis prise au piège. J'entends des craquements et des bruissements dans la Forêt. Chaque bruit me fait sursauter.

Je retourne auprès des autres pour me sentir protégée. Je suis presque arrivée quand je me mets à courir pour de bon, persuadée que les clôtures ont été enfoncées et que je suis poursuivie par les Mudos. Je déboule à toute allure dans la petite clairière où Élias et Cira sont assis près d'un feu. Élias se lève d'un bond et referme les bras autour de moi.

– Qu'est-ce qui ne va pas ?

Il regarde derrière moi, sur le sentier, en sortant son couteau.

– Les Mudos, je hoquette d'une voix étranglée. Les gémissements...

Élias me pousse derrière lui et fait quelques pas dans la direction d'où je viens. Cira tend la main vers moi.

– Ils ont enfoncé le grillage ? demande Élias, prêt à se battre.

– Je... Je ne sais pas, je bafouille. Ils me semblaient tellement près ! J'ai eu l'impression qu'ils étaient juste là, sur le sentier.

Élias attend encore un moment. Le concert de gémissements résonne autour de nous. Finalement, les battements de mon cœur s'apaisent et je retrouve des idées claires. Personne ne surgit en titubant dans notre petit rectangle de lumière.

– Je crois que je me suis affolée pour rien, dis-je, gênée d'avoir paniqué. C'est juste qu'il faisait sombre et...

Cira serre ma main entre les siennes.

– C'est pas grave, dit-elle avec douceur. C'est normal d'avoir peur.

Je me tourne vers elle. Je ne m'étais pas rendu compte avant cet instant à quel point j'avais besoin d'entendre ça. Elle m'attire contre elle et j'ai envie de m'écrouler dans ses bras, mais je fais attention, sachant qu'elle est encore faible à cause de la déshydratation et de tout le sang qu'elle a perdu. C'est moi qui dois la soutenir et pas le contraire. Mais en cet instant précis, j'ai besoin d'être rassurée.

– Où est Catcher ? je lui demande.

Est-ce que je l'ai fait fuir pour de bon ?

Elle m'étudie comme si elle essayait de déchiffrer mon expression. Catcher lui a-t-il parlé de moi ? Lui a-t-il raconté qu'on a failli s'embrasser ? Qu'il est parti en courant quand j'ai essayé de me serrer contre lui ? Est-ce qu'elle comprend ce qui lui prend, elle ?

– Il a dit qu'il voulait revenir sur nos pas, s'assurer que personne ne nous a suivis dans la Forêt, dit-elle en bâillant.

Je plisse les yeux et je me tourne vers Élias, qui hausse les épaules. Je n'avais même pas envisagé la possibilité que la Milice ou les Patrouilleurs soient à notre poursuite. J'ai tendance à penser que ce serait stupide qu'ils prennent un risque pareil ; on n'en vaut pas la peine. Je m'allonge à côté de Cira en me demandant, à chaque brindille qui craque, si ce sont les Mudos qui viennent vers nous ou si c'est un autre danger dont on n'a pas encore connaissance.

◆

– Ils nous ont suivis, annonce brusquement Catcher le lendemain matin.

On était en train de partager le peu de nourriture qu'on a tout en tâchant d'ignorer les Mudos qui arpentent les clôtures, de chaque côté du sentier, d'un pas traînant. Je me fige au milieu d'une bouchée.

– Quoi ?

Élias et Cira ont la même réaction.

J'attends que les yeux de Catcher dérivent vers moi – j'attends un indice sur ce qu'il ressent à propos de ce qui s'est passé entre nous hier soir. Mais depuis son retour, il évite mon regard.

– J'ai coupé par la Forêt, cette nuit. Le sentier fait beaucoup de détours, commence-t-il.

Quand son frère nous indique qu'il s'est baladé au milieu des Mudos, Cira se tend, mais ne dit rien.

– ... J'ai refait presque tout le chemin jusqu'à la rivière de Vista.

Il jette un coup d'œil à Élias, qui tord la sangle de la gourde entre ses doigts.

– ... Ils forcent les Spiritistes à rallonger les clôtures le long du chemin qui mène au pont sur la cascade pour pouvoir nous suivre sans prendre le risque de traverser la Forêt.

Élias pâlit, puis serre les poings. Les muscles de ses mâchoires se crispent.

– Qu'est-ce que tu racontes, Catcher ? demande Cira.

Moi non plus, je ne comprends toujours pas ce qui se passe. Je secoue la tête.

– Je ne sais pas qui c'est. Je ne sais pas si c'est la Milice ou les Patrouilleurs ou les deux. Mais ils se préparent à entrer dans la Forêt. À nous traquer sur le sentier.

Soudain, tout ce que j'ai mangé ce matin devient aigre dans mon estomac.

– Pourquoi ils viendraient nous traquer ? demande encore Cira. C'est impossible que je les intéresse à ce point. Je sais que j'étais censée entrer chez les Patrouilleurs, mais pourquoi ils se mettraient en danger pour si peu ?

Je me lève et je m'éloigne de quelques pas. Dans ma tête, je vois Daniel. Je vois la tache rouge sur sa chemise. Et la façon dont il m'a regardée. C'est moi qu'ils cherchent, pas Cira. Ils ne vont pas me laisser m'en tirer impunément après ce que j'ai fait. Ça va me retomber dessus. Mais du coup, je mets mes amis en danger.

Cette découverte me donne le vertige. Je me ronge l'ongle du pouce en tournant tout ça dans ma tête. La conversation des autres se mue en bourdonnement qui passe à l'arrière-plan, avec les gémissements.

– Je vais me rendre.

Je ne me souviens même pas d'avoir parlé, ni d'avoir formulé cette pensée dans ma tête.

Catcher, Élias et Cira me regardent avec des yeux ronds. Ils sont tous aussi surpris les uns que les autres.

– C'est moi qu'ils cherchent. Pour ce que j'ai fait à Daniel. Je vais rebrousser chemin sur le sentier. Continuez à avancer, vous. Ils vous laisseront tranquilles.

Je parle d'une voix monocorde, mais ça me fait du bien d'avouer ce que j'ai fait. J'ai l'impression que je vais enfin payer pour m'être enfuie du parc d'attractions, l'autre soir.

– Je ne comprends pas. Qu'est-ce que Daniel a à voir là-dedans ? s'étonne Cira, les sourcils froncés.

Je me tourne vers elle, mais je ne trouve pas le courage de lui répondre. Catcher lui prend la main et secoue la tête comme pour lui faire signe de ne pas poser cette question, puis me dit :

– C'est absurde.

– Non.

J'ai le cœur qui palpite, soudain léger, comme si c'était un oiseau-mouche qui battait dans ma gorge.

– Je l'ai tué. Je dois payer.

XXVIII

Cira lâche un son étranglé et porte une main vers sa bouche. Elle a les yeux ronds comme des soucoupes. Je me détourne.

– J'ai pris ma décision, leur dis-je.

Et c'est vrai. Je suis terrifiée, mais j'ai le sentiment que c'est la chose à faire.

Élias scrute le sentier en se tapotant la hanche du bout des doigts.

– Tu les as vus ? Les Spiritistes, précise-t-il.

Le front plissé, il semble perdu dans ses pensées.

Catcher acquiesce.

– Il y avait qui d'autre ? Il y avait des Patrouilleurs ?

Je regarde les deux garçons l'un après l'autre en essayant de comprendre où Élias veut en venir.

Catcher acquiesce de nouveau.

– Ouais, je crois que c'en était, ceux qui criaient aux Spiritistes comment poser le grillage.

Élias pince les lèvres, puis se passe une main sur la tête pour frotter ses cheveux qui repoussent.

– Ça ne tient pas debout, dit-il à Catcher. Les Patrouilleurs ne se soucieraient pas de Daniel. Ils ne se mêleraient pas d'une affaire qui ne concerne que Vista.

Les épaules contractées, il entremêle ses doigts et met les mains dans sa nuque pour s'étirer.

– Et tu es sûr que tu as vu des Patrouilleurs s'en mêler ?

La voix de Catcher devient hésitante.

– Pratiquement sûr, oui. Mais je peux y retourner pour vérifier. Cette nuit.

Cira lui prend la main et chuchote :

– C'est trop dangereux.

– On ne peut pas laisser Gabry y retourner, lui répond-il tout bas. Ils la tueraient.

C'est un choc de l'entendre dire tout net, comme si une déferlante m'avait frappée de plein fouet.

– Pourquoi ils nous traqueraient, si ce n'était pas pour moi ? je lance.

Ma voix est à peine audible.

Élias me coupe pour demander à Catcher :

– Est-ce que quelqu'un t'a vu ? Quand tu as emmené les Mudos à Vista, est-ce que quelqu'un t'a vu avec eux ?

Catcher ouvre des yeux ronds.

– Je...

Il réfléchit.

– Je ne sais pas. Je ne pense pas.

Il regarde le ciel comme s'il essayait de revivre ce moment. Autour de nous, tout semble se taire, les oiseaux cessent leurs pépiements matinaux, et même les gémissements s'apaisent un peu, comme si les Mudos avaient tous faibli en même temps. Soudain, Catcher pâlit et reporte les yeux sur nous.

– Oui, il y avait quelqu'un ! Quand je suis passé par-dessus la Barrière. Je n'y pensais plus parce qu'il s'est enfui quand il a vu les Mudos.

– Mais tu penses qu'il t'a vu avec eux ? veut savoir Élias.

Catcher hoche lentement la tête. Quant à moi, j'échange un regard perplexe avec Cira. De toute évidence, elle ne comprend pas plus que moi ce qui se passe.

Élias appuie deux doigts entre ses yeux fermés.

– Ils ne sont pas après Gabry, dit-il. Ils sont après Catcher. S'ils l'ont vu avec les Mudos, ils ont compris qu'il était immunisé.

– Et alors ? intervient Cira. Qu'est-ce que ça peut faire qu'il soit immunisé ? Pourquoi s'en soucieraient-ils assez pour prendre le risque de s'engager dans la Forêt ?

J'enroule mes bras autour de moi. Le soulagement me donne le vertige, je tiens à peine debout. Ils ne sont pas après moi ; je n'ai pas besoin de me rendre. Mais j'ai l'impression de trahir les autres en éprouvant ça. Comment puis-je être soulagée alors que c'est Catcher, maintenant, celui qui risque d'avoir des ennuis ? Alors qu'on n'a fait qu'échanger nos places ?

– Vous ne comprenez pas, dit Élias. L'immunité, c'est rare. Plus que rare. Ça n'existe pratiquement pas. Les Patrouilleurs cherchent désespérément des Immunisés.

Cira ouvre la bouche pour protester, mais il lui coupe la parole. Son agitation est manifeste.

– Un Immunisé peut aller n'importe où. Faire n'importe quoi.

Il se met à faire les cent pas, décrivant de petits cercles qui me donnent le tournis.

– Vous savez combien il y a de villes, autour de nous, qui sont tellement envahies par les Damnés qu'elles sont inaccessibles aux vivants ? Dans les zones sans danger, tout a été récupéré. Les villes qui ont tenu le coup, on y a pris tout ce qu'on pouvait. Imaginez tous les endroits, à l'extérieur, où un Immunisé pourrait aller chercher des provisions. Et ce n'est pas tout : un Immunisé, c'est l'arme idéale. Il peut aller au milieu d'une horde de Damnés et les tuer tous jusqu'au dernier. Il peut libérer des hommes pris au piège.

Élias se prend la tête entre les mains.

– Les Patrouilleurs feraient n'importe quoi pour mettre la main sur un Immunisé.

Le visage de Cira est aussi blême que le mien doit l'être. Je n'avais jamais pensé à cet aspect de la situation de Catcher, jamais compris ce que son immunité signifiait à plus grande échelle. Tout ce qui comptait, pour moi, c'est qu'il n'était pas mort, et n'allait pas mourir. Qu'on pouvait encore être ensemble. Les jambes en coton, je tombe assise par terre. Tout notre groupe se tait pour analyser cette nouvelle information, pour comprendre ce que ça change pour nous et comment ça influence notre relation avec Catcher.

– Dans ce cas, je vais y retourner, dit-il doucement.

– Non ! hurle Cira.

Elle lui empoigne le bras.

– Je ne peux pas te laisser faire ça après avoir cru que je t'avais perdu. Pas maintenant. J'ai besoin de toi. Non, Catcher.

Il lui pose une main sur la joue, mais elle secoue la tête.

– Non, répète-t-elle. Non.

– Comme l'a dit Gabry, c'est le seul moyen de nous protéger.

Il se tourne vers moi, me regarde longuement.

– ... De protéger les gens que j'aime.

Mon souffle me reste coincé dans la gorge. « Les gens qu'il aime », je me répète. Cette formule me donne des picotements partout sur la peau.

– N'y va pas, lui dis-je doucement. S'il te plaît.

Pendant une seconde, j'ai l'impression qu'on est seuls tous les deux. Tout le reste s'efface. Il n'y a plus de Mudos, il n'y a pas d'infection ni de sentier ou de Patrouilleurs. Il n'y a que nous, qui nous regardons dans les yeux comme l'autre soir, dans le parc d'attractions, avant notre premier baiser. Je voudrais préserver ce moment, l'envelopper soigneusement et le garder pour toujours.

Mais Élias s'éclaircit la gorge et m'arrache à ma rêverie.

– Ça ne les empêchera pas de venir à notre poursuite. C'est ça, le problème. On ne peut pas contrôler les Immunisés, puisqu'ils peuvent partir avec une horde s'ils veulent s'échapper. Alors quand ils trouvent un Immunisé, les Patrouilleurs capturent et séquestrent tous ses proches. C'est le seul moyen d'être sûr qu'il revienne : si tu tiens quelqu'un qu'il aime, l'Immunisé remplira ses missions et reviendra toujours, après.

J'inspire vivement en regardant Cira.

– Moi ? fait-elle avec de grands yeux pleins d'effroi.

Élias acquiesce et me jette un coup d'œil.

– Nous tous. Comme on s'est enfuis avec lui, ils vont penser qu'on a tous de l'importance pour lui. C'est déjà arrivé, j'en ai entendu parler.

Catcher crache par terre et s'éloigne sur le sentier, les doigts entremêlés derrière la tête, les jointures blanchies. J'ai envie d'aller lui prendre le bras, de le consoler, mais une petite voix dans ma tête me répète les conséquences de ce qu'Élias est en train de nous dire. On est tous des cibles, à présent. Aucun d'entre nous ne peut rentrer.

– On a du temps, lance Cira à son frère. D'après ce que tu nous as dit, ils ne sont même pas dans la Forêt, pour le moment. Les Spiritistes sont encore occupés à faire la jonction entre le pont et le sentier.

Catcher revient vers nous en secouant la tête.

– Je ne peux pas, Cira. Je ne peux pas les laisser se servir des Spiritistes de cette façon. Si l'un d'eux meurt, ce sera ma faute.

Je m'apprête à lui rétorquer que mourir de l'infection, c'est ce qu'ils veulent, a priori, mais Élias prend la parole avant moi :

– Personne ne force les Spiritistes à faire ce boulot. Ils le font volontairement. C'est ça, le truc. Pour les Patrouilleurs, tu es un outil. Mais pour les Spiritistes, tu es comme une sorte de prophète : tu as survécu à l'infection. Ils feraient n'importe quoi pour parvenir jusqu'à toi, comme les Patrouilleurs.

Catcher se prend le visage dans les mains. Moi, je regarde tout le monde avec des yeux ronds. D'un certain côté, j'ai envie de rire pour libérer la tension et la peur qui se sont accumulées au fond de moi : tout a encore changé si vite ! Notre monde est vraiment fou. La semaine dernière, Catcher était juste un mec normal avec un avenir normal devant lui. Et maintenant, après avoir cru qu'il allait mourir, il se retrouve face à une secte qui veut le vénérer et à une armée qui veut se servir de lui.

Je pose tout haut la question que tout le monde se pose tout bas.

– Qu'est-ce qu'on fait ?

– On continue à avancer, répond simplement Élias.

Personne ne dit rien. Perdu dans ses pensées, chacun essaie de faire le point sur ce qui nous arrive. Puis, avec un soupir, Catcher tend une main à Cira et l'autre à moi. Sa peau est toujours aussi chaude sous mes doigts mais, à présent, ça ne me choque plus. Je me demande si je reverrai jamais Catcher avec les mêmes yeux qu'avant.

Quand on se remet en route, je scrute le bout du sentier. Ma mère est là-bas, quelque part devant nous. Je me dis que si on la retrouve, tout ira bien. Comme quand je m'égratignais les genoux et les coudes, petite, et qu'elle y posait un baiser pour les soigner. Elle savait résoudre tous les problèmes. C'est donc l'espoir auquel je me raccroche pendant qu'on marche et marche et marche sur ce sentier interminable.

◆

Comme Cira est encore faible et ralentie, Catcher et Élias sont restés en arrière pour marcher à côté d'elle, alors je suis la première à arriver au croisement suivant. Je lâche mon sac par terre.

Les clôtures qui encadrent le sentier semblent différentes, ici ; plus fragiles. Le métal du grillage a l'air tordu, fatigué. Je replie les doigts dessus et je tire, en me demandant si ça peut vraiment retenir les Mudos. Quand j'enlève ma main, la paume est couverte de noir que j'essuie sur ma chemise. On dirait de la suie.

Ici, la Forêt est dense et luxuriante, mais encore assez jeune. Un peu plus loin, je vois un gros arbre portant la trace de brûlures anciennes et je ferme les yeux pour fouiller ma mémoire. Ai-je le souvenir d'un incendie ? Est-ce que ces troncs d'arbre noircis me disent quelque chose ?

Je donne un coup de pied rageur dans la clôture et j'entends quelque chose cliqueter. En me penchant pour regarder, je découvre une nouvelle languette identique à celle qui était sur le portail d'hier ; celle-ci est maculée de cendre et de terre. Surprise, je l'essuie pour faire apparaître les lettres *VI*.

C'est le deuxième nombre que je trouve, le deuxième point de repère sur les sentiers. Je me rassieds sur mes talons en comprenant ce que ça signifie : la Forêt est dotée d'un code. Des bribes d'idées à demi formées s'agitent à la lisière de mon esprit, mais elles restent inaccessibles.

– On dirait que les sentiers sont balisés, dis-je aux autres quand ils me rejoignent.

Je désigne la languette.

– Celle-ci porte le nombre six et sur l'autre, il y a le nombre huit. La première qu'on a trouvée, sur le portail, affichait un quatre.

– On doit s'enfoncer dans la Forêt, avance Catcher. Peut-être que ces balises indiquent la distance jusqu'à la sortie ou quelque chose comme ça.

Je fais une grimace.

– Peut-être...

Je ne suis pas convaincue. Je jette un coup d'œil à Élias,

mais il ne dit rien. Il aide Cira à s'asseoir par terre. Là, elle enroule ses bras bandés autour de ses jambes et respire à fond.

On devrait se reposer ici. On ne devrait pas lui en demander autant. Pourtant, chaque fois qu'on lui propose de faire une pause, elle refuse. On sait tous que les Patrouilleurs sont sur nos talons.

– Alors ? On part de quel côté ? je demande.

Catcher examine les deux sentiers.

– On pourrait aller faire des repérages…

Cira secoue vivement la tête.

– Non, il faut qu'on avance. J'ai l'impression que celui-là retourne d'où on vient.

Elle désigne le sentier qui part vers la droite.

– … Je suggère qu'on prenne l'autre pour être sûrs de ne pas revenir sur nos pas.

Elle a encore les yeux cernés et enfoncés, mais elle a meilleure mine. Je n'ai pas parlé avec elle de ce qui s'est passé, de ce qu'elle s'est fait. Je résiste à l'envie de toucher le super-héros que j'ai toujours autour du cou. Se serait-elle coupé les veines si je ne le lui avais pas pris ? Si je ne l'avais pas laissée seule, si j'avais su lui donner un peu d'espoir, d'une façon ou d'une autre ?

J'ai envie de lui dire que je suis désolée, mais je redoute trop d'avoir cette conversation avec elle. Catcher peut marcher à côté d'elle et Élias veiller sur son état. Je vais jusqu'à partir devant les autres sur le sentier afin d'éviter Cira. Mais elle crie mon nom. Je m'arrête, les nerfs à vif.

Elle n'ajoute rien. Je me tourne lentement vers elle. Elle me tend la main. Je l'aide à se relever. Catcher et Élias s'engagent sur le sentier et, quand je me prépare à les suivre, Cira me retient et glisse un bras sous le mien. Je note qu'elle grimace quand son avant-bras bandé frotte contre moi.

– Il faudra bien que tu cesses de m'éviter un jour, dit-elle.

J'essaie de lui sourire, d'ignorer sa remarque, mais quand on emboîte le pas aux deux autres au milieu des gémissements qui s'élèvent dans l'après-midi humide, elle me tire à elle pour qu'on marche côte à côte.

Je peine à trouver quelque chose à dire, un sujet de conversation à aborder qui ne soit pas Catcher, l'immunité ou la mort, le sentier ou ses poignets. Mais j'ai beau m'échiner à chercher un sujet sans risque, mon cerveau me hurle de lui demander pourquoi, pourquoi, pourquoi.

– Vas-y, pose-moi la question, dit-elle.

Je suis obligée d'éclater de rire. Eh oui, on a toujours été les meilleures amies du monde. Même maintenant que tout le reste s'écroule autour de nous, notre amitié est toujours là.

Je ferme les yeux. Je pense au sang qui gouttait de ses doigts.

– Pourquoi ? je murmure.

Elle regarde nos pieds en marchant, nos pas qui se succèdent, et je crois d'abord qu'elle ne va pas me répondre.

– Tu ne t'es jamais posé de questions sur les Mudos ? demande-t-elle.

Je lui fais signe que non, mais c'est un mensonge. Je n'y avais jamais réfléchi avant de rencontrer Élias. Avant d'en apprendre davantage au sujet des Spiritistes. Avant que Catcher se fasse infecter.

Elle lâche un petit rire, une bouffée d'air qui vient me chatouiller le cou.

– Moi non plus. Pour moi, c'était juste des trucs qui étaient à l'arrière-plan, là-bas, de l'autre côté de la Barrière. C'était ce qui m'empêchait d'aller tenter ma chance à Villenoire, ce qui nous obligeait à rester enfermés, isolés. Je ne me suis jamais vraiment souciée de savoir comment ils étaient apparus. Qui ils avaient été avant. Ensuite, ce fameux soir avec Catcher et Mellie et tout, devant le grand huit... quand ce Brisant nous a foncé dessus comme ça... Je ne sais pas.

Je l'entends inspirer profondément pour se calmer.

– ... J'ai perdu tous mes moyens. Quand cette fille a attaqué Mellie, j'ai paniqué. Si j'avais été capable de faire quelque chose... n'importe quoi d'autre que rester plantée là sans bouger, à hurler... peut-être que rien de tout ça ne serait arrivé. Je ne voulais pas être embarquée de force avec les Patrouilleurs et devoir encore affronter des Mudos. Je ne voulais pas merder une fois de plus.

Je m'arrête net et je la tourne face à moi.

– Tu n'as pas merdé, Cira ! je m'insurge, effarée de l'entendre dire ce que j'ai éprouvé moi-même. On a tous eu peur. Et moi, j'ai encore peur, d'ailleurs. Tu ne peux pas te reprocher à toi ce qui est arrivé.

Elle me pose une main sur le bras et chuchote :

– Toi non plus.

Je respire. Elle sourit.

– Je te connais, Gabry. Je sais comment fonctionne ton cerveau. J'arrêterai de me sentir coupable quand tu auras arrêté aussi.

Elle hausse un sourcil. C'est une expression tellement typique chez Cira que j'éclate de rire. On retrouve si facilement notre amitié...

Elle se tourne de nouveau vers le sentier et fait osciller nos bras entre nous.

– Maintenant, assez parlé des choses tristes. Parlons des choses gaies. J'ai vu comment Catcher t'observe. Surtout quand tu parles avec Élias. Alors ? Vas-y, raconte-moi tout.

Je rougis, gênée que Cira ait remarqué, mais aussi parce que ça me fait chaud au cœur. Je ne m'étais pas aperçue que Catcher me regardait toujours comme avant ; je croyais qu'il avait renoncé à moi. J'ai envie de déballer toute l'histoire à Cira et de lui demander de m'aider à démêler ce paquet de nœuds, mais je ne suis pas prête à en parler avec elle.

– Je ne suis pas le genre de fille qui raconte tout sur ses conquêtes, dis-je d'une voix malicieuse.

Elle renverse la tête en arrière, hilare. C'est ça, la vie, me dis-je. Et tandis qu'on se remet à marcher côte à côte sur le sentier en gloussant et en papotant, j'en oublierais presque où on est.

XXIX

Le soir tombe quand on arrive à l'embranchement suivant. Des nuages d'orage s'amassent au-dessus de nos têtes, le ciel gronde. Cette fois, il y a un grand carrefour avec des sentiers qui partent dans toutes les directions, fermés chacun par un portail. Cira et moi nous sommes laissé distancer. Quand on rattrape les deux autres, Catcher a eu le temps d'explorer un peu chaque sentier.

– Ils sont balisés, annonce-t-il quand on le rejoint au milieu.

Ici, on a la place de prendre nos aises. J'aide Cira à s'asseoir par terre. Elle a le souffle court et les joues rouge vif, mais chaque fois que je lui ai proposé de se reposer, elle a refusé.

Je m'approche de chaque portail l'un après l'autre et je m'accroupis pour examiner les balises : *IX, XXX* et *XIV*. J'analyse ces nombres dans ma tête, tâchant de leur trouver un sens.

– Il n'y a aucune logique, dis-je sans m'adresser à quelqu'un en particulier. Je pensais que les nombres montaient, qu'ils augmentaient tout le temps, mais... Je ne vois pas comment ça s'organise.

Des gouttes de transpiration me perlent dans le dos, sur la poitrine et sur les joues. Il fait incroyablement lourd avec l'orage qui approche.

– Ça ne peut pas nous aider, de toute façon, lance Cira, qui essaie toujours de reprendre son souffle. Tant qu'on ne saura pas ce qu'on cherche.

J'ai peur qu'elle se fatigue trop.

– On devrait peut-être s'arrêter ici, je suggère. Il y a la place de s'étaler un peu.

Catcher fronce les sourcils, mais je lui indique Cira, qui arrive à peine à tenir sa tête. Je sais bien qu'on veut mettre le plus de distance possible entre Vista et nous, mais pas si on risque de la pousser à se surmener.

– Très bien, je vais aller ramasser du bois pour faire du feu, dit Élias en partant sur un des sentiers, suivi de Catcher qui l'accompagne pour l'aider.

Cira s'est endormie. Je reste assise auprès d'elle un moment, à regarder mes mains en tâtant les bords de la coupure que je me suis faite dans la paume l'autre soir, la première fois que je suis allée de l'autre côté de la Barrière en bateau. Les coups de tonnerre qui éclatent au-dessus de ma tête font frissonner tout ce qui m'entoure.

Je me demande où est ma mère. Et ça me fait penser à mon autre mère – la première. Je ferme les yeux et je respire l'odeur sucrée de la pluie imminente. J'essaie de retrouver des souvenirs. Le bruit du vent dans les arbres est très proche du fracas des vagues. Tant et si bien que pendant un moment, rien qu'une minute, j'arrive à me faire croire que je suis revenue sur la plage. Que ma mère va bientôt me rejoindre.

Pourquoi je ne suis pas partie avec elle ? Pourquoi l'ai-je laissée retourner dans la Forêt toute seule ? Ça me paraît tellement idiot, maintenant, tellement absurde d'être restée à la maison sans elle. D'autant plus que j'ai fini par partir sur ses traces.

Je fouille dans mon petit sac et j'en sors son recueil de sonnets de Shakespeare. En passant la main sur la couverture, je pense à toutes les fois où elle me l'a lu. Je pense aux heures qu'elle a passées à graver des extraits de ces poèmes sur les encadrements des portes de chez nous, chose que je n'ai jamais comprise. Elle m'avait promis de me l'expliquer un jour, quand je serais assez grande, mais elle ne l'a jamais fait.

Je m'aperçois maintenant qu'il y a trop de choses que je ne comprends pas à son sujet. Trop de choses qui m'ont échappé.

J'ouvre le livre à la première page et je commence à lire le sonnet I. Au vers « Toi-même ton meilleur ennemi, trop cruel envers ta personne », je me rappelle que ma mère appuyait les doigts sur ces mots chaque fois qu'elle sortait du phare et que l'inscription s'effaçait avec le temps, à force qu'elle y touche sans arrêt.

Je lis les sonnets II et III, où je ne retrouve aucun des vers qui ornaient les portes de chez nous. Mais je reconnais un vers du sonnet IV (« Il est bien vrai que de toi-même, d'illusions tu te berces ») qui était sur la porte d'un placard qu'on utilisait rarement, au rez-de-chaussée, et un vers du sonnet VI (« Qu'aurais-je à craindre de la mort, si tu devais partir ? ») qui se trouvait sur le mur arrondi, au pied de l'escalier.

Je commence à avoir la tête qui tourne et l'estomac qui gargouille. Je jette un coup d'œil aux sentiers en me demandant où sont Catcher et Élias. Des éclairs déchirent le ciel, éclairant les alentours d'une lumière crue. Je me crispe en attendant le coup de tonnerre. Cira ne bronche pas. Sa respiration est profonde et régulière.

Mon regard s'arrête à nouveau sur les petites languettes ornées de chiffres romains fixées aux portails. Pour m'amuser, je cherche le poème correspondant pour le lire. Le sonnet XXX (« Du temps jadis j'invoque la mémoire, / Pleurant l'absence de tant d'objets de mon désir ») était gravé sur le palier du premier étage. Des vers du sonnet XI étaient inscrits dans le couloir du fond.

Soudain, je m'interroge : et s'il y avait une logique derrière les endroits que ma mère a choisis pour graver tel ou tel extrait ? Mon cœur se met à battre plus vite et je ferme les yeux pour faire le tour du phare dans ma tête et lire les inscriptions des portes.

Quand la lumière se fait dans ma tête, je lâche un hoquet étranglé. Le premier portail, avec le chiffre romain I, correspond au vers gravé dans notre porte d'entrée. Le portail qu'on a franchi ensuite, le numéro six, s'associe à l'inscription du pied de l'escalier. À ce carrefour-ci, on a le choix entre trois portails. Deux d'entre eux renvoient à des vers gravés dans des portes de placard, mais le dernier est dans l'escalier. On dirait que les mots servent à me guider quelque part.

Les mains tremblantes, je me replonge dans les poèmes. En haut de l'escalier, chez nous, il y a une autre citation. Je la cherche dans le livre. Je pourrais hurler de joie quand mes doigts se posent sur les vers du sonnet XV. Je tourne les pages en quête des mots gravés dans la porte de la chambre de ma mère.

Autour de moi, tout s'efface : les gémissements, le vent qui fait voleter les pages. La seule chose qui m'intéresse, c'est de reconstituer ce puzzle, de déchiffrer les indices que ma mère a laissés. A-t-elle fait ça pour moi ? Ou bien était-ce un moyen pour elle de mémoriser un itinéraire ? Pour pouvoir retrouver son chemin dans la Forêt ?

Je me rappelle soudain ce qu'elle m'a dit le jour de son départ : que pour la retrouver, il me suffirait de me laisser guider par la lumière. Je pensais qu'elle voulait dire qu'au phare, tant qu'il tiendrait debout, ce serait toujours chez moi – et aussi chez elle. Mais maintenant, je me souviens des mots qu'elle a gravés dans la salle des lampes avant de partir.

Mon cœur fait des bonds dans ma poitrine pendant que je tourne les pages. Les vers en question tournent en boucle dans ma tête :

« La mort ne pourra pas plonger tes pas dans l'ombre,
Alors que tu mûris en ces vers éternels :
Tant qu'il y aura des hommes et des yeux pour les voir
Toujours ils pourront vivre et te donner la vie. »

Je le trouve enfin : c'est le sonnet XVIII. Les larmes me brouillent la vue, je ne peux même plus lire. Ce n'est pas pour rentrer à la maison que ma mère me disait de me laisser guider par la lumière, mais pour pouvoir la retrouver dans la Forêt. Je ne vois pas d'autre raison pour qu'elle m'ait laissé ce livre. Pour qu'elle ait gravé ces vers et m'ait dit qu'ils me guideraient.

Je souris. Je me sens extraordinairement proche de ma mère en cet instant. J'ai le sentiment qu'elle a joué à un jeu avec moi toute ma vie et que je viens enfin d'en comprendre les règles.

Quand Catcher et Élias reviennent avec le bois qu'ils étaient partis ramasser, je bouillonne d'excitation. J'ai du mal à garder mon calme en leur expliquant ce que j'ai compris : le lien entre le livre, les sentiers et les inscriptions qui étaient gravées au phare. Je ne suis pas sûre de les avoir totalement convaincus avec ma théorie, mais au moins, on sait quoi chercher, maintenant. Et puis on n'a pas d'autre raison de choisir un sentier en particulier.

On mange une petite ration des provisions qui nous restent, puis Catcher retourne par le bois vers notre point de départ pour essayer de voir si les Patrouilleurs sont entrés dans la Forêt, et à quelle distance ils se trouvent. Élias fait un petit feu et, pendant tout ce temps, Cira continue à dormir. Son corps a encore besoin de récupérer.

Je m'assieds à côté d'elle pour regarder les flammes dans l'obscurité. L'orage qui menace continue à gronder dans le silence qui se prolonge entre Élias et moi. Il a retroussé les manches de la chemise de Roger au-dessus de ses coudes, et la lumière du feu danse sur sa peau. À la façon dont il est assis, le dos raide et les muscles tendus, il est clair qu'il est toujours sur le qui-vive.

Je ne peux pas m'empêcher de penser au moment où il a failli m'embrasser, sur la plage. Ce souvenir me fait rougir et me donne des palpitations. J'ai envie de lui demander pourquoi il a fait ça, mais je n'ose pas.

La sève craque dans le feu, les bûches bougent et projettent des étincelles vers le ciel. Élias jette un coup d'œil dans ma direction et me surprend en train de le regarder. Je suis assise avec les genoux remontés contre ma poitrine, les bras croisés dessus et le menton posé sur mes mains. J'ai envie d'enfouir ma tête entre mes bras, mais je me retiens. Je soutiens son regard. Je ne m'étais pas sentie aussi audacieuse et sûre de moi depuis le soir où je suis passée de l'autre côté de la Barrière pour la première fois avec Catcher.

Déchiffrer les indices de ma mère m'a donné un tel regain d'énergie que je ne pourrai pas dormir. Le vent qui agite le haut des arbres me rappelle le bruit des vagues. Je ferme les yeux et je m'imagine que je suis revenue sur la plage avec Élias.

– Dis-moi quelque chose que j'ignore sur toi, je lance.

C'est plus facile de trouver mes mots, dans le noir, plus facile d'oublier que c'est un inconnu.

XXX

Élias affiche un petit sourire qui me fait rougir encore plus.

– Qu'est-ce que tu ignores ? demande-t-il.

Je ne peux pas m'empêcher de sourire. Je réponds d'une voix plus suave que d'habitude, en haussant un sourcil :

– Tout.

Il rigole. Tout doucement, avec les épaules qui tressautent et les yeux plissés. Quand son petit rire résonne dans la nuit, je m'aperçois soudain que je ne l'avais jamais entendu. Et qu'il me plaît bien. Il me réchauffe le cœur.

Élias regarde avec insistance la place vide qui est près de lui, de l'autre côté du feu. J'hésite. Je suis encore blessée par la façon dont il m'a repoussée tout à l'heure ; je lui en veux toujours. Mais c'est fatigant de rester aussi furieuse, surtout maintenant qu'on est les deux seuls à être réveillés. Je me glisse à côté de lui. On est assez près du feu pour que la lumière danse sur notre peau, mais assez loin pour que je ne puisse pas déchiffrer toutes ses expressions.

Il réfléchit un moment.

– Tu sais ce que c'est, un Éplucheur ? demande-t-il.

Je secoue la tête.

Il se penche en arrière et son épaule effleure la mienne.

Mon premier instinct est de m'écarter, mais je me sens hardie, ce soir, alors je ne bouge pas. Le duvet de son bras bruisse contre ma peau.

– C'est le nom qu'on donne aux gens qui vont chercher des trucs dans la Forêt, explique-t-il. Parfois, ils cherchent quelque chose de précis ; si quelqu'un propose un bon prix pour un type de pièce particulier dont il a besoin pour une machine, par exemple. Mais en général, ils s'intéressent à tout ce qui peut se vendre ou s'échanger.

Je savais qu'il y avait des gens qui pillaient les ruines, mais pas que certains prenaient carrément le risque d'aller farfouiller dans la Forêt. Penser à ce qu'il faut avoir enduré pour être prêt à s'aventurer de l'autre côté du grillage, ça me donne la chair de poule. Je n'avais pas imaginé qu'on puisse en arriver là. Je commence à mesurer tout ce que j'ignore sur le monde qui se trouve à l'extérieur de Vista.

– Pourquoi on les appelle des Éplucheurs ? je demande.

Il lève les yeux vers le ciel comme s'il rassemblait ses pensées.

– Après le Retour, pendant un moment, quand les gens croyaient que les choses finiraient par revenir à la normale, certains faisaient la chasse aux Damnés qui avaient un objet de valeur sur eux. En général, c'était des bijoux ou de l'argent, des choses comme ça. Tout ce qu'ils pouvaient avoir eu sur eux au moment de leur mort. Mais ensuite, quand les réserves ont commencé à s'amenuiser, les gens se sont mis à prendre n'importe quoi.

Il hausse les épaules.

– Souvent, ça revenait à prendre absolument tout, y compris les vêtements et les chaussures. Tout sauf la peau.

Je frissonne.

– C'est affreux.

Élias hausse de nouveau les épaules.

– Ce genre de boulot, ça ne fait rêver personne. Mais quand on est rapide et malin, on peut trouver assez d'épluchures pour survivre.

Il se penche en avant et pose les coudes sur ses genoux. Les épaules voûtées, il se frotte lentement le dos d'une main avec la paume de l'autre.

– Tu comprends, avec ma sœur...

Il hésite un peu, puis continue :

– ... on s'est retrouvés orphelins très jeunes. On n'avait rien. Personne pour veiller sur nous.

À ces mots, ma poitrine se serre ; j'ai mal pour le petit garçon qu'il a été. Je me rapproche de lui et j'observe son profil pendant qu'il continue à parler :

– Le truc, c'est que j'ai pas tellement peur de la Forêt. Je savais qu'il y avait des coins sans danger. Je savais comment atteindre des endroits où personne d'autre ne savait aller. Du coup, j'étais assez bon, comme Éplucheur, pendant la période où j'ai fait ça. Tellement bon qu'on avait le droit d'entrer dans Villenoire pour faire du commerce et qu'on y avait même un logement.

Le feu embrase un bout de bois sec et les flammes s'allongent un peu, éclairant son visage. Élias continue à se frotter les mains en les regardant fixement, mais je suis sûre qu'il pense au passé, qu'il est revenu à un moment qui m'est inaccessible. J'ose à peine respirer, de peur de le ramener brutalement au présent si je fais le moindre bruit. Je meurs d'envie qu'il m'en dise plus sur ce souvenir.

– Il y a eu un hiver, poursuit-il, un hiver qui a été pire que les autres. Il a fait si froid que la plupart des Damnés se sont mis en hibernation, et il a tellement neigé qu'ils ont été recouverts : la Forêt est devenue toute blanche.

« La plupart des Éplucheurs ont abandonné leurs expéditions. C'est trop dangereux d'aller dans la Forêt quand on peut poser le pied sur un Damné par accident. Mais moi, je n'avais pas le choix. Il y avait ma petite sœur, et puis j'étais obligé de continuer mon commerce pour pouvoir rester à Villenoire. Il faisait beau et il y avait un grand ciel bleu, le jour où je suis allé dans la Forêt. Je sentais qu'il allait neiger, mais j'ai quand même continué à m'enfoncer.

Il s'interrompt et me regarde avec des yeux brillants.

– Tu as déjà entendu le silence ? demande-t-il au bout d'un moment. Le vrai silence, je veux dire. Pas d'océan, pas de Damnés. Pas même de bourdonnements d'insectes ou de chants d'oiseaux.

Je suis comme envoûtée. Par lui, par sa présence tout près de moi et par sa voix, qui est comme une caresse à mes oreilles. Je secoue la tête.

– C'est la plus belle chose au monde, dit-il. J'ai tout simplement...

Il marque un temps d'arrêt et regarde le feu.

– J'ai tout simplement marché sans m'arrêter. Au milieu de ce désert blanc. J'ai fini par arriver dans une ville... une ville pas comme les autres. Dans la Forêt, elles sont toutes entourées de clôtures et de protections. Ça, c'était une vraie ville qui avait été frappée par le Retour et qu'on avait juste laissée mourir. Tout était incroyablement silencieux, rien ne bougeait. Je me suis promené dans les rues en essayant d'imaginer comment c'était d'y vivre au temps d'avant.

« Et dans cette ville, eh bien il y avait une sorte de monument. Une plaque était fixée dessus. Elle parlait d'une grande guerre pour laquelle la ville avait envoyé des soldats.

Il sourit.

– C'était un avion. Un véritable avion qu'ils avaient scellé sur un rocher au milieu de la ville.

Je ferme les yeux et j'essaie de le visualiser, en vain. Je n'ai vu que de vieilles photos dans des livres, et une machine qui emmène les gens dans les airs, c'est dur à concevoir.

– J'ai pu passer la main sur l'aile, ajoute-t-il avec enthousiasme. J'ai même pu monter dedans. Tu imagines ? Pouvoir voler. Planer au-dessus de tout.

– Il était comment ? je lui demande.

Je voudrais y être avec lui.

– Grand, dit-il. C'est impossible qu'il ait pu tenir en l'air un jour. J'ai passé tout l'après-midi dans cet avion. À rêver qu'il décollait. Qu'il m'emportait loin d'ici.

Il se tait un moment. Quand j'ouvre les yeux, il est en train de m'observer. Sauf que, désormais, il a un regard grave, intense. Les pattes d'oie qui apparaissent quand il sourit se sont effacées et il a le front légèrement plissé. Je déglutis. J'ai l'impression qu'avec ce simple regard, il a tout escamoté sauf lui, moi et le souvenir d'un avion cloué au sol.

– Il y a une part de moi qui était persuadée que si je le souhaitais assez fort…

Il a une voix si triste qu'elle en devient presque rauque.

– Qu'est-ce qui s'est passé ? je murmure.

Tout d'un coup, je ne sais plus trop s'il parle de l'avion ou de nous.

Il me dévisage un moment, si longtemps que je suis tentée de détourner les yeux. Je ne sais pas quoi penser ni comment réagir. Je ne sais même pas si je veux entendre sa réponse.

– Rien, dit-il finalement.

Il semble au bord des larmes.

– Il ne s'est rien passé. Je suis resté assis, l'avion n'a pas bougé. Il s'est mis à neiger et je me suis retrouvé coincé dans cette ville. J'ai couru dans la maison la plus proche et j'ai découvert qu'elle était pleine de livres : c'était une bibliothèque. La tempête a duré près d'une semaine, et ensuite je suis parti. J'ai dû lire tous les livres de cette bibliothèque qui comportaient la moindre allusion aux avions.

Mon cœur bat si fort que je suis persuadée qu'Élias le sent marteler l'air entre nous. On ne se touche même pas, et pourtant j'ai l'impression qu'on s'est roulés l'un sur l'autre.

J'inspire profondément, toute tremblante.

– Et tu le crois toujours, que si on souhaite quelque chose assez fort, ça peut se produire ?

Je repense à toutes les fois où j'ai souhaité que la Terre cesse de tourner, à toutes les fois où j'ai souhaité revenir en arrière et tout recommencer. À toutes les choses que j'ai voulu défaire ou reprendre. Est-ce que je ne le souhaitais pas assez fort ?

Élias se déplace pour se rapprocher de moi. Il se rapproche tellement que je sens la chaleur de ses lèvres immobilisées près des miennes. Je sens l'odeur sucrée de sa peau, le parfum du raisin qu'on a mangé tous les deux.

– Oui, dit-il dans un souffle à peine audible.

J'ai le vertige. Je n'ose pas bouger. Sa bouche touche presque la mienne, mais pas tout à fait. Je ne peux rien respirer d'autre que lui, rien sentir d'autre que lui.

– Comment j'aurais pu être ici en cet instant, sinon ? murmure-t-il.

Ses paroles produisent des vibrations qui me chatouillent les lèvres.

Cira toussote et s'agite de l'autre côté du feu, et le charme est rompu. Je me lève et je bats en retraite dans l'ombre. À cette distance des flammes, il fait froid, tout d'un coup. En m'arrachant ainsi à la bulle de chaleur où j'étais avec lui, j'ai l'impression d'avoir sauté dans l'océan par un après-midi caniculaire. Derrière moi, les Mudos gémissent et la clôture claque.

– Je suis désolée.

Je me rends compte tout de suite que j'ai encore dit ce qu'il ne fallait pas. Qu'en m'excusant, j'ai l'air de sous-entendre que c'était une erreur de se rapprocher de la sorte. Que je le regrette. Et je ne suis pas certaine que ce soit le cas.

Le visage d'Élias, qui était si vulnérable l'instant d'avant, se ferme dans une grimace renfrognée, comme sur la plage, quand je me suis excusée d'avoir failli l'embrasser.

– Je ne veux pas dire que…, je me reprends en tendant une main vers lui.

D'un geste, il coupe court à mes explications.

– C'était idiot de ma part, dit-il.

Cette réplique me blesse à un point que je n'aurais pas imaginé.

– Élias…

Je voudrais lui faire comprendre que je ne suis pas en train de le repousser ; c'est juste que je ne sais plus ce que je veux.

Mais il m'interrompt une deuxième fois, en secouant la tête.

– Laisse tomber.

J'ai honte d'avoir cru que j'étais tout pour lui alors que, visiblement, je ne suis rien du tout. L'estomac noué, je reste où je suis, mais Élias, lui, me tourne le dos, s'allonge devant le feu et ferme les yeux.

Je ne comprends pas ce qui vient de se passer. Je ne comprends plus ce que je ressens. Je repense à Catcher le soir où il a été infecté – mais le souvenir qui m'occupe, ce n'est pas notre baiser, c'est le moment où il m'a dit que parfois, il suffit d'une phrase ou d'un geste de quelqu'un qu'on croit connaître pour que, soudain, tout change et qu'on ne le voie plus du tout de la même façon. Voilà mon sentiment à propos d'Élias, même si j'ai toujours autant de doutes à son sujet. Je ne sais pas où est sa place dans ma vie ni où je veux qu'elle soit.

◆

Le crâne est entouré de fleurs fanées. Élias, Catcher et Cira se pressent contre le portail, au bout du sentier, et regardent avec des yeux ronds l'endroit où les clôtures s'ouvrent en arc de cercle, de l'autre côté, formant un grand espace dégagé. Mais moi, je reste concentrée sur les fleurs. La plupart ont bruni, les pétales sont ramollis et presque incolores, les bords ont séché, les tiges s'effilochent à l'endroit où elles ont été arrachées de la terre.

C'est la fin d'une nouvelle journée humide et lourde, l'air est saturé de chaleur et de pluie qui ne tombe pas. Je passe une main sur mon front en sueur, et elle en revient luisante et mouillée. J'examine le crâne, suivant du regard les crêtes qui hérissent la calotte.

– C'est quel numéro ? je demande aux autres.

Catcher déchiffre les lettres.

– Quatorze.

Je pense aux mots gravés sur la porte de la chambre de ma mère : « Ta mort est la chute, la fin du beau et du vrai. » J'ai toujours trouvé ce vers déprimant, je n'ai jamais compris comment elle pouvait supporter d'avoir ça dans sa chambre. Pourquoi elle voulait quelque chose qui la fasse penser à la mort alors qu'il n'y a que ça sur la plage, dehors. Mais une chose est claire : on est censés passer par ce portail.

Comme il est immunisé, Catcher le franchit en premier et inspecte rapidement ce qu'il y a derrière pour être sûr qu'on ne risque rien. Je scrute le crâne et les fleurs. Les os sont vieux, décolorés, mais les fleurs sont forcément récentes. Quelqu'un d'autre a emprunté ce sentier il n'y a pas très longtemps. Envahie par l'émotion, je suis forcée de reconnaître que ça a très bien pu être ma mère.

Je passe un doigt sur la partie arrondie du crâne. Il est séparé du reste du corps, ce qui, en général, est le signe d'une décapitation; celui ou celle qui gît ici était donc un Mudo ou un Infecté. Je me relève en frissonnant, mais je n'arrive pas à le lâcher des yeux. Je me demande si jadis, avant le Retour, quand les morts restaient morts, le monde était jonché d'ossements comme ceux-ci. Et comment était la vie à l'époque.

– La voie est libre, annonce Catcher en ouvrant le portail.

Il m'a fait sursauter.

– Mais c'est un peu bizarre, ajoute-t-il. C'est pas vraiment un sentier. Enfin, le sentier continue de l'autre côté, mais au milieu, il y a un immense espace fermé par du grillage. Je pense…

Il jette un nouveau coup d'œil derrière lui.

– Je pense que c'était peut-être un village, à un moment. Mais maintenant, il n'en reste rien.

XXXI

Il s'efface et on passe l'un après l'autre devant lui. À notre gauche et à notre droite, les clôtures s'étirent à perte de vue. Devant nous, il n'y a rien : des arbustes, des paquets de ronces enchevêtrées et des buissons qui tapissent des monticules de décombres.

– On devrait camper ici, suggère Catcher derrière moi. Il y a assez de place et je voudrais rebrousser chemin par la Forêt, pour voir si les Patrouilleurs ont commencé à nous suivre et combien de temps il nous reste. Et peut-être pour les envoyer sur de fausses pistes à certains portails et croisements.

Cira essaie de l'en dissuader, mais je sais qu'elle n'y arrivera pas. J'ai envie de dire à Catcher de faire attention, mais il ignore mes inquiétudes aussi. Élias et lui dégagent un endroit pour faire un feu pendant que je pars explorer les alentours.

Je me sens exposée, ici. Le ciel me paraît trop vaste, au-dessus de nous, après tous ces jours que j'ai passés sous la voûte des arbres de la Forêt. J'ai pris l'habitude de garder les bras collés au corps et de marcher d'un pas mesuré, quand les clôtures étaient tout près de moi. Ici, je peux faire des bonds et courir, si je veux.

Mais je n'en fais rien. C'est trop grand. Ça me déstabilise.

Je trébuche sur un tas de rochers et j'écarte les herbes folles et les ronces pour découvrir ce qui ressemble aux vestiges d'un vieux mur de pierre. On voit encore des traces de brûlé sur les bords. À part les ruines derrière le parc d'attractions, je n'avais jamais vu d'autre ville ou village que Vista. Je me promène dans celui-ci en essayant de comprendre comment il était organisé. Je trouve des objets divers : quelques couteaux, une casserole, le talon d'une chaussure en cuir.

Je flâne dans ce qui a dû être une grande rue. De gros paquets de végétation envahissent les murs et ressortent par des portes écroulées, bloquant pratiquement le passage.

Quelque chose craque sous mon pied. Je fais un bond de côté en criant. C'est un vieil os qui est désormais cassé ; les fragments ont des bords tranchants. Je fais un pas en arrière, mais j'entends un autre craquement. Je me retourne et je m'aperçois qu'il y a des os partout – des squelettes de toutes les tailles. Certains ont des trous dans le crâne avec des pointes de flèche en métal qui cliquettent à l'intérieur. Je fais encore un pas en arrière, mais je me tords la cheville en glissant sur un squelette.

Pantelante, je tends le bras pour essayer de me raccrocher à quelque chose, pour rester debout, mais je ne trouve rien et je m'écroule dans cette mer d'ossements. Il y en a des tonnes : des crânes, des côtes, des fémurs. Mes mains les éparpillent quand j'essaie de me redresser. Ça me retourne l'estomac.

Je rampe au milieu en suffoquant, horrifiée. Combien de personnes y avait-il ici ? Combien de cadavres sont disséminés partout ? Je pense à ma mère, au fait qu'elle habitait un village dans la Forêt. Est-ce que c'est ici qu'elle a grandi ? Est-ce que c'est ici que je suis née ? Je ne peux pas m'empêcher de me demander ce qui est arrivé à ce village et aux gens qui y vivaient. La terre est-elle couverte de ruines comme celles-ci ? De villages qui n'existent plus ? Est-ce que Vista sera comme ça un jour ?

Ça me fait penser à une image que le prof qui nous a enseigné la gravité nous a montrée un jour. C'était une photo prise de l'espace, sans doute par un satellite comme celui qu'Élias m'a signalé. Le prof nous a dit que c'était le monde d'avant le Retour vu de nuit. Je me souviens d'un océan d'obscurité constellé de points de lumière plus nombreux que les étoiles dans le ciel. Et toutes ces lumières, c'était des villes et des villages et des maisons.

Je me demande ce qu'on obtiendrait si on prenait la même photo aujourd'hui ; à quel point l'obscurité s'est étendue. J'imagine ce que tous ces satellites ont vu : tant de villages comme celui-ci s'éteignant l'un après l'autre, jusqu'à ce qu'il ne reste plus rien.

Pendant que la lumière du soleil s'efface dans le ciel, j'enveloppe mon torse entre mes bras. Est-ce là tout ce qu'il nous reste ? Ne sommes-nous rien d'autre que ça ? Des points lumineux sur une carte qui meurent lentement, qui s'éternisent pour rien ?

◆

Ce soir, je reste seule avec Cira devant le feu réduit à des braises. J'ai l'esprit encombré par tout ce que je ne lui ai pas dit, tous les secrets qu'il y a entre nous.

– Quelque chose a changé entre Catcher et toi, commente-t-elle.

Elle retire les bandes de tissu de ses bras et se sert du bas de sa chemise pour nettoyer les bords de ses plaies. Je regarde les ténèbres de la Forêt, le manteau d'étoiles dans le ciel, tout sauf elle et ses poignets tailladés.

– Je n'arrive pas à mettre le doigt sur ce qui a changé chez lui, continue-t-elle. Je pensais qu'il serait plus heureux que ça d'avoir survécu à cette morsure, mais...

Elle laisse sa phrase en suspens. Je sais qu'elle s'attend à ce que je dise quelque chose pour combler le silence, mais je n'ai que des questions en tête. Pendant un moment, j'ai cru comprendre Catcher, ou du moins commencer à le comprendre; maintenant, il me paraît encore plus étranger qu'Élias.

Les yeux baissés, je regarde un scarabée évoluer sur un brin d'herbe. Ce soir, l'air est immobile, bourdonnant de moustiques et de grillons. Et de gémissements. Les Mudos gémissent constamment. Ils se tordent contre le grillage, encore plus excités que d'habitude à cause de l'odeur du sang séché de Cira.

– Tu te souviens de la fois où on a vu Mellie embrasser Daniel derrière l'Hôtel de Ville pour gagner un pari ? demande-t-elle.

Elle est toujours en train de s'essuyer doucement les bras. Je hoche la tête, le regard fixé sur les vestiges du feu. J'essaie de chasser de ma tête les images de Mellie telle qu'elle était la dernière fois que je l'ai vue. Et de Daniel plein de sang.

– À l'époque, je pensais qu'il ne pourrait rien m'arriver de pire que de me faire surprendre dans une situation de ce genre. Que les problèmes les plus sérieux qu'on rencontrerait, ce serait de trouver quelqu'un avec qui faire sa vie. Pas des problèmes de ce genre-là. Pas la mort et l'infection.

Elle grimace en arrachant une bande collée aux entailles de son bras droit.

– Je n'arrive pas à croire qu'ils sont morts, maintenant. Je suis complètement dépassée. Je ne sais pas quoi faire pour aider Catcher. Ou toi. Ou qui que ce soit.

Je glisse ma natte devant mon épaule et je tire dessus.

– On a toujours su que ce risque existait, dis-je. On nous a informés de ce qui se passait de l'autre côté de la Barrière. On savait ce que c'est que les Mudos.

Je pousse un soupir et j'ajoute tout bas :

– On n'aurait pas dû y aller, ce soir-là.

Elle se fige, la main au-dessus d'un tas de bandelettes de tissu propres qui pourront servir de pansements. Je lui jette un coup d'œil, et c'est là que je vois que les plaies sont enflées. Que le pourtour des coupures est tout rouge. En voyant mon regard horrifié, elle essaie de les cacher, mais je lui saisis les poignets et je les tire vers la lumière. Elle a la peau brûlante, presque aussi brûlante que celle de Catcher.

– Cira !

J'essaie d'éviter de paniquer, j'essaie de parler d'une voix égale. Mais je sais ce que ça signifie, quand c'est rouge et chaud ; je sais que la plaie est infectée, et ce depuis un moment. Il y a un risque de septicémie, si elle n'est pas déjà déclarée.

– Pourquoi tu n'as rien dit ?

Je me creuse la tête pour essayer de me rappeler quelles plantes et quelles herbes on peut utiliser pour que ça désenfle. Ma mère savait faire cette préparation, j'ai la recette dans un coin de ma tête.

Cira s'écarte de moi.

– On ne peut pas me soigner, ici, et puis je ne voulais pas vous inquiéter, dit-elle en refermant le pansement sur ses blessures.

Je secoue la tête.

– On aurait pu faire quelque chose. Catcher est au courant ?

– Non.

– Cira, tu ne peux pas lui cacher ça, je murmure.

On sait toutes les deux qu'il va être malade d'inquiétude, mais il faut qu'il sache ce qui se passe.

Elle pince les lèvres ; c'est sa façon de me dire d'arrêter d'insister. Mais c'est ma meilleure amie et elle est mal en point ; je suis furieuse qu'elle ne me l'ait pas dit, qu'elle ne m'ait pas laissée l'aider. Ce n'est pas notre style, de nous cacher des choses pareilles.

Elle se rapproche et se penche vers moi.

– Ça va aller, Gabry.

Elle n'a pas changé, je reconnais la fille qui est entrée dans la rivière pendant que je restais sur la berge, en larmes. C'est encore elle qui me tient la main et qui me dit que ça va aller.

Je suis hantée par mes souvenirs du temps d'avant – avant que tout change.

– Peut-être qu'on devrait retourner à Vista, dis-je d'une voix pleine de regrets. On trouvera quelque chose pour tes bras, là-bas.

Elle secoue la tête et, d'un geste, chasse les cheveux qui

me tombent dans la figure, finit de les dégager de ma natte puis les démêle avec les doigts. Combien de fois a-t-elle fait ça quand on était petites ? Combien de fois s'est-on assises côte à côte pour papoter et se raconter nos rêves ?

Mais de quoi pourrait-on papoter, aujourd'hui ? Les gens qu'on a connus – Mellie, Daniel et Blane – sont morts ou sur le point de partir avec les Patrouilleurs. Nos rêves d'autrefois paraissent si loin, à présent, comme ces satellites presque indiscernables qui tournent sans but dans la nuit, impossibles à ramener sur terre.

◆

Dans mon rêve, je cours sur le sentier qui s'enfonce dans la Forêt. Il est bordé de clôtures en grillage serré, et je cours après une fille, mais je ne sais pas qui c'est. C'est une fille jeune et souple, avec de longs cheveux blonds qui flottent derrière elle. Le grillage est assailli par des Mudos portant la tunique blanche des Spiritistes qui tirent et poussent sur le métal fragile, qu'ils font onduler et claquer.

J'ai couru au-delà de mes capacités, j'ai les poumons en feu, mais si je m'arrête, j'ai peur de m'écrouler, de ne plus pouvoir tenir sur mes jambes. Je ne vais pas assez vite, je n'arrive pas à rejoindre la fille, et je sens qu'elle le sait mais refuse de ralentir.

Ensuite, je la vois saisir la photo de Mary et moi dans l'océan – la photo où on rit dans les vagues – et la jeter par-dessus son épaule. J'essaie de la rattraper, mais elle reste en l'air, s'altère et se métamorphose pour devenir un oiseau rouge sang qui part à tire-d'aile dans la nuit. Des plumes vermillon se détachent de ses ailes et tombent autour de moi.

À ce moment-là, la fille se retourne, et je la reconnais immédiatement. C'est moi – c'est après moi-même que je courais.

Je m'arrête et aussitôt, je tombe par terre. Pendant que les Mudos abattent les clôtures et affluent autour de moi, je garde les yeux fixés sur l'oiseau, qui s'élève de plus en plus haut, perdant des plumes qui descendent vers moi en tourbillonnant et finissent par m'ensevelir. Je vois des satellites tournicoter dans le ciel en clignotant pour nous envoyer un message lumineux que je ne comprendrai jamais, pendant que la fille qui est moi s'éloigne en courant dans la Forêt obscure.

Ensuite, je sens une main se refermer autour de mon poignet, une main familière, et elle m'arrache à mon rêve. Je me réveille haletante et je découvre Catcher à genoux dans le noir à côté de moi. Le feu n'est plus qu'un tas de braises mourantes et j'entends les respirations régulières de Cira et d'Élias, qui dorment.

– Tout va bien, me dit Catcher. C'était un cauchemar.

Mais j'ai encore du mal à respirer, mon cœur bat si fort que je suis secouée à chaque pulsation. Catcher m'attire contre lui et je me blottis dans sa chaleur. Je sens résonner dans mon corps les battements de son cœur. Il est si vigoureux que j'ai du mal à croire qu'il soit porteur de l'infection. C'est facile de faire comme si de rien n'était. D'imaginer qu'on est revenus dans la pénombre du parc d'attractions et que l'été s'étire à l'infini devant nous, riche de possibilités.

Je lève les yeux, je tends la main vers son visage et je suis le contour de sa mâchoire dans la nuit. Je sens ses muscles se contracter sous mon doigt. Ma main s'égare dans sa nuque et je glisse les doigts dans ses cheveux. Je penche la tête vers la sienne et je l'attire vers moi.

Dans le noir, j'arrive à me convaincre sans peine que cette nuit est comme n'importe quelle autre nuit dans notre petite ville, qu'on est seuls tous les deux dans le parc d'attractions et qu'on flirte avec notre avenir.

Mais cette fois, il ne laisse pas nos lèvres se toucher ; il détourne la tête.

Je suis sonnée.

– Pourquoi tu ne veux pas m'embrasser ?

XXXII

– Parce que je suis infecté.

Le ton de Catcher m'évoque le sifflement de la pluie sur un feu qui couve.

– Mais tu es toujours vivant. L'infection n'a pas d'importance !

Je suis prête à tout pour croire que rien n'a changé. Je chasse de mon esprit l'image de lui au milieu des Mudos dans l'amphithéâtre. Je me concentre sur la solidité que je sens sous mes doigts. Sur son aspect infiniment humain.

– Mais si, Gabrielle, elle a une importance cruciale.

– Pourquoi ?

J'ai l'air énervée, mais je m'en fiche.

Il ferme les yeux de toutes ses forces.

– Parce que ça veut dire que je pourrais te transmettre l'infection, chuchote-t-il.

J'inspire vivement. C'est une chose que je n'avais pas envisagée. À présent, assise sur ses genoux, je me sens vulnérable. Je déglutis, la gorge douloureuse, en réprimant la soudaine terreur qui m'assaille. Et s'il avait raison ? Il n'y a aucun moyen de le vérifier sans prendre un risque excessif.

Je ne sais pas quoi lui dire. Je ne sais pas comment contester ce qu'il avance. Et mon silence est éloquent. Il me fait descendre de ses genoux, se lève et s'éloigne du feu.

Je lui cours après.

– Catcher !

Je l'appelle tout bas pour ne pas réveiller les autres.

Il se met à trottiner, mais je me refuse à le laisser partir. J'en ai assez de ne pas savoir ce qu'il a, ce qui se passe entre nous. Je trébuche sur des rochers et des débris au-dessus desquels il semble glisser sans effort, et je ne le rattrape que lorsqu'il arrive devant le grillage. Il passe les doigts à travers les mailles comme pour s'y accrocher, comme s'il se préparait à grimper.

– Attends !

Je veux désespérément qu'il s'arrête. Quand je le rejoins, je me plaque contre son dos et j'enroule mes bras autour de sa poitrine.

– Attends, je répète.

J'ai besoin qu'il m'écoute, même si je ne sais pas trop ce que je veux lui dire. Il semble enveloppé d'un nuage de chaleur, qui est toujours là pour me rappeler son infection.

J'appuie mes lèvres dans le creux de sa nuque en me demandant s'il sent que je tremble. J'embrasse les contours de son épaule. Est-ce qu'il perçoit ma peur ? Est-ce qu'il sait à quel point j'ai souffert ? Il se relâche légèrement et un frisson le secoue tout entier.

– Je ne peux pas, Gabry, dit-il, mais il ne m'empêche pas de continuer.

J'entremêle mes doigts aux siens en m'accrochant avec lui au grillage, à la frontière entre notre monde et le sien.

– Tu es comme moi, lui dis-je.

Et j'ajoute, sans être sûre de le croire :

– On est exactement pareils.

Je ne sais plus comment me comporter avec lui, maintenant. Je ne sais pas comment parler à ce garçon qui est au seuil de la mort en permanence. Si j'en crois tout ce que je sais, tout ce qu'on m'a appris depuis le plus jeune âge, il devrait être mort. Il aurait dû mourir il y a plusieurs jours déjà.

Que dire à quelqu'un qui vit une chose pareille ?

J'essaie de ne pas repenser à Élias et aux Spiritistes, qui croient que les Mudos et les humains sont liés. J'écarte un pan de sa chemise et j'appuie mes lèvres près de la marque rouge qu'il a sur l'épaule. La seule trace restante de la blessure qui l'a infecté.

À cet instant, un Mudo se jette contre le grillage, de l'autre côté, et je m'écarte. La chaleur de Catcher se répand dans l'air entre nous. Il se remet face à moi et s'adosse aux mailles métalliques. Derrière lui, je vois la lune qui se reflète dans les yeux vitreux des Mudos ; je vois les contours de leurs dents cassées et de leurs bouches affamées.

J'essaie de dissimuler mon sentiment d'horreur, mais je sais que Catcher le voit.

– Tu n'es pas comme eux, lui dis-je.

J'essaie de nous convaincre tous les deux, mais je sais qu'il ne me croit pas.

– Je ne peux pas prendre le risque, Gabry, insiste-t-il. Je ne serai jamais sûr que je ne vais pas te transmettre l'infection.

Là-dessus, il me tourne le dos pour escalader le grillage, et avant que j'aie eu le temps de tendre la main vers lui, il est de l'autre côté. Il s'immobilise un instant et glisse un doigt entre les mailles. Je l'attrape.

– Elle fait partie de moi, maintenant, dit-il.

Les Mudos qui l'entourent se bousculent comme s'il n'était pas là, comme s'il était l'un d'entre eux, et son doigt m'échappe.

J'ai envie de lui crier de revenir, mais je pince les lèvres pour garder le silence. J'ai envie de renverser la tête en arrière et de hurler ma fureur contre le monde qui m'a fait ça. Qui a tout rendu si compliqué, si injuste. J'ai envie de tambouriner sur les clôtures et d'abattre tous les Mudos, de mettre fin à leurs gémissements qui ne s'arrêtent jamais.

Mais je ne le fais pas. Je reste plantée là à les regarder fixement. Pour moi, jusqu'à présent, ils n'ont jamais été autre chose que des monstres, des morts animés ; un fléau dont il fallait se débarrasser. Malgré tout, les questions d'Élias me trottent toujours dans la tête, et je me demande s'il reste au fond de ces gens, piégé quelque part à l'intérieur, quelque chose de ce qu'ils ont été.

Parce que si je suis vivante et que les Mudos sont morts… qu'en est-il de Catcher ?

◆

Le lendemain matin, je suis réveillée par des éclats de voix. Le cerveau embrumé, je m'arrache péniblement aux profondeurs du sommeil et j'émerge en plein chaos. Je mets un moment à comprendre que c'est Catcher qui vocifère et que ses cris s'adressent à sa sœur.

Il se précipite vers la clôture, la main levée.

– Cira ! Attends !

La panique s'entend dans sa voix, teinte chaque mot.

Mon cœur me saute dans la gorge. Bien réveillée tout d'un coup, je regarde par terre, près de moi, à l'endroit où Cira dormait, et je découvre que sa place est vide. La bouche sèche, je pense à mille possibilités. Je me lève d'un bond. J'ai encore les orteils et les mains engourdis.

Je repère du mouvement du coin de l'œil et je vois Cira à la clôture. Elle a commencé à l'escalader, elle est déjà à la moitié. Pendant un moment, je ne comprends pas. Je ne vois pas pourquoi elle voudrait essayer d'aller dans la Forêt. Je n'arrive pas à imaginer ce qu'elle pourrait fuir ou foncer rejoindre.

Mais elle continue à grimper, et je m'aperçois qu'elle est presque arrivée au sommet. Les Mudos commencent déjà à s'avancer entre les arbres, à venir vers elle de leur pas chancelant, les bras tendus.

Je suis prise de sueurs froides. Élias fonce déjà vers elle quand je m'élance à sa suite, les jambes flageolantes, en poussant un cri de surprise et de panique.

– Cira !

Élias a crié en même temps que moi.

Elle s'immobilise et jette un coup d'œil par-dessus son épaule. Vers nous. Vers son frère.

Pendant un instant, je pense qu'elle va s'arrêter. Je pense qu'elle délire ou qu'elle est somnambule. Qu'en nous entendant, elle va redescendre et revenir du bon côté de la clôture, à l'abri. Mais elle se détourne et continue à grimper.

– Arrête ! Qu'est-ce que tu fais ? je m'égosille.

Elle ne m'écoute pas. Ne me regarde plus. C'est comme

si je n'étais pas là, comme si aucun d'entre nous n'était là. J'accélère l'allure, j'essaie de parvenir jusqu'à elle avant qu'il soit trop tard.

Élias a presque atteint le grillage. Il tend les bras vers elle, mais elle passe les jambes de l'autre côté et saute. On arrive tous les deux trop tard.

– Cira !

J'ai la gorge douloureuse.

– Reviens !

Mille pensées m'assaillent et se mélangent dans ma tête : elle est dans la Forêt ; c'est dangereux ; elle n'a pas d'arme ; si je crie encore plus fort, elle finira par m'entendre et par comprendre.

Avec horreur, je vois des Mudos venir vers elle en traînant les pieds. Elle passe devant eux en courant pour s'enfoncer entre les arbres, en trébuchant dans les broussailles épaisses.

J'arrive enfin devant la clôture et je la bourre de coups de poing en hurlant :

– CIRA !

Je replie les doigts autour des mailles rouillées et je continue à crier de toutes mes forces. Je ne comprends pas ce qu'elle fait, ce qui lui passe par la tête. Le métal me scie les doigts, mais je m'en fiche – je tambourine de plus belle.

Catcher vient buter contre la clôture à côté de moi et se met à grimper sans une seconde d'hésitation. Il retombe de l'autre côté et s'élance à la poursuite de sa sœur. Les Mudos ne s'intéressent pas à lui. Ne remarquent même pas sa présence.

De gros sanglots me montent à la gorge et m'étouffent.

« Reviens, Cira, s'il te plaît », j'essaie de crier, mais ma voix se brise.

Je regarde, impuissante, Catcher foncer vers sa sœur pendant que les Mudos se rapprochent d'elle, la dérobent à ma vue. Ils remplissent tout l'espace entre la clôture et elle, et il y en a d'autres qui arrivent des deux côtés. Le sang qui mouchette ses pansements aux bras aiguise leur appétit, leur avidité, et ils se rapprochent rapidement.

– Il faut qu'on l'aide. On a des armes, on peut les empêcher de s'approcher d'elle, dis-je.

Et je commence à essayer de grimper. Je suis prête à faire n'importe quoi plutôt que de rester là à regarder sans réagir.

Mais Élias me retient, m'enveloppe entre ses bras.

– On ne peut pas. Ils sont trop nombreux. On se ferait tous attraper.

Je secoue la tête. Une voix me hurle de protéger Cira, même si je sais bien qu'Élias a raison. On reste là sans bouger, moi qui m'étrangle dans mes sanglots et Élias qui me retient, pendant que Catcher court vers sa sœur. Je suis obligée de détourner la tête. Je ne peux pas regarder ma meilleure amie se faire mordre.

À ce moment-là, je m'aperçois qu'Élias presse sa bouche contre ma tempe.

– Chut, répète-t-il sans cesse, mais je n'arrive pas à retenir la plainte désespérée qui monte du fond de mon être.

Je cache mon visage contre son épaule et je remue les lèvres en essayant de me rappeler une prière, prête à invoquer dieu ou diable pour sauver ma meilleure amie.

Élias pose les mains sur ma tête et me serre contre lui.

– Il l'a rejointe, me dit-il.

Son corps est crispé. Je sens son cœur battre frénétiquement contre ma joue.

– Il la porte vers l'autre côté.

Il essaie de paraître calme, mais je perçois de la tension dans sa voix. Je tourne la tête et je jette un nouveau coup d'œil à travers le grillage. Je vois Catcher qui court en diagonale, mais dans le mauvais sens. Il s'éloigne de nous. Il s'enfonce dans la Forêt avec Cira dans les bras.

– Qu… Qu'est-ce qu'il f-fait ? je bafouille en m'accrochant aux mailles métalliques.

Je secoue la clôture, qui se met à onduler sur toute sa longueur en cliquetant. Catcher emporte Cira loin de nous, loin de l'endroit où elle peut être en sécurité.

Et puis je comprends.

– Un autre sentier, dis-je d'une voix tremblante d'espoir.

Je me tourne de nouveau vers Élias.

– L'autre fois, il a dit qu'on pouvait couper par la Forêt pour rattraper un sentier. Peut-être qu'il veut en rejoindre un autre.

Je m'écarte de lui, le cerveau en ébullition.

– Il faut qu'on essaie de les retrouver, dis-je, les mains tremblantes, en essuyant ma lèvre supérieure en sueur.

Élias ouvre la bouche pour protester, mais je lui fais les gros yeux. Il regarde dans la Forêt, où Catcher et Cira zigzaguent entre les arbres.

– Récupère les affaires, dit-il. On va devoir courir si on veut les rattraper.

Je m'exécute aussitôt, soulagée d'avoir un plan – quelque chose qui va m'occuper l'esprit et m'empêcher de penser au fait que Cira est dans la Forêt. Cira qui a du sang sur les bras. Qui n'est pas immunisée contre les Mudos. Qui est encore affaiblie par sa récente hémorragie, et maintenant par ses plaies infectées.

Je prends ce que je peux ; je fourre les gourdes pleines dans les sacs et je lance à Élias ce qui ne tient pas dedans. On traverse le village désert en courant jusqu'au portail qui est à l'autre bout, qui fait pendant à celui par lequel on est entrés.

Élias l'ouvre d'une bourrade et se met à courir sur le sentier, en sautant par-dessus les ronces et en évitant les branches tombées. Ma poitrine me brûle, mais je me force à poursuivre mon chemin pendant que mon sac plein à craquer s'agite et rebondit dans mon dos. Il faut qu'on les retrouve. Il faut qu'elle s'en sorte.

Comme s'il avait lu dans mes pensées, Élias me dit :

– Elle va s'en sortir.

Je hoche la tête parce que je n'ai pas la force ni l'énergie de faire autre chose et parce que j'ai besoin de le croire. Tout ce que je peux faire, c'est m'obliger à poser un pied devant l'autre et tâcher de rester loin des clôtures pendant que je scrute la Forêt, cherchant désespérément à apercevoir Catcher ou Cira.

On arrive à un croisement sur le sentier, et Élias oblique vers la droite sans une hésitation. À un moment, ils devraient tomber dessus ; c'est certain. Pendant que mes pieds martèlent le sol, je n'ai qu'une pensée en tête : « Ils vont y arriver. Ils vont y arriver. »

Élias commence à prendre de l'avance et je lui fais signe de continuer. J'ai des tiraillements dans les jambes et les poumons en feu. En arrivant dans un tournant, il se fige. Je ralentis en trébuchant et je me mets à marcher. Il ne sort pas son couteau, alors je sais que ce n'est pas des Mudos qu'il voit ; ce n'est pas un danger.

Il a dû retrouver Catcher et Cira. Malgré mes réticences, je me force à avancer, tremblante des pieds à la tête. Je devine à sa mâchoire contractée, à sa posture générale que ce qu'il y a de l'autre côté du tournant, je préférerais ne pas le voir.

XXXIII

Il lève la main pour me faire signe de m'arrêter, mais je l'ignore. Je ne peux pas m'arrêter. J'ai besoin de savoir ce qui s'est passé. J'inspire autant d'air que je peux et je me presse les doigts sur la bouche en me préparant à affronter le spectacle qui m'attend.

Avant de voir quoi que ce soit, j'entends des lamentations et je change d'avis. Je m'arrête au milieu du sentier, un pied en l'air. Je n'ai pas envie de voir ça. Je n'ai pas envie d'affronter ce qu'Élias regarde, après le tournant, quoi que ce soit.

Je me rends compte que c'est ainsi que fonctionne le monde. Si je pouvais l'empêcher de continuer à tourner, arrêter ses rotations, je l'aurais fait il y a longtemps. Je l'aurais stoppé dès que les lèvres de Catcher ont touché les miennes sous la lune, au parc d'attractions. Je nous aurais figés pour toujours dans cet instant-là, cet instant d'éternité.

Mais bien sûr, le monde continue à tourner bien qu'on traîne les pieds, refusant cette réalité. Les événements nous tombent dessus les uns après les autres, incontrôlables, et on se laisse entraîner, impuissants.

Voilà pourquoi je me force à lever les yeux, à faire ce pas et à affronter ce qui s'est passé. Même si je sais, sans doute possible, que ce que je vais voir va me briser.

Catcher est assis au milieu du sentier. Sa sœur, ma meilleure amie, Cira, est étendue sur ses genoux. Il est penché sur elle, la tête contre sa poitrine, et le son qui sort de sa bouche ressemble aux gémissements des Mudos – il me transperce et m'emporte au fond de moi-même. J'ai du mal à tenir debout.

Je jette un coup d'œil à Élias, qui se tient tout raide, les yeux rivés sur ce spectacle. Les lèvres pâles, il est blanc comme un spectre. Il a un regard effaré et le menton tremblant. C'est là que je me rends compte qu'il ne se considère pas comme quelqu'un de l'extérieur – comme un étranger. Il est avec nous. Je voudrais lui prendre la main, mais j'arrive trop tard. Il s'avance vers Catcher.

Élias s'agenouille en face de lui, près de Cira. Il pose une main légère sur sa joue, puis tend un bras au-dessus d'elle pour prendre la main de Catcher. Je déglutis, le souffle coupé en les regardant, et mon propre chagrin sème la tempête dans mon cœur.

– Est-ce qu'ils l'ont… ? Est-ce qu'elle a… ?

Je n'arrive pas à le dire. Je fais un pas de plus pour voir son visage. Et là, je m'aperçois qu'elle regarde fixement la Forêt, comme si nous n'étions pas là.

Catcher secoue la tête pour m'indiquer que non et je m'affaisse contre la clôture, soulagée, jusqu'à ce que je sente des doigts de Mudos m'effleurer le bras. Je me redresse vivement et je lâche :

– Mais pourquoi ?

Je voudrais comprendre ce qui a attiré Cira dans la Forêt. Je voudrais comprendre comment elle a pu choisir de faire une chose pareille.

Personne ne me répond. Je pense à ses entailles aux poignets. Je me dis qu'elle a déjà essayé de se supprimer. J'enroule mes bras autour de moi, tremblante.

Je ne sais pas comment la soigner. Je ne sais pas comment arranger les choses. Je ne sais pas quoi dire ni comment l'aider. À part en lui disant qu'on peut tous survivre à ce calvaire. Qu'on *va* survivre.

Et je songe que c'est peut-être ça qui unira toujours les gens de mon monde : plus on perd de choses, de gens, plus on devient les survivants.

◆

– On devrait peut-être retourner à Vista, dis-je doucement à Catcher et Élias.

Cira est assise au milieu du sentier, perdue dans ses pensées, les yeux braqués sur la Forêt. Les pansements enroulés autour de ses bras sont tachés de sang séché, car ses blessures se sont rouvertes quand elle a escaladé le grillage. Elle n'a rien dit, rien expliqué, et mon soulagement qu'elle soit saine et sauve commence à céder la place à la colère et à la frustration.

Elle est bel et bien ravagée par une septicémie ; des lignes rouges s'étirent sur ses bras, la fièvre lui met le feu aux joues. Si on reste ici, à errer dans la Forêt, j'ai peur que son état ne fasse qu'empirer. Qu'il soit trop tard pour traiter l'infection et qu'elle en meure.

– On ne peut pas, dit Catcher en regardant ses pieds.

Son découragement perce dans sa voix, et il a de gros cernes sous les yeux à force d'en faire trop et de ne pas dormir assez.

– Elle est malade, Catcher, lui dis-je.

Il fait la grimace.

– Je ne parle pas seulement de la septicémie à cause des coupures. Je parle de…

Je pense à la détermination qu'on lisait sur son visage quand elle a escaladé le grillage ce matin.

– Je ne sais pas si on saura s'occuper d'elle, c'est tout, je termine lamentablement.

Une volée d'oiseaux jaillit d'un buisson, de l'autre côté de la clôture, et leurs cris disparates nous font tous grimacer. Les Mudos continuent à gémir.

– Les Patrouilleurs sont déjà dans la Forêt, dit Catcher.

Il regarde toujours vers le sol, comme si ce qu'il disait n'avait pas d'importance.

J'appuie sur mon front du bout des doigts, les muscles des épaules et du cou tendus. On est piégés, maintenant, on n'a plus du tout la possibilité de revenir. J'essaie de garder une respiration régulière.

– Ils sont à quelle distance ? demande Élias.

Catcher secoue la tête.

– Ils ont accédé au sentier hier matin. Ils avancent drôlement vite. Mais je pensais quand même…

– Hier !

Je n'arrive même pas à prononcer ce mot tout haut, je ne fais que le lâcher du bout des lèvres. Les Patrouilleurs avancent au pas de course sur les sentiers depuis déjà vingt-quatre heures. Ça me donne la nausée ; j'ai un nœud dans mon estomac vide, parce qu'on commence à manquer de nourriture.

– Qu'est-ce qu'on fait ? je demande d'une voix brisée.

Catcher hausse les épaules. J'ai l'impression qu'il a capitulé, comme sa sœur, et j'ai envie de le gifler. Je me suis tellement battue pour lui et pour Cira. J'ai tout abandonné pour eux – toutes mes chances de vivre une vie normale.

C'est inacceptable qu'ils arrêtent de lutter. Je me détourne et je m'éloigne à grandes enjambées furibondes sur le sentier. J'ai besoin de mettre de la distance entre eux et moi. Je ne peux pas être la seule à rester forte pendant que les autres ont le droit de s'effondrer ; je n'ai pas l'habitude de jouer ce rôle, je ne sais même pas comment m'y prendre.

Quelque chose bruisse derrière moi. Je sais que c'est Élias – je connais par cœur le bruit de ses pas dans l'herbe haute.

– Gabry, dit-il avec douceur comme s'il s'approchait d'un animal blessé.

Il me pose une main sur l'épaule. Une main légère, à peine discernable.

Je secoue la tête. J'ai peur de craquer, d'exploser de rage ou de désespoir. Je voudrais tellement être comme Cira. M'écrouler sur le sentier et laisser quelqu'un d'autre prendre les décisions à ma place. Quelqu'un d'autre se battre pour moi. Ça me paraît injuste de ne pas avoir le droit de baisser les bras, moi aussi.

Dans mon dos, Élias se rapproche. J'ai envie de m'adosser contre sa poitrine et de le laisser enrouler ses bras autour de moi. D'accepter que ce soit grâce à lui si je tiens debout.

Mais je me retourne pour me mettre face à lui. Il garde la main sur mon épaule, et maintenant, il n'y a pratiquement plus rien qui nous sépare. Derrière lui, du coin de l'œil, je vois Catcher qui regarde toujours obstinément par terre. Et Cira qui est toujours perdue dans son monde à elle.

Le visage d'Élias est sans doute le reflet du mien : on y lit la douleur et le doute. D'habitude, il est si calme et si stoïque qu'en le voyant comme ça, je me demande ce qui, dans sa vie à lui, l'a amené à être ici maintenant. Son pouce passe doucement sur ma gorge ; cette caresse est si imperceptible que je l'ai peut-être imaginée.

C'est Catcher qui devrait être ici avec moi, pas Élias. C'est Catcher qui devrait être en train de me serrer dans ses bras et de me consoler et de me rendre forte. C'est lui que je connais, à qui je fais confiance et dont je rêve depuis toujours. Mais maintenant, tous mes repères sont brouillés, incertains.

Mes lèvres s'entrouvrent. Je m'apprête à tout dire à Élias. Que je suis née dans la Forêt. Que je suis déjà passée sur ces sentiers et que j'ai survécu, et que j'espère y arriver une deuxième fois. Que quelque part dans ce labyrinthe, il y a ma mère et mon passé. Curieusement, avant même d'avoir commencé, avant d'avoir prononcé le premier mot, je sais qu'il comprendra.

– On devrait continuer à marcher, dit Catcher.

J'ai l'impression que sa voix m'arrache à une sorte de transe ; que je fixais Élias depuis cent ans. Je secoue la tête et je m'écarte de lui. Gênée, j'ai les joues qui virent lentement au cramoisi, une fois de plus. Je jette un coup d'œil à Catcher en me demandant s'il l'a remarqué. Mais il ne fait pas de commentaire. Son expression ne trahit rien.

◆

On se traîne sur les sentiers dans l'air lourd de l'été, en choisissant quels embranchements prendre et quels portails franchir en fonction du code que j'ai déchiffré grâce au recueil de sonnets de ma mère. On marche toujours vers la lumière – on suit les sentiers qui vont nous mener au sonnet XVIII, celui dont un extrait est gravé dans la salle des lampes, au phare. L'après-midi, le ciel s'assombrit et des coups de tonnerre nous menacent, mais il ne pleut presque pas et nos gourdes commencent à se vider. Malgré tout, Catcher ne veut pas laisser Cira toute seule pour aller explorer la Forêt à la recherche d'un cours d'eau et, pressés par le danger que représentent les Patrouilleurs derrière nous, on continue d'avancer.

Au début, je me sens mal à l'aise près de Cira. Catcher reste avec elle en permanence et l'aide quand elle n'arrive pas à suivre. Elle semble marcher sans rien voir, en trébuchant sur le sentier, et je me demande si elle a vraiment capitulé ou si c'est la septicémie qui prend le dessus, qui la rend si apathique.

Je n'arrête pas de me demander combien de temps il lui reste. Si elle va guérir un jour.

Mais au bout d'un moment, le silence entre nous devient insupportable. Je m'arrête, je prends sa main des mains de Catcher et je la presse entre les miennes.

– Redis-moi que ça va aller, dit-elle d'une voix rauque.

Elle a perdu quelque chose de fondamental chez elle : cette étincelle, cette énergie qui la caractérisait.

– Ça va aller, lui dis-je en espérant qu'elle va le croire, même si j'en doute.

Elle s'arrête en me forçant à m'immobiliser à mon tour, et sourit. Elle me presse la main et je m'aperçois que ses doigts sont devenus osseux, ses poignets tout grêles. Des mèches folles pendent mollement autour de son visage. Ses taches de rousseur font un contraste criant avec la pâleur de sa peau.

Je jette un coup d'œil en direction d'Élias et Catcher qui continuent d'avancer, un peu plus loin sur le sentier. J'essaie d'entraîner Cira pour qu'on se remette à marcher, mais elle me retient.

– Je sais que c'est grave, ce que j'ai, dit-elle. La septicémie.

Elle est obligée de reprendre son souffle avant de finir sa phrase, et je repense à toutes les épreuves qu'elle a endurées dans cette histoire.

– Je ne suis même pas sûre d'arriver… là où on va, où que ce soit.

Elle a le regard vitreux. La gorge nouée, je secoue la tête. Je sens le pendentif de superhéros sur ma poitrine ; je passe le collier par-dessus ma tête et je m'approche d'elle pour lui attacher le fermoir dans le cou :

– Tu te trompes, lui dis-je. Cira, il ne faut pas que tu…

Mais elle m'interrompt en pressant délicatement ses lèvres sèches sur ma joue :

– Je suis en train de mourir, Gabry, dit-elle en se retirant, les larmes aux yeux. Je ne tomberai jamais amoureuse. Je n'aurai jamais d'enfants – je ne serai jamais le genre de mère que j'ai toujours voulu avoir. Je ne saurai jamais ce que ça fait d'être aimé plus que tout au monde.

Elle sourit avec douceur.

– Je n'aurai même pas l'occasion d'embrasser un garçon. Dis-moi, c'est comment ?

Sa voix n'est plus qu'un murmure presque inaudible.

Je secoue la tête. Je refuse d'admettre que ce qu'elle dit puisse être vrai. Qu'elle ait la moindre raison de penser qu'elle ne va pas survivre. Je ne veux même pas y songer. Mais elle me pose les doigts sur le poignet et insiste :

– S'il te plaît.

Je vois un air suppliant dans ses yeux. Je vois qu'elle veut vraiment le savoir.

Je hoche la tête et je repense à la soirée au parc d'attractions avec Catcher. Je repense à la soirée sur la plage avec Élias. Je ne sais pas quoi lui dire, comment lui expliquer le mélange de désir et de crainte qui précède. Le point de non-retour où ses lèvres se posent sur les tiennes. Et comme on se sent différente, alors. Belle, désirée, exceptionnelle.

Je me remets en route et Cira m'imite. On marche côte à côte sur le sentier, main dans la main.

– C'est merveilleux, je lui réponds finalement. Et puis ça fait un peu bizarre, aussi. Parce qu'on ne sait pas quoi faire ni comment ça marche.

Un petit rire monte dans ma gorge, c'est rafraîchissant après tout ce temps où je n'ai pensé qu'à la mort, à l'infection et aux Mudos.

– On a peur de s'y prendre de travers, j'ajoute.

Puis je m'approche de Cira et je lui chuchote à l'oreille :

– Je n'arrêtais pas de me demander ce que j'avais mangé pour mon dernier repas.

Je souris et elle, elle glousse.

– Je ne veux pas savoir ce qui n'est pas bien, lance-t-elle avec un air amusé. Je veux que tu me racontes seulement ce qui est bien.

Alors c'est ce que je fais. Tout en marchant dans la chaleur de fin d'après-midi, je lui raconte tout, en oubliant qu'on est dans la Forêt, qu'on est poursuivies et qu'on ne sait pas trop où on va. J'ai l'impression qu'on est deux amies qui font une banale promenade, tout simplement.

XXXIV

On glousse encore quand, au détour d'un virage, je vois Catcher et Élias plantés devant un portail. Élias, le visage blême, se tapote la jambe. Je sens mon sourire vaciller, et la main de Cira devient toute molle dans la mienne.

– Qu'y a-t-il ? je leur demande.

– C'est le numéro dix-huit, dit Élias. X-V-I-I-I.

– Ah !

Je ne fais qu'articuler ce mot sans produire de son. Je n'ai pas besoin de sortir le livre pour me souvenir du texte de ce poème, le sonnet que ma mère a gravé au phare le jour où elle est partie. Ce portail, c'est le dernier. Mon cœur se met à tambouriner dans ma poitrine, comme s'il battait la mesure pour les mots qui s'égrènent dans ma tête. En m'approchant du portail, tandis que Cira m'emboîte le pas, je murmure le dernier vers du dix-huitième sonnet de Shakespeare :

– Toujours ils pourront vivre et te donner la vie.

De l'autre côté du portail, le sentier continue, comme tous les autres. Avec des clôtures de chaque côté pour le séparer de la Forêt. Des Mudos qui se lèvent et viennent vers nous en titubant.

J'accélère le pas, sentant monter l'excitation. Ma mère

est peut-être au bout de ce sentier. Ainsi que mon histoire. Et toutes les réponses à mes questions. Mon cœur s'emballe et mes jambes me démangent ; je me mets à courir. J'entends les autres qui me suivent, derrière moi, mais je cours sans un regard en arrière.

Jusqu'à ce que j'arrive à un nouveau portail. De l'autre côté, je vois des ombres de bâtiments. Les clôtures s'écartent comme dans le dernier village qu'on a traversé. Tout d'un coup, je suis trop terrifiée pour faire un pas de plus. Des gouttes de sueur coulent sur mes joues, dans mon cou et entre mes épaules. J'ai peur que ce village soit comme le précédent : désert, mort.

Élias s'arrête derrière moi. J'entends qu'il essaie de reprendre son souffle. J'avale ma salive et je me retourne pour le regarder. Bien qu'on ait couru tous les deux, il est pâle. Ce n'est pas moi qu'il regarde, mais le portail. Il se frotte la tête avec des doigts tremblants.

Pendant un moment de folie, ça me donne envie de rire de nous voir plantés là, après tout ce que nous avons enduré. Rechignant l'un comme l'autre à faire ce dernier pas. Que se passerait-il si on restait ici indéfiniment, si on ne bougeait plus jamais ?

Ensuite, comme si la Forêt, dans un souffle, me poussait vers l'avant, je sors mon couteau, je pose la main sur le portail et je tire dessus pour l'ouvrir.

◆

J'entre lentement dans le village, en tendant l'oreille pour guetter des voix ou des gémissements – tout ce qui pourrait m'indiquer qu'il y a quelqu'un ou quelque chose ici. J'attends qu'un souvenir me revienne, que cet endroit me paraisse soudain familier, mais non. Devant moi, sur la gauche, se dresse la carcasse calcinée d'un bâtiment imposant. Les murs de pierre noircie sont éboulés, des poutres pourrissantes en dépassent suivant des angles insolites. Nettement plus loin, je distingue des petites maisons nichées les unes contre les autres dans l'ombre de quelques grands arbres qui semblent équipés de plateformes dispersées.

Derrière moi, les Mudos gémissent contre les clôtures et le vent fait bruisser le feuillage des arbres. Des criquets crépitent dans la chaleur. Je passe devant un vieux cimetière, en marchant lentement. Mes pieds suivent un sentier dégagé qui se rapproche plus d'une longue ornière.

Rien ne bouge. Il n'y a pas d'exclamations, personne n'accourt. Le village semble désert. Craignant d'être arrivée dans une nouvelle impasse, j'ai le cœur qui se serre. Je fais encore quelques pas, en me demandant si je devrais appeler, puis je m'arrête à côté de ce qui reste du bâtiment brûlé. On voit bien qu'il était immense. Une vieille cloche fissurée gît au milieu des pierres noircies et des madriers carbonisés.

Mon pied dérape sur une planche et quelques cailloux se détachent et roulent. Ça n'a pratiquement pas fait de bruit, mais je retiens mon souffle. Je perçois du mouvement sur ma gauche. Je me tourne dans cette direction et me fige, en serrant fermement mon couteau.

Un grand chien noir qui était étendu au soleil dans l'herbe, à côté d'une des pierres tombales, lève la tête et nous examine. Je m'attends à ce qu'il se mette à aboyer ou à gronder, mais non. Il se lève lourdement, avec son museau blanchi par l'âge, et s'approche avec lenteur, en remuant paresseusement la queue. Je lui tends la main. Il me flaire et presse sa truffe contre mes doigts.

Je respire. De toute évidence, il connaît des gens, quelqu'un s'en occupe. Ce qui signifie qu'il doit y avoir quelqu'un de vivant dans ce village. Mon cœur se met à tambouriner dans ma poitrine. Pendant que je lui gratte les oreilles, le chien bâille. Sa queue bat contre mes jambes.

Catcher et Cira arrivent au portail à leur tour et viennent vers moi. Sans laisser à Catcher le temps de s'approcher davantage, le chien lâche un grondement rauque.

– Tout va bien, mon grand, lui dit Catcher en se mettant à genoux et en lui tendant la main.

Le chien m'écarte de lui et se place entre nous en reniflant l'air, le poil hérissé. Je ne comprends pas pourquoi il a changé d'attitude, pourquoi Catcher lui a déplu instantanément. Soudain, il se met à aboyer longuement. Ce vacarme me fait grimacer et, instinctivement, je cherche un endroit où me cacher, loin de ce chien.

Je trébuche et quelque chose bouge dans les ruines du grand bâtiment; un caillou qui tombe au milieu des décombres. Et soudain, j'entends des voix. J'ai la gorge sèche, je ne peux plus respirer. À côté de moi, Élias se tend, sort son couteau. Je vois une femme apparaître dans l'ombre. Elle se fraie un passage parmi les débris, et sa jupe ondule autour de ses jambes. Déséquilibrée par son fardeau, quelque chose de grand et d'encombrant qu'elle a dans les bras, elle chancelle.

La lumière du soleil s'infiltre par un trou dans ce qui fut le toit et je vois enfin son visage. Ses cheveux noirs et blancs. Ses rides autour des yeux qui me rappellent son sourire.

– Maman !

Ce mot remonte du plus profond de mon être et éclate dans une joie brûlante. Des larmes me piquent les yeux ; il me suffit de la voir pour être persuadée que tout va bien se passer, maintenant.

Elle lève la tête et s'étrangle en me voyant là, à l'entrée, dans l'herbe qui danse autour de mes mollets.

– Gabrielle !

Je ne l'entends pas, mais je vois ses lèvres remuer et son expression pleine d'amour. Je ne peux pas m'empêcher de sourire.

Elle lâche le livre qu'elle avait à la main et il explose sur un tas de pierres. De fines feuilles de papier fragile s'envolent dans les airs et retombent autour d'elle comme des plumes.

Ensuite, elle se met à courir au milieu des décombres et je me mets à courir vers elle et je me retrouve enfin dans ses bras. Elle a encore son odeur de sel et d'océan et de phare. Je blottis mon visage contre son épaule et elle me serre contre elle. J'entends son cœur. Je me sens chez moi. À l'abri, au chaud. Aimée. Parmi mes souvenirs.

Elle m'écarte d'elle en posant les mains sur mes joues et me dévisage pour voir si je vais bien. Elle a les yeux qui brillent. Je pleure à chaudes larmes.

– Mon bébé, chuchote-t-elle avant de me ramener contre elle.

Je me sens tellement bien, dans ses bras ! J'ai l'impression d'être une petite fille et que ma maman peut tout arranger.

– Je suis tellement désolée, je n'aurais pas dû…

Je l'interromps :

– Je sais. Moi aussi, je suis désolée. Je t'aime. Tu m'as manqué.

J'ai attendu si longtemps de pouvoir dire ça, de pouvoir revenir sur ce que je lui ai asséné la veille de son départ !

Je l'entends inspirer en frémissant. Je devine le sourire éclatant qui apparaît sur son visage et j'ai envie de rire, tellement je suis soulagée de l'avoir retrouvée.

Quelque chose se colle contre ma jambe. Je me détache de ma mère pour regarder. C'est une page du livre qu'elle avait à la main, en papier jaune et fin comme une pelure d'oignon. Au milieu, il y a du texte dactylographié à demi effacé et, dans les marges, des annotations rédigées à l'encre noire d'une écriture serrée. Je plisse les yeux pour tâcher de les déchiffrer, mais je n'y comprends rien :

La Congrégation s'est réunie. Nous avons parlé de nous isoler. De couper le village du reste du monde. Dans l'espoir d'être ainsi protégés des incursions récurrentes de gens qui cherchent un asile pour survivre au Retour. La décision finale est entre les mains de Dieu, tout comme notre survie a toujours été entre Ses mains.

Des pages du même genre volettent partout, s'immobilisent dans l'herbe, se plaquent sur les décombres, repartent vers le grillage. Élias s'avance avec, à la main, une grosse liasse de feuilles qu'il a ramassées sur les pierres tombales.

À cet instant, quelqu'un d'autre sort des ruines du vieux bâtiment ; un homme penché sur quelques bouteilles poussiéreuses.

– Mary, je pense que celles-ci sont encore potables. La Congrégation n'a jamais mentionné…

En quittant l'obscurité du bâtiment effondré pour émerger à la lumière, il lève la tête. Et quand il me voit, il s'arrête net, une main en visière devant les yeux pour se protéger du soleil.

Il ouvre la bouche et se tourne vivement vers ma mère. Il n'a pas l'air de comprendre ce qui se passe.

Ma mère lui prend la main avec un grand sourire ; on dirait que c'est la femme la plus heureuse du monde, en cet instant. Je la considère avec surprise en songeant que je l'ai bien rarement vue aussi radieuse. De toute évidence, cet homme est quelqu'un qu'elle connaît bien.

– Harry, dit-elle en me pressant gaiement la main, j'aimerais te présenter ma fille, Gabry.

Il ébauche un sourire en inclinant un peu la tête sur le côté, comme s'il entendait des bribes d'une chanson et tentait d'en retrouver le titre. Il se fraie un chemin vers moi parmi les débris et j'essaie de me rappeler si ma mère avait déjà mentionné son nom avant. Si je suis censée le connaître. Je suis gênée d'être plantée là, crasseuse après toutes ces journées passées sur les sentiers, avec le ventre creux et la gorge sèche.

À cet instant, j'entends une vive inspiration et je me tourne à demi. Élias se tient juste derrière moi. Il est livide, la bouche ouverte. Les papiers qu'il tenait à la main lui échappent.

– Il y a quelque chose qui ne va pas, Élias ? je lui demande.

Harry prononce son prénom tout bas, délicatement, comme s'il avait peur de le casser en le disant trop fort :

– Élias ?

Il plisse les yeux et se tourne de nouveau vers moi, avec une question sur le bout de la langue. Et une lueur de reconnaissance dans les yeux.

– Annah ? murmure-t-il dans un souffle presque inaudible.

Je connais ce prénom. C'est celui de la sœur d'Élias. La fille qu'il cherche ; la fille pour qui il est entré chez les Patrouilleurs. Je secoue la tête…

Mais Harry n'a pas fini.

– Abigail ?

Au fond de moi, tout s'arrête. Mon cœur cesse de battre. Mes poumons ne respirent plus. Mes oreilles n'entendent plus que ce prénom qui résonne dans ma tête.

Je le connais, ce prénom. Je connais le son qu'il produit dans la bouche de cet homme. Après toutes ces années, ça me revient comme une berceuse qui referait surface en rêve.

Ensuite, c'est le chaos. Le chien se remet à aboyer parce que Catcher essaie de s'approcher. Harry lui ordonne de se taire, mais il continue à grogner, le poil hérissé. Cira s'écroule et vomit dans l'herbe. Je m'arrache à l'étreinte de ma mère. Elle tend la main vers moi, mais je recule.

Élias, derrière moi, se sauve en courant vers le village.

Ma mère essaie à nouveau de m'attirer à elle, mais je la repousse.

– C'est elle qu'il faut aider ! je lui hurle en désignant Cira. Elle est malade, elle a besoin de ton aide.

– Gabry..., commence-t-elle à dire, mais je cours déjà après Élias.

Une foule de questions brûlantes percent des trous dans mes souvenirs.

XXXV

J'essaie d'appeler Élias, mais je cours tellement vite que je n'ai plus de souffle. Il fonce vers le groupe de maisons et s'y fraie un chemin comme s'il savait où il va, bizarrement. Il oblique brusquement vers la gauche et je trébuche en lui courant après. Le soleil est haut dans le ciel, il tape fort et chaque fois que je pose le pied, ça soulève des nuages de poussière.

J'attends que des gens nous appellent, j'attends de voir des visages aux fenêtres et sur le seuil des maisons que je dépasse, mais il n'y a personne. Des plantes sauvages sortent par les portes et de l'herbe pousse sur les toits, qui se sont enfoncés depuis longtemps. On dirait que la nature reconquiert lentement ce qui lui appartenait autrefois.

Devant moi, au bout d'une rue étroite, Élias s'engouffre dans une des maisons. Je ralentis ma course et je trottine jusqu'à l'entrée. À l'intérieur, la lumière du soleil s'infiltre par les volets cassés et illumine les particules de poussière, qu'elle fait scintiller. J'inspire goulûment. Mes yeux mettent un moment à s'habituer à la pénombre de l'intérieur. Enfin, je vois Élias planté au milieu d'une petite pièce peu meublée. Il me tourne le dos, avec les bras qui pendent mollement sur les flancs. Il bouge à peine, seules ses épaules se soulèvent et retombent.

Je voudrais lui dire quelque chose, mais pour une raison qui m'échappe, j'ai l'impression d'être dans un lieu sacré. Élias pivote, parcourant des yeux tout ce qui se trouve dans la pièce : la table sous la fenêtre, les bancs disposés devant la cheminée, le lit étroit poussé contre le mur du fond.

Quand il se retrouve enfin face à moi, je vois qu'il a les yeux écarquillés et la bouche ouverte, comme s'il était encore sous le choc, comme moi.

– Cet homme, dis-je d'une petite voix dans la faible lumière, comment ça se fait qu'il avait l'air de te connaître ?

Élias ne bouge pas. Je m'avance à pas légers dans la pénombre, où la fraîcheur me fait comme une caresse sur la peau. Il suit mes déplacements des yeux, mais ne me tend pas la main, ne bouge pas d'un pouce.

– Pourquoi croyait-il connaître mon nom, d'après toi ?

Poser cette question à voix haute me donne des picotements et je m'aperçois que j'ai encore plus peur d'entendre la réponse que je ne le pensais. Mais il faut que je sache.

– Et pourquoi il m'a appelée par le prénom de ta sœur ?

Élias fait un pas vers moi et j'ai un léger mouvement de recul. Je ne voulais pas réagir comme ça, mais je ne comprends pas ce qui se passe et je ne sais pas si je peux lui faire confiance – ni même si je peux me faire confiance à moi-même. Il gagne l'autre bout de la pièce et passe un doigt sur la table installée sous la fenêtre, laissant un sillon profond dans la poussière.

Je repense à la nuit où je l'ai rencontré, sur la plage. Je repense à son air stupéfait la première fois qu'il m'a vue, à la façon dont il a tendu la main pour me toucher comme s'il me connaissait. Mon souffle me reste coincé dans la gorge quand une idée absurde me vient soudain à l'esprit : est-ce qu'il me connaissait, en effet ?

Tout est si calme, dans cette pièce. J'ai l'impression d'être hors du temps. Derrière moi, dehors, je n'entends rien, pas même les gémissements des Mudos.

– Élias, je lui demande d'une voix tremblante. Tu me connais ?

Il décolle son doigt de la table et le passe sur le dossier d'une chaise, puis arrête son geste et empoigne la chaise à deux mains. Les articulations de ses doigts blanchissent.

Là, je craque. J'en ai marre de son silence. Marre de ne pas savoir si je peux lui faire confiance. Marre de le côtoyer de si près tous les jours et de ne rien savoir sur lui.

– Dis-moi ce qui se passe ! je hurle en donnant un coup de poing dans le mur.

Le bruit nous fait sursauter tous les deux. Il lève brusquement les yeux et les plonge dans les miens.

J'ai mal à la main, mais je serre les dents ; pas question de lui montrer que ça me lance. J'ouvre la bouche pour vociférer de plus belle, mais il m'interrompt sans m'en laisser le temps.

– Oui, dit-il enfin.

J'entends autant de peur et d'ahurissement dans sa voix que j'en éprouve moi-même.

– ... Oui, je savais qui tu étais.

J'ai l'impression que la pièce tourne autour de moi. Je

plaque ma main blessée sur mon front et je gagne la cheminée en chancelant pour m'écrouler sur un des bancs.

– Dis-moi, je répète avant de ne plus en avoir le courage.

Il continue à flâner lentement dans la pièce, comme s'il avait besoin d'occuper son corps pendant qu'il réfléchit.

– La fille…

Il s'éclaircit la gorge.

– La femme que je cherche… ce n'est pas ma sœur, explique-t-il.

Sa voix m'évoque de l'eau qui déferle sur des rochers brisés.

Il s'arrête devant moi, les yeux fixés sur ses doigts.

– C'est la tienne, termine-t-il en levant enfin la tête pour me regarder.

– Je…

J'ai la bouche sèche, tout d'un coup. Mon ventre se noue, comme si je venais de trouver la pièce manquante qui permet à l'ensemble de former un tout cohérent. Des fragments de souvenirs se mélangent et s'effacent dans ma tête. J'ai l'impression que la pièce est devenue trop petite, que je suis enfouie sous une énorme couche de sable et que la marée monte au-dessus de ma tête. Je me mets à déglutir frénétiquement en essayant de démêler tout ça.

J'ai une sœur. Tant d'émotions m'assaillent en même temps que je ne sais plus quoi ressentir, quoi penser. À quoi elle ressemble ? Comment est sa voix ? Qu'est-ce qu'elle aime, qu'est-ce qu'elle déteste, qu'est-ce qui compte dans sa vie ? Qui est-elle ?

Une vérité émerge péniblement du reste :

– Tu le savais, dis-je.

Bien sûr qu'il le savait. C'est pour ça qu'il est toujours là. C'est pour ça qu'il a toujours été là. À chaque tournant où je me retrouvais seule, il était là. Il le savait depuis le début, alors que moi, je ne savais rien.

Chaque moment que nous avons passé ensemble était teinté par ce mensonge.

Élias hoche la tête, l'air malheureux. Il semble sur ses gardes, comme s'il avait peur de ce que je vais faire.

– C'est ta jumelle, précise-t-il d'une voix douce. Quand je t'ai vue sur la plage, la première fois…

Il s'interrompt, secoue la tête.

– … je t'ai prise pour Annah.

Je ferme les yeux et je me cache le visage entre les mains. Comment ai-je pu ignorer que j'avais une jumelle ? Toutes ces années ? Comment ai-je pu oublier ça ? Comment est-ce possible ?

– Tu le savais, je répète. Pendant tout ce temps qu'on a passé à marcher sur les sentiers, tu connaissais l'existence de ce village. Tu savais tout ce qu'il y a à savoir dessus.

Je repense à toutes les fois où j'ai eu peur qu'on ait pris la mauvaise décision en venant dans la Forêt. À tous les moments où j'étais persuadée qu'on allait mourir sur les sentiers et que personne ne le saurait jamais. La colère me prend.

– Tu aurais dû nous le dire ! On était terrifiés !

Il lève les mains, le visage blême et les yeux écarquillés.

– Non, dit-il. Je ne le savais pas. Fais-moi confiance, je ne le savais pas.

Je ricane. Lui faire confiance ? Alors que je viens de

découvrir que depuis le début, il me cache tout ? Je croise les bras et je le toise.

– Écoute, je savais que je venais de la Forêt. Bien sûr que je le savais. Et je savais que toi aussi. Mais quand j'ai vu que tu ne me reconnaissais pas... quand tu m'as dit ton nom et que ce n'était pas Abigail... j'ai compris que tu ne te souvenais de rien.

Il appuie sur ses tempes de ses doigts tremblants.

– Je n'étais pas sûr que tu veuilles savoir, c'est tout. J'ai pensé que tu avais peut-être eu une raison d'oublier. Je ne voulais pas mettre le bazar dans ta vie.

Il pince les lèvres et sa bouche forme une ligne fine.

– Je suis désolé, ajoute-t-il.

Aussitôt, la colère qui m'agitait retombe. Je me sens lasse, démoralisée.

– Qu'est-ce qui s'est passé ? je chuchote.

Je devine que d'une manière ou d'une autre, on est liés, tous les deux.

Il s'affale sur le banc qui est en face de moi. Nos genoux se touchent presque.

– On était voisins, commence-t-il. Cette maison, c'était la mienne. Annah et toi, vous habitiez en face, dans la même rue. Il n'y avait pas beaucoup de gamins de notre âge avec qui jouer... Vous veniez d'avoir cinq ans, et moi j'en avais presque sept.

Il regarde fixement le plancher, comme s'il contemplait notre passé. J'essaie de visualiser tout ça dans ma tête, mais je ne vois que du brouillard.

– Les sentiers nous étaient interdits, mais un jour, j'ai volé la clé du portail et je vous ai convaincues toutes les deux de vous échapper avec moi pour aller les explorer, et on s'est perdus.

Il s'interrompt et se tourne vers moi, le regard morne et la bouche tordue. Il lâche la suite précipitamment :

– Tu es tombée et tu t'es égratigné le genou. Tu voulais rentrer, mais pas moi. J'avais peur de me faire disputer à cause de ton écorchure et j'étais en colère contre toi parce que je voulais continuer à jouer. Alors je...

Il déglutit de nouveau. Je sens la douleur et le désespoir qui émanent de lui. J'ai envie de lui prendre la main, mais je ne le fais pas.

J'ai du mal à respirer. Du mal à me rappeler que cette histoire parle de moi et pas d'une autre fille, d'une étrangère.

– Ta sœur et moi, on a continué à avancer sur le sentier.

Ses yeux se posent un instant sur moi, puis se détournent vite de nouveau. Ses tempes luisent de sueur.

– On a continué à explorer. Tu nous as demandé de t'attendre, de ne pas te laisser toute seule, mais j'étais tellement...

Il se passe une main sur la tête, se griffe presque la peau.

– ... tellement en colère. J'étais furieux que tu aies trébuché et que tu aies envie de rentrer à la maison, alors que moi, non.

Il se lève et traverse la pièce pour aller se planter devant la table vide.

Je ne me rappelle rien de ce qu'il raconte. J'examine mon genou ; il y a une cicatrice dessus. Je croyais savoir d'où elle venait. Je passe les doigts sur la peau plissée pendant qu'Élias continue à parler.

– J'ai traîné Annah sur le sentier pour qu'elle vienne avec

moi, sans toi. On t'a laissée toute seule alors que tu pleurais.

J'entends les larmes dans sa voix, j'entends le désespoir et la douleur et la culpabilité.

– On s'est perdus. Je croyais savoir où on était. À la tombée de la nuit, j'ai essayé de revenir te chercher…

Ça me fait mal d'entendre ça, mais pas pour moi ; pour lui.

– … mais je ne t'ai pas trouvée.

Il est à peine audible.

– Tu étais partie. À partir de là, je n'aurais jamais osé rentrer à la maison, même si j'avais su retrouver le chemin. J'étais trop terrifié. Je t'avais perdue, c'était ma faute. J'avais peur de ce que ton père pourrait dire ou faire. J'avais peur d'avoir des ennuis, alors je me suis enfui.

Sa gorge se noue.

– Je me suis enfui en emmenant Annah avec moi.

Il débite ces brûlantes révélations comme une confession.

– … Je ne sais pas combien de temps on est restés sur les sentiers. C'était l'automne. Il pleuvait assez pour qu'on ait de quoi boire. On mangeait des baies, des fleurs et du raisin. On a trouvé une sortie. Un portail à la lisière de la Forêt, caché par un tunnel à moitié effondré dans les montagnes. Il débouchait non loin de Villenoire. Quand les gens me posaient des questions sur nous, je leur disais simplement que c'était ma sœur. Qu'on cherchait nos parents. J'arrivais à dénicher assez de villages déserts dans la Forêt pour faire du commerce et gagner de quoi payer un loyer à Villenoire. Mais je n'ai jamais retrouvé le chemin pour rentrer chez nous, et au bout d'un moment, j'ai arrêté de chercher.

Il se tourne de nouveau face à moi. Ce n'est plus le même ; sa grimace de honte et de dégoût est si déchirante que je retiens de justesse un cri étranglé.

– C'est ma faute. Tout. À cause de moi, elle n'a jamais connu la chaleur, elle n'a jamais connu ses parents, elle n'a jamais eu le ventre plein.

Je suis abasourdie. Élias se précipite vers moi et s'agenouille devant mon banc. Il prend mes mains entre les siennes, mais je les sens à peine. Je ne sais pas quoi penser, quoi dire ni quoi faire. Je devrais le détester de m'avoir menti, mais d'un autre côté, en voyant à quel point il souffre, je suis désolée pour lui.

– Pardonne-moi, dit-il avec ardeur.

Je ferme les yeux, accablée par ces nouvelles informations. Je ne sais pas comment démêler tout ça. Élias pleure, à présent, il a les yeux brillants de larmes et les épaules qui tressautent.

– Je ne te l'ai pas dit parce que je ne voulais pas que tu me détestes.

Est-ce que je le déteste ? Je l'examine, lui et son chagrin, et je n'arrive pas à décider.

– S'il te plaît, me supplie-t-il. S'il te plaît, dis-moi que ça va aller.

J'ouvre la bouche, mais aucun son n'en sort. Je suis hantée par des images de sentiers, de genou écorché, de promesses et de sœurs. Elles tourbillonnent dans ma tête, hors de portée. J'ai l'impression que c'est juste une histoire. J'attends de sentir que c'est la vérité, mais ça ne vient pas.

XXXVI

– Ça va aller, dit une voix derrière moi.

Je sursaute. Je ne m'étais pas rendu compte qu'il y avait quelqu'un d'autre. Je me lève du banc, chancelante, et je découvre Harry et ma mère sur le seuil. Elle s'engouffre dans la pièce et me prend dans ses bras, en me tenant la tête contre son épaule.

C'est une sensation tellement familière, tellement réconfortante que je ferme les yeux pour m'y abandonner. Ma mère recule, les mains sur mes joues, en essuyant mes larmes avec ses pouces.

– Ma fille, dit-elle doucement.

Je hoche la tête. Parce que c'est la seule mère que j'aie jamais connue.

Par-dessus son épaule, je vois Élias qui tremble dans son coin, le dos raide, en se mordant la lèvre inférieure. Il regarde Harry avec insistance et finit par lui demander dans un souffle :

– Hein ?

Harry s'approche jusqu'à ce qu'ils soient face à face.

– Tu n'étais qu'un gamin, Élias. Ce n'était pas ta faute.

Élias ferme les yeux de toutes ses forces, comme si ça

pouvait l'empêcher d'entendre la suite, et réplique d'une petite voix :

– C'est moi qui les ai entraînées de l'autre côté du portail. C'est moi qui ai abandonné Abigail – Gabry. C'est moi qui n'ai pas ramené Annah. C'est ma faute. Et maintenant, j'ai perdu Annah et tout le village est mort et c'est à cause de moi.

Il hoquette, le corps secoué de sanglots.

Harry aussi a les yeux brillants. Il prend Élias par les épaules.

– Je te le dis : rien de tout ça n'est ta faute. Tout va bien.

Élias secoue la tête, mais Harry l'attire contre lui et je l'entends pleurer.

Ma mère passe le bras autour de mes épaules et me serre contre elle. Je n'imaginais pas toute la culpabilité qu'Élias renfermait au fond de lui. Le fardeau qu'il portait sur les épaules depuis ce jour-là, pendant toutes ces années. Ni ce que ça a dû être pour lui quand il m'a vue dans l'océan… quand il a compris que j'étais encore en vie.

– Qu'est-ce qui s'est passé, dans ce village ? je demande finalement. Où est tout le monde – pourquoi il est désert comme ça ?

Je déglutis et je m'enfonce les ongles dans les paumes en essayant de trouver le courage de poser la question jusqu'au bout.

– Qu'est-il arrivé à ma… à nos familles ?

Ma mère pousse un soupir qui résonne lourdement dans le silence de la petite maison. Elle s'approche de la cheminée.

– Je ne sais pas ce que tu sais, Élias, ni si tu te souviens un peu des histoires que je t'ai racontées, Gabrielle, mais Harry et moi avons grandi dans ce village.

Elle regarde Harry en parlant, comme s'ils étaient seuls dans cette pièce en train de revivre le même souvenir.

– Quand nous avions à peu près votre âge...

Elle s'interrompt et ses joues commencent à s'empourprer. Harry rougit un peu aussi. Je n'avais jamais vu ma mère comme ça avec un homme et ça me met un peu mal à l'aise ; ça me donne l'impression de lire dans ses pensées intimes. Elle s'éclaircit la gorge.

– Mais tout ça n'a pas tellement d'importance. Ce qui compte, c'est que le village a été envahi. Les Damnés sont entrés, alors certains d'entre nous sont partis sur le sentier pour se sauver.

Elle nous regarde, Élias et moi.

– Comprenez bien : pendant toute notre enfance, on nous a fait croire qu'il n'y avait que nous sur terre. Que nous étions les derniers survivants de l'humanité. Nous n'avions pas le droit de quitter le village. Alors quand on a couru sur le sentier pour s'enfuir, c'était terrifiant.

Harry traverse la pièce pour venir se placer à côté d'elle. Je remarque que sa présence lui fait beaucoup d'effet, qu'ils ont une façon particulière de se tenir côte à côte. J'ai déjà entendu des fragments de ce récit, mais je ne me souviens pas que ma mère m'ait parlé de Harry ou du rôle qu'il a joué.

– Je...

Ma mère regarde ses mains.

– Je suis arrivée jusqu'à l'océan. J'ai échoué sur le rivage, mais j'avais laissé derrière moi Harry et ma meilleure amie, Cass, ainsi qu'un petit garçon qui s'appelait Jacob.

Elle avale sa salive, et je m'apprête à lui prendre la main quand Harry me devance.

Elle le regarde dans les yeux et elle dit :

– J'ai essayé de revenir. Je leur ai demandé d'envoyer des gens à votre recherche, mais ils me croyaient folle. Ils pensaient que c'est après le naufrage d'un navire que j'avais échoué sur le rivage et que le soleil et l'eau salée m'avaient fait perdre la raison.

Elle marque un temps de pause.

– Ils n'ont pas voulu aller à votre recherche, dit-elle dans un murmure.

Elle ne s'adresse plus qu'à Harry, à présent.

– Ils n'ont pas voulu me laisser y aller, moi non plus.

Harry lui presse la main.

– C'est pas grave, Mary.

Ils se dévisagent encore plusieurs secondes. Je détourne les yeux, gênée.

– On est arrivés à revenir jusqu'au village, raconte Harry en se tournant vers Élias et moi. Les autres avaient combattu les Damnés et avaient réussi à les refouler. Il ne leur restait qu'un dernier bastion, la Cathédrale – l'infection avait fait des ravages à l'intérieur et les habitants du village ont dû y mettre le feu pour l'éradiquer. C'était la seule chose qu'ils pouvaient faire, ajoute-t-il doucement.

« Il ne restait plus grand monde parmi nous, à ce moment-là. Peu de personnes ont survécu. J'ai épousé Cass et nous avons essayé, mais nous n'avons jamais pu avoir d'enfants à nous. Nous avons élevé Jacob de notre mieux.

Au bout d'un moment, quelques autres personnes ont eu des enfants : tu étais l'un d'entre eux, Élias. Jacob a fini par se marier à son tour, et ils ont eu des jumelles. C'était toi, Abigail…

Il blêmit et s'éclaircit la gorge.

– … je veux dire Gabry, rectifie-t-il avant d'ajouter : et ta sœur, Annah.

J'ai l'impression de vivre cette histoire à mesure qu'on me la raconte.

– Et ma mère ? je murmure. Elle était comment ?

Harry jette un coup d'œil à Mary avant de continuer :

– Elle était née après l'invasion. Je pense que c'est une des choses que Jacob aimait chez elle, le fait qu'elle n'ait jamais été teintée par tout ce qui s'est passé à l'époque. Ça signifiait aussi qu'elle ne comprenait pas cette facette de lui, cette facette qui était apparue quand il était de l'autre côté des clôtures.

Ça me fait sourire de penser à elle. De me poser des questions à son sujet. Je me rassieds sur le banc et je serre mes genoux contre ma poitrine, les bras autour des jambes.

Harry s'interrompt une fois de plus et ma mère lui presse la main. Il regarde la cheminée vide.

– Ce n'est pas facile pour une femme de porter des jumeaux…, dit-il d'une voix hésitante.

Mon cœur se met à battre plus vite et je commence à avoir la tête qui tourne.

– … et c'étaient les Sœurs – les chefs du village – qui s'occupaient des soins ; notre infirmerie était dans la Cathédrale. Quand elle a brûlé, nous avons perdu toutes les personnes qui avaient un minimum de connaissances médicales. Et le matériel y est resté aussi. Une grossesse simple, c'est déjà assez difficile... mais les complications, avec des jumeaux...

Je ferme les yeux et j'enfouis ma figure dans mes bras. Je sais ce qui va suivre. Je ne veux pas l'entendre.

– Elle est morte en vous donnant naissance, à toi et à ta sœur, conclut enfin Harry.

Je repense à toutes ces fois où je me suis posé des questions sur ma mère. Où j'ai essayé de me rappeler sa voix et son odeur. Où je me suis sentie vide et nulle de l'avoir oubliée. C'était tout simplement parce que je ne l'ai pas connue.

– Qu'est-ce qui s'est passé ? je demande d'une voix étouffée.

J'entends un bruissement qui m'indique que Harry s'agite. Ma mère lui chuchote quelque chose.

– Nous n'étions pas assez nombreux à avoir survécu à l'invasion, répond finalement Harry. Quand vous avez disparu, tous les trois...

Il inspire profondément.

– Jacob n'a pas supporté de vous avoir perdues, toutes les deux, dit-il.

Je lève la tête pour le regarder. Le monde est brouillé par mon rideau de larmes.

– Il a rallié d'autres habitants du village et ils sont partis à votre recherche.

Il fait un geste d'impuissance et je vois soudain le poids des années sur ses épaules. Pour la première fois, je me rends compte que lui et ma mère paraissent drôlement vieux. Qu'ils ont enduré beaucoup de choses au cours de leur vie. Il regarde ses doigts, entremêlés à ceux de ma mère.

– Ils ne sont jamais revenus, termine-t-il. Cass et moi, on est restés ici. Elle a dit qu'elle avait passé assez de temps comme ça dans la Forêt et qu'elle voulait passer le restant de ses jours à l'abri des clôtures. Petit à petit, tout le monde est mort. Cass est décédée dans son sommeil l'année dernière.

Sa voix se brise quand il dit ça, et ma mère lui fait une petite caresse dans le cou. Il baisse la tête pour frotter sa joue contre les doigts de ma mère, qui affiche un petit sourire.

Je me figure Harry et Cass tout seuls dans ce village – les deux derniers survivants. Qui n'ont pas su s'il y avait un monde au-delà de la Forêt et qui avaient cessé de s'en soucier. Qui se suffisaient à eux-mêmes et se contentaient de leur sécurité. Je me rappelle que j'ai bien failli choisir la même vie et maintenant, j'ai conscience de tout ce que j'aurais raté.

– Je ne me souviens pas de tout ça, je marmonne. Je ne reconnais rien, ici.

J'ai le sentiment de trahir les gens qui m'aimaient autrefois. Qui ont foncé dans la Forêt pour me retrouver.

– C'est pas grave, m'assure ma mère en venant s'asseoir à côté de moi.

Elle décolle ma natte de mon dos et la fait passer entre ses doigts, comme chaque fois que j'ai du chagrin. Ce serait tellement facile si je décidais de la croire. Mais je ne peux pas. Je ne peux pas tourner la page de mon passé aussi vite.

Je me lève. Il me manque quelque chose, mais je ne sais pas quoi. Un souvenir, quelque chose qui puisse me donner des attaches ici.

– C'était quelle maison, la mienne ? je demande à Harry en espérant que ça réveillera quelque chose en moi.

Il pointe le doigt.

– De l'autre côté de la rue, à trois portes d'ici.

Je traverse lentement la pièce et ma mère se prépare à me suivre. J'ai terriblement envie qu'elle m'accompagne, mais j'ai le sentiment que j'ai besoin de faire ça toute seule.

– Est-ce que je peux avoir un moment… pour moi ? je lui demande.

Elle acquiesce à regret.

XXXVII

Une fois dehors, je fais quelques mètres et je me retrouve devant une maisonnette. Je l'observe attentivement. Elle est exactement comme toutes les autres maisonnettes qui l'entourent. Vide. Abandonnée. Des broussailles s'enchevêtrent dans ce qui fut une courette, une plante grimpante envahit la moitié de la façade et ressort par la cheminée.

Mais cette maison a quelque chose de différent, quelque chose qui jure avec les autres. Comme si les fenêtres étaient un peu plus éloignées ou que le toit était incliné suivant un angle différent. Je m'en approche lentement. Les bruits de l'après-midi s'estompent.

La porte est fermée, les planches sont tordues et disjointes. Je l'ouvre d'une poussée et quelque chose monte en moi. Pas un souvenir ni une image, mais un sentiment. Quelque chose de familier. Une attente.

À l'intérieur, une table et des chaises sont placées çà et là. Un banc, un plan de travail. Des brins d'herbe me chatouillent les mollets tandis que je fais le tour de la pièce. Je m'arrête devant un mur. On y a accroché un miroir dans un cadre en bois orné de gravures délicates.

Je sais ce que je vais voir avant de venir me placer devant. Le reflet va être terne et flou. Moucheté parce que c'est un vieux miroir. Mais on y sera deux. Comme toujours.

Pourtant, quand j'ouvre les yeux, il n'y a que moi dans la glace. Je touche la surface polie. Il y a quelqu'un sur terre qui a le même visage. Les mêmes yeux et le même menton et les mêmes oreilles.

Une douleur sourde m'envahit et se propage sur ma peau. J'ai été privée de tant de choses à cause d'Élias. Mais ensuite, je pense à ma mère. À l'océan et au phare. Comment pourrais-je souhaiter renoncer à tout ça ?

Si je pouvais choisir la vie que j'aurais voulu vivre, je ne sais pas laquelle je prendrais.

Il y a une vieille photo au mur à côté du miroir. Je passe les doigts dessus et j'en retire une couche de poussière. Elle montre des bâtiments en métal rutilant qui s'étirent vers le ciel et semblent marcher vers le lointain comme des soldats en rangs. Une bordure jaune vif encadre l'image, avec les mots *NEW YORK CITY* imprimés en grosses lettres. J'examine la photo en essayant d'en retrouver le souvenir, mais je n'y arrive pas.

Je me concentre à nouveau sur mon reflet. Comment est-ce possible que j'aie tout oublié ? J'ai l'impression de voir une étrangère, comme si ça faisait des années que je ne m'étais pas regardée dans une glace. J'ai l'air différente – mes yeux sont un peu plus hagards qu'avant, ma bouche un peu plus pincée. Je ressemble à ma mère ; je ressemble à Mary. Pas physiquement, mais au sens où on a tous cette tête-là une fois qu'on a vu notre monde tel qu'il est réellement.

Je touche encore le miroir. Quelque part dans le monde, j'ai une sœur. Un mélange d'excitation et d'espoir me donne des fourmillements partout. Mon reflet me sourit, avec une lueur d'optimisme dans le regard.

Ensuite, quelque chose s'altère et change dans le miroir et je vois quelqu'un franchir le seuil derrière moi. Je tourne la tête, gênée d'être surprise en train de m'examiner ainsi, et je découvre Catcher qui m'observe.

Mal à l'aise, je glisse derrière mon oreille une mèche qui s'est échappée de ma natte. J'attends qu'il me demande ce qui se passe, mais il me dit simplement :

– Cira m'a demandé d'aller te chercher.

– Ah.

J'avais oublié Cira. J'avais oublié tout sauf moi, à vrai dire.

– Elle tient le coup ?

Il hausse les épaules et jette un coup d'œil au miroir, derrière moi. Puis il entre pour de bon, fait lentement le tour de la pièce.

– J'ai trouvé les autres un peu plus loin dans la rue et je leur ai expliqué la situation avec les Patrouilleurs. En ce moment, d'après l'endroit où ils étaient la dernière fois que je les ai vus, ils sont sans doute seulement à un ou deux jours de marche derrière nous. Ce dénommé Harry nous aide à rassembler des provisions avec ta mère. Il ne reste que lui au village, il dit que les autres sont tous partis ou morts.

Je croise les bras, la peau soudain moite. Toutes ces maisons désormais inutiles, abandonnées. Que se serait-il passé si je n'avais jamais été perdue dans la Forêt ? Si je ne m'étais pas écorché le genou et qu'on était tous rentrés à la fin de la journée ? Que serait devenue ma famille ?

– On part demain. Le sentier continue de l'autre côté du village. Toi et les autres, vous partirez par là pendant que j'arrache le grillage – que j'inonde le village de Mudos pour que les Patrouilleurs ne puissent pas passer.

Il parle d'une voix si neutre, si impersonnelle que j'en frémis.

Je me détourne pour regarder de nouveau le miroir. Et cet endroit où j'ai été chez moi. Je viens seulement de le trouver, et je dois déjà m'en aller. Je ferme les yeux en cherchant un souvenir auquel me raccrocher. Quelque chose à emporter avec moi. Mais rien ne me vient. Avec soin, je détache la photo de New York du mur et je la glisse dans ma poche.

– Ta mère – Mary, je veux dire – est avec Cira. Elle essaie de faire quelque chose pour soigner la septicémie, mais c'est à toi que Cira veut parler, ajoute-t-il sur le même ton.

– Tu es donc au courant, je note sans même prendre la peine de tourner ça sous la forme d'une question.

Il sait que Mary n'est pas ma mère.

Catcher hausse les épaules et sort de la petite maison. Son indifférence me blesse. Il est censé être mon ami. Il est censé être quelqu'un en qui je peux avoir confiance, quelqu'un dont je croyais être en train de tomber amoureuse. Je cours le rattraper alors qu'il se faufile parmi les ruelles désertes.

– Catcher, attends ! je lui lance, mais il ne ralentit même pas.

Quand je le rejoins enfin, je lui prends le bras. La chaleur de sa peau me rappelle brutalement qu'il est infecté. Je le tourne face à moi.

Il a les yeux rouges. Je n'avais pas remarqué que ses joues s'étaient tellement creusées. Je me demande s'il a mangé, dernièrement.

– Pourquoi tu ne me l'avais pas dit, Gabry ? demande-t-il, et j'entends du désespoir dans sa voix.

Il m'empoigne par les épaules avec une telle force qu'il me fait peur.

– Tu pouvais me faire confiance, dit-il doucement, d'une voix qui se brise.

Je ne sais pas quoi lui dire, comment lui expliquer que je ne voulais pas affronter l'idée que j'avais été quelqu'un d'autre avant.

Il remonte une main vers mon cou. Ses doigts me réchauffent en me caressant la base du crâne. Il se penche jusqu'à ce que son front touche le mien et m'enveloppe d'un nuage de chaleur.

– Ça t'arrive de penser à ce qui aurait pu se passer, cette nuit-là, si j'avais escaladé le grand huit ? demande-t-il. D'imaginer que les choses auraient pu tourner autrement ?

Son pouce glisse le long de ma gorge.

– Si seulement je n'avais pas le vertige...

Je repense à cette soirée. Je vois les contours de la licorne écaillée du manège. Je sens l'odeur de sel qui flotte dans l'air, j'en retrouve le goût au fond de la gorge. Je me rappelle que je lui ai fourni une excuse pour ne pas y aller.

J'ai repensé à ce moment-là si souvent. Je me suis rejoué cette soirée avec un million de variantes différentes. Si je n'avais pas eu si peur ; si seulement j'avais attendu une fraction de seconde de plus avant de frapper, rien de tout ça ne serait arrivé. Aucun d'entre nous ne serait ici à présent.

Mais ce n'est pas ça que je lui dis.

– Parfois, d'après ma mère, c'est une bonne idée d'oublier ces choses-là, de tourner la page.

Il affiche un petit sourire en coin.

– ... Tu as survécu, toi, c'est tout ce qui compte. C'est le plus important.

Je glisse mes doigts entre les siens et on se presse les mains.

– Je ne sais pas, répond-il en fixant le point où nos corps se touchent. Je ne sais plus quelle est la différence entre survivre et exister. Qu'est-ce que c'est que les Mudos ? Ils existent. Je veux croire que la vie, c'est un peu plus que ça – sinon, qu'est-ce qui nous distingue d'eux ?

Je pense à Élias. Au moment où il était à côté du pont avec la Spiritiste qu'il appelait Kyra, le soir où on a fui Vista, et où il m'a dit qu'il n'y a pas de différence entre eux et nous. Je refusais de le croire, alors, mais maintenant, je ne sais plus trop. C'est dur d'être des survivants au bout du rouleau, dans un village oublié, et de se demander si on ne fait plus que ça. Que s'efforcer de tenir le coup dans une bataille perdue d'avance.

Ma gorge se serre quand je pense à ce que je voudrais avoir dit à Élias sur le coup.

– Et l'amour ? je demande à Catcher d'une voix douce. C'est bien une chose qui nous distingue, non ? C'est ça qui donne son sens à la vie.

Il recule un peu la tête et dessine le contour de mon visage avec ses doigts. Il a un sourire plein de regrets, qui me fait peur parce que je ne sais pas ce qu'il pense. Je ne sais plus qui c'est – je ne le connais plus comme avant.

– Et qu'est-ce qui se passe si on est obligé de vivre sans amour ? rétorque-t-il. Si on ne peut pas aimer ?

J'ai l'impression qu'un grand vide s'ouvre en moi. Il parle comme Cira la dernière fois que je l'ai vue, avant qu'elle se tranche les veines : il parle comme quelqu'un qui a baissé les bras.

– Je suis là, moi, lui dis-je. Et Cira aussi.

Il s'éloigne de moi ; je le retiens le plus longtemps possible, jusqu'à ce qu'il m'échappe. Nous sommes entourés de petites maisons et de cahutes vides, d'herbes folles et de criquets qui chantent dans le crépuscule, pendant que l'obscurité se resserre sur le village.

– Est-ce que tu aurais pu m'aimer ? me demande-t-il d'une voix douloureuse.

Je m'étrangle et je murmure :

– Oui.

J'ai le sentiment de perdre quelque chose en prononçant ce mot.

J'essaie de me rappeler ce dont je rêvais, avant, mais je n'y arrive plus. À une époque, notre avenir commun m'apparaissait si clairement... Ma vie, c'était Catcher ; c'était d'être avec lui. J'ai toujours pensé que si je le perdais, je n'aurais plus d'avenir. Mais maintenant, quand je ferme les yeux et que j'essaie de nous imaginer ensemble, je ne vois rien.

Il ne me pose pas la question qui m'inquiète le plus : est-ce que je l'aime aujourd'hui ? Parce que je ne sais plus. Des larmes me brouillent la vue. Je me mords la lèvre pour essayer de les empêcher de couler.

Catcher regarde fixement ses mains.

– Tu penses qu'il reste quelque chose chez eux après leur mutation ? me demande-t-il cette fois.

– Je ne sais pas.

Je songe aux Spiritistes et à leurs Mudos. Croient-ils qu'il reste quelque chose, eux, quelque chose qu'ils parviennent à préserver ? Est-ce vraiment la vie éternelle ? L'ultime résurrection ? Avant, je pensais que les Mudos n'étaient rien d'autre que des monstres, mais maintenant, je n'en suis plus si sûre.

– Je crois que j'ai peur de devenir comme eux, dit Catcher. Je crois que c'est ça qui me terrifie le plus. L'idée de finir piégé dans cette vie-là.

Je ne veux pas imaginer Catcher comme ça, je ne veux pas concevoir la possibilité d'avoir à le tuer un jour. Je lui reprends la main.

– Je ne permettrai pas que ça arrive.

Il suit le contour de mes doigts avec le pouce. Le silence se prolonge entre nous.

– Élias est un type bien, dit-il finalement. Il te regarde de la même façon que moi autrefois ; de la façon dont j'aimerais encore pouvoir te regarder.

Je sens mon visage s'empourprer, mon cou s'échauffer. J'ai envie de lui dire qu'Élias est un menteur ; que depuis tout ce temps, il me cachait mon passé. À la place, je réplique :

– Élias, c'est pas toi. Toi, tu me connais depuis toujours. On s'est fréquentés toute notre vie. On était censés finir ensemble, toi et moi.

Pourquoi ne comprend-il pas ça ? Pourquoi s'obstine-t-il à se dégager de mon étreinte ?

Il passe la main sur ma mâchoire, me penche la tête en arrière. Peut-être qu'il va enfin m'embrasser. Que ce sera comme avant, cette fois.

– Il te protégera, chuchote-t-il à la place.

– C'est à toi de me protéger, Catcher.

J'ai besoin qu'il comprenne. Si je n'arrive pas à lui montrer que l'avenir dont j'ai toujours rêvé, c'est lui, j'ai peur qu'il ne se réalise jamais. Et je ne sais pas ce qui se passerait à la place.

Il secoue la tête.

– Je ne peux plus protéger personne. Cira te réclame parce qu'elle veut te dire au revoir. Elle est mourante, Gabry.

Là-dessus, il me tourne le dos et s'éloigne dans la ruelle, me laissant seule dans le crépuscule chamboulé. Je n'ai plus qu'à tâcher d'empêcher mes poumons d'oublier de respirer.

XXXVIII

Je suis Catcher parmi les petites maisons envahies par la végétation jusqu'à celle de Harry, qui est à l'écart, loin du grand bâtiment brûlé qui se dresse à l'autre bout du village. La maison de Harry est grande et spacieuse, avec des pièces disposées de manière anarchique autour d'une grande cour. À l'extérieur, elle est entourée de jardins luxuriants, avec de jolis ruisseaux garnis de chutes d'eau qui serpentent entre des parterres de fleurs et des rangées bien nettes de légumes. Le chien noir est allongé sur le seuil d'un patio, le nez et les oreilles au soleil, mais le reste de son corps blotti à l'ombre. Quand Catcher s'approche, il grogne en montrant les dents.

– Il flaire l'infection, me dit Catcher en montrant le chien du doigt. Il s'appelle Odys. Harry l'a dressé pour qu'il le prévienne quand il y a des Mudos.

Les grognements du chien me rappellent une fois de plus que Catcher est différent, maintenant, et je vois à son expression que ça le dérange beaucoup.

Cira est assise sur un banc entouré de fleurs jaune vif. Elle sourit quand elle me voit, mais ne va pas jusqu'à se lever. Le soleil flotte juste au-dessus des arbres ; un dernier sursaut de lumière du jour filtre entre les feuilles de la Forêt.

Je note que Cira paraît toute frêle, d'une minceur extrême. Elle a une respiration superficielle, les lèvres sèches et craquelées. Je m'assieds à côté d'elle et je lui prends la main. Sa peau est encore plus brûlante que celle de Catcher ; la septicémie se déchaîne dans son corps. La gorge nouée de larmes, je lui serre les doigts. Je sens l'odeur poivrée des remèdes à base de plantes de ma mère, qui arrivent trop tard pour la soigner.

Élias entre dans la cour avec une lanterne et un pichet d'eau. En sa présence, je suis aussitôt sur le qui-vive, attentive à sa respiration et à chacun de ses mouvements. Il me regarde à peine. Il offre à boire à Cira, qui repousse le pichet. Alors qu'il se détourne pour s'en aller, elle lui demande :

– Tu crois à ce que croient les Spiritistes ?

Elle a une voix rocailleuse et heurtée.

Élias se raidit. Il me jette un bref coup d'œil avant de répondre :

– De quoi tu parles ?

Elle a un petit sourire.

– De la résurrection et tout ça. Tu crois que les Mudos ont une deuxième vie ? Une deuxième chance ?

Derrière Cira, je remarque Catcher caché dans l'ombre, sur le seuil d'une pièce obscure. Il se raidit en entendant sa question, lui aussi, mais il garde le silence. Je distingue mal son expression dans la pénombre. Je vois juste qu'il a un regard fatigué.

Cira insiste :

– Les Spiritistes nous en ont parlé. Quand on était en prison avec eux, à Vista. Ils nous ont expliqué leurs croyances.

Ils ont dit que c'est une autre façon de vivre. Que c'est une résurrection.

– C'est une secte de fous, commente Catcher depuis son coin sombre.

Cira ferme les yeux. Je pense qu'elle ne savait pas que son frère l'écoutait. Quand elle les rouvre, ils brillent d'une lueur inquiétante. Elle se tourne vers lui et dit :

– Mais regarde-toi, Catcher ! Tu es infecté, mais tu es toujours en vie. Ça fait des semaines et tu es toujours là !

Il reste dans l'ombre, les sourcils froncés, et il croise les bras. Je ne comprends pas ce que Cira essaie de dire, quel est le but de son argumentation. Tout ce que je sais, c'est que ses doigts sont brûlants sous les miens, que tout son corps est en feu. Elle se lève du banc et marche vers son frère en vacillant.

– Et si c'était ma seule chance ? Tu sais aussi bien que moi que je ne peux pas partir avec vous demain. Je ne pourrai jamais tenir le rythme.

– Ne dis pas ça, Cira, la coupe-t-il.

Je jette un coup d'œil à Élias. Je suis gênée d'assister à cette scène, j'ai l'impression qu'on est des intrus, mais il est concentré sur Cira. La tête penchée sur le côté, il a l'air de réfléchir.

– Et si j'étais comme toi, Catcher ? continue celle-ci en posant une main sur l'épaule de son frère.

Soudain, je comprends tout. Pourquoi elle est allée dans la Forêt. Ce qu'elle a l'intention de faire maintenant. Je m'apprête à protester, à dire n'importe quoi pour l'arrêter, mais Élias me prend par le bras et y enfonce les doigts pour me retenir.

– C'est trop risqué ! dit Catcher à Cira d'une voix déchirée.

Je ressens son désespoir de tout mon être.

– Il n'y a *pas* de risque, Catcher. Tu ne comprends pas ?

Cira hurle presque, à présent.

– Je vais mourir. Ou bien ici quand les Patrouilleurs vont débarquer, ou bien sur le sentier quand je ne pourrai plus vous suivre. Ma septicémie ne s'arrange pas. La fièvre ne retombe pas.

Je voudrais fermer les yeux, détourner la tête. Mais Élias laisse glisser sa main le long de mon bras pour prendre la mienne. Son geste me réconforte et me donne des forces.

Les doigts de Catcher agrippent l'encadrement de la porte.

– Et qu'est-ce qui se passera si ça ne marche pas ? grondet-il, se faisant l'écho de mes pensées. Qu'est-ce qui se passera si tu deviens comme eux ?

Elle lui touche la main.

– Tu me laisseras comme ça.

Catcher laisse échapper un sanglot.

– Tu ne peux pas me demander ça, Cira.

Ça me fait mal au cœur de les voir.

Elle pose la tête contre l'épaule de son frère ; ils nous tournent le dos. C'est une image que j'ai vue des milliers de fois dans ma vie, ça : Cira appuyée sur son frère. Levant la tête vers lui pour essayer de le faire rire en lui racontant une blague, de l'amadouer après avoir fait une bêtise ou d'obtenir quelque chose de lui.

Je n'ai pas besoin de voir son expression, je la devine. Et

je sais comment ça va se terminer. Mes larmes brûlantes me donnent un goût salé dans la gorge.

– Je ne suis pas en train de te demander la permission, Catcher, souffle Cira d'une voix si douce que je l'entends à peine.

Je ne peux pas en entendre davantage. C'est trop douloureux, je ne supporte pas l'idée que ma meilleure amie soit en train de mourir et souhaite devenir une Mudo. Elle ne peut pas savoir à l'avance si elle est immunisée – personne ne peut le savoir. Et si ça ne marchait pas ?

Je retire ma main de celle d'Élias et je me sauve en courant, traversant une série de pièces sans les voir jusqu'à ce que je sorte de la maison et que je déboule dans l'air du soir. Je continue à galoper dans l'obscurité, en louvoyant entre les petites maisons et les cahutes. Je vois une colline en bordure du village, au loin. Je la gravis à toute allure jusqu'à ce que mon corps tout entier me hurle de m'arrêter.

Je regarde la Forêt pendant que le soleil coule derrière la cime des arbres. Derrière moi, j'entends Élias s'approcher. Je reconnais son odeur, le rythme de sa respiration, le bruit de ses mouvements.

– Tu ne peux pas la laisser faire ça ! j'éclate quand il me prend le bras et me retourne. Tu m'as dit toi-même que tu ne crois pas à ce que racontent les Spiritistes sur la résurrection. Tu m'as dit qu'il n'y a rien de vrai dans tout ça.

Je lui martèle la poitrine à coups de poing, et il ne me retient pas.

– C'est juste des divagations de fanatiques. Tu ne peux pas la laisser s'infliger ça.

– La décision ne dépend pas de moi, Gabry.

– Mais elle va se tuer ! On est censés protéger les gens. C'est ça, notre mission en tant qu'êtres humains. On est censés les aider. On ne peut pas...

Je ravale mes paroles et j'essaie de contrôler ma respiration.

– Je ne peux pas la laisser faire ça, dis-je en laissant mes larmes brûlantes dessiner des sillons sur mes joues. Si jamais ça ne marchait pas, elle serait perdue.

Élias enveloppe mes mains entre les siennes et m'attire contre lui. Il est chaud et fort et rassurant.

– Il n'y a rien d'autre ? je lui demande.

J'en ai assez de lutter, d'essayer de survivre. Ça paraît tellement vain si tous les gens que j'aime meurent ou se transforment et que je dois me retrouver toute seule.

– C'est ça, la vie ? Attendre la mort ? La rechercher, même ? L'inviter à nous emporter ?

– Non, murmure Élias contre ma joue. La vie, c'est pas ça.

– Alors c'est quoi ?

J'ai besoin qu'il me donne une raison de continuer à me battre. De continuer à avancer, même si c'est terriblement dur. Même si je ne suis pas sûre d'en être capable.

– C'est ça, dit Élias.

Et il presse ses lèvres contre les miennes.

◆

Dans ce baiser, il y a plus de chaleur et de vie que dans tous les autres moments de mon existence. Il est brûlant, appuyé, plein de soif et de désir. Les doigts d'Élias s'enroulent dans ma natte, m'attirent plus près de lui. Je fais glisser mes mains dans son dos et je sens ses épaules se contracter sous mes doigts. Des étincelles éclatent dans ma tête et, à cet instant, je comprends pourquoi il dit que la vie, c'est ça.

J'aimerais tant qu'on puisse rester comme ça pour toujours, rien que nous deux enlacés dans le noir.

Élias est le premier à se détacher. Je me penche vers lui, mais il recule et ma bouche ne fait qu'effleurer l'air tiède. J'ai des fourmillements sur chaque centimètre de peau qu'il a touché. Étourdie, je porte les doigts à mes lèvres. J'en veux davantage. Pour la première fois, je suis contente d'être moi, d'être ici et pas ailleurs. Je n'ai plus ce besoin de remonter le temps, d'effacer tout ce qui s'est passé. Parce que je ne veux pas effacer ce moment.

– Tu n'imagines pas combien de fois j'ai voulu t'appeler Abby ou Abigail, dit Élias d'un ton rauque, nostalgique. Et toutes les fois, quand j'étais plus jeune, où j'ai pensé à toi en regardant Annah.

Ses paroles s'entrechoquent dans ma tête et me donnent des frissons dans le dos. Une pensée soudaine me serre la poitrine.

– Est-ce que tu as... Est-ce que tu penses à Annah quand tu me regardes ?

Il prend un air circonspect.

– Je pense à elle tout le temps. J'ai passé des mois à aller de ville en ville pour la chercher...

– Est-ce que je suis juste une remplaçante pour toi ?

Je songe à tout ce qu'il a fait pour Annah, à tout ce qu'il a enduré, à son sentiment de culpabilité. Je ne peux pas lui en vouloir s'il pense à elle quand il me regarde. Mais j'ai besoin qu'il comprenne que je ne suis pas Annah. Que je ne pourrai jamais la remplacer.

Il blêmit et ouvre la bouche. Il secoue la tête, mais ne répond toujours pas. Il semble terrifié et furieux à la fois, et surtout profondément écœuré. J'attends qu'il me dise que je suis folle, que j'ai tort. Mais il se contente de tourner les talons et de s'en aller, en me laissant là, dans le noir, avec le goût de ses lèvres sur les miennes.

◆

La lune est un croissant minuscule dont la chaleur humide de cette nuit d'été estompe les contours, dans le ciel, quand je retourne dans la cour où j'ai laissé Cira. Sous mon crâne, c'est la tempête; je savoure le souvenir du baiser d'Élias, puis je me tourmente en me disant qu'il n'est peut-être attiré par moi que parce que je lui rappelle quelqu'un d'autre.

Quand j'arrive dans la cour, elle est vide et mon cœur se met à battre *staccato*. Lentement, je gagne le banc où elle était assise tout à l'heure. Un petit objet est posé au milieu : la figurine de superhéros de Cira. Je me baisse et je passe le doigt sur le cordon du pendentif. Je ramasse le collier et je sens le poids des espoirs et des rêves de Cira – qui croit qu'il y a quelqu'un, dans le monde, qui est plus fort que nous et qui va nous sauver.

Autour de moi, les criquets stridulent et une grenouille-taureau grogne, mais à part ça, je n'entends rien d'autre que les gémissements lointains des Mudos. Quelque chose bouge derrière moi. Je me retourne en portant la main vers le couteau que j'ai sur la hanche.

Ma mère sort d'une des pièces qui bordent le jardin. Elle s'arrête un instant avant de s'approcher, et je comprends à cette brève hésitation que quelque chose ne va pas.

– Qu'est-ce qu'il y a ?

Je ne suis pas prête à supporter un malheur de plus.

– C'est Cira, dit-elle.

Je ferme les yeux et m'affaisse un peu. Elle me rejoint et pose les mains sur mes bras.

– Qu'est-ce qu'elle a ? je lâche d'une voix à peine plus sonore que le souffle d'une petite brise sur l'eau.

– Elle est partie dans la Forêt. Elle a demandé à son frère d'aller lui chercher quelque chose à manger, et elle a profité de son absence pour filer.

– Qu'est-ce qui s'est passé ? je chuchote.

Il me reste le maigre espoir qu'elle ait eu raison de penser qu'elle était peut-être immunisée.

L'hésitation de ma mère me dit tout.

J'ai soudain les jambes en coton. Ma mère m'aide à m'asseoir. Elle m'attire à elle, enroule les bras autour de moi et me serre contre son cœur.

Je me dis que c'est ma faute. Je me suis enfuie – je ne supportais plus de voir Cira dans cet état. De faire face à tant de douleur. Si j'avais été plus forte, si j'étais restée auprès d'elle, elle n'aurait pas pu s'éclipser. Elle n'aurait pas pu partir dans la Forêt.

J'étais en train d'embrasser Élias quand Cira s'est sacrifiée.

– Catcher est parti la chercher, dit ma mère, mais ça fait un moment.

Elle me caresse les cheveux, me glisse une mèche derrière l'oreille. Je regarde fixement la dernière fleur que Cira ait touchée. Les bords de ses pétales brunissent et se dessèchent. Je n'aurai pas eu l'occasion de lui dire au revoir.

– Pourquoi est-ce que tout meurt ? je demande à ma mère. Ce village. Cira. La planète tout entière. Je ne comprends plus à quoi ça sert.

Ma mère soupire.

– Autrefois, je rêvais du vaste monde, dit-elle avec douceur.

Bien que je ne voie pas son visage, je sais qu'elle a les yeux perdus dans le lointain.

– ... De toutes les possibilités qui existaient au-delà de la Forêt. Je rêvais de l'océan. C'est la seule chose que je voulais voir.

– Comment tu savais que ce que tu voulais, c'était l'océan ? je lui demande, la voix chargée de larmes.

Elle hausse les épaules.

– Je ne sais pas. Je le sentais au fond de moi, j'ai toujours eu ce sentiment depuis l'enfance. Depuis la première fois que ma mère m'avait raconté des histoires à ce sujet.

Je pense à Catcher et à Élias. Au fait que je voulais rester au phare, bien protégée à l'intérieur de la Barrière. Et que je veux à la fois me souvenir et oublier.

Je ferme les yeux de toutes mes forces et j'exprime l'inquiétude qui me ronge.

– Et si je ne sais pas ce que je veux ? Et si je ne le découvre jamais ? Et si je me trompe ?

Elle me pose une main sur la joue.

– Tout ira bien, dit-elle.

Je retiens mon souffle en attendant qu'elle me réconforte

d'une caresse. Mais je comprends soudain que c'était ça, mon problème. En plus de vouloir le confort et la sécurité, j'attendais que ça me vienne des autres au lieu de le trouver en moi-même.

Aussi loin que remontent mes souvenirs, la peur a accompagné chaque instant de mon existence : j'ai toujours eu peur de la Forêt, peur d'enfreindre les règles, peur de ce qui se trouvait de l'autre côté de la Barrière. Peur de la vie. J'ai toujours vu le monde en noir et blanc : tout était ou vivant ou mort, ou sans danger ou meurtrier.

Mais dans un monde pareil, où se place Catcher, qui sera toujours infecté ? Élias, qui est à la fois un Spiritiste et un Patrouilleur ? Et moi, qui suis née dans la Forêt mais qui ai grandi à l'extérieur ? J'aurais pu passer toute ma vie au phare, mais quel genre de vie ç'aurait été ?

Je le comprends, à présent : vivre, c'est prendre des risques. C'est se tourner vers l'avenir, même si on garde le passé à l'esprit. Accepter l'idée qu'on peut faire des erreurs, tout en estimant qu'on mérite tous d'être pardonnés.

J'essuie mes larmes et je me redresse pour regarder ma mère. Par bien des aspects, j'ai l'impression que c'est une étrangère. J'en sais si peu sur elle – c'est d'autant plus clair depuis que j'ai vu ce village, que j'ai vu l'endroit où elle a passé sa jeunesse et la façon dont elle y a vécu.

– Tu es heureuse ? je lui demande.

– Gabrielle.

Elle prend mes mains entre les siennes et affiche un petit sourire.

– La vie, c'est la vie, dit-elle.

Elle hausse les épaules et me regarde dans les yeux.

– Ou bien on choisit de vivre, ou bien on ne vit pas.

Je la regarde avec stupeur. C'est tellement simple, ce qu'elle dit, que j'ai envie de rire. Mais ça rentre bien dans ma tête. J'ai l'impression que j'attendais la permission de vivre ma vie et qu'elle vient de me la donner.

Je m'apprête à serrer ma mère contre moi, à la remercier de m'avoir dit tout ce que j'avais besoin d'entendre, quand Élias arrive en courant dans la cour. Les yeux ronds comme des soucoupes, il prend à peine le temps de reprendre son souffle avant de lâcher d'une voix haletante :

– Catcher est revenu de la Forêt. Il dit que les Patrouilleurs sont plus près qu'il ne le pensait. Ils vont arriver au village d'une minute à l'autre. Il va commencer à abattre les clôtures – il faut qu'on parte tout de suite !

XXXIX

Je saute sur mes pieds. La sérénité du moment que je passais avec ma mère a volé en éclats. J'entends déjà les gémissements des Mudos qui s'approchent dans l'air nocturne. Il faut qu'on garde de l'avance sur eux. Je commence à emballer des provisions en essayant de penser à tout ce dont nous aurons besoin ; j'ai la tête qui tourne.

Odys déboule dans la cour avec un cliquetis de griffes, le poil hérissé, en montrant les dents. Il va et vient en grognant, puis se met à aboyer. Je n'arrête pas de jeter des coups d'œil par-dessus mon épaule pour scruter l'obscurité, en me demandant s'il voit quelque chose que je ne vois pas. S'il entend quelque chose que je n'entends pas. J'attends en retenant mon souffle.

Et c'est là que je les vois. Ils grouillent autour des ruines de la Cathédrale. Ils viennent vers nous dans la nuit, de leur pas chancelant.

– Harry ! souffle ma mère en se précipitant dans la maison.

J'écarquille les yeux. Avec un juron, Élias m'attrape par la main, glisse un sac sur son épaule et me fourre le mien dans les bras. Je me laisse tirer à travers le village, en évitant les coins d'ombre et en guettant les gémissements. Au loin, j'entends des hommes vociférer, mais je ne peux rien faire d'autre que courir. Suivre Élias qui fonce vers un portail que je n'avais pas encore vu, à l'autre bout du village.

– Ma mère ! je hurle.

J'essaie de m'arrêter, mais il continue à m'entraîner.

– Elle va s'en tirer ! hurle-t-il à son tour.

Je trébuche, mais je n'arrête pas de courir.

On traverse à toutes jambes des champs qui ont dû être cultivés, mais qui sont désormais envahis par la végétation : des plantes grimpantes s'entortillent autour de plants de maïs isolés qui me fouettent les bras au passage. Je n'y vois plus grand-chose dans le noir. Tout ce que je peux faire, c'est poser un pied devant l'autre. Le bruit du feuillage enchevêtré qu'on écarte devant nous estompe celui de notre souffle et de nos pieds qui martèlent le sol. Ça m'inquiète : s'il y a un Mudo derrière nous – ou un Brisant –, nous ne l'entendrons pas arriver.

Je n'arrête pas de jeter des coups d'œil par-dessus mon épaule. En attendant, terrifiée, que le pas suivant me précipite dans les bras d'un Mudo qui salive. Ou que ma mère arrive en courant derrière moi. Mais malgré mes espoirs, il n'y a que des ombres qui nous suivent tandis qu'on longe la clôture en courant jusqu'à ce qu'on trouve l'autre portail.

Élias triture le verrou que la rouille rend presque impossible à ouvrir. Ma respiration me paraît tonitruante. La nuit est trop calme, trop déserte jusqu'à ce que les Mudos de la Forêt sentent notre présence et viennent vers nous en titubant. Ils se jettent contre le grillage et tentent de nous attraper en gémissant.

Enfin, le portail s'ouvre en grinçant et on se précipite de l'autre côté avant de le claquer derrière nous. On reste plantés là côte à côte, le regard braqué sur le village. Dans notre dos, les arbres bruissent et leurs branches s'agitent. On dirait le bruit des vagues sur le rivage. De chaque côté de nous, des Mudos martèlent les clôtures. Devant nous, rien.

Au bout d'un moment, je distingue des formes frissonnantes qui se déplacent dans le noir en trébuchant. Des Mudos que la Forêt exsude lentement et qui viennent combler les interstices.

C'est injuste d'être obligée de partir au moment où je découvre enfin d'où je viens. J'ai ici des souvenirs enfouis que j'ai besoin de retrouver ! Mon passé, mon identité sont là.

Je pense à l'autre village qu'on a traversé, vestige calciné d'un monde florissant. Combien d'autres villages comme celui-là se trouvent dans la Forêt ? Combien de vies se sont déroulées ici dans l'ignorance totale de ce qu'il y a dehors ?

Des silhouettes accourent, au loin, trop nombreuses pour que ce soit ma mère et Harry. Mes doigts se crispent sur le portail, et je me plaque contre le grillage en regrettant de ne pas pouvoir y retourner, les prendre par le collet et les traîner jusqu'ici, en sécurité.

Enfin, je vois ma mère foncer vers nous, avec sa jupe qui flotte autour de ses jambes. Dans ses bras, elle tient quelque chose qui ressemble au livre de tout à l'heure, collé contre sa poitrine. Il la déséquilibre. Elle trébuche, évite la chute de justesse.

Quelqu'un se précipite vers elle et, pendant un moment,

je crois que c'est Harry. Je m'aperçois trop tard que c'est impossible, que ce type-là est trop grand, trop mince, trop rapide. Ma mère ne le voit pas.

– Maman ! je hurle.

Elle lève les yeux vers moi, et la faible lumière de la lune éclaire son visage une seconde. Elle sourit ; l'arrondi de sa joue est lisse et souple. En cet instant, je la vois jeune fille. Je me mets à sa place. Fuyant un village envahi sans savoir ce que l'avenir lui réserve. Ensuite, l'homme qui la poursuit lui rentre dedans et la plaque au sol. Elle s'efforce de ne pas lâcher son livre et fait une mauvaise chute, atterrissant les quatre fers en l'air. Et quand son dos heurte le sol, des feuilles volent autour d'elle comme si le livre avait éclaté.

J'ai franchi le portail avant même d'avoir conscience de ce que j'étais en train de faire. Je hurle quelque chose, mais je ne sais pas quoi. C'est juste de la rage et de la terreur et de l'horreur absolues.

L'homme est un Patrouilleur. Il a retroussé les manches de sa chemise noire maculée de terre rouge et se tient au-dessus de ma mère, un couteau à la main. Elle essaie de lui échapper d'une roulade, mais il plante les pieds de chaque côté de ses jambes, sur sa jupe, pour la bloquer.

Des feuilles voltigent autour d'eux. Le papier fin reflète le peu de lumière qui brille dans la nuit. Ça donne l'impression que tout se passe au ralenti. Comme si la gravité avait lâché prise pour un instant et qu'on pouvait tous partir en apesanteur.

Je lève le bras ; l'air me paraît plus ténu, plus léger. Si j'arrive à courir plus vite, si j'arrive à courir plus fort, je peux y arriver. Je peux stopper le Patrouilleur avec mon couteau.

Ça ne l'inquiète pas le moins du monde que je coure vers lui. Il n'éprouve même pas le besoin de se recroqueviller et de se préparer à l'impact.

Des Mudos apparaissent à la périphérie de mon champ de vision, tels des nuages qui passent devant le soleil. Elle est trop lumineuse, ma mère. Trop aveuglante pour que je la regarde directement.

Je ne vois pas l'autre silhouette qui arrive de loin et déboule à toute allure, et le Patrouilleur non plus. Il est campé au-dessus de ma mère et l'instant d'après, il s'envole, empêtré dans les pages du livre. Comme s'il n'avait pas plus de substance que le papier.

Des bruits m'assaillent de toutes parts. Gémissements, cris, hommes qui vocifèrent.

Harry tend les bras vers ma mère, le visage empourpré de rage et de frayeur. Elle cherche à ramasser les pages, mais il la force à se redresser. Odys se jette sur le Patrouilleur, toutes dents dehors. Aucun d'entre eux ne voit que je cours dans leur direction.

– Le livre sacré ! crie ma mère pendant que le Patrouilleur tente péniblement de se relever, sous les grondements redoublés d'Odys.

Harry lui tient le poignet en étau. Il est plus fort qu'elle. Je ne comprends pas ce qui se passe, pourquoi elle résiste. Dans ma tête, une petite voix me hurle de la prendre par le collet et de la tirer en arrière.

– C'est notre identité ! crie-t-elle encore en se débattant contre Harry. Notre histoire !

– Ces anecdotes ne sont pas aussi importantes que nos vies ! tonne-t-il en la traînant vers le portail.

J'observe leur affrontement. Enfin, ils se mettent à courir ensemble, avec Odys sur les talons, passent devant moi et franchissent le portail sans remarquer que je suis là, dans l'ombre. Je regarde la couverture du livre par terre derrière moi, à quelques mètres de l'endroit où le Patrouilleur est en train de se remettre debout, chancelant. Il reste encore des pages attachées à l'intérieur, des vestiges de l'ensemble. Je jette un coup d'œil à la clôture et aux Mudos qui viennent vers nous en masse.

Ensuite, je me mets à courir en retenant mon souffle et je me jette par terre, terminant ma course en dérapage. Quand j'arrive assez près, je tends le bras et je replie les doigts sur le bord du livre pour le tirer vers moi. Le Patrouilleur bondit et donne un coup dans le vide – il a mal évalué la distance et il m'a ratée.

Je saute sur mes pieds et, au moment où je me redresse, quelque chose s'accroche à ma natte et me tire brutalement la tête en arrière. Je perds l'équilibre et le livre m'échappe pendant ma chute, tandis que mon autre main se dirige vers le couteau que j'ai à la ceinture. Mais j'atterris dessus, mon arme est coincée sous moi.

Je cligne des yeux pour en chasser la terre et c'est à ce moment-là que j'entends les gémissements. Je sens quelque chose de tiède gicler sur ma figure et, quand je tourne la tête, je vois une Mudo planter ses dents dans le Patrouilleur ; elle a la bouche déformée par une grimace de terreur. Il crie et, d'une bourrade, parvient à la repousser.

Les Mudos ne sont pas des prédateurs. Ils ne chassent pas. Ils ne tuent pas pour manger. Ils ne sont pas satisfaits une fois qu'ils ont goûté le sang d'une personne s'il y en a d'autres aux alentours.

Ils veulent infecter. Ils en ont besoin. Ce qui veut dire que s'ils perçoivent la présence d'un autre être vivant, d'un Non-Infecté, celui-là devient leur nouvelle cible. Et cette nouvelle cible, ça va bientôt être moi.

La Mudo lâche le Patrouilleur, déjà ravagé par l'infection qui se propage dans son corps, et se tourne vers moi, les lèvres et le menton couverts de sang.

C'est là que je la reconnais. C'est là que je me rends compte que cette Mudo, c'est Cira.

Le temps n'est rien. L'espace n'a pas de sens. J'attends une étincelle entre nous, le moment où on va se reconnaître. J'attends qu'un rideau de souvenirs vienne voiler son regard. Que quelque chose en elle refuse, la fasse hésiter, atténue l'horreur de cet instant.

Il doit bien rester un soupçon d'humanité chez Cira. Comment la mort aurait-elle pu tout effacer ? Comment ce corps pourrait-il être encore debout, ce cerveau continuer d'exister s'ils ne conservaient rien de ce qu'ils ont été ? Je voudrais tellement croire que les Spiritistes ont raison, qu'il reste quelque chose après.

Je me recule en poussant sur mes jambes. Je me traîne par terre. Je plante les doigts dans la terre. Prête à tout pour lui échapper.

Elle avance vers moi d'un pas incertain, en tendant les mains. Des mains qui m'ont caressé les cheveux. Qui se sont posées sur les miennes.

Ma meilleure amie a vraiment disparu. Avec tout ce qui

la faisait telle qu'elle était, tous ses souvenirs, toutes ses idées, tous ses rêves.

Elle a disparu. Elle est morte.

Pour toujours.

Le bout de ses doigts m'effleure le visage. Ils me sont si familiers... Mais ils sont froids. Je recule d'un bond. Je frappe l'air. Décoche des coups de pied. Mais je perds l'équilibre. La nuit semble tourner autour de moi, et Cira s'approche d'un mouvement brusque.

Soudain, elle s'arrête et sa tête part en arrière. Ses dents luisent dans la nuit, ses mains griffent le vide.

Mon cœur manque cesser de battre et je ne respire plus. Je regarde derrière elle et je vois sa natte enroulée autour de la main du Patrouilleur, qui a le poignet et le bras couverts de sang et le visage déformé par la douleur.

– File, dit-il, à peine audible sous les gémissements de Cira. File ! répète-t-il plus fort.

Je ne sais pas pourquoi il me laisse m'échapper ; pourquoi il empêche Cira de s'approcher de moi. Peut-être qu'il avait une petite sœur blonde comme moi, peut-être qu'il a grandi à Vista et que je ne me souviens pas de lui. Mais peu importe sa raison. Je me sauve, chancelante, en emportant le livre. Je cours vers le portail sans regarder derrière moi. Je ne veux pas voir Cira, ne veux pas la voir se tourner de nouveau vers le Patrouilleur et planter une fois de plus les dents dans sa chair. Je ne veux pas entendre le bruit qu'il va faire en la tuant.

XL

Les doigts tremblants, je fourre ce qui reste du livre sous ma ceinture, dans mon dos, et je laisse retomber ma chemise par-dessus. Je me glisse de l'autre côté du portail et ma mère se précipite vers moi, me prend le visage dans les mains et me regarde dans les yeux. Comme si un coup d'œil pouvait lui suffire à savoir si je vais bien, si je suis blessée.

J'ai envie de lui dire que je suis bien plus gravement blessée que je ne l'ai jamais été de toute ma vie. Que mon corps va bien, mais que le reste de ma personne est complètement désemparé. Ma meilleure amie n'est plus – c'est devenu un monstre.

Comment peut-on espérer quoi que ce soit face à tant de décès, dans un monde envahi par la mort ?

Ma mère me frotte les tempes avec les pouces, glisse une mèche derrière mon oreille, remet ma natte bien à plat sur mon épaule. Elle a les mains qui tremblent.

– On devrait y aller, dit Harry en venant se placer à côté d'elle.

Mais elle continue à me regarder. Comme si elle essayait

de me dire tout ce dont j'ai besoin pour comprendre ce moment. Pour savoir quelle place lui donner dans ma vie.

Ensuite, Harry lui prend délicatement la main et la porte à ses lèvres. Les coins de la bouche de ma mère tressautent, et ses épaules contractées se relâchent.

Elle se tourne vers lui.

– Le village, dit-elle. L'invasion. Je ne peux pas t'obliger à le quitter une fois de plus, chuchote-t-elle en lui touchant la joue.

Elle semble anéantie.

– Tout ce qu'on y a laissé la première fois…

Sa voix se brise.

– Je ne sais pas si on peut survivre à une nouvelle expédition sur les sentiers. Sans savoir…

Derrière nous, les gémissements des Mudos s'étirent et enflent, entremêlés de cris d'hommes. Je voudrais m'enfuir. C'est ma faute si on en est arrivés là. C'est à cause de moi que les Patrouilleurs sont ici – c'est à cause de moi si Harry doit quitter tout ce qu'il a toujours connu. Je m'en veux tellement que j'ai un goût âcre dans la bouche quand je réalise l'étendue des répercussions de mes actes.

– Mais cette fois, on sait qu'il y a autre chose à l'extérieur, Mary, lui rappelle Harry.

Il recouvre de sa main celle qu'elle lui a posée sur la joue.

– … Parfois, il faut chercher plus loin.

Elle sourit et laisse échapper un petit rire étranglé.

– Il faut qu'on s'en aille, chuchote-t-il encore.

Elle ferme les yeux et acquiesce. Je détourne la tête.

Élias s'engage en premier sur le sentier qui s'éloigne du

village. Je le suis, en ne jetant qu'un seul regard en arrière. Je vois des Mudos qui tapent sur le portail derrière nous, la silhouette imposante de la Cathédrale brûlée formant une tache grise qui se découpe contre le ciel nocturne, les maisons abandonnées depuis longtemps.

Ce village était mort bien avant notre arrivée.

◆

On marche encore quand le jour se lève, quand la chaleur moite de l'après-midi s'installe, quand le soir tombe. Des cernes noirs apparaissent sous nos yeux, nos pas deviennent lourds et traînants dans la poussière d'argile rouge. Odys court devant nous et revient, la truffe en l'air et la queue basse. Le sentier serpente et se divise, et chaque fois qu'on choisit une direction plutôt qu'une autre, je me demande où est Catcher, s'il va nous retrouver, si les Patrouilleurs vont prendre la peine de traverser le village pour nous poursuivre.

J'essaie de ne pas penser à l'éventualité qu'ils l'aient capturé. Qu'il soit blessé.

À chaque pas, je sens le poids du livre, que j'ai caché dans mon sac. J'envisage de le sortir et de le donner à ma mère, mais quelque chose me retient. Je veux le garder pour moi. Elle a dit qu'il contenait l'histoire du village et je veux la connaître. Parce que c'est mon histoire aussi bien que la sienne.

Quand la lumière baisse et que les distances s'estompent, on est obligés de s'arrêter. Le sentier est encombré de racines et de rochers, ici, on a trop de mal à s'orienter, nos pas deviennent trop maladroits, trop hasardeux. On trouve un endroit où le sentier s'élargit, entre trois portails.

Sous prétexte d'essayer de fabriquer de faux indices pour envoyer les Patrouilleurs sur une fausse piste au cas où ils seraient sur nos traces, je m'enfonce un peu plus loin sur un des sentiers, et dès que j'ai passé le premier tournant et que je suis dérobée à la vue des autres, je m'assieds sur un rocher et je sors de mon sac ce qui reste du livre de ma mère.

La couverture usée, qui était peut-être juste craquelée autrefois, tombe presque en poussière. Les pages sont fines et jaunies, leurs bords s'ourlent dans l'air humide. Elles sont numérotées ; les premiers cahiers de la reliure sont toujours intacts, avec leurs pages dans l'ordre. Mais il est clair que des centaines d'autres pages sont manquantes et les quelques feuilles volantes qui ont été glissées dedans sont dans le désordre.

J'incline la première page pour l'orienter vers le dernier rayon de lumière mourante de la journée, et je lis tout haut :

– *Au début, nous n'en comprenions pas la portée.*

J'ouvre de grands yeux. C'est une chronique du village, un journal du Retour qui est noté dans les marges du livre. Ça retrace absolument tout. L'histoire du Retour nous a été enseignée quand on était plus jeunes – on nous a raconté que chaque pays en accusait un autre, que les diverses factions avaient chacune leur théorie sur l'endroit où l'infection s'était déclarée et sur ses causes. On a appris qu'elle s'était propagée rapidement, et que personne, au début, ne voulait croire qu'une chose pareille pouvait se produire.

Tout le monde a cru que c'était une sorte de canular à l'échelle mondiale jusqu'à ce qu'il soit trop tard. Il suffisait d'une seule morsure – d'un seul cas d'infection. À sa mort, cette personne se transformait en Brisant et infectait rapidement les autres jusqu'à ce que le nombre critique soit atteint et qu'une horde se forme. Et c'est devenu un phénomène incontrôlable, un raz-de-marée de morts qui a ravagé la planète jusqu'à ce que les survivants se replient entre eux et érigent des remparts. Jusqu'à ce que se constitue le Protectorat – un vague gouvernement qui contrôle l'information, les biens, la sécurité.

On nous a toujours dit que la Forêt n'était qu'une terre à l'abandon, fermée par une clôture pour contenir l'infection – pour essayer de piéger les Mudos à l'intérieur. Mais ces pages racontent autre chose. Je les parcours avidement, en sautant les passages illisibles où l'encre a bavé.

À l'origine, le village de ma mère faisait partie d'un réseau plus vaste, d'un ensemble de stations rattachées les unes aux autres et placées à des endroits stratégiques, à l'épicentre de l'infection, par le gouvernement et ses armées. Certains villages, copieusement armés et approvisionnés, étaient peuplés de gens triés sur le volet : des dignitaires, des scientifiques, des femmes et des enfants. Ils étaient là pour assurer la survie de notre espèce. D'autres étaient d'anciens camps de réfugiés à qui on a donné des miettes : ce dont l'armée n'avait pas besoin ou ne pouvait pas se servir. Notre village, à ma mère et moi, était de ceux-là, un poste avancé qui avait été abandonné et laissé aux mains d'une poignée de bonnes sœurs infirmières.

On nous a appris dès le plus jeune âge que c'était le gouvernement qui avait créé la Forêt. Qu'il s'était servi des canyons, des rivières importantes et des montagnes infranchissables comme barrières naturelles et qu'il avait érigé des clôtures là où c'était nécessaire. On nous a dit qu'il essayait de limiter l'infection, d'en contenir le plus gros et de repousser dans la Forêt toutes les hordes de Mudos qui étaient à l'extérieur.

Mais ce carnet de bord explique qu'ils avaient aussi une autre raison de la rendre impraticable. Ils avaient deux objectifs incompatibles et ils espéraient en atteindre un des deux en inondant la Forêt de Mudos et en l'isolant totalement. Ou bien ils arriveraient à contenir l'infection avant qu'elle se propage trop loin, ou bien ils auraient créé une zone sûre en plein cœur du danger – le dernier endroit où quiconque oserait chercher. Ils savaient que si leur premier objectif n'était pas atteint, le monde sombrerait dans le chaos. Les places fortes tomberaient aux mains de bandits.

Mais personne ne penserait à chercher de la vie dans ce que ma mère a toujours appelé la Forêt de Mains et de Dents.

Pendant un moment, les différents villages ont communiqué, fait du commerce et partagé ce qu'ils avaient. Mais ensuite, les choses se sont gâtées. Des rescapés des villages infectés partaient en titubant sur les sentiers en quête d'un refuge, et finissaient généralement par répandre l'infection. Le réseau s'est désintégré. L'un après l'autre, les villages de la Forêt ont succombé à l'infection, jusqu'à ce qu'il n'en reste plus que quelques-uns.

C'est là que le village de ma mère a fait scission. Les infirmières se sont mises d'accord, unies derrière leur foi absolue en Dieu et leur sens du devoir. Elles ont fermé les portails, interdit l'accès aux sentiers et raconté aux gens qu'ils étaient les derniers survivants du Retour. Toute preuve du contraire était cachée ou détruite, y compris une personne du dehors prenant le risque de s'approcher du village.

Elles ont transmis leur foi ; elles appelaient les Mudos des Damnés – des maudits de Dieu – et elles avaient échafaudé leur vision du monde autour de leurs croyances religieuses. Elles ont également transmis leurs connaissances médicales, dont elles se sont servies pour chercher des remèdes contre l'infection. Pour chercher des réponses. Mais elles n'ont trouvé ni l'un ni l'autre. Elles n'ont fait qu'exister, survivre dans l'isolement.

Ce récit manuscrit est entrecoupé par des actes de naissance et de décès ; des listes de fiancés ; de mariés ; de noms de gens entrés chez les Sœurs ou les Gardiens, les chefs et les protecteurs du village. La majeure partie de l'histoire récente a disparu, mais je feuillette le livre jusqu'à la toute dernière entrée du carnet de bord. Il y a des plis qui se croisent au milieu de la feuille et le bord semble déchiré, comme si on l'avait arrachée du livre et pliée.

Sur un côté, dans une écriture régulière, il y a une liste de fiancés, et je m'apprête à retourner la feuille quand un nom me saute aux yeux : *Mary*. Je passe les doigts sur les lettres. Ça indique qu'elle est fiancée à Harry. Je regarde l'autre côté en quête d'une référence à leur mariage, mais il n'y en a pas. Il y a juste la dernière annotation du livre :

Gabrielle a causé notre perte. Elle a franchi la clôture et s'est introduite chez nous. Les Damnés ont envahi le village. L'infection fait rage dans la Cathédrale, nous nous sommes enfermées dans les catacombes. Nous sommes les dernières, c'est la fin. Il ne reste plus que nous. Nous allons explorer les tunnels pour voir si nous trouvons d'autres villages. D'autres refuges. Mais nous pensons que c'est vraiment fini, à notre grand désespoir.

Que la volonté de Dieu soit faite.

Dans la lumière mourante, je tourne les dernières pages, mais il n'y a rien de plus. Aucune explication. J'ai du mal à respirer, maintenant que je comprends enfin jusqu'où il aura fallu aller pour survivre. Et à quelle vitesse tout peut disparaître.

Je passe les doigts sur la tranche irrégulière des pages en me demandant comment c'était de faire partie de la Congrégation quand les Sœurs ont décidé de se barricader séparément – elles devaient être désespérées –, quand je vois quelque chose d'inscrit à l'intérieur de la couverture, à la fin :

Nous survivrons toujours. Il y a toujours de l'espoir.

Ces mots écrits en tout petit me font sourire. Je me demande qui a marqué ça et quand. Et s'il suffit d'avoir ça pour survivre : de l'espoir.

En entendant des pas sur le sentier derrière moi, je

referme le livre d'un coup sec et je tends la main vers mon couteau. Mais quand je me retourne, je vois que c'est Harry qui s'approche.

– Ta mère était inquiète, dit-il avec douceur.

Il remarque le livre sur mes genoux, mais ne le mentionne pas.

Je laisse le couteau retomber dans la boucle que j'ai à la ceinture. Gênée de m'être fait surprendre avec ce livre, j'ai les joues en feu. Je le lui tends.

– Tiens. Je n'avais pas l'intention de vous le cacher. J'espérais juste apprendre quelque chose sur le village d'où je viens. Et peut-être sur ma mère. Découvrir qui elle était. Et si je lui ressemble un tout petit peu.

Avec un sourire, Harry marche vers un rocher voisin. Il s'assied dessus, face à moi, et tend ses jambes devant lui. Je remarque que son visage se crispe un peu quand ses genoux craquent bruyamment.

– Mary a toujours été un peu obsédée par la vérité. Elle cherchait toujours à savoir, me dit-il – et je souris en regardant mes mains. J'essaie de lui faire comprendre qu'il y a des choses qu'on ignore en ce bas monde, c'est comme ça, mais...

Il hausse les épaules. On sait tous les deux à quel point ma mère peut être têtue.

– Comment elle était, à mon âge ?

Voyant qu'il hésite, j'ajoute :

– Je veux dire Mary. Elle était comment ?

Il rit.

– C'était une fauteuse de trouble. Une tête de pioche.

Sa voix est teintée d'amusement.

– Pour certaines histoires, il vaudrait mieux que ce soit elle qui te les raconte, pas moi. Mais…

Il s'agite, et son regard se perd au-delà des Mudos, au-delà des clôtures. Une fois de plus, il laisse échapper un petit rire.

– Ta mère était une chanteuse épouvantable, dit-il finalement.

Je souris.

– C'est vrai ?

– Oh que oui ! Les Sœurs lui demandaient de ne pas chanter pendant la messe. Elles l'obligeaient à se contenter de remuer la bouche, de faire semblant.

Je sens un éclat de rire monter en moi, telles des bulles qui viennent pétiller à la surface, et c'est un soulagement. Ça fait trop longtemps que je n'ai pas ri.

– Mais bien sûr, elle chantait quand même. En général, c'était juste pour voir Sœur Tabitha froncer les sourcils.

On rigole franchement, à présent ; on hoquette tous les deux.

– On l'entendait à l'autre bout du village, continue Harry.

Il essuie ses yeux brillants de larmes.

– En grandissant, quand elle a atteint l'âge que tu as maintenant, à peu près, je crois qu'elle a fini par en avoir honte. Elle s'arrangeait pour que personne ne l'entende jamais chanter. Mais elle adorait ça quand même. Elle chantait en faisant la lessive à la rivière.

Il secoue la tête tandis que les souvenirs reviennent.

– Je m'approchais en cachette pour l'écouter, parfois. Tout simplement parce qu'elle…

Il baisse le ton.

– Elle semblait tellement pleine de vie quand elle chantait comme ça. Tellement libre. Comme si les clôtures…

Il tend le bras, passe un doigt sur les mailles métalliques et le retire avant qu'un Mudo puisse l'attraper.

– Comme si rien de tout ça n'existait.

Il pose les coudes sur ses genoux et joint les mains, en les fixant comme si elles recélaient la réponse à une question qu'il se pose.

– Est-ce qu'elle chante toujours ?

Je secoue la tête dans l'obscurité, triste de savoir que cette facette de sa personnalité m'était inconnue.

– Non. Elle ne chante plus.

C'est comme si la vie de ma mère était coupée en deux et que chacun de nous détenait la clé de la moitié de son passé seulement. Et je m'aperçois que même en combinant les deux moitiés, on ne connaîtra jamais le tout. Elle est bien plus que la somme de nos souvenirs d'elle. La femme que connaît Harry et celle que moi je connais sont juste les bords de quelque chose de plus vaste.

Je pense à Élias et à ce qu'il sait de ma vie dans la Forêt. Et à Catcher et à ce qu'il sait de ma vie à Vista. Mais est-ce que l'un des deux me connaît tout entière ? Est-ce que l'un d'eux viendrait en catimini sur la berge d'une rivière rien que pour m'entendre chanter faux, pour être près de moi ?

Je tends une perche à Harry pour en apprendre plus sur ma mère.

– Vous étiez censés vous marier. Vous avez été fiancés.

Je montre le livre.

– Ça le dit là-dedans.

J'entends qu'il rit, mais je ne vois plus son visage. Ensuite, il garde longtemps le silence.

– Je croyais l'aimer, dit-il finalement.

– Et ce n'était pas le cas ?

– Je ne... Je ne la connaissais pas. J'avais une certaine idée d'elle dans la tête. Je l'empêchais d'être celle qu'elle avait besoin d'être.

– Ça veut dire qu'on ne peut pas aimer quelqu'un si on ne sait pas vraiment qui il est ?

Je pense à Élias, aux secrets qu'il semble garder. Comme si l'idée que je sache tout sur lui l'effrayait.

– Ça veut dire que si on n'essaie pas de voir l'autre tel qu'il est, c'est qu'on ne l'aime pas assez, répond Harry.

Je pince les lèvres en essayant de comprendre la différence.

– Et maintenant ? je lui demande en repensant à la façon dont il lui a tenu la main, à la façon dont elle lui a caressé la joue.

Il ramasse un bâton par terre et le courbe jusqu'à ce qu'il soit prêt à se casser. Des lucioles dansent autour de nous, telles de minuscules étoiles flamboyantes.

– J'ai été égoïste, dans la vie, dit-il. Et Dieu sait que ta mère l'a été aussi. Mais l'amour, quand c'est tout neuf, tout frais, c'est comme ça. C'est comme le feu et le tonnerre et les grandes chaleurs.

Il se frotte la nuque.

– Quand on est jeune, on en attend tellement de l'autre. On a tant de besoins. Et quand on vieillit...

Il hausse les épaules.

– On veut quelqu'un qui comprenne. Nous n'avons pas

eu la même vie. Nous avons aimé des gens différents. Mais je pense qu'il y aura toujours ce...

Il cherche le mot juste.

– ... cette complicité entre nous. Parce que nous avons passé notre enfance dans le même monde, que nous avons les mêmes souvenirs.

« J'ai toujours aimé Mary, continue-t-il. Même quand elle était avec quelqu'un d'autre. Même quand elle ne pouvait pas m'aimer, je l'aimais. J'aime penser que si les choses s'étaient passées autrement, si j'avais eu la chance de grandir près d'elle, de faire mes preuves... Mais je sais que ça n'aurait jamais marché. Il aura fallu en passer par tout ce qui nous est arrivé, il aura fallu qu'elle parte et que je retourne au village. Les choses ne sont pas toujours destinées à avoir lieu du premier coup. Si elles sont destinées à avoir lieu un jour, c'est déjà une chance. Et il faut dire que c'est agréable d'avoir l'impression que nous nous connaissons depuis toujours.

Il s'éclaircit la gorge et je me demande s'il est gêné de s'être confié autant. S'il se sent exposé, transparent.

– Ta mère...

Il s'interrompt une fois de plus.

– Je crois que parfois, elle avait peur d'aimer. Je crois que ça l'effrayait. Elle était du genre à apprécier les choses concrètes, comme l'océan. Les choses tangibles. Je crois que c'est pour ça qu'elle a toujours eu du mal avec Dieu. Et je crois aussi que c'est pour ça qu'elle avait des difficultés avec l'amour. Elle ne pouvait pas le toucher, s'appuyer dessus. Ce n'est pas une chose solide, dont on sait qu'elle ne changera jamais.

Il se lève et ses genoux craquent de plus belle. Les gémissements des Mudos accompagnent ses paroles comme une mélodie fredonnée.

– Tu n'es pas obligée d'être comme ça, Gabrielle, conclut-il en repartant sur le sentier en direction de notre petit campement. Quelquefois, ce sont les choses qu'on ne peut pas toucher qui font les appuis les plus solides.

XLI

Cette nuit-là, je rêve de tours rutilantes et de rues d'un blanc immaculé. De bruits et d'odeurs. Tout tourne autour de moi, qui suis debout au milieu. Les lumières clignotent, les gens passent mais moi, je reste bien campée là où je suis. Face à moi, à un mètre ou deux, il y a une autre fille. Elle est grande, et elle a les cheveux blonds et les yeux verts. Elle me regarde fixement au milieu du tumulte.

C'est comme si, à nous deux, on était le pivot autour duquel la terre tourne. Comme si on créait l'équilibre de l'ensemble.

Le soleil se lève et se couche. Autour de nous, le monde se désintègre. Les gens disparaissent, les bruits s'estompent. La végétation perce le bitume, des plantes grimpantes envahissent les bâtiments. Et pendant ce temps, la fille et moi, on continue à se regarder fixement.

Jusqu'à ce que le soleil se couche et, cette fois, ne se lève plus. Et que la lune devienne une coquille vide. L'air est froid, mordant comme de la glace. Les plantes se fanent et meurent. Les bâtiments se sont effondrés depuis longtemps, il ne reste plus que la fille et moi dans l'obscurité.

C'est ma sœur. Ma jumelle. Je le vois bien. Et je le sens.

Elle a toujours été là et elle sera toujours là. Je tends la main pour la toucher, pour la serrer dans mes bras, mais je n'arrive pas, curieusement, à combler la distance qui nous sépare. Je redouble d'efforts, je tape contre le mur invisible parce que je sais que j'ai besoin d'elle et elle de moi, un besoin terrible, et qu'il faut que je trouve un moyen de parvenir jusqu'à elle.

À mon réveil, je suis accueillie par un concert de gémissements. Par le vacarme des Mudos tout proches qui secouent les clôtures, de chaque côté du sentier. J'ai la poitrine douloureuse à cause de mon rêve, à cause de la sensation qu'il me manque quelque chose, et je dois inspirer à fond plusieurs fois pour calmer mon cœur bondissant. Sentant quelque chose de chaud sur ma main, je tourne la tête et je découvre Élias endormi à côté de moi. Il est lové contre moi et son souffle produit de petits nuages de vapeur dans l'air humide de rosée matinale.

Ses cheveux ont poussé depuis la première fois que je l'ai vu. Trois traits rouges en train de disparaître lui barrent encore la joue, souvenir de notre rencontre, quand on s'est bagarrés dans l'océan. Comme elles s'effacent facilement, ces traces de notre passé ! Dans son sommeil, il a le visage détendu, la bouche entrouverte.

Il inspire profondément, s'agite et se crispe, puis ouvre les yeux. On est à quelques centimètres l'un de l'autre. Il sourit. Il tend un bras pour écarter une mèche de ma joue, pose la main sur mon cou.

J'ai envie de savourer ce moment, de le serrer contre moi comme un souvenir. Mais quelque chose entache mon bonheur. Je me souviens qu'au moment où j'aurais dû être avec Cira, j'étais en train d'embrasser Élias. Si j'avais été là, j'aurais peut-être pu la dissuader d'aller se faire infecter.

Je me redresse en frottant mes yeux ensommeillés avec les poings. Le chagrin que me cause la disparition de Cira est encore trop frais, trop neuf. Je me mets debout, je prends une gourde et je m'éloigne sur le sentier ; j'ai besoin de m'isoler pour réfléchir.

Derrière moi, Élias se lève aussi.

– Gabrielle, attends ! lance-t-il dans mon dos.

Sans prendre la peine de me retourner, j'agite la main pour lui faire signe de rester où il est :

– Non.

Pendant que je marche, la tempête fait rage dans ma tête. Peu m'importe où je vais, du moment que je m'éloigne d'Élias, de ma mère et de Harry. Le collier de Cira pèse lourdement sur ma poitrine et, tout à coup, je me sens cernée, prise au piège. J'ai l'impression que les clôtures sont trop près, le ciel trop bas. Mes muscles se contractent douloureusement. Je secoue les bras pour essayer de me détendre.

Je bute contre une pierre. Déséquilibrée, je tombe à genoux et je roule sur le dos ; ma gourde s'envole. Je ne suis pas blessée, mais je reste allongée comme ça, à regarder l'aube humide et grise. Je ne bouge pas. J'essaie de ne penser à rien. Je me ferme à tout ce qu'il y a autour de moi.

Le ciel est strié de traînées roses mêlées à une touche de violet. Soudain, j'entends des pas. Au début, je crois que c'est Élias qui me rejoint, puis je m'aperçois que ces pas viennent de la mauvaise direction. La terreur me tord le ventre. Je porte la main vers mon couteau, mais il n'est pas à sa place. Je l'ai laissé avec mes compagnons, là où j'ai dormi.

Je me roule lentement sur le ventre et je pousse sur le sol pour me relever, le plus silencieusement possible. La personne marche d'un pas inégal. La première pensée qui me vient, c'est que ce sont des Mudos qui nous suivent depuis le village, mais ensuite, je m'aperçois qu'il n'y a pas de gémissements. Je me mets à suer de partout en me demandant s'il est possible que les Patrouilleurs aient réussi à traverser le village. Qu'ils nous aient déjà retrouvés.

Je prends une pierre dans chaque main et je m'accroupis pour attendre. Je vois l'ombre de l'intrus avant de le voir, et je retiens mon souffle. Il arrive au détour du sentier.

– Catcher ! je m'écrie, soulagée de voir apparaître ce visage si familier, de savoir qu'il va bien.

Il s'arrête et me dévisage distraitement. Il met un moment à me voir.

– Gabry, dit-il, et son visage s'illumine d'un sourire.

Je me précipite vers lui, mais avant de l'avoir rejoint, je le vois chanceler. Quelque chose ne va pas. Je tends les bras vers lui, mais il lève la main pour me tenir à distance.

– Catcher, qu'est-ce qui…

Tout à coup, je remarque les éraflures piquetées de sang qu'il a sur les bras.

J'écarquille les yeux, et la peur commence à monter du fond de mon être. Je fais encore un pas vers lui, mais il m'arrête :

– Non.

J'obéis.

Il baisse la tête. Les muscles de ses mâchoires se contractent et se relâchent sans cesse.

– Retourne avec les autres, Gabrielle.

Il a la voix rauque.

– Non, je proteste, la poitrine frémissant d'angoisse. Pas avant que tu m'aies dit ce qui se passe.

Je serre les poings et m'enfonce les ongles dans les paumes. Je regrette d'avoir lâché les pierres. Et si l'infection était finalement en train de prendre le dessus, chez lui ? Peut-être qu'il commence à muter ? Peut-être que ce sang n'est pas le sien, mais celui de quelqu'un d'autre ?

Il secoue la tête et se remet à tanguer.

Je me précipite vers lui et j'essaie de l'aider à tenir debout. Il tente de me repousser, mais il est trop faible.

– Gabry, s'il te plaît. Non.

Je lui prends le bras. Au même instant, il tombe sur un genou. Il a d'autres écorchures dans le dos ; sa chemise est déchirée.

– Qu'est-ce qui s'est passé ? je demande en tâchant d'empêcher mon inquiétude de percer dans ma voix.

Je me penche sur son épaule pour l'examiner de plus près, mais il me repousse encore, et cette fois, il me fait reculer et trébucher.

Je ne comprends pas pourquoi il tient tant à m'éloigner.

– Catcher, tu es blessé. Qu'est-ce qui s'est passé ?

Il plante ses yeux dans les miens. Son regard est voilé par la douleur.

– Je sais, marmonne-t-il tout bas. C'est en courant dans la Forêt... Des ronces... Des branches.

Il bat des paupières plusieurs fois, comme s'il avait du

mal à y voir clair. Des gouttes de sueur tombent de ses joues et de son cou. Il a les traits tirés, les poignets trop maigres.

– Tu as mangé ? Tu as bu quelque chose ? je lui demande.

Il secoue la tête.

– Catcher, je murmure avec un mélange de désespoir et d'exaspération. Il faut que tu prennes soin de toi. Laisse-moi nettoyer ces coupures.

Je ne sais pas ce qui pourrait lui arriver s'il perdait trop de sang : quand ils meurent, les Infectés mutent toujours, et j'en suis réduite à supposer que Catcher subirait le même sort – que s'il mourait, il reviendrait. J'ignore depuis combien de temps il se laisse mourir de faim, mais il semble affaibli et pris de vertiges. Comme Cira quand je l'ai retrouvée dans l'Hôtel de Ville. Je pince les lèvres en comprenant que Catcher est peut-être extrêmement dangereux, maintenant.

– Non, chuchote-t-il. Je suis infecté, Gabrielle. Tu ne comprends pas ? Je ne te laisserai pas toucher mon sang, c'est trop dangereux. Je ne courrai pas le risque de t'infecter.

Je plisse les yeux.

– Mais tu ne sais même pas si ça aurait la moindre conséquence ! C'est arrivé plein de fois que des gens infectés saignent sur quelqu'un d'autre, et il ne s'est rien passé.

Je pense au garçon de l'amphithéâtre qui s'est offert en sacrifice aux Spiritistes. Il saignait et la Spiritiste l'a touché quand même.

– C'est pas la même chose, réplique Catcher. Mon cas est différent. Tant que je n'aurai pas la certitude absolue que je ne vais pas t'infecter, je ne veux pas prendre de risque. Je ne supporterais pas de te faire du mal.

Ses yeux s'écarquillent et se révulsent un peu ; à cet instant, il perd l'équilibre et tend les mains en avant pour se rattraper dans sa chute.

Je bondis vers lui, mais il me prend par les épaules pour m'écarter de lui, et me tient à bout de bras.

– S'il te plaît, dit-il. S'il te plaît. Je ne supporterais pas qu'il t'arrive quelque chose.

Je tends les doigts vers son visage, mais je n'ai pas les bras assez longs. Je ne peux pas l'atteindre.

– Je vais m'occuper de toi, Catcher.

La peur qui transparaît dans ma voix se mue en colère foudroyante.

– Tu devrais le savoir, maintenant. Je ne te laisserai pas tomber !

Il ferme les yeux, le souffle court, et je me demande si je devrais appeler les autres pour qu'ils viennent m'aider. Ou m'apporter une arme.

Finalement, il acquiesce. J'écarte sa chemise de son torse, et je dois serrer les dents quand une odeur de sang se répand dans l'air. Je me crispe en attendant que les Mudos qui sont derrière les clôtures réagissent. En attendant que leurs gémissements se fassent plus aigus, que leur agitation redouble. Mais il ne se passe rien. Ce qui me rappelle pour la énième fois que Catcher a radicalement changé.

Qu'il peut passer pour l'un d'entre eux.

Je ramasse ma gourde et laisse perler quelques gouttes d'eau sur un morceau de ma jupe, puis je tamponne les blessures de Catcher. Ensuite, je porte la gourde à ses lèvres et j'observe sa gorge pendant qu'il boit.

– C'est tout ce que je peux faire pour le moment, lui dis-je à regret.

Je voudrais pouvoir en faire plus. Non pas seulement pour ses coupures dans le dos, mais aussi pour la douleur que je lis dans ses yeux. Pour l'empêcher de se sentir coupable et de se détester.

– Tu dois me promettre de manger et de dormir. Arrête de te surmener. Arrête de te punir.

Il tend la main et me touche la joue. Son pouce suit le parcours des larmes que je n'avais pas conscience de verser. On se regarde dans les yeux, et je sens flotter entre nous tous nos rêves impossibles.

Ensuite, il se remet debout. Il a les jambes flageolantes, mais paraît déjà plus robuste. Je pose une main contre sa poitrine pour le remettre d'aplomb, et je lâche un hoquet étranglé en sentant sa chaleur familière. Sa peau bouillante, qui me brûle les doigts. Je ne peux pas m'empêcher de les replier un peu contre lui.

Il se penche vers moi et je l'imite jusqu'à ce qu'on soit à un cheveu l'un de l'autre. Le feu qui est en lui se propage en moi. Je pose ma deuxième main sur sa poitrine et je la laisse glisser vers son flanc, où je sens la saillie de ses côtes. Ses muscles frissonnent à mon contact.

– Gabry.

Il a prononcé mon nom tout bas; c'est un avertissement. Je sais qu'il veut que ce soit moi qui sois forte, que ce soit moi qui m'éloigne et qui le laisse là. Mais je n'ai jamais été forte.

Je me serre contre lui. Je voudrais me rappeler comment c'était avant que tout change. Comment c'était à cet instant – ce court instant – qui a précédé le grand chamboulement.

Il porte les doigts vers mes lèvres et en dessine lentement le contour. Je lui touche le pouce du bout de ma langue. Il laisse échapper un grognement sourd, un grognement d'abandon, me prend par la nuque et me tire à lui.

Mais il s'interrompt juste au moment où sa bouche allait toucher la mienne. Il inspire entre ses dents serrées ; cet effort le laisse haletant. On reste comme ça, sans s'embrasser, à la fois tout près et séparés par une distance infranchissable. Il râle, mais ne s'approche pas plus.

– Gabrielle, dit-il.

Cette fois, mon prénom est une supplique.

Je ferme les yeux en entendant sa détresse, en sentant son émoi. Je remonte la main, qui passe sur sa poitrine et sur sa gorge, puis je lui redresse le menton et je presse mes lèvres sur sa mâchoire. Je veux lui prouver qu'il est en vie. Que ce n'est pas un monstre. Qu'il est encore celui qu'il a toujours été.

J'entends son souffle entrecoupé tandis que je dépose des baisers sur sa peau brûlante. La chaleur qui se dégage entre nous est presque insupportable.

Il fait couler un doigt dans mon dos, suit la saillie de mon omoplate et dessine un trait sous mon bras, le long de mon buste.

Je ferme les yeux et je me plaque contre lui.

– Catcher, je chuchote.

Nos cœurs palpitent l'un contre l'autre, et le sang afflue dans nos veines. Je me sens légère, prise de vertiges, comme si la terre tournait assez vite pour nous faire remonter dans le passé – pour nous ramener au temps d'avant.

Avant qu'on aille dans la Forêt ; avant tout ce qui s'est passé avec Élias, avec ma mère, avec Daniel, avec les Patrouilleurs et avec Cira. Pour nous laisser un souvenir – un rappel – de ce qui aurait pu avoir lieu ; un seul.

Soudain, ses bras s'enroulent autour de moi, me serrent contre lui, et sa bouche se pose sur ma gorge, dans l'ouverture de ma chemise, dans le creux de ma clavicule, sur mon oreille.

Il s'interrompt avant que sa bouche dévore la mienne. Je me penche vers lui pour essayer d'avaler l'espace qui nous sépare, mais j'ai l'impression qu'il y a un mur d'air trop épais entre nous. Je sens presque le bout de ses lèvres ; je perçois un soupçon de leur chaleur. Mais je ne peux pas les toucher.

Un sanglot monte en moi. Pitié. On est si proches. On y est presque. Une fois, rien qu'une fois, je voudrais qu'on s'embrasse comme on l'a fait ce jour-là. Pourquoi ne le comprend-il pas ? Si nos lèvres pouvaient se toucher, si on pouvait juste rejouer ce moment, peut-être qu'on pourrait combler le fossé entre alors et maintenant. Peut-être qu'on pourrait tout effacer.

En cet instant, on est presque revenus au pied du grand huit, au parc d'attractions. Il n'y a pas d'infection. Il n'y a pas eu de mutation. J'en pleurerais. J'ai tellement envie, tellement besoin de ça, et c'est presque à ma portée.

Mais ensuite, Catcher me repousse, annihilant les possibilités du moment. Il recule en titubant, hors d'haleine. Je sais qu'il a besoin, qu'il a terriblement envie de se jeter sur moi.

Son visage est un masque d'horreur et de honte. Il porte la main à sa bouche, presse ses doigts sur ses lèvres. Des lèvres que ma bouche n'aura pas touchées. L'autre main, il la lève comme pour me tenir à distance. Il secoue la tête. Des larmes brûlantes coulent déjà de ses yeux, des miens.

– Non, dit-il, comme s'il pouvait effacer ce qu'il vient de faire.

– Catcher. Tout va bien.

Je fais un pas vers lui, désespérée.

Pitié. Tout ce dont j'ai besoin, c'est qu'il soit le même qu'avant. Parce que ça signifierait que je peux redevenir celle que j'étais avant, moi aussi.

– Non ! hurle-t-il.

Et son cri me fait grimacer. Parce qu'il est retentissant. Parce qu'il veut dire que c'est fini. Irrévocablement. Des oiseaux jaillissent d'un buisson en piaillant, dans la Forêt ; Catcher les regarde avec un air effaré voltiger dans les airs.

– Non, ça ne va pas bien, crache-t-il. Ça n'ira jamais bien !

Il se rue sur moi et une pointe de frayeur me transperce la colonne vertébrale. Il n'a jamais été violent avec moi. Il n'a jamais élevé la voix. En le voyant comme ça, je me sens toute petite. Insignifiante.

Il empoigne le devant de ma chemise et me tire contre lui. Son visage s'immobilise au-dessus du mien. Ne sachant plus trop ce qu'il serait prêt à faire ou non, je me recroqueville.

– Ne me touche plus jamais, Gabrielle, gronde Catcher.

L'intensité de son regard me terrifie. Il me secoue puis me pousse et je tombe par terre, tout étourdie. Il est debout devant moi, les poings serrés.

Je lève une main. Sa rage est si palpable que j'ai peur qu'il me frappe. On dirait un monstre effroyable, il ne ressemble plus du tout au garçon que je connais.

– Catcher, ne fais pas ça ! je crie en espérant que le son de ma voix le fera sortir de cet état second.

Qu'est-ce qui lui arrive ?

XLII

Catcher se fige. Son visage devient livide. Il recule d'un pas, les yeux embrumés comme s'il venait de se réveiller. Sa bouche s'ouvre et se referme.

– Gabry, souffle-t-il.

Il secoue la tête – son moment de vulnérabilité est passé. Son regard redevient neutre, vide. Je vois trembler les muscles de son cou tandis qu'il déglutit et déglutit encore.

– Il faut que tu ailles prévenir les autres, dit-il finalement d'une voix douce.

Toutes ses émotions d'avant – la rage, la douleur – ont disparu.

– Les Patrouilleurs approchent. Ils vont réussir à traverser le village.

Ensuite, il se détourne et part en courant sur le sentier, en s'appuyant sur la clôture pour retrouver l'équilibre quand il trébuche.

Je reste assise par terre, honteuse et désespérée. Je me sens seule et bête. Ça ouvre un grand vide en moi, ça assombrit tout mon univers comme les nuages qui s'amassent au-dessus de l'océan. J'ai envie de m'abandonner à ce sentiment, de me rouler dedans et de me laisser emporter. De me complaire dans ce néant absolu. Au moins je ne pourrai plus être laminée, je ne pourrai plus souffrir, parce qu'il ne restera plus rien.

Ce n'est pas que Catcher ne peut pas être avec moi. C'est qu'il ne *veut pas* être avec moi. Avant, il me donnait le sentiment d'être la fille la plus extraordinaire au monde, et maintenant, il me donne le sentiment d'être la plus nulle. De ne pas avoir le moindre intérêt.

Les sanglots m'étranglent. Je finis par me plaquer le bras contre la bouche et mordre dans la chair pour essayer de les retenir au fond de moi, mais je n'y arrive pas. Toute cette douleur m'épuise.

Je ne peux pas redevenir celle que j'étais avant. Je ne peux plus vouloir ce que je voulais. Les choses ne seront plus jamais pareilles. Catcher n'ira jamais mieux. Il sera toujours infecté. Cira sera toujours une Mudo. Je ne connaîtrai jamais ma mère biologique. Élias sera toujours insaisissable. Quant à ma mère, elle a Harry, maintenant.

Cette stupide planète continue à tourner et je ne peux rien faire. Alors je reste assise sur le sentier, à sangloter au milieu des Mudos qui poussent sur les clôtures et me regardent en gémissant.

◆

– Catcher dit que les Patrouilleurs nous suivent toujours, j'annonce en revenant vers les autres.

Harry et ma mère sont debout au milieu du sentier, en train de parler, et ma mère a la main sur la tête d'Odys. Il s'appuie contre sa jambe, langue pendante.

– Alors on ferait mieux de continuer à avancer, j'ajoute.

Je ne leur dis rien d'autre sur notre rencontre, mais Élias penche la tête et plisse les paupières en voyant mes yeux rouges et bouffis.

Il se met à genoux par terre pour trier les provisions. Je passe devant lui pour aller ramasser mon sac. Il tend une main vers moi, mais je l'esquive et je jette mon sac sur mon épaule. Je ne veux pas qu'il me voie comme ça : blessée, les nerfs à vif.

– Gabry ? demande ma mère d'une voix soucieuse.

Mais je secoue la tête et je me remets à marcher. J'ai besoin d'être seule dans ma tête. Je ne prends pas la peine d'attendre qu'ils me suivent. Le ciel matinal se couvre de nuages et le vent fait bruisser les feuilles dans les arbres. Avant peu, il se met à pleuvoir, et la pluie rend le sentier boueux et les pierres glissantes.

Je me réjouis de cette difficulté supplémentaire, des picotements des gouttes d'eau sur ma figure. La pluie passe à travers mes vêtements et me dégouline dans le dos comme de la transpiration. Je voudrais qu'elle m'emporte au loin. Quand il pleut très fort, les Mudos s'éloignent des clôtures, car leurs sens sont émoussés par l'air imbibé d'eau. Je pousse un soupir de soulagement ; je me fiche de la boue et de l'eau, du moment que j'ai droit à un peu de répit sans les gémissements incessants.

Au cours de la matinée, Élias multiplie les petites attentions, mais je les rejette toutes. Il me tend sa gourde quand je cherche la mienne et je l'ignore. Quand je trébuche sur une branche tombée au milieu du sentier, il me tend la main pour m'aider à retrouver l'équilibre et je ne le remercie pas.

Je ne peux pas le regarder, ni lui ni personne d'autre. Je me concentre sur mes pieds et je m'efforce d'avancer, c'est tout. J'essaie de ne pas me laisser engloutir par les vagues de chagrin qui déferlent sur moi depuis ce matin.

Aux abords d'une montagne, le sentier se met à monter en pente raide et on glisse dans la boue en grimpant, sans cesser de jeter des coups d'œil derrière nous en se demandant à quelle distance sont les Patrouilleurs. Dans combien de temps ils vont nous rattraper. Odys reste constamment dans les jambes de ma mère, la tête basse et le pelage dégoulinant.

En arrivant au sommet de la montagne, on en découvre une autre ; le sentier se divise, et on continue d'avancer, plus loin, toujours plus loin. L'après-midi gris cède vite la place à la nuit ; la pluie redouble d'intensité, il est d'autant plus difficile de s'orienter. On descend la pente en dérapant et on se remet à monter. Petit à petit, la pluie s'atténue et s'arrête, et les nuages se dispersent pour laisser apparaître les étoiles. Maintenant qu'il ne pleut plus, les Mudos se remettent à gémir autour de nous et reviennent lentement derrière les clôtures. De petits ruisseaux d'eau de pluie coulent sur le sentier.

La dixième fois que je trébuche sur des racines invisibles dans l'obscurité et que je tombe à quatre pattes dans la boue, je ne me relève pas. Élias me tend une main pour m'aider, mais je la repousse d'une tape.

– Gabry, dit-il. Ça va ? Tu es blessée ?

Je secoue la tête. Mes cheveux humides me collent aux joues. Je suis à bout de forces. Moralement et physiquement.

Il me tend de nouveau la main.

– Il faut qu'on continue à marcher.

– Et pourquoi ? je demande d'un ton révolté.

J'en ai tellement marre de m'en soucier…

– Les Patrouilleurs sont toujours là et…

– Et alors ?

Je regarde toujours obstinément le sol et mes doigts crispés dans la gadoue. J'ai envie d'abandonner.

– Qu'ils nous trouvent et nous embarquent ! On ne peut pas passer notre vie à fuir, à courir sur ce sentier. On ne sait pas où il va. On ne sait même pas s'il mène quelque part.

Élias commence à dire quelque chose, mais finalement, je l'entends s'éloigner. Et je m'aperçois qu'au fond, je voulais qu'il me force à continuer. J'espérais qu'il me donnerait une raison de faire l'effort. Engourdie, je me demande s'il a cessé de tenir à moi, lui aussi. Si aujourd'hui, les deux hommes qui comptaient pour moi ont tous les deux décidé que je n'en valais pas la peine.

Élias et Harry continuent à monter sur le sentier. Ma mère s'agenouille à côté de moi.

– Allez, Gabrielle, dit-elle avec douceur. Élias a raison, il faut qu'on continue à marcher.

Elle pose sa main sur la mienne.

– Fais-moi confiance, ça va aller. On trouvera un moyen de s'en sortir.

Je me tourne vers elle.

– Je ne suis pas comme toi, moi. Je ne peux pas continuer sans savoir. Contrairement à toi, un vague espoir ne me suffit pas.

Elle ouvre la bouche pour protester, mais je l'interromps.

J'ai besoin de lui dire quelque chose sur moi. J'ai besoin qu'elle arrête de me prendre pour quelqu'un que je ne suis pas. J'en ai marre qu'elle me croie géniale alors que je n'ai rien fait pour mériter ça.

– Non. Toi, tu as toujours été comme ça. Tu as toujours su ce que tu voulais.

J'inspire profondément.

– Et moi, non.

Ma conclusion n'est pas très percutante.

Je sens des larmes me piquer les yeux. Je les laisse couler sur mon visage, tomber de mon nez et de mon menton.

– Je ne sais plus rien, lui dis-je. Avant, je savais des choses, mais ensuite, tout a changé et tu es partie sans moi et j'étais complètement perdue.

Je me détourne en fermant les yeux de toutes mes forces.

– J'aimerais bien être comme ça, je chuchote. J'aimerais bien pouvoir être comme toi.

Elle m'attire contre elle. Je résiste, mais elle tire plus fort et je finis par m'écrouler sur ses genoux, blottie entre ses bras.

– Je ne savais rien, réplique-t-elle en remuant les lèvres tout contre ma tempe. Je ne savais pas ce que je voulais. J'étais terrifiée en permanence.

Je la sens frissonner en inspirant.

– J'étais tout le temps dans le brouillard. Et puis je n'avais plus ma mère, moi non plus, et je ne savais pas quoi faire sans elle.

– Alors pourquoi tu es partie sans moi ? Si tu savais comment c'est, pourquoi tu es partie ?

Je ramène mes jambes contre mon corps pour me rouler en boule serrée.

Elle garde longtemps le silence. Autour de nous, des gouttes d'eau tombent des branches et coulent sur les feuilles. De l'autre côté de la clôture, des Mudos s'approchent sans bruit dans la nuit en gémissant pesamment.

– Parce que je ne suis pas parfaite, Gabrielle, dit-elle finalement. Moi aussi, je fais des erreurs. J'ai commis l'erreur d'abandonner mes amis dans la Forêt. J'ai commis l'erreur d'être égoïste. J'aurais dû retourner les chercher plus tôt. J'aurais dû faire plus d'efforts pour découvrir d'où tu venais.

Elle hausse les épaules, et je me rends compte que je retenais mon souffle.

– Tu n'es pas obligée d'essayer d'être parfaite, Gabrielle. Et il faut que tu arrêtes d'imaginer que je ne peux pas me tromper, moi aussi. C'est épuisant, quand tout le monde autour de toi s'attend à ce que tu sois parfaite. Et c'est trop lourd pour toi de t'infliger une telle pression.

Elle prend mon visage entre ses mains.

– Tu es humaine, Gabry. On est juste des êtres humains, toi et moi. Rien de plus. Mais aussi rien de moins.

Je hoche la tête en intégrant ce qu'elle me dit. D'une certaine manière, j'ai l'impression qu'elle me donne la permission de me pardonner à moi-même. De tirer un trait sur mes erreurs et sur mes peurs. Idée terrifiante : je m'y accroche depuis si longtemps que j'ai l'impression qu'elles font partie de moi.

Ma mère sourit et ses yeux se plissent.

– Parfois, ce sont les erreurs qui se révèlent être les

meilleurs moments de la vie. Si je n'avais pas commis d'erreurs, je serais restée dans mon village quand j'avais ton âge et j'aurais épousé Harry. Je n'aurais jamais trouvé l'océan, jamais voyagé.

– Et il en valait la peine, l'océan ? Tu penses que tu as eu raison de partir pour le chercher ? Tu n'aurais pas été heureuse si tu étais restée au village ? Si tu n'avais pas perdu ta mère et que tu avais fait ta vie avec Harry ?

– Oh, chérie ! dit ma mère d'une voix chagrinée. Je ne peux pas comparer les vies que j'aurais pu vivre. Dans l'une, j'aurais eu le confort et la sécurité. Mais l'autre...

Elle soupire.

– L'autre m'a donné plus d'amour, de douleur et d'émerveillement que je n'en avais jamais connus.

– Mais rien n'a changé, au bout du compte, je proteste en me contorsionnant pour voir son visage. Tu es encore ici, dans la Forêt. Tu es encore avec Harry. C'est comme si tout le reste – l'océan et moi – n'avait jamais existé.

Elle sourit.

– Avant, je croyais que l'océan serait un lieu intact, dit-elle avec une note de regret dans la voix. Un lieu d'où la mort et les Damnés seraient absents. Et puis quand je suis arrivée là-bas et que j'ai vu les morts sur la plage...

Elle soulève une épaule.

– ... j'ai compris que je devais accepter le monde tel qu'il est. Que je devais passer à autre chose.

– Et tu l'as fait ?

Elle se tait un moment pour réfléchir.

– Je ne sais pas. À terme, oui. Il m'arrive encore de repenser à ce que j'ai éprouvé la première fois que j'ai vu l'océan qui s'étalait devant moi. Quand j'ai su qu'il existait et que j'avais eu raison d'y croire.

« Ça a tout changé, Gabrielle. Moi, j'ai changé. Harry a changé. Si on avait été ensemble depuis le début… ce ne serait pas pareil. Je n'ai plus besoin de Harry pour me compléter, j'ai juste besoin qu'il soit avec moi.

Je tourne la tête pour voir les étoiles, qui apparaissent par un trou entre les nuages. Je ne suis pas sûre de comprendre la différence.

– Tu ne peux pas baisser les bras, Gabrielle, reprend ma mère d'une voix plus légère que l'air. Tu ne peux rien abandonner. Ni le sentier, ni tes amis.

Elle marque un temps d'arrêt, puis conclut :

– Ni ta famille.

Je m'écarte d'elle, j'enroule les bras autour de mes jambes et je les serre contre moi.

– Tu parles d'Annah, dis-je.

Elle se penche vers moi.

– Non, je parle de moi. Je ne suis pas quelqu'un de parfait, Gabry. J'ai commis des erreurs et je vais continuer à en faire. Et toi aussi. Tout comme Harry, Élias et Catcher.

Je regarde fixement mes doigts. Je les entortille et j'appuie sur mes ongles pour les regarder blanchir. Je pense à Élias, qui s'en veut encore de m'avoir perdue. Et d'avoir perdu Annah. Qui semble avoir si peur de commettre une nouvelle erreur avec moi. Je songe que j'avais peur de me laisser aller avec lui. J'avais peur de prendre la mauvaise décision.

Ma mère pose sa paume à plat contre la mienne.

– Ce monde n'a jamais été parfait. Et ne le sera jamais.

Ça va être dur, ça va être effrayant et, si tu as de la chance, ça va être merveilleux et surprenant. Mais il faut tenir le coup pendant les mauvais moments pour arriver aux bons moments.

– Et s'il n'y a pas de bons moments ? je réplique, la gorge à nouveau nouée par les larmes. Peut-être que je les ai déjà tous vécus et qu'il ne reste rien de bien pour moi !

Ma mère part d'un rire bas et rauque.

– Fais-moi confiance, il t'en reste plein. Parfois, il suffit de prendre un risque pour vivre un de ces moments-là. De sortir de son petit cocon protégé.

J'avale ma salive. Ce que ses paroles me font entrevoir me fait battre le cœur.

– Et si j'ai trop peur ?

Elle me regarde longuement.

– J'ai passé mon enfance entourée de clôtures. Tout ce qu'on apprenait, tout ce qu'on savait était limité. Les Sœurs savaient qu'il y avait un monde en dehors de notre village, mais nous faisaient croire que nous étions le dernier. Elles contrôlaient rigoureusement chaque aspect de notre vie en nous répétant que croire autre chose que ce qu'elles nous enseignaient, ça mettait carrément en danger notre existence.

Elle glisse une mèche derrière son oreille. Elle ne m'avait jamais rien dit de tout ça. Elle m'a raconté des histoires sur son enfance dans la Forêt, mais elle ne m'avait jamais parlé de son éducation. J'ai l'impression d'entrevoir une facette secrète, non pas de ma mère, mais d'une fille qui a eu mon âge autrefois. Qui a connu les mêmes peurs que moi.

– J'ai voulu que ta vie à toi soit différente, Gabrielle,

continue-t-elle. J'ai connu le danger et la peur tous les jours, alors j'ai voulu que toi, tu aies une enfance protégée. Je pensais qu'en t'élevant au phare, d'où tu pouvais voir au-delà de la Barrière – voir qu'il y avait un monde là-bas, dehors –, je te donnerais envie de chercher plus loin. Peut-être que j'ai eu tort. Peut-être que je n'ai fait que t'apprendre à avoir peur de tout ce qui n'est pas sans risque.

« Peut-être qu'on vivra toujours dans un monde bardé de clôtures, dit-elle en désignant d'un geste le grillage qui borde le sentier. Mais elles sont là pour empêcher les Damnés d'entrer. Pas pour t'empêcher de sortir.

Pendant que ses paroles résonnent dans ma tête, j'acquiesce. Et on reste assises ensemble un moment, à écouter les Mudos secouer les clôtures et l'eau goutter dans la nuit. Enfin, elle se lève et m'aide à me remettre debout, et on repart sur le sentier en direction du matin.

XLIII

C'est le lendemain, en milieu de journée, qu'on aperçoit les Patrouilleurs pour la première fois ; ils ne sont pas loin derrière nous. En se retournant, une fois parvenus en haut d'un nouveau sommet, on les voit descendre en zigzag la montagne qui est en face, de l'autre côté de la vallée.

Quand le soir approche, il nous arrive parfois de les entendre. Leurs vociférations arrivent jusqu'à nous, mêlées au vacarme des Mudos.

Catcher ne s'est pas montré depuis qu'il m'a quittée, hier matin. J'ai peur qu'il soit plus gravement blessé que je ne l'ai cru et qu'il ne prenne pas soin de lui. Qu'il soit seul dans la Forêt, en train de mourir. Je m'enfonce les ongles dans les paumes et j'essaie d'arrêter de penser à lui, mais je n'y arrive pas.

– On devrait peut-être se séparer, suggère Harry quand l'obscurité s'épaissit, nous obligeant à ralentir.

Il regarde dans la vallée, derrière nous, où on voit une file de torches qui avancent à une allure régulière. Odys s'appuie contre sa jambe et laisse échapper un petit jappement plaintif, comme s'il sentait notre angoisse.

– Non, dit ma mère – et on continue à marcher, un peu plus épuisés à chaque pas.

Élias passe en tête. Ma mère et Harry se retrouvent un peu à la traîne. Je me sens mal à l'aise en compagnie d'Élias. Je ne sais plus quoi lui dire, tout d'un coup. Il me jette des coups d'œil en marchant et, quand il m'entend trébucher, il bondit à chaque fois, en me tendant sa main robuste. Il me remet d'aplomb, puis reporte son attention sur le sentier. Je me reproche amèrement de l'avoir repoussé tant de fois tout à l'heure, et je me demande si j'ai tout gâché définitivement entre nous. Mais ensuite, je me rappelle toutes les fois où c'est lui qui m'a repoussée, alors je pince les lèvres et je continue à marcher.

Mais une fois, il ne se détourne pas. Il reste face à moi, avec mon coude entre ses doigts. Ça me donne des frissons dans tout le bras de sentir ses mains sur moi.

– Gabry, dit-il.

Je le vois à peine dans l'obscurité, je ne peux que le sentir, lui et la bulle de chaleur qui l'enveloppe, et scruter les contours brouillés de son corps à l'endroit où il s'efface dans la nuit. Élias se penche vers moi. Je sens qu'il cherche ses mots. J'attends en retenant mon souffle.

Mais il se contente de secouer la tête et de s'écarter en relâchant lentement mon bras. J'ai envie de crier son nom. De lui dire de ne pas s'en aller. Il se fige un moment, les yeux fixés sur moi.

– Je suis désolé, commence-t-il. Je n'aurais pas dû…

Je ne bouge pas. Je ne respire plus. J'attends. J'espère.

Quelque chose change dans son expression ; l'hésitation disparaît. Il revient vers moi d'un pas décidé et enveloppe ma nuque dans sa main. J'inspire vivement. Son visage est à quelques centimètres du mien.

– Je ne suis pas Catcher, dit-il.

Ses doigts s'enfoncent dans ma peau.

– Je ne te connaîtrai jamais aussi bien que lui. Je n'étais pas là pendant toutes ces années. Je ne connaîtrai jamais celle que tu étais avant cette histoire.

Son pouce glisse derrière mon oreille et mon cœur se met à palpiter dans ma poitrine.

– Mais tu n'es plus la même. Tu n'es plus la fille que tu étais avant et lui, ce n'est plus le même garçon non plus. On a tous changé. Tout a changé, dans notre univers. Rien ne sera plus jamais pareil.

Il hésite.

Je sens des picotements d'anticipation dans tout mon corps.

– Je suis désolé de t'avoir abandonnée dans les bois quand on était petits, lâche-t-il. Je suis désolé de ne pas avoir été là toutes ces années. Je suis désolé de ne pas avoir été là pendant ton enfance et je suis désolé que tu n'aies pas pu la vivre avec ta famille. J'étais censé m'occuper de toi et je ne l'ai pas fait. Je t'ai laissée tomber. Mais je suis là, maintenant. Je sais qui tu es *maintenant*. Je sais qui tu es devenue. Tu n'es pas Annah. Tu n'es même pas Abigail – tu es Gabrielle.

Je repense à ce que ma mère m'a dit hier soir – qu'aucun de nous n'est parfait. Qu'on commet tous des erreurs. Et que parfois, ces erreurs rendent notre vie plus riche. Je n'aurais jamais vu l'océan si on ne m'avait pas égarée dans la Forêt quand j'étais petite. Je n'aurais pas passé mon enfance avec ma mère ni connu Cira et Catcher. Si je suis celle que je suis aujourd'hui, c'est à cause d'Élias. Ou grâce à lui.

Il ajoute tout bas, en me soufflant son haleine tiède au visage :

– Et tu es celle que je veux.

Là-dessus, il effleure mes lèvres du bout des siennes.

Sans me laisser le temps de réagir, de dire quoi que ce soit, il glisse une main dans mes cheveux.

– Je sais que pour toi, tous les changements de ces dernières semaines ont été une catastrophe. Mais pour moi...

Il marque un temps d'arrêt, pose son front dans le creux de mon cou.

– Avant toi, dans ma vie, il n'y avait que l'errance, la solitude et la mort. Maintenant, avec toi, je vois s'ouvrir de nouveaux horizons.

Il se redresse pour me regarder dans les yeux.

– Je suis en train de tomber amoureux de toi, Gabrielle. Pas de la fille que tu étais avant, mais de *toi*.

Il met la main sur ma poitrine. Ses paroles allument un feu dans mes veines, qui explose dans mon cœur. Je ne peux pas m'empêcher de me pencher vers lui ; je sens sa main appuyer sur ma cage thoracique.

– On passe trop de temps à avoir peur des Damnés, à s'inquiéter des clôtures et à s'interroger sur le passé, souffle-t-il avec ferveur. On ne bâtit jamais rien de nouveau. On se contente de regarder tout ce qui date d'avant s'écrouler autour de nous.

Ses yeux sont si clairs dans l'obscurité, si brillants que

j'ai l'impression d'être dans le faisceau de lumière du phare. Je hoche la tête parce que oui, je comprends ce qu'il est en train de dire ; j'ai eu le même sentiment.

– Moi, je veux autre chose, murmure-t-il.

Il se penche vers moi. Je retiens mon souffle.

Je sens quelque chose gonfler, monter en moi. Le désir d'être quelqu'un, de faire quelque chose de grandiose. L'idée que oui, je suis capable de changer en bien.

– On peut faire tellement mieux, ajoute Élias, la bouche à un millimètre de la mienne.

J'ai l'impression que tout change, que les pièces qui n'allaient pas ensemble se tournent et trouvent enfin leur place. La terreur qui m'étouffait et m'embrouillait l'esprit commence à s'estomper, à disparaître dans la nuit.

– Moi aussi, je veux autre chose, dis-je à voix basse. Je ne veux pas me contenter de regarder derrière moi et de regretter ce qui existait avant ou ce qui aurait pu se passer. Ce que j'ai été ou ce que j'aurais pu être. Je veux…

Je me lèche les lèvres ; je sens son goût sur ma langue.

– Je veux être avec toi.

Je sens qu'il sourit contre ma bouche. Il m'embrasse dans le noir et j'enroule les bras autour de lui. Je sens son envie de me protéger, je sens les muscles de ses épaules qui ondulent, sa main qui appuie sur mon dos. Mais je sens aussi ma propre force, ma propre détermination. J'ai enfin le sentiment de m'être trouvée.

Il s'écarte de moi avec un sourire qui rayonne dans la nuit, et je ne peux pas m'empêcher de rire parce que je sais que mon sourire est aussi éclatant que le sien. Il se met à marcher à reculons sur le sentier en me regardant avec des yeux brillants. L'air vibre entre nous.

Et tout à coup, mon premier baiser avec Catcher ne compte plus. Tout à coup, je ne suis plus que dans l'ici et maintenant, avec Élias et ce qu'on pourrait vivre ensemble.

Jusqu'à présent, je me croyais prête à tout donner pour revenir au moment clé de notre soirée au parc d'attractions. Pour sauver Catcher. Pour nous sauver tous. Mais maintenant, je n'en suis plus si sûre.

– Gabry, dit Élias.

Il me tend la main. Je souris, me délectant à l'avance de sentir sa peau contre la mienne. Avec un sourire espiègle, il s'éloigne au fur et à mesure que je m'approche et attend que je lui coure après. Ensuite, il se volatilise. Un pas de plus et il n'est plus là.

Je me fige, les yeux écarquillés, sans comprendre comment il a pu disparaître aussi subitement. Puis j'entends un cri. Je me précipite dans l'espace que son corps occupait il y a une seconde. Là, il n'y a rien, mes orteils se recroquevillent sur le vide. Je manque dégringoler dans l'abîme, mais je parviens à me redresser et à reculer à temps.

– Élias ! je hurle.

Je m'avance en rampant et je tâtonne, les mains tremblantes. Enfin, je sens le bout du sentier, là où il s'arrête sur un à-pic. Tous les sons se fondent en un unique rugissement qui retentit à mes oreilles. L'air a un goût anormal, un goût de sel et de pourriture. Je tends le cou pour regarder en bas. Le sol s'effrite sous mes bras.

J'avale ma salive.

– Élias !

J'ai la voix qui se brise. La panique m'envahit. M'étouffe, me comprime. Le rugissement devient trop bruyant – je n'entends plus rien. Ni mes cris, ni mon cœur, rien.

Je tends la main, terrifiée, pour tâter l'air. Pour essayer d'attraper Élias, comme s'il était presque à ma portée. Je me penche davantage au-dessus du vide.

– Élias !

Une main m'empoigne la cheville. Me tire en arrière. Je hurle et je décoche des coups de pied, affolée. Jusqu'à ce que je sente la chaleur, la peau brûlante de Catcher. Il a une respiration hachée et je vois qu'il est livide malgré l'obscurité. J'essaie de m'écarter de lui en roulant sur le côté, mais il retient fermement mes jambes au sol.

– Ne bouge pas, dit-il.

Je hoche la tête, le cœur battant. En me demandant d'où il vient, comment il est arrivé ici et pourquoi il est là. S'il nous observait, nous écoutait pendant tout ce temps. Il rampe à côté de moi jusqu'à ce qu'il puisse avancer son torse au-dessus du gouffre noir.

– Élias ! appelle-t-il.

Je me remets debout et je m'éloigne du bord du sentier.

– Il faut que tu ailles le chercher, Catcher, dis-je d'une voix suppliante. Il s'en est sorti, c'est obligé. Il faut que tu vérifies qu'il s'en est sorti.

Je n'ai qu'une seule image en tête : le visage d'Élias juste avant sa chute. Si seulement j'avais cherché à le prendre dans mes bras. Si seulement j'avais dit quelque chose, n'importe quoi. Je ferme les paupières de toutes mes forces en essayant de chasser cette idée.

Les mêmes mots tournent inlassablement dans ma tête : « Élias n'est plus là, Élias n'est plus là, Élias n'est plus là. »

J'ai les mâchoires tellement crispées que j'ai mal aux dents. Élias n'est plus là. Il m'a dit qu'il m'aimait et maintenant il n'est plus là.

Ensuite, j'entends quelque chose. Un son presque inexistant, mais j'arrive à le discerner. C'est un peu comme quand on sent le bourdonnement du moustique avant qu'il vous pique, le soir. Je reviens précipitamment au bord du gouffre.

– Élias ! je m'égosille.

Catcher tend un bras pour me retenir.

J'enfonce les doigts dans la terre et je retiens mon souffle. J'attends. Je l'entends.

– Élias ! j'appelle une fois de plus. Élias, ça va ? T'es où ? Qu'est-ce qui s'est passé ?

Quand il me crie sa réponse, il a une voix crispée.

– Je suis accroché à quelque chose. Je ne vois rien.

Folle de soulagement, je ravale mes sanglots.

– Ça va ?

Il hésite. Dans le silence, je n'entends plus que les gémissements des Mudos, de l'autre côté de la clôture qui borde le sentier.

– Élias ! j'appelle encore, affolée à l'idée qu'il soit tombé encore plus bas ou qu'il ait perdu connaissance.

– Je suis là, Gabry, marmonne-t-il.

Il paraît affaibli, maintenant. Et je ne sais pas pourquoi il ne me dit pas si ça va.

Je me tourne vers Catcher et je l'attrape par sa chemise.

– Il faut que tu ailles le chercher ! je souffle, désespérée.

Je sais ce que ça représente. Je sais que je lui demande de risquer sa vie pour un autre garçon qui m'aime. Pour celui que je lui ai préféré.

– S'il te plaît, Catcher, je t'en supplie, il faut que tu m'aides à le tirer de là.

XLIV

Catcher n'hésite pas. Il hoche la tête et saute par-dessus la clôture qui borde le sentier, puis s'enfonce en courant dans le bois. Je regarde autour de moi et je fouille le sol des mains pour tâcher de trouver quelque chose d'utile. Quelque chose qui puisse nous aider à remonter Élias. Mais il n'y a rien. De chaque côté de moi, la clôture s'arrête, tout simplement, et le sentier plonge dans le néant.

Catcher revient avec le peu de bois sec et de feuilles qu'il a pu trouver. Harry et ma mère nous rattrapent enfin ; ils l'aident à disposer tout ça pour tenter d'allumer un petit feu qui puisse nous éclairer. Odys tourne autour d'eux, essayant de refouler Catcher vers le grillage, puis finit par venir s'asseoir à côté de moi en geignant et en poussant sur ma main avec sa truffe froide.

Je m'allonge au bout du sentier, la tête au-dessus du vide. Le vent plaque mes cheveux sur ma bouche et les enroule autour de mon cou.

– Élias, tu m'entends ? je lance.

En tendant l'oreille, je perçois un grognement. Derrière moi, les autres marmonnent en tâchant désespérément d'obtenir une petite flamme, d'allumer le feu. Mais tout est humide à cause de la pluie.

– Tiens bon, Élias, lui dis-je. Écoute-moi, s'il te plaît. Il faut que tu t'accroches. Fais-le pour moi. S'il te plaît. Pour moi. Je suis désolée.

J'aurais dû l'attirer contre moi. J'aurais dû l'attraper et l'embrasser à nouveau. Il ne serait pas tombé, alors.

Je ferme les yeux et je fais le vœu que le soleil revienne. Dire que j'ai si souvent demandé à la terre de tourner moins vite, de me ramener en arrière – et maintenant, je l'exhorte à précipiter l'aube.

Un peu plus bas, dans le noir, un bouillonnement gronde, chose que je n'avais pas encore entendue jusqu'à maintenant. On dirait qu'un fleuve rapide coule au pied de la falaise. Le bruit s'estompe et se mêle aux gémissements des Mudos qui retentissent autour de nous, et qui poussent Odys à faire des allées et venues en trottinant, nerveux. Je n'entends plus Élias. L'angoisse me rend fébrile.

C'est presque l'aube, je le sens au goût piquant de l'air, je l'entends aux frémissements des oiseaux qui commencent à s'agiter dans les arbres. D'un instant à l'autre, le jour va se lever et nous apporter la lumière dont nous avons besoin.

– Il faut qu'on se dépêche ! je lance par-dessus mon épaule.

Je reporte mon attention sur le feu et je vois Catcher souffler sur les braises. Le ciel commence déjà à s'éclaircir. J'essaie d'apercevoir Élias, mais je ne distingue toujours rien, à part le bord flou de la paroi rocheuse et le vague contour de mes mains quand je les tends dans le vide.

Enfin, Catcher enveloppe deux branches dans une chemise de rechange tirée du sac de ma mère et les allume dans le feu. Il en garde une et tend l'autre à Harry, qui le suit au bout du sentier.

Catcher abaisse sa torche dans la semi-obscurité et balaie la paroi rocheuse. Mon souffle me reste coincé dans la gorge quand je vois enfin Élias en bordure du rond de lumière.

– Je peux descendre jusqu'à lui, dis-je en passant les jambes dans le vide.

Mais Catcher me retient.

Le ciel s'illumine déjà à l'horizon. Il suinte sur la montagne qui est de l'autre côté de la vallée, en face de nous, la baignant lentement de lumière.

Je regarde Catcher, prête à lui dire de me lâcher, mais il y a quelque chose, dans son expression, qui me retient. Tremblant, il tend la main vers la torche de Harry, dont les flammes s'étirent et dansent. Il tient les deux torches au-dessus du vide, puis les lâche.

En tombant, les flammes ressemblent à deux oiseaux blessés. Et juste avant qu'elles s'éteignent, on voit tous qu'il y a du mouvement, en bas. Un bras qui se déplie, une mâchoire qui claque.

Parmi nous, personne ne bouge. On ne respire plus, on ne dit pas un mot. Juste en dessous de l'endroit où gît Élias, retenu par un reste de la clôture, des Mudos tendent les bras vers lui, grattent la terre de l'escarpement avec les doigts. Je ne sais pas combien il y en a mais, pour le moment, ils ne peuvent pas l'atteindre.

– Élias, ne bouge pas ! dis-je en sachant que ma voix n'est pas assez forte pour parvenir jusqu'à lui.

Je vois le sang qui passe à travers sa chemise, coule le

long de son bras et goutte sur les Mudos déchaînés, en dessous de lui.

Sans détacher les yeux d'Élias, comme si mon regard pouvait le protéger, j'agrippe le bras de Catcher ; mes doigts lui mordent la peau comme une pince.

– Il faut que tu l'aides.

La terre continue à tourner, à nous rapprocher du jour, et il y a plus de lumière quand Catcher se glisse dans la descente abrupte. Je distingue déjà un peu mieux ce qui nous entoure ; je vois qu'un pan de la montagne s'est décroché. Des arbres déracinés sont empêtrés dans ce qui reste de la clôture qui bordait le sentier, et dont les fragments jonchent l'escarpement.

Élias est couché contre une portion de clôture coincée entre deux arbrisseaux d'aspect fragile, à cinq ou six mètres de nous. Un peu plus bas, les Mudos s'efforcent de parvenir jusqu'à lui, les doigts écorchés et ensanglantés à force d'essayer d'escalader la roche terreuse. Je retiens mon souffle, espérant que ce versant est trop à pic pour que les Mudos rejoignent Élias.

Catcher descend vers lui en s'accrochant à des racines et des buissons, quand son pied dérape. Je me plaque une main sur la bouche pour m'empêcher de lui crier de faire attention. Et de supplier Élias de me dire qu'il va bien. Mais lorsque le ciel s'éclaircit, je vois qu'il est tout blanc, qu'il fait une grimace de douleur et qu'il a la jambe tordue selon un angle qui n'a rien de naturel.

À partir de cet instant, je n'ai plus qu'un désir au monde : qu'Élias s'en sorte. Des pierres roulent sous les pieds de Catcher et rebondissent dans la descente ; certaines frappent des

Mudos avant de tomber dans l'obscurité de la vallée. Catcher dérape à nouveau et trébuche sur quelques pas avant de pouvoir s'arrêter en s'accrochant à un arbuste.

Je ferme les yeux. Je ne peux pas voir ça. Je sais que mon cœur va cesser de battre s'il arrive quelque chose à Catcher ou à Élias. J'entends d'autres pierres et d'autres mottes de terre rouler au pied de l'escarpement ; j'entends Odys chouiner et Harry marmotter quelque chose qui ressemble à une prière.

Mais tout ce que je fais, c'est penser à Élias ; c'est me remémorer le goût de ses lèvres sur les miennes. Je n'entends plus que le son de sa voix quand il m'a dit qu'il voulait être avec moi. Et je sens de tout mon être que je suis profondément attachée à lui et que j'ai le besoin désespéré qu'il s'en sorte.

Enfin, j'entends ma mère pousser un soupir de soulagement et j'ouvre les yeux. Élias est allongé par terre, et Catcher est debout à côté de lui, essoufflé et en sueur après l'avoir ramené en haut de l'escarpement. Incapable de faire autre chose, parce que je n'ose pas m'approcher, je regarde Élias avec des yeux écarquillés. Et sa jambe, qui n'a pas l'air normale. Qui est tordue, sans doute cassée. Et son visage, qui est livide et empreint de douleur.

Ma mère lui ôte sa chemise tachée de sang et la tend à Catcher pour qu'il la presse contre une large entaille qu'Élias a dans le flanc. Harry fouille dans les sacs en quête d'eau et de vêtements supplémentaires à déchirer pour faire de la charpie. Ma mère court au feu mourant et prend deux bouts de bois qui n'ont pas servi. Elle les pose à côté de la jambe d'Élias, l'air sombre. Elle met une main sur sa cheville et l'autre sur son genou. Elle inspire profondément, puis j'entends un crac. Je vois Élias ouvrir des yeux ronds, se tendre et tressauter.

Les Mudos poussent sur la clôture quand ils flairent l'odeur de ce sang tant recherché. Leurs gémissements se mêlent aux échos qui remontent de l'à-pic et tourbillonnent autour de nous, alors ça devient difficile de réfléchir.

– Il va s'en sortir ? je demande tout bas, en tâchant de ne pas gêner ma mère pendant qu'elle travaille sur les blessures d'Élias.

Personne ne me regarde. Personne ne répond. Élias halète bruyamment et grogne de douleur.

Je pense aux coupures que Cira avait sur les avant-bras. C'est parce qu'on était dans la Forêt qu'elles se sont infectées, provoquant cette septicémie qui aurait dû la tuer. Qui pourrait tuer Élias aussi, s'il n'a pas déjà perdu trop de sang. Je déglutis encore et encore, en essayant de chasser ces pensées de mon esprit. De me concentrer sur l'ici et maintenant et de ne pas m'inquiéter de la suite. Parce que je ne sais pas trop ce qui peut suivre, pour nous. Étant donné l'état de sa jambe. Et la progression des Patrouilleurs, qui sont tout près derrière nous.

Je regarde fixement le sang d'Élias qui goutte sur le sol. J'ai envie de le ramasser et de le forcer à retourner dans son corps. Je ferais n'importe quoi pour arranger sa situation.

– Viens prendre la relève, me dit ma mère en montrant ce que fait Catcher.

Je m'agenouille à côté d'elle.

– Appuie là, bien fort.

Elle met mes mains sur la chemise. Je hoche la tête.

Le sang d'Élias a déjà rendu le tissu humide et tiède. Ma mère emmène Catcher voir Harry, plus loin sur le sentier, et ils parlent à voix basse. Même si je ne les entends pas, je comprends ce qui se trame à leur façon de se tenir et de bouger.

Ils essaient de trouver quoi faire. Il n'y a aucune chance qu'Élias puisse marcher.

Je reste seule avec lui, à le sentir saigner contre moi. Et avec le bruit des Mudos qui grattent les clôtures. J'essuie ma joue sur mon épaule – larmes, transpiration et douleur. Odys est couché à côté de moi comme pour me réconforter. Je sens sa chaleur apaisante sur ma jambe.

J'examine le visage d'Élias, grimaçant et rouge. Je lui prends la main et je m'approche de lui.

– Élias ? je murmure.

Je ne veux pas y croire. Même si on fabriquait quelque chose pour le transporter, je suis pratiquement certaine qu'il ne pourrait pas continuer le périple. Ses blessures sont trop sérieuses. Il ne tiendrait pas le coup.

Je ne sais même pas si on va pouvoir aller plus loin, de toute façon, maintenant que le sentier s'est effondré.

Élias entrouvre un œil, dont la clarté m'engloutit. Les muscles contractés, il est tout entier replié sur sa douleur.

– Il faut que tu t'en ailles, dit-il en articulant à peine. Les Patrouilleurs.

Je secoue la tête, les épaules voûtées, tout en essayant de reprendre mon souffle. J'ai les yeux pleins de larmes, mais je ne veux pas qu'il les voie. Je dois être forte pour l'aider ; j'ai besoin qu'il garde espoir.

– Ça va aller, dis-je.

– Dis-leur de t'obliger à partir, insiste-t-il.

Il pousse sur mon épaule. Ma main se détache de la compresse improvisée que je lui appuie sur le flanc.

– Catcher ! s'égosille Élias.

Catcher accourt. Je fais non de la tête et je me bagarre avec Élias.

– Arrête !

Il dépense trop d'énergie, il risque d'aggraver son état.

– Emmène-la, dit Élias à Catcher d'une voix pressante, les yeux écarquillés. Il faut que tu l'obliges à partir. Les Patrouilleurs se serviraient d'elle pour te contrôler. Tu ne peux pas les laisser arrêter l'un de vous deux.

Catcher me regarde, mais j'ai les yeux fixés sur Élias et les mains appuyées contre son flanc. Il n'est pas question qu'il me chasse. Comme Catcher l'a fait. Je ne lui permettrai pas de renoncer à moi.

– Je ne bougerai pas d'ici, je déclare.

Élias tourne la tête vers Catcher.

– Je suis un Patrouilleur. Laissez-moi ici. Ils s'occuperont de moi. Ils sont obligés. Ça fait partie du serment.

– Tu n'appartiens plus à leur régiment ! je proteste.

Le désespoir m'envahit. Je le transforme en colère pour ne pas être engloutie. Parce qu'il a raison. Il ne peut pas continuer à avancer avec nous et il a besoin d'aide.

Élias empoigne Catcher par le bras.

– Ils seront obligés de me ramener à Vista, ça vous fera gagner du temps.

– Le sentier s'arrête ici, je rétorque. On ne peut pas aller plus loin.

– Il continue forcément. Annah et moi, on s'est échappés

par les montagnes. Vous trouverez un moyen. Vous n'avez pas le choix.

– On ne te laissera pas ici.

Je serre les dents, décidée à arranger les choses d'une manière ou d'une autre.

– On ne te laissera pas ici tout seul. Et si tu te trompais ? Et s'ils essaient de se servir de toi pour atteindre Catcher ?

– Ça vaut mieux que si c'était toi, dit-il dans un souffle.

XLV

Une ombre tombe sur moi, sur le visage d'Élias.

– Nous allons rester avec lui, annonce Harry d'une voix douce.

Ma mère s'accroupit et me pose une main sur l'épaule.

Je secoue la tête, désespérée.

– Non ! Je ne partirai pas. Je ne le quitterai pas.

Je me penche de nouveau vers Élias.

– Je ne te quitterai pas, dis-je encore d'une voix brisée. Je veux partir avec toi.

– Je ne peux pas marcher, Gabrielle, argumente Élias. Je ne peux pas partir avec toi. Tu ne sais pas ce qu'ils pourraient te faire pour atteindre Catcher. Moi si ! Il faut que tu t'en ailles d'ici.

Son souffle me brûle le visage.

Je sais qu'il a raison. Je sais que je dois le quitter. Mais je voudrais juste un peu plus de temps avant qu'on soit forcés de se séparer.

– Catcher, dit Élias en tournant la tête vers lui. Prends soin d'elle.

Catcher acquiesce.

Je ferme les yeux. J'ai le tournis. Tout va trop vite.

Élias prend ma main entre les siennes.

– Trouve Annah, dit-il avec douceur.

Craignant de hurler de douleur, je me mords la lèvre inférieure.

– Je ne veux pas te quitter. Et si on n'arrive pas à sortir de la Forêt ?

– Vous y arriverez, m'assure-t-il en me mettant une main sur la joue. Les sentiers finissent toujours par mener à l'extérieur. Fais-moi confiance.

– C'est pas ça qui était censé se passer, dis-je en pressant ma bouche contre la sienne.

Je sens le goût de sa souffrance et de son désespoir, qui se mêlent aux miens.

– Je ne suis pas prête. Je n'y arriverai pas sans toi. J'ai trop peur.

Il sourit.

– Dit la fille qui a nagé dans l'océan !

– Mais tu étais avec moi.

– Tu as survécu dans la Forêt toute seule, ajoute-t-il.

– C'était pas pareil, ça, je murmure. Je ne savais pas qu'il fallait avoir peur.

– Tu te souviens quand je t'ai dit qu'il n'y a pas de différence entre les Mudos et nous ?

Je hoche la tête.

– C'est parce qu'ils survivent, dit-il.

– Mais ils n'ont pas de sentiments. Ils n'ont pas de mémoire.

Je sombre dans le désespoir total.

Il m'embrasse sur la mâchoire, au coin de la bouche, sur l'oreille.

– Je te promets que je te retrouverai une fois de plus, chuchote-t-il. Je te promets que je me souviendrai de toi. Et je te promets que je continuerai à t'aimer.

Je lui donne un dernier baiser. Peu importe que Catcher, Harry et ma mère soient là pour nous voir. Rien d'autre ne compte qu'Élias. Je voudrais l'envelopper dans mon amour et mes espoirs, pour le guérir. Faire en sorte que tout ce qu'il a dit avant soit vrai, comme s'il suffisait de souhaiter quelque chose assez fort pour que ça se réalise.

Parce que je veux être avec Élias. Plus que tout au monde, je veux être avec lui, maintenant et pour toujours. Rien ne peut changer ça.

J'enfouis mon visage dans son cou pour le sentir, renifler son odeur, goûter sa peau. Ensuite, je me détache de lui en me demandant s'il y a le moindre espoir qu'on se retrouve, lui et moi.

– Il faut que vous partiez, dit Harry. Les Patrouilleurs ne sont plus très loin. J'entends déjà leurs cris parmi les arbres.

Il me serre dans ses bras et me tend un sac. Sa main s'attarde sur mon épaule.

Je me tourne vers ma mère, qui est à côté de lui. Odys est assis à ses pieds ; il fourre son museau dans ma main. Je lui gratte les oreilles. Je n'arrive pas à croire que je suis encore obligée de quitter ma mère.

– Qu'est-ce que je dois faire ? je lui demande d'une petite voix effrayée.

Elle pose les mains sur mes joues. Je pense à tous les moments de mon existence où on était seules, rien que nous deux contre le reste du monde. À tout ce qu'on a partagé dans la vie. Pourtant, j'ai le sentiment qu'un fossé s'est ouvert entre nous, un gouffre qui me fait prendre la mesure de tout ce que j'ignorais sur elle.

Je l'ai toujours vue comme ma mère, et pas comme une femme qui a été jeune comme moi.

– Rester en sécurité, me répond-elle finalement. Aimer. Survivre. Rire et pleurer, lutter, échouer dans certaines occasions et réussir dans d'autres. Insister.

Elle sourit et ajoute d'une voix mouillée :

– Et toujours te rappeler que tu as une mère qui t'aime.

Je pose les mains par-dessus les siennes.

– Et toi, ça va aller ?

J'ai peur de ne pas la revoir. Je me dis que j'aurais dû m'occuper mieux d'elle.

– Et s'ils te font des ennuis parce que tu es partie ? Parce que tu es allée de l'autre côté des clôtures ?

Elle passe le pouce sur ma joue pour essuyer les larmes.

– Ça va aller, Gabrielle. Ne t'inquiète pas pour moi – c'est à moi de m'inquiéter pour toi, pas le contraire. Je vais enfin pouvoir montrer l'océan à Harry, ajoute-t-elle. Je veillerai sur Élias. On te retrouvera. Je ne lâcherai pas ma petite fille chérie aussi facilement.

Ce ton à la fois irrévocable et plein d'espoir me brise le cœur. On se regarde dans les yeux ; aucune de nous ne veut être la première à se détourner. Ne veut être celle qui partira.

– J'ai quelque chose pour toi, dis-je, essayant de retarder l'inévitable.

Je plonge la main dans mon sac et je caresse la reliure cassée du livre qu'elle a laissé tomber en fuyant le village. Je le sors, avec ses feuilles aux bords irréguliers et craquelés, et je le lui donne.

Elle inspire vivement et se plaque une main sur la bouche, les yeux écarquillés de surprise.

– Je n'ai pas pu tout sauver, lui dis-je. Mais j'ai réussi à ramasser quelques pages.

Elle tend les mains pour le prendre, en tremblant. Elle le serre contre elle et passe le bout des doigts sur les mots délavés tamponnés sur la couverture.

– C'est tout ce qui nous reste du Retour, dit-elle. C'est l'histoire du village. De tous ceux que j'ai connus.

– Je sais, je souffle. J'en ai lu une partie. J'avais juste…

Je baisse les yeux.

– J'avais besoin de savoir.

Elle me regarde.

– Merci, chuchote-t-elle.

À une certaine distance, j'entends les Patrouilleurs vociférer. Ils se rapprochent. Le soleil se lève au-dessus de la montagne, à l'autre bout de la vallée, nous pressant de nous mettre en route.

Catcher se tient au bord de l'à-pic où Élias est tombé ; Odys gronde chaque fois qu'il essaie de venir près de nous.

– Je crois qu'il n'y a que le haut qui s'est décroché. Je vois l'endroit où le sentier redémarre, dit-il. Au milieu de la pente. Je pense qu'on peut y arriver.

Je me tourne de nouveau vers Élias, qui a les yeux fermés de douleur et le front couvert de sueur. Je passe le bout des doigts sur ses lèvres, sa mâchoire, et il me regarde avec un petit sourire.

Il me pose un doigt sur le menton et me baisse la tête pour me forcer à le regarder.

– Je t'ai déjà retrouvée une fois, dit-il. Je te promets de te retrouver encore. Quand tu sortiras de la Forêt, va à Villenoire.

Il dégage de son cou le cordon en cuir avec un médaillon en métal portant le sceau des Patrouilleurs. Pour la première fois, je remarque les nombres minuscules gravés de l'autre côté. Il me le passe par-dessus la tête, où il s'enroule avec le collier au superhéros que Cira m'a donné.

– Je suis un citoyen, ça devrait t'y donner accès, continue-t-il. Je te promets de te retrouver.

Je commence à secouer la tête. Le monde est trop grand – c'est trop facile de se perdre. Mais il presse la main sur ma joue.

– Je ne suis pas en train de te lâcher, Gabry. Je ne te quitte pas. Je vais retourner à Vista, je vais faire le nécessaire pour guérir et puis je viendrai te chercher. Je te le promets. Attends-moi à Villenoire.

Il m'attrape les doigts avant que j'aie pu me lever.

– Je t'aime, Gabrielle, dit-il d'un air farouche. Je ne te perdrai pas une deuxième fois.

Dans ses yeux, je vois tout : la promesse de nos retrouvailles. Et à partir de cet instant, j'y crois.

Ensuite, Catcher apparaît à côté de moi. Il me tire le bras pour m'aider à me mettre debout, mais je me débats pour revenir auprès d'Élias et plaquer la bouche contre son oreille. Je veux lui dire que je ne peux pas supporter d'avoir à le quitter, mais je ne sais pas comment m'y prendre. Alors je me contente de dire « Je t'aime » et de le regarder fermer les yeux, une ombre de sourire sur les lèvres.

– Sauve-toi, dit-il.

Je hoche la tête et je m'éloigne jusqu'à ce que je sente Catcher à côté de moi. J'essaie de retenir le sanglot qui monte dans ma poitrine.

– Il va s'en tirer, me murmure-t-il.

J'ai envie de lui dire que je le sais, mais j'en suis incapable.

Le matin peine toujours à se lever ; le ciel commence à s'embraser sur les bords, mais il n'arrive pas encore à dissiper la brume qui flotte au-dessus de la vallée, un peu plus bas. On y voit à peine assez clair pour distinguer les vestiges du sentier au milieu de l'escarpement depuis là où on est. On dirait qu'un géant est passé par là et qu'il a tapé sur le flanc de la montagne avec sa grosse main, creusant un trou dans la terre, déracinant les arbres, écrasant les buissons, projetant de la boue et tordant les clôtures.

– Je crois que le sentier est encore intact, là-bas, dit Catcher.

Je hoche la tête, parce que je ne sais pas quoi faire d'autre.

Il y a des Mudos qui commencent à se rassembler en dessous de nous ; ils trébuchent sur les racines, dérapent sur les pierres qui se détachent, dégringolent dans les parties les plus raides et tombent dans le noir.

Je me retourne vers Élias allongé par terre, avec ma mère agenouillée près de lui. Il laisse sa tête retomber sur le côté et ses yeux s'entrouvrent. Il est tout blanc, les muscles contractés par la douleur. J'ai envie de retourner auprès de lui en courant, de glisser ma main dans la sienne et de subir à ses côtés le châtiment qui nous attend, quel qu'il soit.

– Sauve-toi, articule-t-il en silence.

En essayant de ravaler l'aigreur qui me brûle la poitrine, je me détourne de lui, je franchis le bord de l'à-pic pour me glisser sur la paroi et je commence la descente.

Catcher reste devant moi. Il teste la résistance des branches avant que je m'y accroche, me montre les racines où je peux caler mes pieds. Malgré tout, je fais plus de la glissade que de la varappe ; la terre est meuble et les pierres n'arrêtent pas de bouger sous mes pieds quand je crois avoir trouvé une prise solide.

Chaque fois que j'essaie de jeter un coup d'œil derrière moi, je dérape en m'éraflant les coudes sur la paroi et je me prends les jambes dans des ronces. On est bientôt essoufflés, Catcher et moi, et bien que le soleil n'ait pas encore fini de se lever, on est tous les deux trempés de sueur.

Chaque fois que je trébuche, il me répète :

– Tu vas y arriver, Gabry.

Je ne réponds pas, je tâche juste de rester concentrée et de trouver une prise, de me raccrocher à n'importe quoi pour éviter la chute.

Aux endroits où la pente est la plus raide, Catcher se laisse glisser le premier et me rattrape quand je dégringole à sa suite. On parvient sur une margelle étroite. Je jette un coup d'œil vers le haut de la paroi, à une vingtaine de mètres au-dessus de nous, et je vois ma mère debout au bord, les mains sur les hanches. Elle a le visage crispé par l'inquiétude et regarde par-dessus son épaule toutes les deux ou trois secondes. Les Patrouilleurs doivent être tout près. Je me demande si on va pouvoir prendre assez d'avance pour leur échapper.

Il y a assez de lumière, à présent, pour rendre les feuilles des arbres luisantes et chatoyantes ; les rayons du soleil strient le ciel, au-dessus de nous. Un tout petit peu plus bas, le sentier reprend, avec des clôtures intactes qui serpentent entre les arbres, s'incurvent vers la droite en descendant la montagne et finissent par rejoindre ce qui semble être les vestiges d'une route.

Mais entre nous et le sentier, le flanc escarpé de la montagne s'aplanit sur une courte distance, formant une fine bande de terre grouillant de Mudos qui ont tous les bras tendus vers moi.

Le cœur battant, je ferme la main autour d'un tronc d'arbre tout fin pour garder l'équilibre. Catcher écarquille les yeux. Des Mudos touchent la margelle du bout des doigts, en dessous de nous. Je chasse leurs mains à coups de pied, mais Catcher saute au milieu d'eux. Je dois enfoncer le visage dans mon bras pour étouffer mon cri ; je n'ai pas encore l'habitude de le voir se promener parmi les morts avec autant d'aisance.

Là où il atterrit, certains font une culbute. Il saute sur ses pieds et se met à mouliner, empoignant les Mudos par tout ce qui dépasse pour les précipiter vers le pied de la montagne. Ils ne le remarquent même pas tellement ils sont concentrés sur moi, avec leurs mains tendues dans ma direction.

Catcher ahane en éloignant les Mudos, dont les corps dégringolent dans la vallée comme des poupées brisées. Les bras et les jambes s'emmêlent, les torses frémissent en heurtant des troncs d'arbre, dans un concert de gémissements. Catcher ne s'arrête pas, il continue à tirer, pousser et jeter jusqu'à ce qu'il ne reste plus de Mudos entre les clôtures et moi.

Quand il a terminé, il reste planté là, essoufflé, les poings à demi fermés, à me regarder. À cet instant, je vois qu'il ne reste rien de celui que je connaissais avant. Il ne reste rien du garçon avec lequel j'ai grandi.

XLVI

En regardant Catcher depuis la margelle, je vois la férocité de son expression, la douleur que tout son corps exprime. Le soleil qui se lève sur la montagne l'illumine, faisant briller ses cheveux comme un deuxième soleil. Il me tend la main et, pendant un bref instant, je revois l'ancien Catcher, qui est toujours là, en dessous. Mais qui ne sera plus jamais tout à fait le même.

– Tu pourrais t'échapper, tu sais, lui dis-je. Tu pourrais te laisser glisser sur la dernière portion de l'à-pic et rejoindre les Mudos. Les Patrouilleurs ne te retrouveraient jamais.

– Non.

Voilà tout ce qu'il dit. Je le regarde avec insistance pendant un long moment, mais il n'ajoute rien, alors je prends la main qu'il me tend pour m'aider à descendre. La sueur rend sa peau glissante.

On continue notre progression laborieuse, et les clôtures emmêlées au-dessus de l'entrée du sentier nous arrêtent dans notre chute à peine contrôlée. On est en train de passer de l'autre côté pour se mettre en sécurité quand j'entends des cris au-dessus de nous. Je me retourne et je vois ma mère, au bord de l'à-pic, qui agite les bras en l'air en remuant la bouche.

À cet instant, un Patrouilleur arrive en courant derrière elle et lui saisit les bras. En les voyant se bagarrer si près du bord, je me raidis. L'homme essaie de la tirer en arrière, mais elle continue à me crier quelque chose. Elle libère une main et pointe le doigt vers la vallée comme si elle essayait de nous dire quelque chose, mais avant que j'aie eu le temps de comprendre, le Patrouilleur l'empoigne de nouveau.

Comme au ralenti, je vois une tache noire surgir à côté d'elle : Odys. Il se jette dans les jambes du Patrouilleur et le fait trébucher et, avant même que je me rende compte de ce qui se passe, l'homme bascule dans le vide. Il passe devant nous en tombant. Les bras tendus pour arrêter sa chute, il percute un arbre au passage.

Ma mère se fige, l'air effarée, puis son regard rencontre le mien au loin.

– Vite ! dit Catcher en me tirant par le bras. Il faut qu'on se mette à courir !

D'autres Patrouilleurs s'élancent déjà à notre poursuite dans l'escarpement, qu'ils descendent en dérapant. Catcher m'entraîne un peu plus loin jusqu'à ce que je ne les voie plus, ni eux ni ma mère. On court, ou plutôt on dégringole sur le sentier en pente raide. Des branches me fouettent les bras et le visage, et des racines me font trébucher. J'ai du mal à suivre Catcher qui fonce à travers le bois.

C'est encore le petit matin et ici, sous la voûte des arbres, ce n'est pas facile d'évaluer les distances. Mon orteil heurte une pierre et je tombe en roulé-boulé. Catcher se retourne au moment où je me remets sur pied, avec une longue éraflure qui court sur tout l'arrière de mon bras et du sang chaud qui goutte sur mes doigts.

Il me tend la main pour m'aider, puis se fige et penche la tête avec l'air d'écouter quelque chose au loin. Je jette un coup d'œil par-dessus mon épaule en me demandant s'il entend les Patrouilleurs derrière moi. Mais le bruit qui me chatouille les oreilles, c'est autre chose.

On dirait une rivière. Ou une chute d'eau.

Catcher descend lentement le sentier, à pas hésitants. Je le suis.

On finit par arriver dans une impasse, face à un haut mur de briques rouges et poussiéreuses. Il s'étire au loin de chaque côté de nous, bordant la route incurvée que j'ai aperçue de l'autre côté, tout à l'heure.

On n'a pas le choix, on doit l'escalader si on veut continuer à avancer.

Je retiens mon souffle en passant les doigts sur les briques en quête de points faibles et de prises. C'est difficile de trouver des endroits où caler les orteils, mais je finis par arriver en haut et passer une jambe de l'autre côté, pour me retrouver à cheval sur le mur.

Le bruit d'eau est plus fort ici, c'est un déferlement torrentiel. Catcher arrive enfin à côté de moi. On a tous les deux les mains crispées sur le faîte du mur, comme le soir où on a franchi la Barrière pour la première fois.

La grande route qui s'étend de l'autre côté ne ressemble en rien aux autoroutes fabuleusement longues et pleines de voitures rutilantes des vieilles histoires qu'on me racontait quand j'étais petite. Elle est juste jonchée de vieilles carcasses en métal rouillé qui évoquent des créatures disparues faisant la sieste au soleil. Sauf qu'à présent, la plupart de ces carcasses commencent à remuer, secouées par les Mudos qui sont à l'intérieur et tapent sur les vitres, tâchant de sortir pour venir vers moi.

La route se courbe langoureusement vers un grand pont qui enjambe la vallée et rejoint une autre route bordée par un haut mur de briques identique, de l'autre côté. Le pont est immense, il a au moins la largeur de six voitures juxtaposées, et il penche sérieusement vers la gauche. L'autre extrémité, réduite à une étroite bande de béton, semble s'être écroulée. Une clôture grillagée le borde de part et d'autre, avec le haut recourbé – pour empêcher les gens de sauter, peut-être, sauf que maintenant, elle retient une nuée de Mudos qui sont pris au piège sur le pont.

Sentant ma présence, ils commencent à venir vers nous de leur pas titubant. J'ai une conscience aiguë de ma coupure au bras et du sang qui coule sur mon poignet. Un vieux bus jaune s'est renversé à l'entrée du pont et tient en appui contre les montants. D'autres voitures sont entassées autour, formant une barrière de métal tordu qui, pour le moment, empêche les Mudos de s'échapper du pont et de parvenir jusqu'à nous.

Mais ils s'entassent derrière comme de l'eau retenue par un barrage. Ils poussent, jouent des coudes et rampent les uns sur les autres dans cette montagne de corps mouvante. Ils vont bientôt déborder sur la route, nous fermant encore d'autres issues.

– Tu peux rebrousser chemin, me dit Catcher alors qu'on observe tous les deux, bouche bée, les obstacles qu'on a à franchir. On peut essayer de maîtriser les Patrouilleurs. Ou je peux tout simplement me livrer. Leur dire qu'ils n'ont pas besoin de prendre les autres.

Il parle d'une voix égale, dénuée d'émotion. Je glisse une main entre nous pour prendre la sienne.

Il me regarde. Il a les traits tirés, le visage crispé et des cernes sous les yeux.

– Je ne vois pas comment on pourrait y arriver, Gabry, dit-il dans un souffle.

Derrière nous, j'entends des cris. J'entends le vacarme que font les Patrouilleurs au milieu des arbres. Ils ne mettront pas longtemps à nous rattraper. Des Mudos s'extirpent des voitures accidentées et s'avancent sur la route d'un pas traînant, en se faufilant parmi l'amoncellement de tôle froissée.

Je commence à marcher sur le faîte du mur en direction du pont. Sur ma gauche, la montagne descend à pic vers la vallée; sur ma droite, il y a la route et le *no man's land* qui est de l'autre côté. Notre seul espoir, c'est de continuer à avancer. Je scrute la clôture grillagée qui flanque le pont. Du côté le plus proche de nous, elle s'arrête au milieu, où elle s'est cassée en s'effondrant. Mais de l'autre côté, elle a l'air de s'étirer sur toute la largeur de la vallée.

– Gabry, dit Catcher – et mon nom sert d'avertissement.

Je me retourne et je le regarde, accroupi sur le mur, en s'y agrippant si fort que les articulations de ses doigts ont blanchi. Il a le visage luisant de sueur.

– On peut y arriver, lui dis-je.

Mon cœur bat la chamade dans ma poitrine, si bien que j'ai du mal à reprendre mon souffle.

Catcher secoue la tête.

– Les Mudos sont trop nombreux.

– Il y a un rebord, j'insiste. Le long du pont, là où le grillage est attaché. Je peux passer dessus.

– Le pont aussi est envahi de Mudos, Gabry. Ce serait impossible de les empêcher de t'attaquer.

De la sueur me coule dans le dos ; ma chemise est toute collante.

– Sauf si j'escalade le grillage pour passer de l'autre côté. Pour mettre la clôture entre nous. Ça les empêchera d'arriver jusqu'à moi.

Catcher s'approche un peu, sans cesser de se cramponner aux deux faces du mur. Il regarde l'endroit que je montre du doigt et devient livide.

– Ce rebord ne fait même pas trente centimètres de large. Et il est à trente mètres du sol !

– Je m'accrocherai au grillage.

– Si tu passes les doigts entre les mailles, les Mudos vont te mordre.

Je m'accroupis pour me mettre face à lui.

– C'est pour ça qu'il faut que tu marches à côté de moi sur le pont, de l'autre côté du grillage, en restant plaqué contre l'endroit où je m'accroche. Il faut que tu les empêches de m'atteindre.

J'essaie d'éviter que ma peur perce dans ma voix. J'essaie de paraître sûre de moi et convaincante, mais au fond, je suis terrorisée.

Il laisse tomber sa tête en arrière.

– Je ne peux pas, Gabry. Je ne peux pas te regarder faire ça. C'est trop haut.

Je pense à la dernière fois qu'on s'est retrouvés face à

face au sommet d'un haut mur, et je me rappelle ce qu'il m'a confié. Je me rappelle qu'il avait peur et qu'il a tout fait pour me réconforter.

– Je sais que tu as peur, dis-je. Mais on doit absolument le faire. C'est notre seul moyen de nous échapper. On peut y arriver.

Et avant qu'il puisse me dissuader, j'inspire à fond et je saute du mur. J'atterris sur la route avec un petit bruit sourd. Une curieuse énergie se mêle à la peur qui rugit dans ma tête. Parce que j'ai le sentiment que je peux y arriver. Que je dois y arriver.

Je sors le couteau que j'ai sur la hanche. Je me suis habituée à le prendre en main, à sentir son poids et la texture de son manche. J'essaie de ne pas penser à Élias, ni au soir où il me l'a donné. Ce moment où il me regardait comme s'il me connaissait. Comme s'il s'attendait à ce que je le reconnaisse.

Les Mudos commencent à venir vers moi en titubant – le bruit me casse les oreilles. Certains sortent de sous une voiture, d'autres contournent une carcasse tire-bouchonnée. Tous sont en train de gémir, tous ont les bras tendus vers moi.

Ensuite, je sens cette compression de l'air que je connais bien quand Catcher atterrit à côté de moi, son couteau tiré.

Derrière nous, les Patrouilleurs s'approchent du mur. Leurs cris résonnent parmi les arbres. Alors je me mets à courir.

À mesure qu'on s'approche du pont, Catcher et moi, il devient de plus en plus difficile d'aller vite. Je me glisse entre deux voitures et j'entends un frottement, un craquement. Une main se ferme sur mon bras. Je hurle et je recule d'un bond, mais une autre main s'entortille dans mes cheveux. Je sens leurs gémissements sur ma peau, je sens leur odeur de mort. J'ai peur de ne pas pouvoir m'échapper. Je me bats de mon mieux, en m'efforçant de m'arracher à leur emprise, mais je n'arrive pas à me libérer. Enfermés dans les voitures, ils passent les bras par les portières et les vitres pour m'attraper.

Je laisse mes jambes s'effondrer sous moi et le poids de mon corps m'arrache à l'étreinte des Mudos. Je m'éloigne d'une roulade. Ensuite, Catcher arrive et les refoule. Il essaie de les jeter dans le vide, à côté de la route, pour qu'ils dégringolent au fond de la vallée, mais ils sont de plus en plus nombreux à se réveiller dans les vieilles voitures; le parfum de chair humaine les a tirés de leur hibernation. On continue à courir, en évitant les voitures quand c'est possible et en passant par-dessus quand ça ne l'est pas. À chaque foulée, je redoute de sentir des dents se planter dans ma peau.

Enfin, on arrive au bus qui barre l'entrée du pont. Je grimpe sur les voitures pour le rejoindre. Les mains luisantes de sueur, j'essaie de m'accrocher au métal chauffé par le soleil, et quand j'arrive à replier les doigts sur le bord d'une vitre cassée, de petits morceaux de verre s'enfoncent dans ma chair et font couler du sang frais. Je me fiche de la douleur; tout ce qui compte pour moi, c'est d'arriver à m'échapper.

Au moment où je me redresse, je sens quelque chose me frôler la main. Je la retire vivement et je dérape, mais j'arrive à rester accrochée au métal troué par la rouille.

Certains sont blottis sur les sièges, à l'intérieur, d'autres debout sur l'encadrement des vitres. Des enfants. Ils n'ont pas plus de cinq ou six ans et portent tous le même pull bleu. Les garçons ont un pantalon marron, les filles une jupe assortie et des chaussettes remontées jusqu'aux genoux. L'une d'elles a des couettes qui sautillent de chaque côté de sa tête. L'un des garçons a encore ses lunettes sur le nez.

Ils me fixent en griffant l'air de leurs petits doigts ; ils ont envie, besoin de quelque chose et ils savent que c'est moi qui peux le leur fournir. Quand ils gémissent, on croit entendre des pleurs, des couinements de bébés.

Je ne peux plus respirer. J'avais déjà vu des Mudos enfants, mais c'était des cadavres gonflés sur la plage. Ils étaient rares et ils ne ressemblaient jamais à ça. Ils ne ressemblaient jamais à de vrais enfants avec l'air presque normaux. Presque vivants.

Et là, du sang goutte de mes coupures à la main. Il atterrit sur la joue d'un garçon, juste au coin de sa bouche. Un filet rouge s'étire sur sa peau blanche.

Je vois ses narines se dilater à l'instant où ses sens s'embrasent. Puis il écarquille les yeux et ouvre la bouche, montrant les dents. Ses gémissements deviennent féroces, impérieux et il racle le vide.

XLVII

Catcher escalade le bus pour me rejoindre. Au sol, de chaque côté, des Mudos s'entassent les uns sur les autres en se poussant et en se tortillant. D'ici quelques secondes, cette pile mouvante va déferler sur nous. L'un d'eux arrive à la hauteur du bus et grimpe sur l'arrière, quand une flèche le frappe à la tête.

Je me retourne. Les Patrouilleurs courent vers nous sur le mur, avec leurs arbalètes brandies. Ils tirent sur les Mudos pour essayer de se dégager un passage jusqu'à nous, mais aussi pour nous protéger, et je comprends soudain qu'on ne leur servirait pas à grand-chose si on était morts.

Le bus s'est écrasé contre le parapet du pont ; il est calé contre la clôture. Je range mon couteau dans l'étui que j'ai sur la hanche et je frotte mes mains sur ma chemise pour tenter d'essuyer le sang et la sueur. J'ai presque atteint le rebord quand Catcher me pose une main sur l'épaule.

– Tu es sûre ?

Il n'arrive pas à cacher l'inquiétude que trahit son regard. Je vois bien qu'il pense que ça ne va pas marcher.

– Oui, je réponds.

Parce que j'ai besoin de croire qu'on peut y arriver. J'ai

besoin de croire qu'on a une chance. Derrière nous, l'un des Patrouilleurs court sur la route, dans notre direction, le regard empreint d'une détermination farouche. Pendant que je pose le pied sur le rebord et que j'enroule mes doigts autour du grillage, Catcher attrape deux enfants du bus et les jette vers le Patrouilleur.

L'homme met un genou au sol et vise avec son arbalète. Au moment où il tire, une nouvelle pile de Mudos déborde par-dessus le bus comme un trop-plein d'eau détruisant un barrage, et déferle vers lui. Les Patrouilleurs décochent leurs carreaux en hurlant. Mais je reste concentrée sur le rebord, et j'inspire à fond en me disant d'être forte. De croire en moi.

Plaqué contre le grillage, face à moi, Catcher s'avance au milieu de la foule de Mudos regroupée sur le pont. Le rebord sur lequel je me tiens est à peine assez large pour y poser les pieds. Agrippée aux mailles métalliques, je sens sur mes doigts la chaleur qui émane de la poitrine de Catcher.

– Ne regarde pas en bas ! me dit-il.

Trop tard.

En dessous de moi, le flanc de la montagne descend à pic ; tout en bas, la vallée est encore baignée par la brume matinale. On entend toujours ce bruit d'eau fracassant, qui résonne autour de nous.

Des Mudos bondissent vers moi, tambourinent sur la clôture, essaient d'écarter mon protecteur. Il suffirait d'une seconde, il suffirait qu'il trébuche ou prenne du retard pour qu'ils arrivent jusqu'à moi et que je sente leurs dents pointues se planter dans mes doigts. Les jambes soudain flageolantes, j'avale ma salive.

– Garde les yeux fixés sur moi, Gabry, me dit Catcher.

J'acquiesce et je redresse la tête pour plonger mon regard dans le sien.

– Tu es prête ?

J'acquiesce une fois de plus. Et on commence à avancer lentement sur le bord du pont, centimètre après centimètre. Catcher reste devant moi ; les Mudos tirent, poussent et gémissent autour de lui. À chaque pas, je déplace mes mains sur le grillage et Catcher m'imite pour empêcher les dents mortes de m'atteindre.

Je me concentre sur chacun de mes mouvements les plus infimes. Chaque endroit où je pose les orteils. Chacun de mes doigts repliés autour du métal rouillé. Je sens la clôture, secouée par les Mudos, onduler sous mes mains.

Et je me concentre aussi sur les yeux de Catcher. Sur ses mains, qu'il appuie sur les miennes pour faire écran. Et sur la certitude qu'il ferait n'importe quoi pour me protéger.

Derrière nous, les Patrouilleurs crient et vocifèrent en essayant de se débarrasser des Mudos. Rechignant à renoncer, ils se battent avec acharnement pour pouvoir progresser sur la route.

– Tu le savais, toi, qu'il y avait toutes ces vieilles villes dans la Forêt ? me demande Catcher.

La sueur me dégouline dans la nuque et entre les épaules. Mon entaille au bras saigne toujours, le sang se détache de mon coude pour tomber goutte à goutte dans le vide, sous mes pieds. Tandis qu'on s'avance au-dessus de la vallée, une bourrasque me balaie les cheveux dans la figure.

– Comment ça ?

Le métal de la clôture me scie les doigts. Je commence à

avoir des crampes dans les orteils à force de les recourber sur cette minuscule bande de béton.

On continue à progresser, pas à pas. Et Catcher ne cesse de se démener pour que je focalise mon attention sur lui, rien d'autre que lui. Sans me soucier du fait que quelques centimètres de béton et une vieille clôture en métal fragile sont tout ce qui m'empêche de faire une chute de plusieurs dizaines de mètres.

– En revenant sur nos pas, une nuit, pour voir si les Patrouilleurs nous suivaient, j'en ai découvert une dans la Forêt, reprend-il. C'était pas un de ces villages entourés d'une clôture, mais une ville entière, qui était morte.

J'avale ma salive et je hoche la tête. Je jette un coup d'œil vers le bas et mon pied dérape quand un morceau du pont se détache et dégringole dans le vide. Catcher passe vite les doigts à travers le grillage pour essayer d'attraper mes poignets. Je me cramponne à lui, tremblant de tout mon corps.

– Ne regarde pas en bas, Gabry, me murmure Catcher. On y est presque.

Mais c'est un mensonge. On est à peine à la moitié de notre traversée. Les Mudos qui grouillent autour de lui le bourrent de coups de coude, mais il me tient bien solidement. La mort est partout autour de lui. Les gémissements résonnent dans toute la vallée.

On continue à se déplacer à pas chassés. Je glisse les pieds le long de l'étroite bande de béton et Catcher avance le long du grillage. J'essaie de ne pas penser au vide qui se trouve en dessous.

– Le truc à propos de ces villes, continue Catcher, les

yeux fixés sur les miens, c'est qu'on dirait que rien n'a changé. Personne ne les a pillées parce qu'elles sont totalement envahies par les Mudos. Mais comme il n'y a pas de gens vivants dans les parages, tous les Mudos sont en hibernation. Ils sont juste... allongés par terre. Sans faire de bruit.

Je repense à ce que m'a dit Élias, quand il m'a raconté l'après-midi qu'il a passé dans un vieil avion converti en monument, à propos du silence quand il neige. Et je continue à faire glisser mes pieds sur le pont, avec les mains de Catcher qui viennent se poser sur les miennes chaque fois que je les déplace.

Juste après le milieu du pont, un tas de voitures empilées contre la clôture empêche les Mudos d'y accéder. Catcher escalade le tas, puis s'arrête.

– Qu'est-ce qui se passe ? je lui demande.

Le vent est plus fort, ici, les rafales font tourbillonner les gémissements autour de moi. Catcher transpire ; de gros filets de sueur dégoulinent de ses tempes et sur sa mâchoire.

Des Mudos commencent à s'amasser contre le tas d'épaves pour tenter de m'atteindre, mais ils n'arrivent pas à passer outre le monticule de métal broyé. Catcher regarde de l'autre côté avec des yeux effarés.

– Qu'est-ce qu'il y a ? je lui demande encore.

Il se passe la langue sur les lèvres et répond d'une voix tremblante :

– Il y a un trou dans le pont.

J'examine la clôture, mais je ne vois aucune brèche nulle part.

– Qu'est-ce que tu racontes ?

– La route s'est fendue. Les Mudos passent à travers. Ils tombent.

Je jette un coup d'œil vers le bas et je vois une pluie de corps qui dégringolent du pont, en tendant les mains vers moi au passage.

– Alors il suffit qu'on passe de l'autre côté du trou, et ils ne pourront pas nous suivre, dis-je. Comme ça, on n'aura plus à craindre qu'ils arrivent jusqu'à moi.

Catcher ne dit rien. Je voudrais pouvoir passer les doigts à travers la clôture et le secouer. Il évite mon regard.

– Catcher ?

– Il y a toute une partie du pont qui s'est détachée, Gabry. Je ne peux pas passer de l'autre côté.

Quand il se tourne enfin vers moi, il a le visage couleur cendre. Je me glisse toute seule le long de la clôture pour dépasser le tas de voitures. Et là, je vois ce qu'il veut dire. Il n'y a plus rien, juste un gouffre, le béton s'effondre, des tiges de métal rouillé s'entortillent sur elles-mêmes. C'est l'autre partie du pont, après le trou, qui penche sur un côté. La seule chose qui continue tout du long, c'est le rebord étroit sur lequel je me trouve. S'il cède, tout un pan du pont va s'écrouler dans la vallée.

– Il y a un rebord de ton côté aussi, dis-je à Catcher.

D'autres Mudos tombent dans le trou. Leurs gémissements s'estompent tandis qu'ils s'éloignent dans l'abîme.

– Tu peux traverser. Il suffit que tu t'accroches au grillage, comme moi.

Il me regarde et secoue la tête.

– Je ne peux pas.

– Écoute-moi, Catcher.

Il secoue toujours la tête, les yeux fixés sur le trou et le vide, en dessous.

– Regarde-moi.

Il se tourne vers moi, encore plus livide que tout à l'heure, les yeux écarquillés.

– Je ne peux pas faire ça, Gabrielle. Je ne peux pas.

Je sens la clôture onduler. Je me retourne : un Patrouilleur essaie de nous suivre. Sauf qu'au lieu de s'accrocher au grillage avec les doigts, comme moi, il se sert de deux crochets en métal façonnés grossièrement avec de la ferraille récupérée sur le tas de voitures.

J'ai des crampes dans les orteils et une douleur aiguë dans les mollets.

– Tu n'as pas le choix, dis-je à Catcher. Pas plus que moi. On ne peut pas rester ici. On ne peut pas revenir en arrière.

J'hésite avant d'ajouter, d'une voix radoucie :

– Allez, Catcher.

Il se laisse glisser de la voiture sur laquelle il était perché pour venir vers le grillage, les mains tremblantes. Les muscles de sa mâchoire se contractent.

– Tu vas y arriver, je lui souffle quand il tend les bras vers moi.

Il passe les doigts entre les mailles métalliques et je mets mes mains sur les siennes. Il me regarde dans les yeux et je m'aperçois que dans son affolement, il voit trouble.

– C'est moi, Catcher, lui dis-je. Ne regarde que moi.

Il hoche la tête et je sens que son souffle est tout frémissant quand il m'effleure la joue. Catcher monte sur le rebord et on se retrouve face à face, les mains agrippées à celles de l'autre à travers le grillage.

Lentement, je glisse un pied sur le côté et Catcher fait pareil. Mais quand je commence à détacher mes mains pour chercher une nouvelle prise, il écarquille les yeux et regarde en bas. Il se met à suffoquer, pris de panique.

J'essaie de rester calme.

– Fais encore un pas, Catcher. Juste un. À nous deux, on va y arriver.

Mais il secoue déjà la tête ; il tremble si violemment qu'il a du mal à garder les orteils sur le rebord étroit. Un de ses pieds dérape et sa bouche s'ouvre mais aucun son n'en sort. Il pendouille au-dessus du vide. Son autre pied perd prise.

Je m'efforce de ne pas hurler en le voyant suspendu comme ça, en s'accrochant désespérément au grillage.

J'ai des crampes dans les jambes, mais je m'accroupis pour mettre mon visage à la hauteur du sien.

– Catcher, je chuchote. Catcher, regarde-moi.

Les battements de mon cœur me font trépider. Je sens le pouls de Catcher sous mes doigts. Il entrouvre un œil, mais regarde tout sauf moi.

– Catcher, je répète tout bas.

Il me regarde enfin.

– Je ne peux pas y arriver sans toi, lui dis-je.

Des larmes me brouillent la vue, voilent les contours de son visage.

– J'ai besoin de toi. Je sais que tu es terrifié. Moi aussi, je suis terrifiée. Mais il faut que tu le fasses. Il faut que tu tiennes bon.

– Pourquoi ?

Je vois qu'il ne me demande pas seulement pourquoi j'ai besoin de lui, mais aussi pourquoi on est là. Pourquoi il nous est arrivé tout ça. Pourquoi on se fatigue à continuer.

Je pense à ma sœur, que je dois retrouver. Je pense à Élias, que je dois tout faire pour revoir. Je pense à ma promesse de bâtir quelque chose avec lui. Je pense à ma mère et à ce qu'elle m'a dit sur le sens de la vie : ou bien on choisit de vivre, ou bien on ne vit pas.

– Ferme les yeux, dis-je à Catcher.

Il inspire à fond, regarde la brume qui flotte en contrebas et geint.

– Tu te souviens du soir où on a franchi la Barrière ? j'insiste. Tu te souviens que tu m'as dit de te faire confiance ? Maintenant, c'est à toi de me faire confiance. Ferme les yeux.

Lentement, il laisse ses paupières retomber et je sens ses doigts se resserrer encore plus fort sous les miens.

– Tu sais où est le rebord. Lève ton pied gauche jusqu'à ce qu'il arrive dessus.

Il le fait et on se remet debout tous les deux.

– Maintenant, glisse le pied gauche le long du rebord. Suis mes doigts.

Je guide nos mains sur le grillage. Ses lèvres s'entrouvrent et son front se plisse sous l'effet de la concentration. Cette expression que je connais bien me donne envie de rire, mais je me concentre pour que ma voix reste calme et apaisante. Petit à petit, on progresse sur le pont.

Le Patrouilleur avance plus vite que nous. Il se rapproche de plus en plus, mais je ne dis rien à Catcher, je me contente de lui souffler de faire le pas suivant, de ne se soucier que du pas suivant.

Mais ensuite, le Patrouilleur s'arrête. Plaqué contre le grillage, derrière nous, il me regarde avec des yeux écarquillés. Puis il regarde en bas. Je sens qu'il tremble parce que ça fait onduler le grillage. Je sais que je ne devrais pas. Je sais que ça ne fera que me terrifier davantage de regarder à mon tour, mais je ne peux pas m'en empêcher.

Le soleil matinal a dissipé la brume, alors la vallée est dégagée, désormais. Et je reste sidérée devant l'ampleur du phénomène que je découvre. Il n'y a pas de fleuve, pas d'eau. Non. À plusieurs dizaines de mètres sous le pont, le sol s'agite et se tortille. Au début, je me dis que c'est peut-être une sorte de champ, mais ensuite des couleurs, des formes individuelles se détachent.

Et je comprends enfin ce que c'est. Comme inondée par un fleuve en crue, la vallée tout entière grouille de Mudos. Le bruit qu'on entendait n'est pas celui d'une chute d'eau grondante, mais le martèlement de deux cents millions de pieds. Les gémissements de cent millions de bouches. Tous ces Mudos déferlent dans la vallée – jamais de ma vie je n'avais vu autant de gens. Jamais je n'aurais cru qu'il pouvait exister autant de monde sur cette terre. Et ils sentent ma présence, ils tendent les bras vers moi même s'ils sont bloqués par les montagnes.

Mes doigts se crispent sur le grillage. J'ai trop chaud et j'ai la tête qui tourne. J'enfouis mon visage dans le creux de mon épaule. Je me sens littéralement vidée, j'ai l'impression que tout ce qui était en moi s'est effondré et qu'il ne reste que mon enveloppe corporelle pour contempler cette vision.

Ils sont innombrables, ils s'étendent jusqu'à l'horizon, tout autour de moi, et au-delà. Ils se dressent les uns sur les autres en gémissant, en pleine effervescence, s'ourlent et retombent. C'est une masse d'une profondeur, d'une immensité qui dépasse l'entendement. Mes yeux n'arrivent même pas à faire le point sur un individu précis. Je suis submergée par leur voracité. Ils bouillonnent et déferlent, ces corps de Mudos, comme une vague géante. Comme l'océan où pullulent les morts.

XLVIII

Sentant que je m'arrête, Catcher ouvre les yeux.

– Qu'est-ce qui se passe ? demande-t-il, paniqué.

Je secoue la tête : je ne sais pas quoi dire. Ne sais pas comment lui expliquer ça.

– Ne regarde pas en bas, Catcher, je chuchote. S'il te plaît.

Mais bien sûr, il regarde. Il l'a entendu dans ma voix.

Il s'étrangle d'horreur.

– Une horde !

Le mot résonne dans ma tête. On a étudié ce sujet en classe tous les deux et, comme pour les Brisants, on n'a jamais tellement écouté. Pour nous, c'était juste des histoires pour faire peur aux plus petits, pour leur donner des cauchemars.

C'est effrayant de regarder cette foule, où chaque tache de couleur correspond à quelqu'un-qui-a-été. De comprendre qu'ils étaient couchés là, plongés dans une sorte d'hibernation, en attendant que le parfum d'un humain vivant vienne les réveiller. De songer que, si une telle masse de Mudos s'approchait d'une ville, il n'y aurait aucun moyen de se défendre. Que c'est contre ça que les Patrouilleurs se battaient, à la sortie de la Forêt.

Et que quelqu'un comme Catcher – un Immunisé qui peut se promener parmi eux – pourrait les aiguiller. Les contrôler.

Le vent qui souffle du haut de la montagne effleure ma peau, mon cou trempé de sueur. Une goutte de sang serpente sur mon bras, s'accroche à mon coude puis tombe dans le vide.

– Il faut qu'on continue, je chuchote.

Derrière nous, le Patrouilleur est toujours figé au même endroit sur le grillage, les yeux fixés sur la horde. Sur la route, derrière, les autres sont toujours aux prises avec les Mudos, qu'ils abattent l'un après l'autre. Ils pourront bientôt repartir à notre poursuite.

Je continue à guider Catcher à la voix, pas après pas au-dessus du trou, mais dans ma tête, mille pensées tourbillonnent tandis que j'essaie de trouver un moyen de les empêcher de nous suivre, un moyen de nous protéger. J'arrive sans cesse à la même conclusion : la seule façon de franchir le gouffre, c'est le grillage; la seule façon d'arrêter les Patrouilleurs, c'est de le casser.

Quand on arrive enfin de l'autre côté du gouffre, Catcher est prêt à tomber à genoux pour embrasser le béton croulant. À cette extrémité du pont, il y a des voitures entassées contre la clôture, alors les Mudos ne peuvent pas m'atteindre. Mais je sens que l'ouvrage s'incline dangereusement. J'ai d'autant plus de mal à garder les orteils accrochés au rebord. Le métal du grillage me scie de plus en plus méchamment les doigts, parce que je suis forcée de laisser le poids de mon corps porter sur mes mains.

Derrière moi, le Patrouilleur est presque arrivé au trou.

Les crochets dont il se sert pour s'agripper à la clôture lui permettent d'avancer plus facilement sur le rebord.

– On ne va pas vous faire de mal ! me lance-t-il. Vous serez en sécurité avec nous, je vous le jure.

Je secoue la tête et je coince mes orteils dans les mailles pour tâcher de tenir dessus. Chaque fois que Catcher fait un pas, je sens une petite vibration dans mes jambes : le pont qui frémit sous ce poids additionné. Tout à coup, ma prise me paraît encore plus précaire.

– Catcher, je hoquette, les bras déchirés par l'effort. Les voitures.

J'inspire une nouvelle goulée d'air.

– De l'autre côté du pont.

De la sueur me coule dans les yeux et tout devient flou.

– Regarde si tu peux les pousser pour qu'elles viennent buter contre les autres, là-bas.

Je déplace mes mains.

– Le pont est instable. Il faut qu'on lâche du lest, et si on en empile assez, peut-être qu'elles casseront la clôture.

Il ouvre des yeux ronds.

– Tu plaisantes ? La clôture, c'est la seule chose qui te permette de rester sur ce pont.

Je hoche la tête et je m'essuie le visage sur l'épaule.

– Je sais. Mais c'est le seul moyen. Je vais continuer à avancer. Mais toi, il faut que tu la casses.

Il saute sur la voiture la plus proche de moi et appuie ses mains contre les miennes.

– C'est trop risqué, dit-il. On ferait mieux d'avancer, simplement, d'essayer de mettre de la distance entre eux et nous.

Je sens un goût de sel dans ma bouche; je ne sais pas si c'est des larmes ou de la sueur.

– Je ne peux pas les laisser t'attraper, Catcher. Je ne peux pas passer le reste de ma vie à les regarder se servir de toi. En sachant que c'est à cause de moi.

– Gabry, dit-il d'un ton suppliant.

Mais je me contente de secouer la tête.

– Ça va aller, pour moi. Je peux m'en sortir, lui dis-je en essayant d'être convaincante.

Je commence à m'éloigner, en dégageant mes doigts de sous les siens.

Derrière nous, les Patrouilleurs continuent à progresser. Ils se mettent à courir après nous. J'avance tant bien que mal le long de la clôture. Avec la forte inclinaison du pont, c'est de plus en plus dur de se cramponner. Je ferme les yeux et j'essaie de ne pas penser à la horde. De ne pas penser au fait que détruire le pont supprimera la seule chose qui me rattachait à Élias. À ma mère. D'espérer qu'Élias a raison et qu'il y aura un autre sentier pour sortir de la Forêt. Un moyen d'accéder à Villenoire.

Derrière moi, j'entends un crissement métallique : Catcher a ouvert la portière d'une voiture. J'entends un ignoble grincement quand la voiture traverse le pont, puis la clôture tremble lorsque la voiture la percute et j'essaie de ne pas crier. Je sens déjà le béton bouger et résister, sous mes pieds; le pont proteste contre ce brusque déplacement de poids.

Le Patrouilleur ahane. Je lève les yeux et je le vois perdre pied. Il se retrouve suspendu, affolé, à essayer de remonter sur le rebord étroit. Mais il n'y arrive pas. La seule chose qui l'empêche de tomber, ce sont les crochets et, même à cette distance, je vois que ses mains faiblissent.

– Pitié, je l'entends marmonner.

Son regard saute de ci, de là ; se pose sur le ciel, sur les Mudos, sur les autres Patrouilleurs arrivés sur le pont, sur moi. À cet instant, ce n'est plus un Patrouilleur – un monstre –, c'est juste quelqu'un comme Élias, Cira et les autres. Juste quelqu'un qui a quitté sa famille et peut-être ses amis pour faire son service et trouver une vie meilleure.

Ensuite, j'entends un énorme crissement quand une autre voiture vient heurter les autres. La clôture s'enfle sous leur poids. Le pont s'incline encore plus. Et le Patrouilleur lâche prise. Sa chemise noire volette autour de lui. Alors même qu'il tombe dans le néant, ses bras s'agitent en quête de quelque chose à saisir, d'un moyen de se sauver.

Son regard se fixe sur moi. Je vois sa terreur. Sa lucidité sur ce qui va suivre. J'enfouis ma tête dans le creux de mon épaule, mais je sais à quel moment il touche le sol – je le devine au crescendo des gémissements, au ton qui monte dans la horde, à ce raz-de-marée de soif et de bruit.

Je suis presque au bout du pont quand j'entends un énorme craquement, et que le métal se déchire dans un bruit de coup de fouet. La clôture se tend sous mes doigts, puis semble se désintégrer. Je fais glisser mes pieds le plus vite possible sur le rebord et je me jette sur la route pile au moment où un énorme grondement retentit.

Catcher se met à courir. Derrière lui, tout se disloque. Un crissement aigu se mue en grincement quand les voitures dérapent et s'entassent les unes sur les autres. Ce qui reste du pont s'incline de plus en plus sur le côté, suivant un angle impossible, puis commence à se désintégrer sur place.

Une énorme portion se détache et tombe avec fracas dans la vallée. Le bruit est si monstrueux que j'ai l'impression qu'un coup de tonnerre retentit dans ma tête. Catcher me rejoint et me pousse vers le sommet du mur en brique qui borde la route. Là, tétanisés, pantelants, on sent les vibrations qui montent du sol.

Quelques Patrouilleurs se tiennent au bord du vide, là où le pont s'arrête, désormais, et nous regardent avec des yeux effarés depuis l'autre côté de ce gouffre monumental. On dirait qu'on retient tous notre souffle, face à face au-dessus de la horde. L'un des Patrouilleurs, un homme costaud avec une écharpe en tissu rouge en travers de la poitrine, pointe le doigt vers Catcher et moi – je ne sais pas si c'est une manière de nous saluer, un geste d'adieu ou le signe qu'il jure de nous retrouver. Mais ce que je sais, c'est qu'ils n'ont plus aucun moyen de nous suivre et que, pour le moment, on est en sécurité.

Au bout de quelque temps, ils tournent les talons et repartent dans l'autre sens. L'homme à l'écharpe rouge est le dernier à s'en aller.

Je suis du doigt le tracé du sentier qui gravit la montagne jusqu'à ce que je voie l'à-pic où Élias est tombé et le reste des Patrouilleurs, regroupés en face ; on dirait des scarabées. Mais je vois aussi ma mère et Harry, qui sont dans les bras l'un de l'autre, à l'écart, avec la petite silhouette d'Odys assis à leurs côtés.

Ensuite, je repère une autre silhouette, qui s'appuie sur eux pour tenir debout : Élias. Il lève une main à mon intention et je lève la mienne à mon tour, comme un reflet. C'est ma façon de lui promettre de faire tout ce qu'il faudra pour qu'on soit réunis un jour. Pour retrouver Annah et l'attendre à Villenoire.

– On y est arrivés, dis-je à Catcher.

Je suis encore sous le choc. Encore ébahie qu'on ait pu survivre à cette traversée du pont au-dessus de la horde.

– Où ça ? demande-t-il.

Je me tourne vers lui ; je sens que j'essaie de sourire.

– Ici, dis-je. Vivants.

Ça me fait bizarre d'être ici, debout sur le mur, et de ne pas courir. Quelques Mudos se bagarrent contre les voitures qui gisent çà et là sur la route, tentent de venir vers moi. Mais pour le moment, nous sommes en sécurité.

Catcher ébauche un sourire à son tour.

– Qu'est-ce qu'on fait, maintenant ?

Je regarde le pont effondré, coupé en deux. Nous n'avons aucun moyen de rebrousser chemin. Jamais.

– On continue, dis-je. On trouve une sortie, on gagne Villenoire, on cherche Annah et on attend Élias.

Il hoche la tête sans cesser de sourire, et quand on retrouve notre souffle et que nos jambes cessent de trembler, on marche sur le mur qui serpente le long de la route jusqu'à ce qu'on retrouve le sentier. Comme de l'autre côté de la vallée, les deux clôtures forment un cul-de-sac devant le mur. L'espace sécurisé, entre les deux, mène vers le sommet des montagnes, loin de tout ce qu'on a toujours connu.

Catcher descend le premier et me tend la main. J'attends une minute, le temps de convoquer le souvenir d'un autre mur, un autre jour. J'avais tellement peur, ce soir-là. Mais je me suis forcée à avancer quand même. Je touche le super-héros de Cira et le médaillon d'Élias, qui reposent contre mon cœur. Ensuite, je saute du mur et je m'engage sur le sentier pentu qui mène à Villenoire.

ÉPILOGUE

Catcher et moi, on passe l'après-midi à marcher dans un silence confortable. Le grondement de la horde s'estompe derrière nous. On est tous les deux épuisés. Le soleil descend derrière les arbres quand on arrive enfin au sommet de la montagne. Pendant un moment, je me demande si on va voir le phare ou le reflet éclatant du soleil sur l'océan, mais je sais qu'on est trop loin, trop enfoncés dans la Forêt.

Quand la nuit s'installe autour de nous, mille souvenirs tourbillonnent dans ma tête : je suis une petite fille, je monte tout en haut du phare et ma mère m'apprend à allumer la lampe… Elle me serre contre elle pendant un orage… Elle m'apprend à pétrir la pâte à pain. Elle m'apprend le nom des étoiles.

Mais celui qui se fige dans ma tête, qui arrête les tourbillons, c'est un souvenir d'elle au bord de l'océan, les pieds plantés dans le sable et les yeux fixés sur l'horizon.

Voilà ce que ma mère sera toujours pour moi. Une femme indomptable qui se dresse à la frontière de notre monde. J'avance dans la montagne en écoutant les arbres s'ourler au-dessus de ma tête comme des vagues près du rivage.

Voilà ce que je suis, moi aussi, à présent – j'en prends soudain conscience.

Je scrute l'obscurité. Quelque part, là-bas, plus loin sur le sentier, il y a mon village. Et au-delà, Vista, le phare qui va continuer à tourner, les vagues et le grand huit. Et plus loin encore, Villenoire.

Il y a un monde qui vivote en marge de tout ça. Qui rêve de faire un peu plus que survivre. Des gens qui aiment, qui croient, qui posent des questions, qui espèrent.

Je pose les mains dans l'herbe autour de moi. Les brins me chatouillent les paumes et les doigts. Élias avait raison. Survivre, ce n'est pas assez. Il faut qu'il y ait autre chose.

Il y avait autre chose pour ma mère. Elle est allée au-delà des limites. Elle s'est aventurée sur l'océan. Elle a exploré la côte. Elle a continué d'allumer la lampe du phare pour que les autres, dehors, puissent y voir clair et s'y retrouver.

Je renverse la tête en arrière et je regarde les étoiles scintiller dans la nuit. J'attends en retenant mon souffle, puis je le vois – le petit point d'un satellite qui la traverse en clignotant. Je le suis du doigt. Je voudrais toucher le temps d'avant. Je me demande si quelque part, de l'autre côté de la vallée, Élias fait la même chose, évoque le même souvenir et pense à moi.

Je ferme les yeux et je songe à ce que j'éprouvais quand je le sentais près de moi, à sa façon de passer le pouce sur les articulations de mes doigts quand il me tient la main. Au son que produit mon nom sur ses lèvres. À la promesse qu'on s'est faite de se retrouver. À ma conviction qu'on sera réunis un jour – que cet enfer ne pourra pas nous séparer. Plus.

Je comprends maintenant qu'on ne connaîtra jamais la vie telle qu'elle était avant le Retour. On ne fera pas revivre cette époque. Les satellites vont tomber du ciel, les ruines vont finir de s'écrouler et, à la fin, le grand huit va s'effondrer aussi. On va tous mourir et les Mudos auront toujours faim.

Il est comme ça, notre monde.

Mais peut-être est-il temps qu'on apprenne qu'on n'est pas obligés de vivre au sein des barrières qu'on a érigées. Peut-être qu'on doit apprendre à repousser ces limites. À reconquérir une partie de ce qui a été perdu. Et à bâtir un nouveau monde.

REMERCIEMENTS

Je suis immensément reconnaissante envers tous ceux qui m'ont encouragée à continuer, confié leurs impressions, donné des conseils et de la documentation et, d'une manière générale, soutenue pendant l'année de la rédaction de ce livre. Je suis renversée par votre générosité et votre affection, et « merci » ne semble jamais être la formule appropriée pour exprimer à quel point je vous apprécie tous profondément, y compris tous mes lecteurs.

Jim McCarthy est bien plus que ce que j'aurais jamais pu demander à un agent, et j'ai tous les jours le sentiment d'avoir de la chance de travailler avec lui. Krista Marino, mon éditrice, fait preuve d'une patience et d'un génie sans limites à chaque étape – elle est tout simplement extraordinaire. Kelly Galvin, mon attachée de presse, travaille sans relâche et pourtant, elle a toujours le temps de passer un après-midi à échanger les dernières nouvelles et quelques secrets. J'ai adoré continuer à travailler avec la formidable équipe de chez Delacorte Press cette année et je suis constamment éblouie par leur enthousiasme et leur dévouement. Mille mercis à Beverly Horowitz pour son soutien, à Jocelyn Lange et au département droits dérivés pour avoir ouvert la porte de tant de pays à Mary et Gabry, à Vikki Sheatsley pour la superbe mise en page, à Jonathan Barkat, dont une photo m'a donné l'idée du grand huit au bord de la mer, à Colleen Fellingham et Barbara Perris pour leur souci du détail, et aux nombreux libraires que j'ai eu la chance de rencontrer sur Internet ou en personne : Lauren Gromlowicz, Tim Mooney, Dandy Conway, Deanna Meyerhoff et Cristin Stickles. Je remercie aussi vivement Jessica Shoffel, Kimberly Langus, Rebecca Platkin et Becky Green.

Durant la rédaction de ce livre, j'ai eu la chance de rencontrer des écrivains formidables qui sont devenus des amis formidables. Merci aux *2009 Debutantes*, aux *Gothic Girls*, au *Team Castle* et surtout à mon « groupe d'écriture » : Saundra Mitchell (qui était prête à lire et à faire la critique à n'importe quelle heure), Sarah MacLean, Heidi Kling, Aprilynne Pike, Sarah Rees Brennan, R.J. Anderson et Sarah Cross. Merci également à Diana Peterfreund, une amie et co-critique vraiment fantastique, à Justine Larbalestier et à Holly Black pour m'avoir permis de donner plus d'ampleur à ce monde et à ma voix, et à Ally Carter pour un coup de téléphone bien particulier durant lequel elle m'a donné le meilleur des conseils.

Sans Kris Finlon, je serais toujours en train d'essayer de démêler certains détails-clés de l'intrigue. Merci également à Shea Mucci pour m'avoir donné un aperçu des effets d'un feu de forêt, à Dennis et à l'équipe de *300 East* pour avoir partagé avec moi tant de fêtes et de moments palpitants, à Darren Cassese et Kymm pour les photos de l'auteur, et à Madeira James pour sa sublime présence en ligne.

Je ne sais jamais comment remercier correctement ma

famille, parce que leur amour et leur soutien ne sont pas faciles à résumer. Leur enthousiasme pour ce que j'écris est sans limites et ne cesse de me faire vibrer, de me surprendre et de me donner un grand sentiment d'humilité. Merci à Bobby et Doug Kidd pour m'avoir permis d'emprunter leur histoire d'amour ; à mon père, Tony Ryan, pour ces balades en voiture quand il m'aidait à affiner certains détails de l'intrigue et pour m'avoir toujours encouragée à développer mon imagination ; à mes sœurs, Jenny Sell et Chris Warnick, pour avoir été parmi mes premières lectrices (et ne pas avoir pu reposer le manuscrit pendant qu'elles préparaient le dîner) – j'ai les larmes aux yeux quand je pense à la chance que j'ai d'être votre petite sœur. Merci également à la famille Davis pour son soutien et son affection, comme si j'avais toujours été l'une des leurs (et pour avoir accepté une belle-fille qui amène des zombies dans la famille). Enfin, comme toujours, à John Parke Davis. Stephen King a dit que chaque auteur écrit pour un lecteur bien précis. Ce lecteur, c'est J.P.

À PROPOS DE L'AUTEUR

Carrie Ryan est américaine. Elle a passé son enfance à Greenville, en Caroline du Sud où elle est née. Ancienne avocate-conseil, Carrie consacre aujourd'hui tout son temps à l'écriture, depuis le succès de *La Forêt des Damnés*. Elle vit à Charlotte, en Caroline du Nord, avec son fiancé écrivain et avocat, et deux gros chats.

Pour en savoir plus, allez voir Carrie
sur son site anglophone www.carrieryan.com

Si vous ne l'avez pas encore lu,
plongez-vous dans le premier volet
de cette histoire envoûtante

La Forêt des Damnés

Le papier de cet ouvrage est composé de fibres naturelles, renouvelables, recyclables et fabriquées à partir de bois provenant de forêts plantées et cultivées expressément pour la fabrication de la pâte à papier

Loi n° 49-956 du 16 juillet 1949
sur les publications
destinées à la jeunesse

Maquette de couverture : Alain Barreau
PAO : Dominique Guillaumin

Achevé d'imprimer sur Roto-Page
par l'Imprimerie Floch à Mayenne
Dépôt légal : mars 2011
ISBN : 978-2-07-069675-8
Numéro d'édition : 179055
Numéro d'impression : 79029
Imprimé en France